grafit

Die Frankfurt-Trilogie von Marc-Oliver Bischoff:
Tödliche Fortsetzung. ISBN 978-3-89425-398-1
Die Voliere. ISBN 978-3-89425-420-9
Golanhöhen. ISBN 978-3-89425-450-6

Für Nicky

Chemnitzer Str. 31, 44139 Dortmund
Internet: http://www.grafit.de
E-Mail: info@grafit.de

Umschlagfoto: Yunioshi / photocase.de
Druck und Bindearbeiten: CPI – Clausen & Bosse, Leck
ISBN 978-3-89425-450-6
1. 2. 3. / 2017 16 15

Marc-Oliver Bischoff

Golanhöhen

Kriminalroman

grafit

Marc-Oliver Bischoff wurde 1967 in Lemgo geboren und wuchs in einem kleinen Dorf am Stadtrand von München auf. Nach dem wirtschaftswissenschaftlichen Studium verschlug es ihn unter anderem nach Frankfurt, der Stadt, der er sich bis heute am meisten verbunden fühlt.

Zu schreiben begann er in Form eines Laufblogs, aus dem das Buch *Lauf, du Sau* wurde. Sein erster Kriminalroman *Tödliche Fortsetzung* wurde mit dem ›Friedrich-Glauser-Preis‹ in der Sparte ›Debüt‹ ausgezeichnet.

Marc-Oliver Bischoff lebt mit seiner Frau und zwei Kindern in Ludwigsburg bei Stuttgart und arbeitet als Technologieberater.

www.marc-oliver-bischoff.de

Ich bin nun ganz in deiner Macht.
Laß mich nur erst das Kind noch tränken.
Ich herzt es diese ganze Nacht;
Sie nahmen mir's, um mich zu kränken,
Und sagen nun, ich hätt es umgebracht.

Gretchen in der ›Kerkerszene‹
in *Faust: Der Tragödie Erster Teil*
von Johann Wolfgang von Goethe

Teil I

TOD

1

Diesmal ist es Gideon, der mit Thea im Jetta seines Vaters sitzt.

Gideon, der den Blackout hat.

Gideon, der noch am Unfallort stirbt.

Sie waren im *Fun*, der einzigen Disco in Usingen, im Herzen des Industriegebiets. Thea ist ziemlich hinüber, sie hat ein paar Bacardi-Cola intus, man sieht es an ihren glühenden Wangen und am Glanz in ihren Augen. Gideon ist stocknüchtern – im Gegensatz zu Simon ist er vernünftig: Wenn er fahren muss, trinkt er keinen Tropfen.

Thea schlägt vor, zum Waldzeltplatz in Eschbach zu fahren.

»Da gibt es lauschige Ecken und einen Kondomautomaten«, sagt sie mit einem anzüglichen Grinsen. Die Usinger Honoratioren haben dessen Aufstellung vor ein paar Monaten zähneknirschend gebilligt, nachdem kurz hintereinander zwei Sechzehnjährige aus der Konrad-Lorenz-Schule schwanger geworden sind.

Thea kurbelt das Fenster herunter, obwohl ihr T-Shirt so nass geschwitzt ist, dass er ihre, sich unter dem Stoff abzeichnenden, Brustwarzen sieht. Sie wird eine Erkältung kriegen, denkt er. Und sie sollte sich anschnallen.

An ihrem Hals baumelt eine silberne Eule, der Anhänger, den sein Bruder ihr geschenkt hat. Sie ist ganz verrückt nach Eulen.

Thea lacht ihr heiseres Betrunkenenlachen. Dabei legt sie ihm die Hand auf den Oberschenkel und sieht ihn auf eine Art von der Seite an, dass sein Körper ganz leicht wird und er Mühe hat, sich auf die Straße zu konzentrieren.

Aus den Tiefen ihrer Handtasche angelt sie ein Fläschchen Baileys. Sie fordert ihn auf zu trinken, aber Gideon schüttelt den Kopf. Thea leert die Flasche in einem Zug und wirft sie aus dem Fenster. Sie zündet sich eine Zigarette an. John Player Special aus einer schwarzen Packung. Gideon selbst raucht nicht, er kennt niemanden außer Thea, der diese Marke raucht, und er hat sie sagen hören, es gäbe sie nur an der Shell-Tankstelle in Bad Homburg. Aus den Lautsprechern dröhnt *Black Hole Sun* von Soundgarden, das letzte Lied auf dem Mixtape, das er ihr im kühlen Dunkel des Kellers zugesteckt hat; sie grölen den Text mit, während der Sommerwind ihre Haare zerzaust und den Schweißgeruch aus dem Wagen weht.

Ganz ohne Vorwarnung schlägt sie ihm mit derselben liebkosenden Hand ins Gesicht. »Sieh auf die Straße«, sagt sie, »sonst enden wir beide heute Nacht nicht *auf* dem Rasen, sondern darunter.«

Als ob sie die Zukunft sehen könnte. Ihr Atem riecht süß und alkoholisch; wenn sie sich nachher küssen, wird er den Baileys schmecken können. Gideon grinst blöde den Mittelstreifen an, der im Takt der Musik unter dem Wagenboden durchrast.

Der Blackout kommt ohne Vorankündigung – ganz unspektakulär in der lang gezogenen Rechtskurve einen halben Kilometer vor dem Ortsschild mit der Aufschrift *Usingen i. T. / Stadtteil Eschbach.* Es ist, als knipste jemand das Licht aus: alles verzehrende Dunkelheit, totale Stille, ein schwarzes Loch mitten im Taunus. Als er wieder zu sich kommt, rast im Lichtkegel die Borke eines Baumstammes mit über hundert Sachen auf sie zu. Thea kreischt, aber um die Katastrophe abzuwenden, ist es längst zu spät. Sie werden durchgeschüttelt, als würde ein Riese das Auto packen und wie ein Spielzeug durch die Luft schleudern. Ein ohrenbetäubender Knall, alles läuft in extremer Zeitlupe ab: Der Jetta bäumt sich hinten auf wie ein störrischer Gaul. Gideon hört das Aufheulen des Motors, er muss das Gaspedal bis zum Anschlag durchgedrückt haben. Seine Hände umkrampfen mit weißen Knöcheln das Lenkrad. Sein Schlüsselbein wird mit einem Vielfachen seines Körpergewichts gegen den Gurt gepresst und knickt ein. Die auf ihren Körper wirkenden Kräfte heben Thea aus ihrem Sitz, torpedoartig schießt sie mit dem Kopf voran durch die Windschutzscheibe, die sich wie Klarsichtfolie nach außen wölbt. Das Glas platzt, die messerscharfen Kanten schälen Thea die Haut vom Gesicht. Gideon wird aus dem Sitz geschleudert. Das Armaturenbrett stoppt die Bewegung, mit einem grellen Schmerz brechen beide Beine an den Kniegelenken, die Lenksäule rast auf ihn zu und bohrt sich mit einem Knirschen in seinen Brustkorb. Etwas Warmes schießt durch die Speiseröhre nach oben und ergießt sich in seinen Mund. Sein Körper wird von einer Welle aus Schmerz und Adrenalin überschwemmt. Das Letzte, was er von Thea sieht, sind ihre Glitzerpumps, die durch die blutverschmierte Windschutzscheibe nach draußen verschwinden. Er will ihren Namen rufen, aber seine Stimme erstickt in einem Gurgeln.

Ich hätte sie heute Morgen nicht küssen sollen, ist sein letzter Gedanke.

Mit diesem Kuss habe ich das Schicksal herausgefordert.

Er hört ein Wimmern.

Jemand ruft seinen Namen.

Eine Frauenstimme, aber es ist nicht Theas.

»Gideon!«

2

10. März, 2:10 Uhr
Mauerweg, Frankfurt Nordend

Er schnellte aus dem Bett hoch, schnappte nach Luft wie ein Ertrinkender, der in allerletzter Sekunde die Wasseroberfläche erreicht. Noras Hand lag auf seiner Schulter. Gideon keuchte, als wäre er drei Runden um den Block gerannt, sein Herz galoppierte in der Brust. Er fuhr sich durch die nassen Haare, der Pyjama war durchgeschwitzt.

Orientierungslos sah er sich im Zimmer um: das Nachtlicht, das matt schimmernde Zifferblatt des Weckers, fluoreszierende Sterne an der Zimmerdecke. Sein Mund war trocken, die Zunge fühlte sich an wie ein Stück Pappe; er schüttelte den Kopf, als könne er das Echo des Traums auf diese Weise vertreiben. Das Baby lag im Bettchen und wimmerte.

Gideon schlüpfte aus den Laken, nahm die winzige warme Hand seines Sohnes in seine und streichelte sie zärtlich mit dem Daumen. Das Wimmern des Babys verebbte, langsam ließ auch das Zittern in Gideons Händen nach. Er verließ das Schlafzimmer und schenkte sich in der Küche ein großes Glas Wasser ein. Nora kam ihm gähnend hinterher und schmiegte sich an ihn; er beugte sich hinunter und küsste sie aufs Haar.

»Wieder dieser scheußliche Albtraum?«

Er nickte stumm.

»Vielleicht solltest du doch mal mit einem Therapeuten reden.«

Natürlich wollte Nora vor allem, dass er mit *ihr* darüber sprach. Aber abgesehen davon, dass sie sich als Ehepaar zu nahestanden, um seine Therapeutin zu spielen, kannte Nora nur einen Teil der Geschichte, nämlich denjenigen, den Gideon ihr erzählt hatte. Und er hatte gute Gründe, ihr – und dem Rest der Welt – einige pikante Details zu verschweigen.

Gideon hatte keine Verwendung für eine Therapeutin. Er brauchte eher so etwas wie eine Entfernen-Taste für diesen nächtlichen Film in seinem Kopf. Den Film, in dem es diesmal nicht Simon war, sondern er, der mit Thea im weißen Jetta seines Vaters saß.

Der den Blackout am Steuer hatte.

Der noch am Unfallort starb.

3

13. März, 1:25 Uhr
Abfallumlageanlage der Frankfurter Entsorgungs- und Service GmbH, Uhlfelder Straße, Osthafen

Julika Leszczyński war die Erste, die das tote Baby zu Gesicht bekam.

Leicht vornübergebeugt – und ihren Rückenschmerzen trotzend – behielt die einzige Frau unter sieben Männern das Förderband fest im Auge. Mit einer Geschwindigkeit von dreißig Zentimetern pro Sekunde transportierte es den Inhalt unzähliger Wertstofftonnen an ihr vorbei. Mit schlafwandlerischer Sicherheit fischte Julika Fremdstoffe zwischen den Joghurtbechern, Milchtüten und Aluminiumdeckeln heraus und ließ sie – sortiert nach Material und Qualität – in die Behälter fallen, die auf der gegenüberliegenden Seite bereitstanden. Gegen den Lärm in der fünfundzwanzig Meter hohen Halle steckten gelbe Lärmschutzstöpsel in ihren Ohren, auf dem Kopf trug sie eine weiße

Schutzhaube. Den säuerlichen Geruch, der die Halle erfüllte, nahm sie gar nicht mehr wahr. Man stumpfte gegen alles ab, es war nur eine Frage der Zeit.

Die Müdigkeit steckte ihr in den Knochen. Seit sechs Jahren arbeitete sie Nachtschicht und jedes Jahr haftete ihr die Erschöpfung länger an.

Sie griff nach einem Frotteehandtuch. In den Stoff, in den eine dunkelbraune Flüssigkeit gesickert war, hatte der Eigentümer einen Gegenstand eingewickelt. Sobald Julika am Zipfel des Handtuchs zog, rollte der Gegenstand heraus und kullerte auf das Förderband. Sie blickte in ein Gesicht, kaum größer als eine Faust. Ein Auge war hell und leicht trübe, das andere geschlossen, als zwinkere ihr das kleine Gesicht zu, während es auf dem Förderband von ihr fortschaukelte. Sie beugte sich etwas weiter vor. Der Schmerz in ihrem Rücken loderte auf.

Offenbar eine Puppe. Puppen wurden von manchen Leuten in den Müll geworfen, Kinder nicht. Jedenfalls nicht in Frankfurt.

Doch aus dem Bauch des vermeintlichen Spielzeugs ragte ein Stück Nabelschnur mit Schlingen, Knoten und dunklen Adern, wie ein armlanges, halb transparentes Stück Gartenschlauch. Wo bei einer Puppe die nackte Oberfläche braunrosa glänzte, war diese hier beinahe rosig frisch und mit einer weißlich-gelben Kruste bedeckt, die an Zuckerglasur erinnerte. Drahtige schwarze Haare standen wirr vom Kopf ab. Zwischen den halb geöffneten Lippen ragte eine aufgequollene Zunge hervor.

In diesem Moment wurde Julika Leszczyński, die selbst vier Kinder zur Welt gebracht hatte, klar, dass tatsächlich jemand aus der reichen Stadt Frankfurt ein Baby in den Müll geworfen hatte.

»Julika?«

Jemand hatte ihren Namen gerufen. Wie in Trance blickte

sie auf, während das tote Baby hinter der Klappe des Windsichters verschwand. Arthur Marczewsi sah sie halb erstaunt, halb verärgert an. Die Tragödie auf dem Förderband war ihm entgangen, nicht jedoch Julikas Innehalten. Immer mehr Joghurtbecher, Milchtüten und Aluminiumdeckel schaukelten unbeachtet an ihnen beiden vorbei. Der Anschiss des Betriebsleiters, der die Aktivitäten am Förderband auf dem Monitor in seinem Büro im Blick hatte, war nur noch eine Frage von Augenblicken.

Julika riss den Mund auf. Nichts – die Stimme versagte ihr den Dienst. Erst als Arthur sie anbrüllte, reagierte sie und schrie gellend auf.

Jemand drückte geistesgegenwärtig den Notknopf, der das Band abstellte. Schlagartig kam jede Bewegung in der Halle zum Stillstand.

Aber obwohl alle sie anstarrten, konnte Julika nicht aufhören zu schreien.

4

13. März, 2:25 Uhr
Mauerweg, Frankfurt Nordend

Jan-Hendrik Richter brüllte gegen die unerträglichen Schmerzen in seinem Unterleib an.

Wie ein Fisch auf dem Trockenen wand er sich, riss Augen und Mund auf und stieß einen markerschütternden Schrei aus. Während diese Welle abflaute, schnappte er nach Luft. Er wusste, nach einer kurzen Ruhepause würde die nächste über ihn hinwegrollen. Jetzt, wo der Schmerz eine Weile in den Hintergrund trat, spürte er wieder, wie sich sein Magen verkrampfte. Dessen Inhalt bahnte sich den Weg nach oben und der säuerliche Geruch von Erbrochenem füllte die Luft. Die Übelkeit flaute ab. Einen winzigen Moment lang war sein Leben im Gleichgewicht und er glitt in einen unruhigen Schlaf.

Seit dreiundzwanzig Uhr ging das so, lediglich unterbrochen durch die kurzen Phasen, in denen seine Mutter ihn stillte oder in denen er sich von der Anstrengung mit einem Nickerchen erholte.

Koliken, hatte der Kinderarzt sie zu beruhigen versucht. Sie fingen bei den meisten männlichen Säuglingen mit drei Monaten an. Einige Wochen später, wenn der Verdauungstrakt warmgelaufen wäre, würde es sich geben. Wie viele weitere Wochen der Schlaflosigkeit und Nervenzerreißproben Jan-Hendrik seinen Eltern bescheren würde, vermochte der Kinderarzt nicht zu sagen.

Gideon fielen die Augen zu. Bis vor ein paar Stunden hatte er nicht geglaubt, dass man, mit einem Säugling auf der feuchtkalten Schulter und auf einem Hüpfball wippend, einschlafen konnte, aber nun wünschte er sich verzweifelt, vor Erschöpfung nicht einfach herunterzufallen. Davon würden ihn jedoch die Kopfschmerzen abhalten, die ihn seit einer Stunde quälten.

Gleichzeitig kämpfte er gegen seine rabenschwarzen Empfindungen, die wie ein Feuer im Windstoß aufflackerten, wenn sich Jan-Hendriks Geschrei während eines weiteren Krampfanfalls hochschaukelte. Und gegen das schlechte Gewissen, weil er wütend auf seinen Sohn war, obwohl dieser erst viereinhalb Monate alt und völlig schuldlos an der Situation war; mit seinem stundenlangen, sich über Wochen hinziehenden Geschrei hatte er Gideon so mürbe gemacht, dass er nahe daran war, die Nerven zu verlieren. Aber was würde Nora sagen, wenn sie ins Wohnzimmer käme und sähe, wie Gideon, ein mit allen Wassern gewaschener Polizist, vor seinem Söhnchen kapitulierte? Nora war selbst so manche Nacht einem Zusammenbruch nahe. Gideon konnte es sich nicht leisten, schwach zu sein, das war er Nora und sich selbst schuldig.

Seine Frau lag im Schlafzimmer nebenan und schnarchte. Sie hatte die erste Schicht übernommen, von elf bis zwei Uhr nachts. Gideon hatte darauf bestanden, sie abzulösen. Er wollte keiner von diesen typischen Wochenendvätern sein. Zur Besorgnis bestand eigentlich kein Anlass, da er in seiner Funktion als Leiter der fünften Mordkommission im Frankfurter Polizeipräsidium ohnehin fast jedes Wochenende Dienst hatte. Ihr dankbarer Blick, als er Jan-Hendrik um zwei Uhr nachts aus ihren Armen pflückte, bestätigte ihm, dass er das Richtige tat. Vielleicht konnte er sich noch eine Mütze Schlaf gönnen, sobald Nora das Baby um fünf wieder übernahm.

Jan-Hendrik regte sich wieder. Er zog die Beinchen an, seine winzigen Finger quetschten die Haut auf Gideons Schultern mit erstaunlicher Kraft zusammen, der Schmerz fuhr ihm bis in den Nacken. Gideon tätschelte dem Kind den Rücken, er ritt auf dem Hüpfball, erst sanft, dann heftiger, als wollte er ein wild gewordenes Pony zähmen; irgendwann würden sie beide in hohem Bogen von diesem Scheißball fliegen, durch das offene Fenster auf die Straße hinab. Das Schaukeln, das sonst wenigstens zeitweilig eine beruhigende Wirkung hatte, half diesmal kein bisschen. Gideon lief durch das Wohnzimmer, hin und zurück, ein Kampf gegen Windmühlenflügel. Das Kind brüllte.

Gideon klopfte fester auf Jan-Hendriks Rücken. Keinerlei Wirkung. Vielleicht brauchte das Kind etwas zum Saugen? In der Küche gab es eine Plastikschale, in der Nora die frisch ausgekochten Schnuller aufbewahrte.

Gideon ging den Flur entlang, betrat die kleine Küche, schaltete das Licht ein. Er legte sich den Säugling im Arm zurecht und fing an, Küchenutensilien zur Seite zu schieben, um an die Schüssel mit den Schnullern heranzukommen. In diesem Moment schaffte das Baby es irgendwie, sich mit einer Drehbewegung aus seinem Griff zu befreien. Es kippte über den Unterarm nach außen. Blitzschnell riss Gideon den rechten Arm herum und packte den fallenden Körper unter dem Bauch, dabei fielen die Gegenstände auf der Arbeitsplatte mit höllischem Poltern zu Boden. Teller mit Essensresten zerschellten, Geschirr schepperte metallisch, ein Topfdeckel kreiste über den Boden und kam mit einem letzten Vibrieren zum Stillstand. Die frisch desinfizierten Schnuller rollten unter den Esstisch und wälzten sich in Staubmäusen und Brotkrümeln.

Kopfüber und mucksmäuschenstill hing Jan-Hendrik im Griff seines Vaters. Gideon hielt ihn dicht vor sein Gesicht. Eine Welle von Gefühlen rollte gleichzeitig über ihn hinweg: Angst, Erleichterung, Wut. Hatte das Kind sich verletzt? Wenn es auf den Boden gefallen wäre – mit dem Kopf voran – nicht auszudenken!

Sein Sohn verzog das Gesicht und riss den Mund auf, im Begriff, eine neue Schreiattacke zu beginnen.

»Janni, bitte! Gib mir doch wenigstens zehn Minuten, um das Chaos hier aufzuräumen!«

Gebrüll.

»Janni! Halt bitte endlich den Mund!«

Etwas, von dem Gideon nicht wusste, dass es in ihm schlummerte, strebte aus seinem tiefsten Inneren an die Oberfläche. Das Bild seines Sohnes wurde undeutlich, als wäre in der Küche schlagartig dichter Nebel aufgezogen.

Das Nächste, was Gideon bewusst wahrnahm, war Jan-Hendrik auf einem gestreiften Frotteehandtuch am Boden. Hatte er das Kind dorthin gelegt? War es gefallen? Woher kam das Handtuch?

Gideon ging auf die Knie. In den Augen seines Sohnes lag pure Überraschung. Seine kleinen Finger griffen nach Gideons Gesicht.

Ihm liefen eiskalte Schauer über den Rücken. Er war sein Vater, seine Aufgabe war es, ihn zu beschützen.

Nora tauchte mit fragender Miene in der Küchentür auf. »Ich hab dich schreien hören. Was ist denn passiert?«

Gideons Gedanken rasten, er konnte sich nicht entscheiden, ob er ihr den Vorfall beichten, ob er sie damit beunruhigen sollte.

Jan-Hendrik wimmerte leise.

»Gideon?«

Er drückte ihr das Kind in die Arme, schob ein paar Scherben mit dem Fuß beiseite und ließ sich auf einen Küchenstuhl sinken. »Ich hab die Kontrolle verloren, Nora, es tut mir leid«, flüsterte er.

Sie musterte ihn unerträglich lange, dann zog sie sich ebenfalls einen Stuhl heran und nahm ihm gegenüber Platz. Sie unterzog das Baby einer oberflächlichen Begutachtung, dann knöpfte sie das Schlafanzugoberteil auf und gab Jan-Hendrik die Brust. Innerhalb einer Sekunde erfüllten wohlige Sauggeräusche den Raum. An Jan-Hendriks Handgelenk baumelte ein silbernes Kettchen mit einem Ankerherz-Anhänger.

Nora schloss die Augen. »Was meinst du denn?« Sie war noch gar nicht richtig wach, wie es schien.

»Vielleicht habe ich ihn fallen lassen. Ich kann mich nicht erinnern. Es ist, als hätte ich das Ganze ausgeblendet.«

»Gib mir mal die kleine Taschenlampe aus der Schublade.«

Gideon langte hinter sich und reichte sie ihr. Er bewunderte ihre Gelassenheit in Anbetracht der Umstände, auch wenn ihm das leichte Zittern in ihrer Stimme nicht entgangen war.

Nora leuchtete mit der Lampe in Jan-Hendriks Augen. »Die Pupillen sehen normal aus. Ich beobachte ihn eine Weile. Jetzt kann ich sowieso nicht mehr schlafen. Mittags bin ich mit ihm beim Kinderarzt, der soll ihn mal ansehen.«

»Ich weiß nicht, was mit mir los ist, Nora. Ich dachte immer, mich kann nichts erschüttern.«

»So ein Kind bringt einen an seine Grenzen. Manchmal ist es einfach zu viel.«

Und manchmal gibt es Leute, die einen unentdeckten Gehirntumor haben, ausflippen und ihr Baby umbringen, schoss es Gideon durch den Kopf. Aber natürlich war das Unsinn. Er war übermüdet, er war überarbeitet. Irgendwann machte der Körper nicht mehr mit und schaltete ab. Alles andere war reine Panikmache.

Gideon ließ den Blick über Nora und ihren Sohn gleiten und war hingerissen von der unverdienten Ruhe und Schönheit des Bildes, das sich ihm bot – inmitten von Scherben und Verwüstung.

Nora öffnete die Augen. »Ich weiß, wie schwer es einem fällt, so etwas zuzugeben. Danke, dass du es mir gesagt hast. Warum gehst du nicht eine Runde um den Block? Das Wasserhäuschen an der Berger ist bestimmt die ganze Nacht offen. Ich glaube, ein bisschen Abstand täte dir gut.«

Nora schien seine Gedanken lesen zu können, lange bevor sie in seinen Gehirnwindungen entstanden. »Bist du sicher?«

»Geh los, bevor ich es mir anders überlege.«

Gideon küsste Nora. Sie schmeckte nach Schlaf; ihre Lippen waren spröde und gerade als sein Zunge anfing, sich so richtig wohlzufühlen, erinnerte ein schmerzhafter Tritt von Jan-Hendriks Fuß gegen seinen Oberschenkel ihn daran, wer in dieser kleinen Familie das Sagen hatte.

5

13. März, 3:50 Uhr
Berger Straße, Frankfurt Nordend

Das Wasserhäuschen an der Berger Straße, in direkter Nachbarschaft zum *Ypsilon-Buchladen & Café*, war eine Institution. Die Betreiber, ein schwules Pärchen, sahen aus, als hätte man sie erst vor Kurzem aus dem lokalen *Hells Angels Chapter* geworfen. Beide wurden Theo genannt, sie wohnten direkt über dem kleinen Kiosk, den sie vor eineinhalb Jahren von der alteingesessenen Inhaberin übernommen hatten. Weil sie selbst Nachteulen waren, nahmen sie es mit den Auflagen der Stadt hinsichtlich der Öffnungszeiten nicht so genau. So bekam man nach einem Klopfen an die Butzenfenster zu beinahe jeder Tages- und Nachtzeit etwas zu trinken, ein paar heiße Frankfurter oder hausgemachte heiße Buletten mit Senf – die besten im Nordend.

Draußen war es bitterkalt, weit unter dem Gefrierpunkt, trotzdem hielt sich vor der Scheibe ein kleines Grüppchen dick vermummter Kunden auf, die dampfenden Becher von Handschuhen umschlossen. Es wurde gelacht. Als Gideon eintraf, nickte man sich zur Begrüßung zu. Er studierte das von Hand beschriftete Holzschild am Fenster, das heißen Glühwein, 0.3 l für 1,30 €, anpries. Auf dem Tresen lag ein Stapel *die taz* und eine laminierte Preisliste; in einer Halterung an der Wand steckten ein Dutzend Underberg-Fläschchen.

Das Fensterchen wurde nach oben geschoben. Der Geruch von Bratfett und Weihnachtsgewürzen waberte nach draußen. »Was darf's denn sein, Herr Kommissar?« Theo rückte die Pudelmütze zurecht, die seine Glatze vor der

Kälte schützte, und wischte sich das Kondenswasser vom Schnauzer.

Gideon bestellte Tee und wenige Augenblicke später stand ein geblümter Pott mit einer dampfenden bernsteinfarbenen Flüssigkeit vor ihm.

»Die Polizei schläft wohl nie in dieser Stadt«, witzelte Theo.

»Das Verbrechen auch nicht, Theo«, konterte Gideon, gesellte sich zu der Gruppe und prostete den anderen Männern zu. Offensichtlich saß ihm der Schreck noch gehörig in den Knochen. Seine Hand zitterte so stark, dass er eine ganze Weile warten musste, bis er den ersten Schluck nehmen konnte.

Der heiße Tee tat gut und vertrieb die Anspannung, die er von zu Hause mitgebracht hatte.

»Wie alt?«, wollte einer der Männer wissen, ein Schwarzer mit Drahtbrille und Rastalocken unter einer riesigen selbst gestrickten Wollmütze.

»Vierunddreißig«, antwortete Gideon mit hochgezogener Augenbraue.

Der andere lachte. »Ich meine dein Kind, wie alt ist es?«

»Viereinhalb Monate«, sagte Gideon völlig überrumpelt.

»Da sind die Koliken am schlimmsten.«

Gideon sah den Mann überrascht an. Die anderen im Kreis stellten sich vor – nicht etwa mit ihren Namen, sondern mit dem ihrer Kinder sowie deren Alter: Liam – drei Monate, Joshua – ein halbes Jahr, Filip – »mit F, einem L und einem P« – zehn Monate. Handys wurden herumgereicht, Bilder gezeigt. Es stellte sich heraus, dass alle vor ihren Frauen und den schreienden Sprösslingen geflüchtet waren. Und sich hier seit Wochen regelmäßig nachts trafen. Eine Art Trinkhallen-Selbsthilfegruppe für übernächtigte Väter. Gideon fragte sich, was die Partnerinnen wohl von diesen Zusammenkünften halten würden, wenn sie davon

Wind bekämen. Als er offen zugab, seine Frau habe ihn hergeschickt, wurde ihm die Bewunderung der Versammelten zuteil.

Gerade als er die Tasse geleert hatte, klingelte sein Handy. Er musste nicht aufs Display schauen, um zu wissen, wer dran war. Nur der Kriminaldauerdienst besaß die Unverfrorenheit, ihn zu dieser Uhrzeit anzurufen.

»Kollege Richter?«

Die rauchige Stimme von Jasmin Rückert – die Neue aus dem K 40 / Staatsschutz. Sie verdiente sich im KDD die Sporen.

»Sorry, dass ich Sie aus dem Bett klingle, aber Ihre Anwesenheit ist erforderlich.«

»Was ist denn passiert?«

»Wir haben einen Leichenfund in der Recyclinganlage der FES im Osthafen.« Im Hintergrund Geräusche wie aus einem Callcenter.

»Männlich, weiblich, jung, alt?«

Rückert zögerte. »Ich denke, Sie sollten gleich hinfahren und es sich selbst ansehen.«

Ihre Geheimnistuerei irritierte Gideon. Normalerweise bekam man vom KDD auf eine sachliche Frage eine sachliche Antwort. »Ist das etwa ein Staatsgeheimnis?«

»Es – handelt sich um ein Baby, männlich. Sie haben in einem Müllsack einen toten Säugling gefunden.«

Gideon erstarrte. Rückert wusste, dass er erst vor Kurzem Vater geworden war, auf der Glückwunschkarte hatte sich auch ihre Unterschrift befunden. Und Verbrechen an Kindern verschlugen selbst den Polizisten der Frankfurter Kripo, wo man sich für besonders abgebrüht hielt, zuweilen die Sprache.

Gideon lieh sich einen Kugelschreiber, um die Adresse zu notieren. Der Osthafen war keine Gegend, in der er sich besonders gut auskannte, schon gar nicht, seit man im Rahmen des EZB-Neubaus das gesamte Viertel einer gewaltigen Umgestaltung unterzogen hatte.

»Kollege Kühnast ist informiert?«

»Der kommt als Nächster dran, Sie waren der Erste auf meiner Liste. Den Rest der Crew schicke ich auch gleich los.«

»Vergessen Sie Keitel nicht, es ist hilfreich, wenn einer von der Staatsanwaltschaft direkt vor Ort ist. Ich bin gleich da.«

»Grüße an Ihre Frau.«

Gideon bedankte sich artig.

Vor dem Wasserhäuschen war es totenstill. Alle Augen waren auf ihn gerichtet.

»Morgen steht's in der Zeitung«, sagte Gideon lakonisch, nahm einen letzten Schluck Tee und trabte los, in Richtung Mauerweg. Mit der Bewegung und der in seine Lungen strömenden kalten Luft schien auch der letzte Rest Anspannung von ihm abzufallen. Wenn er ehrlich war, empfand er Erleichterung, dass er nicht mehr zurück nach Hause musste. Dass sein Job es ihm erlaubte, dem Gefühl des Ausgeliefertseins im Leben eines frischgebackenen Familienvaters wenigstens für ein paar Stunden zu entrinnen.

Die Scheiben des Zafira waren mit einer dicken Eisschicht überzogen. Der Winter hatte dieses Jahr beschlossen, spät zu kommen und dafür etwas länger als erwartet zu bleiben. Und wenn man den Aussagen der Meteorologen Glauben schenken durfte, würde das Wetter noch eine Weile so bleiben. Fluchend – weil er die Handschuhe am Wasserhäuschen vergessen hatte und der Eiskratzer unauffindbar war – schabte Gideon das Eis mit der Kundenkarte eines Baby-Großmarktes aus seinem Portemonnaie von der Windschutzscheibe.

6

13. März, 4:20 Uhr
Frankfurt Osthafen

Der Silo zur Lagerung von Baustoffen ragte wie eine startbereite Rakete linker Hand in den Nachthimmel auf. Am rechten Seitenfenster des Zafira rauschte das Schild der Kneipe *Zur Insel* vorbei. Tagsüber vertilgten Lkw-Fahrer dort an Resopaltischen Schnitzelbrötchen, während sie sich an der Glut des Kanonenofens in der Mitte des Raums wärmten; jetzt lag der Laden wie ausgestorben da.

Der Hessische Rundfunk berichtete über den schweren Unfall am Wochenende, bei dem ein Reisebus voller Ausflügler die Mittelplanke der A 6 durchbrochen hatte und mit einem entgegenkommenden Lkw zusammengestoßen war. Der Transporter hatte irgendeine leicht brennbare Flüssigkeit geladen, beide Fahrzeuge waren bis auf das Gerippe ausgebrannt, über vierzig Tote hatte die Feuerwehr aus den Wracks gezogen – die meisten davon bis zur Unkenntlichkeit verkohlt.

Während er der getragenen Stimme des Moderators lauschte, sah Gideon die Straße vor sich, gesäumt von Industriehallen, hinter deren meterhohen Toren sich riesige Schrottberge türmten. In einem Moment war er ganz bei sich, im nächsten hatte er die Orientierung verloren. Er fuhr den Wagen rechts ran und stieg bei laufendem Motor aus. Das durfte er keinem erzählen: Er hatte sich im Osthafen verfahren! Er drehte sich einmal um die eigene Achse, konnte aber keinen hilfreichen Orientierungspunkt finden. Frustriert hieb er mit der Faust auf das Dach des Zafira. Das eiskalte Metall brannte auf der Haut. Sein Handy klingelte.

»Wo steckst du?«, fragte Kühnast.

»Keine Ahnung, Günther, irgendwo im Hafen. Das ... Navi hat mich falsch geleitet.«

Kühnast ließ sich mit seiner Antwort Zeit, vermutlich versuchte er zu verstehen, wieso Gideon Richter sich in Frankfurt auf ein Navigationssystem verlassen musste. »Ich hab deinen Wagen an der Schmickstraße in die falsche Richtung abbiegen sehen. Dreh einfach um, nach der Querstraße fünfzig Meter geradeaus, dann kommt linker Hand die Einfahrt zur FES.«

Wenige Augenblicke später passierte Gideon das Einfahrtstor der Abfallsortieranlage. Auf dem Streifenwagen der Kollegen vom fünften Revier, die als Erste zum Fundort der Leiche geholt worden waren, rotierte stumm ein Blaulicht, das Rolltor der dahinter befindlichen Halle war hochgefahren, damit der Sprinter des Rechtsmedizinischen Instituts hineinfahren konnte.

Gideon fühlte sich beobachtet: Der stilisierte Goethekopf des Universitätslogos an der Seitenwand des Transporters schien ihn unentwegt im Blick zu behalten. Als habe er Gideon durchschaut.

An der Hallenmauer parkte der rostige Passat seines Kollegen von der MK 5, Günther Kühnast. Während Gideon über den Vorplatz rollte, leuchteten hinter ihm Scheinwerfer auf, aus der gleichen Richtung kündigte das satte Röhren von vierhundertfünfzig Pferdestärken das Eintreffen von Dr. Gaetano Chiazza an. Der Leiter des Rechtsmedizinischen Instituts fuhr mit seinem Alfa Romeo 8C Spider auf den Hof – mit offenem Verdeck und einer Fellmütze auf dem Kopf.

Gideon stellte den Wagen ab und stieg aus. Chiazza, der mit seinen schulterlangen Haaren, dem dunklen Teint und den teuren Schuhen wie der italienische Schnulzensänger Albano Power aussah, eilte mit dynamischen Schritten auf die Halle zu – an ihm vorbei. Wenn Gideon richtig gesehen hatte, waren seine Wimpern und Augenbrauen mit Eiskristallen überzogen.

In der Halle herrschte Fassungslosigkeit aufseiten der Angestellten und Geschäftigkeit bei den Polizeikollegen. Von Deissen aus der Tatortgruppe im K 33 waren nur die Beine in einem weißen Schutzoverall zu sehen, die obere Hälfte steckte im Windsichter. Dabei handelte es sich, wie Gideon von einem Mitarbeiter erklärt wurde, um eine Vorrichtung zur Abscheidung leichter Abfälle, dem Förderband direkt nachgelagert, auf dem Julika Leszczyński den Babyleichnam entdeckt hatte.

Aus den Schleifspuren im Staub am Boden schlussfolgerte Gideon, dass jemand einen Bürostuhl an die Hallenwand gerückt hatte, der in dieser mit groben Maschinen überfrachteten Halle seltsam deplatziert wirkte. Darauf Platz genommen hatte eine robuste Mittfünfzigerin. Ihr Damenbart kam unter der weißen Schutzhaube besonders gut zur Geltung. Mit zitternden Fingern sog sie an einer Zigarette, als stünde ihre Exekution bevor. Ein etwa gleich alter Mann mit Schnauzer tätschelte ihre Schulter, während er an einem Plastikbecher mit Kaffee nippte.

Jemand hob die Klappe des Windsichters an, sodass sich Deissen rückwärts hinausschieben konnte. Er kletterte über die auf dem Band liegenden Verpackungen und landete direkt vor Gideons Füßen. Deissen umwehte der säuerliche Geruch von Abfall. An seinem Ärmel klebte der Deckel eines Joghurtbechers, den Gideon abzupfte und aufs Förderband zurücklegte.

»Ich komm nicht ran. Ich kann den Körper sehen, aber die müssen die Maschine komplett auseinandernehmen, um den Leichnam einigermaßen unversehrt zu bergen.«

»Wisst ihr schon irgendwas? Woher das Kind kommt, zum Beispiel?«

»Der Betriebsleiter steht dort drüben. Der kann dir diese Frage sicher beantworten.«

»Auf welche Fragen kannst du mir denn im Moment schon eine Antwort geben?«, wollte Gideon wissen.

»Es handelt sich um einen männlichen Säugling, höchstens ein paar Tage alt, ziemlich intakt, ein paar kleinere Abschürfungen, aber sonst ist alles dran.« Deissen hielt Gideon sein Handy hin, mit dem er eine provisorische Aufnahme gemacht hatte. Gideons Herz drohte bei dem Anblick stillzustehen.

»Na ja, ich denke, einen Suizid können wir ausschließen.«

»Sehr witzig«, murmelte Gideon.

»Es gibt Fingerabdrücke. Ob die in der Kartei sind, wird sich zeigen. Wir werden alle Säcke der Fuhre einsammeln, soweit möglich. Mit ein bisschen Glück können wir denjenigen identifizieren, in dem der Leichnam transportiert wurde.«

»Meinst du, das Kind hat … noch gelebt, als es in den Sack gesteckt wurde?«

»Ich hoffe nicht«, raunte Deissen. »Ich kriege auch so schon Albträume von dem Anblick.«

Der Betriebsleiter entpuppte sich als ein hagerer Mann mit gleichgültigem Blick, der alle paar Minuten auf die Uhr sah.

»Der Müllsack, in dem das Baby angeliefert wurde – können Sie sagen, woher der stammt?«

»Das war die Montagsfuhre. Bonames, Nieder-Eschbach, Nieder-Erlenbach, Harheim, Kalbach, Niederursel, Berkersheim, Frankfurter Berg.«

»Genauer kann man das nicht eingrenzen?«

»Leider nein«, bedauerte der Betriebsleiter.

»Kann man davon ausgehen, dass sich die Sachen, die gemeinsam auf dem Band liegen, im selben Sack befanden?«

»Mit gewissen Varianzen ja. Die Materialien werden aber von Frau Leszczyński und ihren Kollegen durchgesehen, da fehlt schon einiges, wenn es im Windsichter ankommt.«

Der Mann prüfte die Uhrzeit. »Wie lange werden Sie denn ungefähr brauchen?« Seine Stimme klang flehentlich.

Gideon hätte es kommen sehen müssen: Er würde genauso reagieren wie des Öfteren in den letzten Wochen. Vermutlich eine Folge des konstanten Schlafmangels, denn noch vor ein paar Monaten hätte ihn eine solche Situation kaum auf die Palme gebracht. Er spürte einen heiligen Zorn aufsteigen auf diesen Anzug tragenden Trottel, der in seinem Leben ganz offensichtlich den Blick auf die Prioritäten verloren hatte. Der sich weigerte zu verstehen, dass hier eine Mutter ihr Baby getötet und wie den letzten Dreck in den Müll geworfen hatte. Die ihm die Chance genommen hatte, aufzuwachsen, zur Schule zu gehen, Freunde zu gewinnen. Und dass die Aufklärung eines solchen Verbrechens wichtiger war als die Frage, ob sein Scheißförderband eine halbe Stunde früher oder später wieder anlief.

»Das kann schon eine ganze Weile dauern«, erwiderte Gideon mit einem kalten Lächeln.

Schon wieder sah der Kerl auf die Uhr und seufzte demonstrativ: »Wissen Sie, wie viel jede Minute kostet, in der diese Anlage stillsteht?«

Gideon zuckte mit den Schultern.

»Mehr als Sie im Monat verdienen.«

»Haben Sie Kinder?«

»Ich?« Der Betriebsleiter sah ihn verwirrt an.

Gideon sah demonstrativ nach links und rechts. »Ist hier sonst noch jemand?«

»Eine Tochter – Laura – und einen Sohn – Julius.«

»Nehmen wir mal an, Ihre Tochter Laura – wie alt ist die?«

»Vierzehn«, antwortete der Betriebsleiter zögernd.

»Also angenommen, Ihre Tochter würde von einem Sexualstraftäter entführt, vergewaltigt und getötet und die Leiche dann im Müll entsorgt.«

»Was?«

»Und wir würden hier die Einzelteile finden: Torso, Arme, Beine, Lauras abgetrennten Kopf« – an dieser Stelle baute Gideon eine Kunstpause ein – »dann würden Sie doch sicher auch Wert drauf legen, dass wir alle verfügbaren Spuren gründlich auswerten. Dass wir keine Rücksicht auf ökonomische Sachzwänge nehmen. Oder?«

»Ich ... äh ...«

»Lassen Sie uns unseren Job machen. Die Frankfurter Entsorgungsbetriebe werden schon nicht gleich Konkurs anmelden müssen.«

Der Betriebsleiter setzte zu einer erneuten Prüfung seiner Uhr an.

Gideon packte ihn am Handgelenk und drückte zu. »Wenn Sie noch einmal in meiner Anwesenheit auf die Uhr sehen, dann sorge ich dafür, dass Ihre Scheißanlage die nächsten drei Tage stillsteht. Haben wir uns verstanden?«

»Lassen Sie meine Hand los«, forderte der Betriebsleiter mit gepresster Stimme.

»Ob wir uns verstanden haben?«

Der Betriebsleiter holte Luft und nickte. Sobald Gideon sein Handgelenk freigegeben hatte, stapfte er wütend davon.

Gideon holte sein Handy aus der Tasche und verfasste eine SMS an seine Frau. Sie sollte aus der Tatsache, dass er nach dem Besuch des Wasserhäuschens nicht mehr nach Hause zurückgekehrt war, nicht die falschen Schlüsse ziehen.

7

13. März, 9:45 Uhr
Polizeipräsidium Frankfurt, Büro von Edwin Rosenthal

Edwin Rosenthal, Personalreferent in der Abteilung V3 – Personal, Aus- und Fortbildung –, schob die Akte über seinen Schreibtisch. Gideon nahm sie entgegen und öffnete sie. Die Endvierzigerin auf dem Foto, ein wenig füllig, mütterlich, mit dichten dunklen Augenbrauen, offensichtlich blond gefärbten Haaren und einem Tick zu viel Rot auf den Lippen, lächelte ihn an.

Gideon studierte ihren Lebenslauf. Am Ende stutzte er. »Ausgezeichnete Referenzen. Aber sie war ein halbes Jahr lang krankgeschrieben?«

»Wegen eines akuten Erschöpfungszustandes. Frau Nick hatte einige familiäre Probleme zu bewältigen. Dazu die anhaltende berufliche Überlastung. Sie hatte einen Zusammenbruch während einer harten Vernehmung. Nach einer Psychotherapie im ZPD fühlt sie sich nun fit genug, um den Wiedereinstieg zu wagen. Stufenweise.«

Gideon seufzte. »Tut mir leid, ich glaube nicht, dass Frau Nick zu uns passt.«

»Aus welchem Grund, wenn ich fragen darf?«

»Herr Rosenthal«, Gideon hielt seinem festen Blick stand, »die MK 5 steht unangefochten an der Spitze der Ermittlungsstatistik in der K 11, sogar in der ganzen Kriminaldirektion, soweit ich weiß.«

»Stand«, hakte der Referent ein. »Seit ihr im Stammteam nur noch zu zweit seid, seid ihr etwas abgerutscht.«

»Und damit wir wieder an die Spitze kommen, kann ich in mein Team nur die Besten aufnehmen. Hier geht es um

Kapitaldelikte, nicht darum, Tickets für Falschparker auszustellen. Um den Anforderungen an eine Mordkommission gerecht zu werden, brauche ich hoch qualifiziertes Personal.«

»Frau Nick ist bestens qualifiziert. Sie hat trotz ihres Arbeitspensums und ihrer privaten Probleme viele Weiterbildungsmaßnahmen absolviert, ihre Beurteilungsprotokolle weisen nur beste Noten aus.«

»Dann habe ich mich falsch ausgedrückt. Ich brauche qualifizierte und belastbare Mitarbeiter. Wenn ein Mord oder eine Entführung aufzuklären ist, sieht niemand auf die Uhr. Das muss ich Ihnen nicht erklären. Was soll ich mit jemandem, der nur Teilzeit arbeitet? Und den ich ständig wie ein rohes Ei behandeln muss? Wie soll ich das den anderen Kollegen vermitteln?«

»Niemand erwartet, dass Sie Frau Nick mit Samthandschuhen anfassen. Während der Wiedereingliederung ist sie sicher noch nicht zu hundert Prozent einsetzbar, aber danach werden Sie ein – wie Sie es zu Recht erwarten – qualifiziertes, belastbares und vor allem erfolgreiches Teammitglied erhalten.«

Gideon lehnte sich zurück, verschränkte die Hände im Nacken und schloss mit einem Stoßseufzer die Augen. »Ich kann mir nicht vorstellen, dass das gut geht.«

»Und ich kann mir nicht vorstellen, wie Sie die Mutter des verstorbenen Babys mit nur zwei Planstellen finden wollen. Sie haben Personal angefordert, ich biete Ihnen Frau Nick an. Eine Chance hat sie auf jeden Fall verdient, wie ich finde.«

Gideon öffnete wieder die Augen. »Habe ich denn überhaupt die Wahl?«

Rosenthal lächelte. »Man hat immer eine Wahl. Es kommt nur drauf an, wie man zu den Alternativen steht.«

Gideon nahm die Mappe vom Tisch. »Darf ich die mitnehmen, um sie in Ruhe durchzuarbeiten?«

»Bitte. Aber lassen Sie die Unterlagen nicht offen auf dem Schreibtisch herumliegen.«

Gideon erhob sich, schob den Stuhl an den Tisch. Kurz bevor er Rosenthals Büro verließ, ergriff dieser nochmals das Wort. »Das hätte ich fast vergessen: Strobel – klingelt da was bei Ihnen?«

Der Name sagte Gideon auf Anhieb gar nichts.

»Herr Strobel ist einer der Betriebsleiter in der Abfallumlageanlage der FES.«

Gideon wusste, was jetzt kommen würde.

»Er hat sich über Sie beschwert. Sie hätten ihm gedroht.«

»Glauben Sie das etwa?«

Rosenthal setzte ein angedeutetes Lächeln auf. »Natürlich nicht. Die Mitarbeiter der Frankfurter Polizei sind allzeit höflich und zuvorkommend. Vor allem wichtigen Zeugen gegenüber.«

Gideon wahrte sein Pokerface. Vor Rosenthal würde er sich keine Blöße geben.

»Der Form halber mussten wir die Beschwerde erfassen. Möglicherweise wird sich ein Kollege der Revision mit Ihnen in Verbindung setzen.« Rosenthal räusperte sich und murmelte: »Ebenfalls der Form halber, fürchte ich.«

Da Gideon selbst einige Jahre in der Revision verbracht hatte, drohte ihm aus dieser Richtung keine Gefahr. Das wusste Rosenthal ebenso gut wie er.

»Wann bekomme ich bezüglich Frau Nick Bescheid?«

»Reicht Ihnen morgen Mittag?«, schlug Gideon vor.

Rosenthal war einverstanden. In diesem Moment klingelte Gideons Handy. Es war Günther Kühnast. Er hatte den Raum für die Teamsitzung für dreizehn Uhr gebucht.

8

13. März, 13:05 Uhr
Polizeipräsidium Frankfurt, Besprechungsraum im 4. Obergeschoss

Ein gutes Dutzend Menschen quetschte sich in das enge Besprechungszimmer: Neben den festen und temporären Mitgliedern der Mordkommission hatten sich hier Deissen von der Tatortgruppe, Gideons Chef Franz Demant und Peter Kußmaul eingefunden, der stellvertretende Pressesprecher, der bei öffentlichkeitswirksamen Delikten gerne Einblick in die laufenden Ermittlungen nahm.

Der Beamer projizierte eine Stadtteilkarte von Frankfurt an die Leinwand. Kühnast hieb auf die Tastatur des Laptops ein und die Stadtteile Bonames, Nieder-Eschbach, Nieder-Erlenbach, Harheim, Kalbach, Niederursel, Berkersheim und Frankfurter Berg wurden gelb markiert.

»Die Leiche eines höchstens achtundvierzig Stunden alten männlichen Säuglings wurde im Verpackungsmüll im Osthafen entdeckt, eingewickelt in dieses Handtuch.« Er hob vom Besprechungstisch eine transparente Plastiktüte auf, die ein fleckiges Handtuch enthielt. »Der Abfall stammt aus der Montagsleerung, die diese Stadtteile abdeckt.«

Mit einem Laserpointer umkreiste Kühnast die betroffenen Gegenden.

»Wir konnten den Transportsack inzwischen ausfindig machen und einer Gruppe von zehn Fuhren zuordnen.«

Kühnast tippte ein weiteres Mal und fünf der acht Stadtteile leuchteten rot auf. Bonames, Nieder-Eschbach, Nieder-Erlenbach, Harheim und Kalbach. Kühnast nahm Platz, damit Deissen von der Tatortgruppe die Präsentation weiterführte. Auf der Leinwand erschienen einige Dutzend Verpackungen, ordentlich aufgereiht, jede mit einer Nummer versehen.

»Wir haben entdeckt, dass die meisten Verpackungen, die in unmittelbarer Nähe des Leichnams auf dem Band lagen, von derselben Supermarktkette stammen. Ein sehr großer Teil wurde im Netto-Discounter erworben, wie an den Preisschildern und teilweise auch an den Markennamen ersichtlich.«

Eine Dose Ravioli erschien vergrößert, das Klebeetikett zeigte deutlich den Namen des Unternehmens.

»Leider kann man nicht direkt auf eine einzelne Filiale schließen. Außer in Kalbach gibt es in allen genannten Stadtteilen einen Netto-Markt.«

Nun waren noch die Stadtteile Bonames, Nieder-Eschbach, Nieder-Erlenbach und Harheim grün markiert.

»Was uns zuerst einmal nicht weiterbringt, denn unser Täter oder unsere Täterin könnte ja auch aus einem anderen Stadtteil mit dem Auto dorthin zum Einkaufen gefahren sein.«

»Ziemlich unwahrscheinlich«, warf Gideon ein. »Erstens: Meine Einkäufe tätige ich üblicherweise in dem Stadtteil, in dem ich lebe, oder irgendwo auf dem Weg zur Arbeit oder nach Hause. Es sei denn, ich suche etwas sehr Spezielles, Feinkost zum Beispiel. Und solche speziellen Lebensmittel finde ich, ohne jemanden beleidigen zu wollen, nicht beim Discounter.«

»Es heißt doch ›Feinkost Albrecht‹«, witzelte Deissen.

Gideon ignorierte das einsetzende Gelächter und fuhr fort. »Entweder befindet sich der Laden also in der Nähe des Wohn- oder des Arbeitsortes. Zweitens: Wer kauft bei Netto ein? Das ist ein Billigladen, es kann also gut sein, dass die Täterin gar kein Auto besitzt, sondern zu Fuß zum Einkaufen geht.«

Kühnast protestierte. »Meine Frau kauft auch bei Netto ein.«

»Oliver, habt ihr eine Liste der Produkte, die da auf dem Bild zu sehen sind?«

Deissen hantierte am Laptop herum, es erschien eine nummerierte Auflistung. Gideon studierte die Bezeichnungen. Fertigpizzen, Dosengerichte, Süßigkeiten, Softdrinks, alles Billigmarken, keine Markenprodukte, kaum Obst und Gemüse.

»Wie ich das sehe, lässt das schon einen Schluss auf die – sagen wir mal – soziale Schicht zu.«

»Vorausgesetzt, es ist kein Zufall, dass diese Gegenstände alle dicht beieinanderliegen«, gab Deissen zu bedenken.

»Fingerabdrücke?«, fragte Gideon.

»Zu stark verwischt.«

Gideon bedankte sich bei dem Kollegen von der Tatortgruppe, der in der ersten Reihe Platz nahm. Er selbst stellte sich vor die Leinwand, die nun wieder die markierten Stadtteile im Frankfurter Norden zeigte. Im Raum herrschte konzentriertes Schweigen.

Vor ihm auf dem Tisch lag das in einer Plastiktüte verstaute Frotteehandtuch. Das Beweisstück übte eine düstere Anziehungskraft auf ihn aus. Er konnte nicht umhin, es anzustarren und dabei an ein anderes Handtuch zu denken, auf dem Jan-Hendrik in dieser Nacht auf dem Boden seiner Küche gelegen hatte.

»Gideon?«

Gideon blickte verwirrt auf. Alle Augen im Raum waren auf ihn gerichtet. Er wandte sich dem Stadtplan zu. »Hat Chiazza sich schon wegen eines Obduktionstermins gemeldet?«

Kühnast verneinte. Es könne etwas dauern. Wegen des Unfalls auf der A 6 stapelten sich die Leichen auf dem Hauptfriedhof, weil in der Rechtsmedizin nicht genug Platz war.

Gideon gähnte ausgiebig und vergaß dabei, die Hand vor den Mund zu halten. Dann hatte er den Faden verloren. »Sorry, wie war das?«

Die Anwesenden beobachteten das Schauspiel verwundert. Einige wechselten vielsagende Blicke. Kühnast wiederholte seine Ausführungen über den Unfall und die derzeitigen Platzprobleme der Rechtsmedizin.

»Sonst noch was?«

»Der Aufruf an die Bevölkerung zur Mithilfe ist vor einer halben Stunde rausgegangen«, sagte Kußmaul. »Und die üblichen Verdächtigen haben auch schon angerufen.« Er verdrehte die Augen.

Die Sitzung wurde von Gideon beendet, der Besprechungsraum leerte sich. Kühnast gesellte sich zu ihm an die Leinwand.

»Schlimm?«, wollte Gideon wissen, der nicht viel Fantasie brauchte, um Kühnasts Gesichtsausdruck zu deuten.

»Sagen wir mal, du hattest schon bessere Tage.«

»Tut mir leid, ich bin ziemlich durch den Wind. Und mein Arbeitstag bräuchte achtundvierzig Stunden. Wie habt ihr das mit *zwei* Kindern geschafft? Ich werde schon mit einem nicht fertig.«

»Frag mich nicht, Gideon«, lachte Kühnast, »aber es gab Tage, an denen ich mich gefragt habe, welcher Teufel mich geritten hat, Kinder in die Welt zu setzen.«

Gideon nickte müde, als ob ihm genau das Gleiche durch den Kopf ginge.

»Kriegen wir bald Verstärkung?«

»Ich prüfe Alternativen.«

Kühnast sah ihn skeptisch an. »Wir brauchen dringend jemanden. Silke steigt mir aufs Dach, weil ich keinen Abend vor halb zehn zu Hause bin. Dabei hatten wir bis jetzt nicht mal einen akuten Fall.«

»Tut mir leid, Günther. Wie gesagt: Ich bin dran.«

In diesem Moment wirkte Kühnast ungeheuer niedergeschlagen. Gideon vermutete, er hatte diese Ankündigung in den fünfundzwanzig Jahren seiner Polizeikarriere schon mehrmals gehört. So schlecht es ihm selbst auch gehen mochte, Kühnast ein wenig aufzurichten, war ihm ein Bedürfnis.

»Heute Abend gehst du früher nach Hause und widmest dich deiner Familie.«

Kühnasts Gang zur Tür wirkte auf Gideon gleich viel beschwingter.

»Und Günther«, gab er ihm mit auf den Weg, »ich wäre froh, wenn du vorher noch alle Geburten der letzten achtundvierzig, nein besser zweiundsiebzig Stunden durchchecken könntest: Krankenhäuser, Geburtshäuser, Hebammen. Und alle eingegangenen Notrufe, die irgendwas mit Babys und Geburten zu tun haben. Ich versuche inzwischen, Keitel zu überreden, die Obduktion vorzuziehen.«

Kühnasts gute Laune zerplatzte wie eine Seifenblase.

9

13. März, 22:40 Uhr
Mauerweg, Frankfurt Nordend

Nora saß am Computer und beantwortete E-Mails. Neben ihr – unter einem hellblauen Himmel in einem Kinderbettchen auf Rollen – schlief Jan-Hendrik mit halb offenem Mund. In dieser Wiege hatte sie selbst als Baby geschlafen, so wie zuvor schon ihr Vater, der Verleger Wilfried Winter, und dessen Vater, ihr Großvater Arthur.

Gideon, der noch seinen Anorak trug, küsste Nora in den Nacken. Sie umfasste seinen Hals und strich ihm übers Haar.

»Im Kühlschrank ist noch etwas zu essen, falls du Hunger hast«, flüsterte sie.

Er hatte sich gerade mit einem Bier an den Esstisch gesetzt, als Nora sich zu ihm gesellte. Sie hatte dunkle Schatten unter den Augen. Wenn Gideon ehrlich war, kannte er seine Frau seit Monaten eigentlich gar nicht anders als übermüdet.

Als könnte sie seine Gedanken lesen, gähnte sie herzhaft. Gideon ließ sich davon anstecken.

»Schlimm heute?«, wollte sie wissen.

»Wir haben ein Neugeborenes gefunden. Vielleicht hat die Mutter es getötet.«

Nora nahm nach einem kurzen Zögern einen Schluck von seinem Bier. »O je.«

»Vor einem halben Jahr hätte mich das weniger mitgenommen. Aber wenn man selbst Kinder hat, kriegt man eine verdammt dünne Haut. Als Deissen den Säugling aus dem Windsichter rausgeholt hat, war ich den Tränen nahe. Und das ging allen so, die in der Halle standen. Sogar Keitel war ziemlich einsilbig und wenn der kein harter Hund ist, dann kenne ich keinen.«

Er nahm einen kräftigen Schluck aus der Flasche. Der bittere Hopfen vertrieb vorübergehend die Bitterkeit anderer Art, die schon den ganzen Tag in seiner Kehle saß.

»Was sind das für Menschen, die so etwas tun? Du als ehemalige Polizeipsychologin kannst mir das sicher erklären.«

»Urteilst du da nicht ein bisschen vorschnell? Vielleicht hat sie es gar nicht getötet.«

»Deissens Wortlaut war: ›Einen Suizid können wir ausschließen.‹«

»Dass dem in so einer Situation noch nach Witzen zumute war.«

»Das habe ich ihm sinngemäß auch gesagt.«

Nora strich sich eine blonde Strähne hinters Ohr. »Diese

Frauen – meistens sind es die Mütter, die ihre Kinder innerhalb der ersten vierundzwanzig Stunden nach der Geburt töten, ganz selten Großmütter oder die Väter – verdrängen oft schon die Schwangerschaft. Sie deuten die Vorgänge in ihrem Körper ziemlich fantasievoll um. Blähungen, zu viel gegessen, die Periode ist aus irgendwelchen seltsamen Gründen ausgeblieben. Wenn dann die Wehen einsetzen und das Kind kommt, sind nicht wenige überrascht – und völlig überfordert. Viele geben an, sie hätten sich gefühlt, als würden sie bei der Geburt völlig unbeteiligt zuschauen.«

»Dann bringen sie das Kind einfach um?«

»Die Frauen stehen in dieser Situation unter wahnsinnigem Stress. Ihre Hormone spielen verrückt. Da ist plötzlich ein Wesen, zu dem sie keinerlei Bindung aufgebaut haben, etwas Monströses. Manche fürchten, vom Partner verlassen zu werden. Oder dass die Eltern sie vor die Tür setzen. Dass sie den Arbeitsplatz verlieren, den sie nach langem Suchen ergattert haben. Dann finden sie keinen anderen Ausweg aus ihrem Lebensdilemma, als das ›Monster‹ zu töten oder es auszusetzen. Was oft auf das gleiche Ergebnis hinausläuft.«

»Was ist denn mit Babyklappen? Wurden die nicht genau dafür eingeführt?«

»Solche Frauen sind emotional überhaupt nicht in der Lage, Hilfsangebote anzunehmen, und kaum zu einer logischen Entscheidung fähig. Außerdem sind sie völlig auf sich allein gestellt.«

»Die leben doch nicht auf einer Insel. Irgendjemand aus dem Freundeskreis muss doch bemerken, dass mit ihnen etwas nicht stimmt. Und Hilfe anbieten.«

Nora nickte. »Das ist das Rätselhafte an der Sache. Bekannte und Verwandte nehmen die unglaubwürdigen Ausreden oft ohne Skepsis hin. Solange niemand von dem Problem weiß, es ignoriert beziehungsweise verdrängt, kann auch niemand unterstützend eingreifen.«

»Wir vermuten, die Frau lebt in irgendeinem der Sozialbauviertel im Norden.«

»Dass ihr da mal nicht auf dem Holzweg seid. Das ist kein Hartz-IV-Phänomen. Solche Kindstötungen kommen in jedem sozialen Umfeld vor. Die Frau kann genauso gut im Westend wohnen.«

»Das macht es uns nicht leichter.« Gideon stürzte den letzten Rest Bier herunter und erhob sich. »Gibt es sonst noch was, das ich wissen sollte? Was den Kreis der Verdächtigen einschränkt?«

Nora zog den Gürtel ihres Morgenrocks enger. »Nicht wenige Frauen, die ihre Neugeborenen töten, sind als Kind sexuell missbraucht worden. Und – das klingt jetzt vielleicht ein wenig klischeehaft und wird die Eingrenzung kaum erleichtern – ihr sucht, wenn man der Statistik glauben darf, nach einer eher korpulenten Frau.«

»Und warum das?«

»Weil es einer übergewichtigen Frau wesentlich leichter fällt, ihre Schwangerschaft zu verbergen. Vor anderen wie auch vor sich selbst.«

»Ein wehrloses Kind zu töten und wegzuwerfen wie Müll, ist wirklich das Allerletzte. Da geht mir jegliches Verständnis ab. Das sehen die anderen übrigens genauso.« Gideon stellte die leere Bierflasche in eine Stofftragetasche. »Ich werde heute nicht alt. Wenn Janni wieder die ganze Nacht schreit, brauche ich das bisschen Schlaf, das ich noch bekommen kann.«

Nora stand einfach nur da und beobachtete ihn. Es dauerte eine ganze Weile, bis er bemerkte, dass sie auf etwas zu warten schien. Er wusste nur nicht auf was.

Über ihrer Oberlippe bildeten sich feine Schweißperlen, ein untrügliches Zeichen dafür, dass sie kurz vor einem Wutausbruch stand.

»Der Arzt hat Entwarnung gegeben.«

Gideon hatte keinen Schimmer, wovon Nora redete.

»Der Kinderarzt, Gideon. Jan ist nicht heruntergefallen und du hast ihn nicht geschüttelt. Mit seiner Wirbelsäule und dem Kopf ist alles in Ordnung. Er hat ihn geschallt. Und du erinnerst dich wirklich an rein gar nichts?«

Gideon wurde heiß und kalt zugleich. Immer wieder hatte er sich tagsüber vorgenommen, Nora anzurufen, um das Ergebnis der Untersuchung zu erfahren, aber ständig war eine Besprechung oder ein wichtiges Telefonat dazwischengekommen. Irgendwann hatte er es schlicht vergessen.

»Tut mir leid, Nora. Ich wollte mich melden. Aber du kannst dir nicht vorstellen, was heute im Präsidium los war.«

Ihr Lächeln war kalt, die Sprache ihrer Augen eindeutig: Es hätte dich nur einen Anruf gekostet.

10

14. März, 4:20 Uhr
Ben-Gurion-Ring, Frankfurt Nieder-Eschbach

War es ein Wunder, dass Rita Kempfer sich wie gerädert und gevierteilt fühlte? Die zweite Nacht in Folge konnten der alte Köhler und seine dreißig Jahre jüngere Freundin in der Wohnung darunter sich stundenlang nicht entscheiden, ob sie lieber lautstark vögeln oder sich umso geräuschvoller Schimpfworte und Einrichtungsgegenstände an den Kopf werfen wollten.

Sodom und Gomorrha.

Dass Menschen wie Rita, die Zeitungen austrugen, statt sich vom Sozialamt durchfüttern zu lassen, um viertel nach vier aufstehen mussten und daher ihren Schlaf brauchten, kümmerte solche Typen einen Scheißdreck. Rita ärgerte sich über ihre gestrige Unentschlossenheit; sie hätte doch die

Polizei rufen sollen. Stattdessen hatte sie noch Hartmut beruhigt, der irgendwann meinte, wenn nicht bald Ruhe einkehrte, würde er raufgehen und der Schlampe höchstpersönlich den Schädel einschlagen.

Im Dunkeln ertastete sie ihre Hausschlappen auf dem eiskalten Boden. Sie reckte sich, dann verließ sie das gemütliche Bett, wankte schlaftrunken ins Badezimmer. Hartmut drehte sich zur Seite, furzte geräuschvoll unter der Decke und schnarchte weiter.

Immerfort müssen Männer Geräusche von sich geben, dachte Rita, während sie die Zähne putzte. Sie furzen, rülpsen, ziehen die Nase hoch und merken es selbst nicht einmal. Und wer gezwungen war, sich anzuhören, was Hartmut von sich gab, wenn er sich auf ihr abstrampelte, wer mal in das Fell auf seinem Rücken gegriffen hatte, konnte keinen Zweifel daran haben, dass der Mensch vom Affen abstammte.

Rita musterte ihre Krähenfüße im Spiegel. Bald siehst du aus wie deine Mutter.

Drei Putzstellen während der Woche und die Zeitung am Samstag forderten ihren Tribut. Zusammen mit den paar Kröten, die Hartmut seit seinem Bandscheibenvorfall von der Berufsgenossenschaft erhielt, kamen sie gerade so über die Runden. Was vor allem daran lag, dass die Miete in diesem Wohnsilo so günstig war. Auch der einzige Grund dafür, dass sie es so lange in dieser asozialen Umgebung aushielten, in der kein Tag ohne Prügeleien auf dem Spielplatz, Martinshorn und flackerndes Blaulicht verging. Wo man besser die Türen schloss und den Fernseher lauter drehte, wenn es im Hausflur Geschrei gab.

Rita gähnte ausgiebig, während die Nespresso-Maschine den Kaffee ausspuckte. Hartmut hatte sie ihr zu Weihnachten geschenkt. Bald darauf schwante beiden, dass das schicke ferrarirote Teil nur deshalb so günstig gewesen war, weil die Kapseln mit dem Kaffeepulver umso teurer verkauft wurden.

Das ganze Leben war ein riesiger Beschiss. Zurück zum Filterkaffee wollten sie nun auch nicht mehr. Also tranken sie weniger Kaffee. Und das war ja auch gesünder so.

Sie löschte das Licht in der kleinen Küche, schlüpfte in die Lederjacke, steckte die Mofaschlüssel ein. Mit dem Helm in der Hand betrat sie das Treppenhaus und zog so geräuschlos wie möglich die Tür hinter sich zu.

Von unten wehte ein eisiger Hauch herauf. Jemand hatte die Eingangstür des Hauses offen gelassen. Oder zum millionsten Mal in diesem Jahr die Scheibe eingetreten. Bevor die Hausverwaltung das Schild mit der Aufschrift *TÜR IMMER GESCHLOSSEN HALTEN!!!* noch mehr vergrößerte, konnte sie die Tür genauso gut mit Latten vernageln. Niemand hier fühlte sich für *irgendetwas* verantwortlich.

Rita lauschte. Natürlich war um diese Zeit noch niemand auf den Beinen. Sie klappte den Kragen gegen die Kälte hoch. Sechs Stockwerke hatte sie vor sich, besser runter als rauf; den Aufzug mied sie, der war seit Neujahr zwei Mal stecken geblieben. Ein Treppenabsatz, noch einer, die Schultern hochgezogen, den Blick auf die Stufen vor sich gerichtet. Ein Stockwerk tiefer hob sie den Blick. Köhlers Wohnungstür stand offen. Nicht einen Spalt, sondern sperrangelweit; ebenso wie gestern am späten Abend, als sie noch mal runtergegangen war, um Getränke aus dem Keller zu holen. Sie ging nicht gern, schon gar nicht nach Einbruch der Dunkelheit. Aber Hartmut hatte Rücken und wenn sie Sprudel trinken wollte, musste sie selbst runtergehen oder mit Leitungswasser vorliebnehmen, das aussah wie Rostbrühe und schmeckte wie eine Senkgrube. Dass der Wagen, auf dem sie die Kästen üblicherweise hinauftransportierte – im Aufzug, während sie selbst das Treppenhaus nahm –, offensichtlich geklaut worden war, trug nicht zur Verbesserung ihrer Laune bei.

Sie hatte sich gestern wegen der Tür nichts gedacht. Köhlers Freundin hatte vielleicht gerade den Müll runtergebracht. Oder die Post geholt. Oder bespaßte gegen Bares einen Türken im Erdgeschoss. Den Alten selbst hatte Rita schon seit Tagen nicht mehr gesehen, der war bestimmt wieder auf Sauftour, auch wenn er neuerdings einen auf ›heiliger Mann‹ machte. Klar sollte die Tür zum Treppenhaus nicht offen stehen, vor allem, wenn niemand in der Wohnung war. Aber bei dieser Frau wunderte einen nichts, die war nicht ganz klar im Kopf.

Manchmal fragte Rita Kempfer sich, ob es das Haus war, das die Bewohner so veränderte. Wie in diesem Film von dem Hotel in den verschneiten Bergen, in dem der Schriftsteller seine Familie umbringen will. Das Hotel verkörperte das Böse. Vielleicht war ja auch diese Bruchbude am Ben-Gurion-Ring böse? Böse heruntergekommen auf jeden Fall. Rita lachte leise über das gelungene Wortspiel.

Es passte zu Köhlers Tussi, dass sie die Tür offen stehen ließ, während sie im Haus unterwegs war. Sie war eine von denen, die einem ums Verrecken nicht in die Augen sahen. Ob sie mit dem alten Knacker beim Vögeln auch immer zur Seite guckte? Wenn Rita ehrlich war, machte sie es bei Hartmut ähnlich. Wohin war ihr Blick gerichtet? An die Decke? Hatte sie die Augen vor Wonne geschlossen? Ganz sicher nicht, so was machten Leute im Kino, aber nicht auf den Golanhöhen. Hier wurde auch nicht ›Liebe gemacht‹, sondern ›gefickt‹. Vorwiegend Mütter wurden gefickt, wie man dem Gegröle der Pimpfe auf dem Fußballplatz entnehmen konnte.

Bleib beim Thema, ermahnte sie sich. Köhlers Tür steht seit einem halben Tag offen, und das ist nicht normal. Erwartete man von ihr, dass sie etwas unternahm? Rita knetete nervös den Kinngurt des Motorradhelms. Nach wie vor schien sie das einzige menschliche Wesen im Treppenhaus zu sein.

Was dieser Köhler und seine Freundin treiben, geht dich nichts an. In fünfzehn Minuten musst du die ersten Zeitungen einwerfen und bei den eisigen Temperaturen braucht die Schrottkiste bestimmt ein Dutzend Anläufe, bis sie anspringt.

In die gähnende Schwärze hinter der Wohnungstür zu blicken, war so, als würde man in ein offenes Grab schauen. Irgendwie schien es dort noch kälter zu sein als im Treppenhaus. Aber es gelang Rita nicht, den Blick abzuwenden.

Geh rauf, hol Hartmut aus den Federn und frag ihn, was zu tun ist. Mit etwas Glück würde er sie nur anschreien. Wenn sie Pech hatte, fing sie sich eine und kam zu spät zur Arbeit. Nein, diese Entscheidung konnte sie nur alleine treffen.

Der alte Türke aus dem neunten Stock kam ihr in den Sinn, der Witwer, den sie Anfang März in seiner Wohnung gefunden hatten – mumifiziert, weil er bei voll aufgedrehter Heizung vier Monate tot auf dem Bett gelegen hatte. Keiner der Nachbarn hatte irgendwas bemerkt. So will niemand enden. Ein paar Trauergäste sollten bei der Beerdigung schon Tränen vergießen. Was seine Erben wohl an Heizkosten nachzahlen mussten?

Vielleicht war Köhler ja verletzt und brauchte Hilfe. Vielleicht hatte er einen Herzanfall erlitten.

Rita klopfte an die weit geöffnete Tür.

»Herr Köhler? Ist jemand da?«

Keine Antwort. Ihre Stimme hallte von den Wänden im Treppenhaus wider. Überflüssigerweise drückte sie die Klingel. Natürlich blieb eine Reaktion aus, auf ihr Klopfen hatte ja auch niemand geantwortet.

Rita Kempfer warf einen prüfenden Blick nach links und rechts, bevor sie den Flur der Wohnung betrat. Sie tastete an der Wand entlang, bis sie den Lichtschalter fand. Das Klicken des Schalters und das Aufleuchten der nackten Glühbirne an der Decke ließen sie zusammenfahren. Die Türen zu den Zimmern waren alle verschlossen.

»Herr Köhler? Hallo? Frau …« Verdammt, sie wusste nicht mal, wie seine Alte hieß.

Stille.

Sie klopfte an die Badezimmertür, die erste im Flur. Kein Laut. Sie öffnete, steckte den Kopf durch die Tür. Unvermittelt stieg ihr ein seltsam vertrauter Geruch in die Nase, nichts was sie auf den ersten Blick zuordnen konnte. Ein paar Spritzer irgendeiner Flüssigkeit klebten auf den Bodenkacheln, sah das aus wie getrocknetes Blut? Rita hatte keine Ahnung. Große Mengen Blut kannte sie nur aus dem Fernsehen.

Ein überquellender Mülleimer. Ein Wäschekorb, bis zum Rand gefüllt. Ansonsten nichts Ungewöhnliches. Sie zog die Tür zu.

Wenn Köhlers Wohnung genauso geschnitten war wie ihre, führte die nächste Tür ins Wohnzimmer. Rita drücke die Klinke herunter und schob die Tür auf.

Etwas Dunkles sprang hinter der Tür hervor, schoss an ihr vorbei und verschwand im Hausflur. Rita schrie panisch auf. Keuchend lehnte sie sich an die Garderobe, bis ihr Atem sich wieder beruhigt hatte. Es war die Katze gewesen, die im Wohnzimmer eingesperrt gewesen war. Gott, wie man sich vor so einem blöden Vieh ängstigen konnte! Nein, keinen Schritt weiter würde sie tun. Noch so ein Erlebnis und sie landete direkt im Storchenhain – neben ihrer Mutter auf dem Bonameser Friedhof.

Rita nahm die Beine in die Hand, rannte aus der Wohnung und die Treppen hinunter wie ein junges Mädchen. Mit jedem Absatz, den sie hinter sich und diese verflixte Wohnung brachte, fühlte ihr Herz sich leichter an. Als sie aus der Haustür trat, schlug ihr eine Welle eisiger Kälte entgegen, ganz im Gegensatz zu der Eiseskälte in ihrem Inneren, die beinahe abgeklungen war. Sie marschierte zielstrebig an der Hausfront entlang, bog um die Ecke, um zu ihrem Moped zu gelangen, das in einem an die Hausmauer angrenzenden Holzverschlag auf seinen Einsatz wartete.

Das gefrorene Gras knirschte unter ihren Stiefeln. Hinter dem Schallschutzwall aus Beton rauschte der nächtliche Verkehr auf der A 661 vorbei. Das Schloss zum Verschlag ließ sich kaum aufstemmen, so träge war das Schmieröl im Scharnier. Ihr Atem gefror zu weißen Wölkchen, die wie Quallen durch die Luft schwebten.

Etwas raschelte hinter ihr im steif gefrorenen Laub. Sie fuhr herum. Eine Bewegung, ein dunkler Fleck am Boden. Eine Saatkrähe, furchterregend groß, die sie aus schwarzen Knopfaugen anstarrte. Sie legte den Kopf schräg. Der Schnabel sah gefährlich spitz aus. Überhaupt waren Krähen richtig große Vögel. Was man erst dann bemerkte, wenn sie nur ein paar Schritte von einem entfernt im Gras hockten und einen anstarrten.

Die Anwesenheit des Tieres jagte Rita Schauer über den Rücken. Der Vogel machte ein paar Sprünge, dann landete er auf etwas, das kaum drei Meter von Rita entfernt im Gras lag. Etwas, das sie bis jetzt nicht bemerkt hatte, obwohl es so groß war. Die Krähe stieß ihren Schnabel in die Beute, auf der sie hockte, und zog etwas Längliches heraus. Auf den ersten Blick glich es einem Wurm.

Faszinierte beobachtete Rita das Schauspiel. Dann erkannte sie, dass es sich bei der Beute im Gras nicht um einen Tierkadaver handelte.

Sondern um eine menschliche Leiche.

11

14. März, 5:55 Uhr
Homburger Landstraße, Frankfurt Alt-Bonames

Zum zweiten Mal innerhalb von zwei Tagen um halb fünf Uhr morgens aus dem Bett geklingelt zu werden – wobei er rein technisch nicht darin geschlafen hatte –, war Gideons bereits nachlassender Konzentrationsfähigkeit alles andere als zuträglich. Er verpasste die Autobahnauffahrt und musste sich mit der Homburger Landstraße zufriedengeben, die an Frankfurt Nord-Ost vorbei nach Bonames und weiter nach Nieder-Eschbach führte. Beim Überqueren der Nidda, von der Teilbereiche seit einigen Jahren renaturiert wurden, geriet sein Wagen ins Schlingern, da sich auf der Brücke Glatteis gebildet hatte, doch Gideon fing ihn souverän ab. Kurz hinter dem Brückenkopf lag ein Kleinwagen im Graben. Gideon fuhr rechts ran – der Zafira rutschte einen halben Meter auf der spiegelglatten Oberfläche entlang, bevor er zum Stillstand kam – und sah nach dem Rechten, aber das Fahrzeug war verlassen und abgeschlossen. Hinter der Windschutzscheibe steckte ein Zettel mit dem Hinweis, der Wagen werde im Laufe des Tages abgeschleppt. Gideon setzte die Fahrt mit halber Geschwindigkeit fort. Seit er Familienvater war, fühlte er sich verpflichtet, mehr als sonst auf seine Gesundheit zu achten.

Kurz darauf passierte er am Ortseingang von Alt-Bonames das Palais der Familie Metzler. Wie fast jedes Mal, wenn er an dem Anwesen vorbeikam, tauchte das Bild des ehemaligen stellvertretenden Frankfurter Polizeipräsidenten Wolfgang Daschner vor ihm auf, ein überkorrekter Beamter mit dunklem Oberlippenbart und deutlich sichtbaren Tränensäcken. Gideon erinnerte sich daran, wie er einmal mit Daschner und seinem späteren Teamleiter Werner Hartmann, beide inzwischen im Ruhestand, in der Kantine des Präsidiums gesessen hatte. Man hatte über unverfängliche Themen gesprochen, weil jeder wusste, dass Daschner nur ungerne über den Fall Gäfgen redete, selbst innerhalb der ›Festung‹. Kein Polizist, der etwas auf sich hielt, stellte in Abrede, dass er sich an Daschners Stelle genauso verhalten hätte. Um das Leben eines entführten Kindes zu retten, waren einige Angehörige der Frankfurter Kripo bereit, gewisse Grenzen zu überschreiten, auch wenn es den eigenen Kopf kostete. Seit Gideon selber einen Sohn hatte, war ihm das schmerzlich bewusst geworden.

Er ließ Bonames hinter sich; in der Ferne flackerten die Lichter der Hochhäuser am Ben-Gurion-Ring in der eisigen Nachtluft. Der Spitzname ›Golanhöhen‹, der den heruntergekommenen Sozialbauten anhaftete, war dem ehemaligen israelischen Premierminister und dem florierenden Drogenhandel mit den üblichen Begleiterscheinungen wie Gewaltkriminalität und Prostitution geschuldet. Wer an diesem sozialen Brennpunkt aufwuchs, musste schon mit einem überdurchschnittlich dicken Fell ausgestattet sein, um nicht in einer der Gangs und später im Knast zu landen. Die Golanhöhen glichen einem schwarzen Loch. Armut zog Armut an, Probleme brachten weitere Probleme mit sich. Hier gab es keine gesunde Durchmischung der verschiedenen sozialen Schichten wie in manchen alten Stadtteilen. Hier herrschte die gleiche unzuträgliche Homogenität wie in den gentrifizierten Gegenden Frankfurts, Nobelvierteln wie Osthafen oder Nordend, nur am entgegengesetzten Ende der Skala.

Als der Zafira in die Ringstraße einbog, sah Gideon schon von Weitem die Rettungsfahrzeuge, deren Blaulicht sich in den umliegenden Fenstern spiegelte. Sie erleichterten ihm die Orientierung. Er stellte den Wagen direkt in der Feuerwehreinfahrt ab, klemmte ein Schild mit der Aufschrift *Einsatzfahrzeug* hinter die Windschutzscheibe und stieg aus. Er nahm eine schwere Stofftasche aus dem Kofferraum, die nach Kaffee duftete. Als er die Straße überquerte, bemerkte er aus dem Augenwinkel den großen rostbraunen Fleck neben dem Gullydeckel.

Kühnast stand neben dem Krankenwagen und unterhielt sich mit einem der Sanitäter. Als er Gideon entdeckte, eilte er auf ihn zu.

Der Platz vor dem Haus wirkte für die Gegend ungewöhnlich ordentlich. Gideon hätte eher einen Haufen Sperrmüll oder ein Ölfass erwartet, an dessen Feuer sich abgerissene Gestalten wärmten. Nur ein einsames Fahrrad, das mit völlig verbogenem Vorderrad im Ständer hing, zeugte davon, wie man hier mit Eigentum umzugehen pflegte.

»Gerade erst drei Wochen her, dass wir hier waren«, sagte Gideon.

»Der Blutfleck ist immer noch da. Offensichtlich traut sich nicht mal mehr die Straßenreinigung her.«

Mitte Februar hatte ein Siebzehnjähriger auf der Straße vor dem Haus seinen zehn Jahre älteren Stiefvater erstochen. Ein Streit unter Drogendealern: Die beiden hatten sich nicht über die Verteilung des Verkaufserlöses einigen können.

»Die Tote liegt an der Nordseite des Gebäudes. Wir können gleich rübergehen, Deissen vom K 33 arbeitet dran, Chiazza ist unterwegs. Frau Kempfer, die Nachbarin, die die Leiche gefunden hat, ist ziemlich fertig, deshalb hielt ich es für besser, dass sich die Sanitäter um sie kümmern.«

Gideon spähte durch die offene Tür des Krankentransporters. Auf dem Boden lag ein Motorradhelm, auf einer Trage, in Thermofolie eingewickelt, sah er eine schmale Mittfünfzigerin mit undefinierbar mausgrauer Kurzhaarfrisur und wachsbleichem Gesicht. Sie starrte ausdruckslos an die Decke, bewegte stumm die Lippen.

Gideon wandte sich wieder seinem Kollegen zu. »Was hast du bisher rausgefunden?«

»Sie ist tot, so viel ist gewiss.«

»Name, Alter, Beruf?«

Kühnast schüttelte den Kopf. »Ich bin auch erst seit einer Viertelstunde da. Deissens Tatortgruppe braucht eine Weile. Aber es sieht so aus, als sei sie vom Dach gesprungen. Kopfüber.«

»Viel ist das nicht.«

»Ich bin ja schon froh, dass die Streife uns überhaupt benachrichtigt hat. So kann wenigstens Chiazza noch mal einen Blick auf die Leiche werfen.«

»Hast du aus ihr was rausbekommen?« Gideon deutete auf die Frau im Krankenwagen. Kühnast verneinte.

»Ist sie vernehmungsfähig?«, wollte Gideon vom Sanitäter wissen.

Der Mann nickte. »Aber seien Sie nett zu ihr, das Ganze hat sie ziemlich mitgenommen.«

»Verständlich«, pflichtete Gideon ihm bei. Er stieg in den Krankenwagen. Neben der Frau saß ein weiterer Sanitäter und überprüfte ihren Puls. Er lächelte Gideon zu und überließ ihm den kleinen Hocker, auf dem er gesessen hatte. Der Duft von frisch gebrühtem Kaffee entströmte der Tragetasche.

Kühnast quetschte sich ebenfalls in den Innenraum des Krankenwagens, in dem es nun grauenhaft eng war.

»Hallo, Frau Kempfer, mein Name ist Gideon Richter. Ich bin Kommissar bei der Frankfurter Kripo. Fühlen Sie sich in der Lage, ein paar Fragen zu beantworten?«

Die Frau wandte ihm das Gesicht zu. »Die Krähe hat an ihrem Gehirn gepickt.«

Gideon blickte zu dem Sanitäter hinüber, der hilflos mit den Achseln zuckte.

»Hinten am Kopf, da kam's raus. Die Krähe …« Frau Kempfer verstummte.

»Ist ziemlich schlimm, so ein Anblick. Nichts auf der Welt kann einen darauf vorbereiten.«

Die Frau seufzte vernehmlich.

»Sie haben nichts an der Leiche verändert? Sie weder umgedreht noch etwas entfernt?«

Rita Kempfer schüttelte den Kopf.

»Gut gemacht, Frau Kempfer. Sie kannten die Tote?«

»Wir waren Nachbarn.«

»Wohnen Sie nebenan?«

»Ein Stockwerk drüber.«

»Wie heißt die Tote?«

Kempfer kicherte leise. »Tut mir leid, dass ich lachen muss, aber ich habe keine Ahnung, auch wenn das bescheuert klingt, wenn man im gleichen Haus lebt. Sie hat bei Köhler zur Untermiete gewohnt.«

Frau Kempfer runzelte die Stirn. Gideon gab ihr Zeit, sich zu erinnern.

»Jessica oder Jeanine oder so ähnlich.«

»Haben Sie gesehen, wie sie gesprungen ist?«

»Zum Glück nicht!«

»Hat sie irgendwann einmal erwähnt, dass sie sich das Leben nehmen will? Oder bereits einen Selbstmordversuch hinter sich hat?«

Kempfer schüttelte den Kopf. »Wir haben kaum miteinander gesprochen. Sie gehörte zu denen, die ihren Nachbarn aus dem Weg gehen.«

Gideon wandte sich an Kühnast. »Habt ihr einen Abschiedsbrief gefunden?«

Der Kollege von der Tatortgruppe sei noch in der Wohnung zugange, entgegnete Kühnast.

»Fällt Ihnen sonst noch etwas ein, was uns weiterhelfen könnte?«

»Jetzt kann ich endlich wieder ungestört schlafen. Keine Ahnung, ob ich mich darüber freuen soll.«

»War es in der Wohnung nachts laut?«

»Die haben oft gestritten, der Köhler und sie.«

Kempfer schloss die Augen, es war alles gesagt. Durch das Fenster des Krankenwagens fiel der Strahl eines weiteren Scheinwerfers. Gideon kniff die Augen zusammen: Der hellgraue Sprinter mit einem stilisierten Goethe-Porträt tauchte auf dem Platz vor dem Gebäude auf.

12

14. März, 6:20 Uhr
Ben-Gurion-Ring, Frankfurt Nieder-Eschbach

Deissen hatte einen Pavillon über dem Fundort errichtet, um die Leiche vor Gaffern abzuschirmen. Der Scheinwerfer, der im Inneren für Licht sorgte, brachte das Zelt auf eine überirdische Art zum Glühen. Gideon holte die Thermoskanne und die Pappbecher aus der Tragetasche und stellte sie draußen neben den Eingang. Nora achtete darauf, dass er und seine Kollegen bei diesen Temperaturen etwas Warmes zu trinken hatten. Als ehemalige Kollegin wusste sie aus eigener Erfahrung, wie es war, wenn man bei eisiger Kälte stundenlang an einem Tatort ermitteln musste.

Eine junge Polizistin mit blonden Zöpfen, vermutlich die Streife des zuständigen Reviers 15, hielt Gideon Richter und Günther Kühnast die Plastikplane am Zelteingang auf, nachdem sie die Ausweise der Kollegen überprüft hatte.

Deissen kauerte über dem Körper und nahm mit großen Wattestäbchen Abstriche von Kleidung und Hautoberfläche. Auf einer Decke am Boden neben der Toten lagen ein Maßband und Deissens Tablet-PC.

»Hallo Oliver. Draußen steht heißer Kaffee; bedien dich, wenn du willst, mit besten Grüßen von meiner Frau. Der

Kaffee ist übrigens für alle da«, rief Gideon den Kollegen außerhalb des Zeltes zu.

Er ging in die Hocke und inspizierte das Loch im Schädelknochen. Zwischen den mit Blut verklebten Haaren stülpte sich weiches Gewebe nach außen. Jennifer Baurs Gehirnmasse wirkte grau in der farblosen Dämmerung.

»Eine offene Kopfverletzung, wahrscheinlich die Stelle, an der sie aufgeprallt ist«, erläuterte Deissen.

»War Alkohol im Spiel? Oder Drogen?«

»Das musst du schon Chiazza fragen. Riechen kann man jedenfalls nichts.« Hinter ihm öffnete sich die Eingangsplane und Chiazza aus der Rechtsmedizin trat ein. Nach einer knappen Begrüßung schlug Gideon Kühnast vor, in der Zwischenzeit das Dach in Augenschein zu nehmen. Für vier Leute war das Zelt ohnehin zu eng.

Kühnast schnaufte wie ein Walross und selbst Gideon musste sich eingestehen, dass ihn die elf Stockwerke bis nach oben ins Schwitzen brachten. Von der Benutzung des Aufzugs hatte man ihnen dringend abgeraten. Fast alle Wohnungstüren standen inzwischen offen, Nachbarn im Jogginganzug oder Morgenmantel nippten an ihren Kaffeetassen und freuten sich über die willkommene Abwechslung. Musste hier denn niemand zur Arbeit?

Vom Dachgeschoss aus führte eine grün lackierte, mit Beulen und Kratzern übersäte Stahltür ins Freie. Auch hier war ein Uniformierter postiert, der seine Kontrollfunktion jedoch wenig ernst zu nehmen schien: Ohne weitere Fragen trat er zur Seite und ließ die Kollegen passieren. Gideon hoffte, dass es an ihrer natürlichen Autorität lag und nicht am mangelnden Arbeitseifer des Mannes.

Er ließ den Blick über die Waschbetonplatten schweifen, zwischen denen sich gelegentlich ein Lüftungsauslass oder Lichtschacht öffnete. In der Mitte des Flachdachs ragte die meterhohe Antenne eines Mobilfunkanbieters empor, an deren Fuß die mumifizierten Überreste einer toten Amsel lagen. Die Einfassungen des Gebäudes bestanden aus Zinkblech, das mit seinem metallischen Schimmer das Morgenlicht reflektierte. Am Horizont kündigte sich mit violetten Schlieren am wolkenverhangenen Himmel der neue Tag an. Günther Kühnast verlor auf dem spiegelglatten Boden den Halt. Hätte Gideon ihn nicht im letzten Moment am Arm gepackt, wäre er gestürzt.

Gideon beugte sich über den Rand des Gebäudes und riskierte einen Blick in die Tiefe. Von hier oben sah der Pavillon kaum größer aus als ein Handtuch.

Ein Mann mit Anzug, Wollmantel und schwungvoll frisierter Tolle, der auf ihn zueilte, lenkte seine Aufmerksamkeit ab. Er reichte ihm zur Begrüßung die Hand, die in einem schwarzen Lederhandschuh steckte. Das Leder fühlte sich wunderbar weich an.

»Bobic. Ich bin der Hausverwalter. Wirklich furchtbar, was mit Frau Baur passiert ist.«

»Ist das der Name der Toten?«

Bobic nickte.

»Wie lange hat Frau Baur im Haus gewohnt?«

»Laut unseren Unterlagen etwa zehn Monate. Herr Köhler hatte sie der Hausverwaltung ordnungsgemäß als Untermieterin gemeldet.«

»Können Sie sich vorstellen, was sie mitten in der Nacht hier oben zu suchen hatte?«

»Keine Ahnung. Aber ich zweifle nicht daran, dass sie sich das Leben nehmen wollte. Sie ist nicht die Erste, müssen Sie wissen. In den letzten zwei Jahren haben sich in diesem und im Nachbarhaus, das ebenfalls von uns verwaltet wird, bereits zwei Bewohner vom Dach in den Tod gestürzt. Ist immer eine Riesensauerei.«

»Vielleicht sollten Sie mal eine Sanierung in Betracht ziehen«, schlug Kühnast vor.

Bobic verzog die Mundwinkel. »Es wäre wunderbar, wenn das Haus abgerissen und das Grundstück neu bebaut werden könnte. Aber die Stadt erteilt keine Abrissgenehmigung.«

»Wo sollen die armen Schweine auch hin, die anderswo keine Wohnung kriegen?«, warf Kühnast sarkastisch ein.

»Könnte es sich auch um einen Unfall handeln?«, ging Gideon dazwischen.

Bobic war skeptisch.

Ein letztes Mal blickte Gideon über die Kante des Gebäudes auf die Straße hinab. Obwohl er in jungen Jahren furchtlos vom Zehnmeterbrett gesprungen war, löste die Höhe ein starkes Schwindelgefühl bei ihm aus. Es erforderte Chuzpe, sich von hier oben in die Tiefe fallen zu lassen. Aber vermutlich galt das für jede Art des Suizids. Hatte nicht schon Nestroy vor zweihundert Jahren diejenigen verhöhnt, die den Freitod für feige hielten? Nur wer es selbst probiert habe, dürfe mitreden, postulierte er.

Der Blick nach unten hatte eine beinahe hypnotische Wirkung. Gideon verspürte mit einem Mal das unerklärliche Bedürfnis, sich weiter vorzulehnen, dem Abgrund entgegen.

Jemand packte ihn hart am Arm und riss ihn zurück. Als er sich umdrehte, sah er in Kühnasts besorgtes Gesicht.

»Ist dir nicht gut?«

»Mir geht's wunderbar.« Gideon schüttelte Kühnasts Hand ab und stapfte zur Tür.

Die Polizisten stiegen sechs Stockwerke hinab in den fünften Stock. Ein Signalton kündigte den Eingang einer neuen Nachricht bei Kühnast an. Er warf einen Blick darauf, dann hielt er Gideon das Handy hin: »Die Daten vom Einwohnermeldeamt sind da.«

»Wie hast du denn die Kollegen um diese nachtschlafende Zeit ins Büro bekommen?«

»Die Bereitschaft kann sich von zu Hause aus in die Datenbank einwählen.«

Gideon las die Informationen laut vom Display ab. »Gustav Köhler, geboren 24.11.1952 in Offenbach, und Jennifer Baur, geboren am 5.4.1983 in Schkopau in Sachsen-Anhalt. Seine Tochter?«

Kühnast musste passen. Sie ließen sich von Bobic die Tür aufschließen, traten in den Flur und warfen danach einen Blick ins Wohnzimmer. Auch in diesem Raum herrschte Chaos. Nicht die Art Unordnung, die nach Handgreiflichkeiten oder einem Kampf entstand, sondern die schlampige Variante: benutztes Geschirr und leere Flaschen auf dem Couchtisch, Verpackungen von Schokoriegeln, eine halb ausgeschüttete Chipstüte. Der Teppich sah aus, als wäre er schon länger nicht mehr gesaugt worden.

Das Bett im Schlafzimmer war zerwühlt, auf einem roten Klappstuhl stapelte sich haufenweise schmutzige Wäsche, was keinen Platz mehr darauf fand, lag auf dem Boden. Die Möbel hatten auch schon bessere Zeiten hinter sich. Gideon ließ wie beiläufig die Hand auf den Heizkörper am Fenster sinken und fühlte die Temperatur: kalt. Er öffnete die Schublade im Nachtkasten neben dem Bett und stieß auf eine Handvoll benutzte Taschentücher. An der Nachttischlampe lehnte eine vergilbte Postkarte mit einem kitschigen Jesusbild: der Gottessohn mit Heiligenschein, Schäferstab und einem Lämmchen auf dem Arm. Gideon öffnete den Kleiderschrank. An Kleiderbügeln aus Draht hingen fadenscheinige gebügelte Hemden, dazwischen eine Mottenfalle, an der tote Insekten klebten. Die untere Hälfte des Schranks war vollgestopft mit Krimskrams. Die Tür klemmte, Gideon musste beide Hände und sein ganzes Gewicht einsetzen, um sie wieder zu schließen. Als er sich dabei zur Seite lehnte, entdeckte er in einem Spalt zwischen Kleiderschrank und Zimmerwand einen in Paketpapier eingeschlagenen Gegenstand, der ihm bis zur Brust reichte. Beim Herausziehen stellte er fest, dass er fast ebenso breit wie hoch war.

Gideon entfernte das Papier und trat zwei Schritte zurück. Ein Gemälde. Das Motiv war irreführend: Er sah ein verschwommenes Familienporträt in verschiedenen Grautönen – Eltern und Kinder gemeinsam auf einem altertümlichen Sitzmöbel. Entspannt, ein Bild der Harmonie. Die Brille des Vaters sowie Kleidung und Frisuren deuteten darauf hin, dass die Szene irgendwann in den Sechzigerjahren festgehalten worden war. Gideon fuhr mit dem Zeigefinger über die Leinwand. Pinselstriche, Farbkleckse. Ganz eindeutig handelte es sich um ein Gemälde, möglicherweise nach einer fotografischen Vorlage entstanden.

In Köhlers Wohnung hätte er eher *Röhrender Hirsch vor Sonnenuntergang* erwartet. Das Kunstwerk mutete wie eine falsche Requisite in einem ansonsten stimmigen Bühnenbild an. Gideon wickelte es wieder ein und schob es nachdenklich an seinen Platz zurück. Das Schlafzimmerfenster war wie erwartet verschlossen.

Als Nächstes nahmen sie sich das Badezimmer vor. Auch hier unaufgeräumte Schäbigkeit. Und dann war da noch etwas anderes.

»Riechst du das, Günther?«

Kühnast schnupperte und bestätigte die Beobachtung seines Chefs.

»Aber ich kann dir beim besten Willen nicht sagen, was das ist.«

Gideon schloss die Augen und sog den Geruch tief ein. Bilder flammten in seinem Kopf auf – keine Bilder, vielmehr ein Gefühl: Anspannung, gepaart mit Hoffnung. Angst und Freude zugleich. Er war sich ziemlich sicher, dass er den Geruch kannte.

»Ich muss ebenfalls passen.« Er verharrte noch eine Weile an Ort und Stelle, dann gab er auf. Sie schlossen die Tür hinter sich und kehrten ins Wohnzimmer zurück.

Gideon ließ den Blick über die Möbel schweifen. Ein abgetretener Perserteppich. Ein Couchtisch aus schwerem Granit. Ein massiver Glasaschenbecher mit Jägermeister-Logo. Ein Marienbild an der Wand. Die offene, leere Schublade eines Telefontischchens aus dunklem Holz, darauf ein geblümtes Deckchen und die Basisstation eines Funktelefons; die Schublade war abschließbar und das zersplitterte Schloss ließ erkennen, dass sie aufgebrochen worden war.

Auf dem Sideboard wurde Gideon fündig. Er hob das schmale Stück Papier auf, das dort unter einer Schneekugel eingeklemmt war. Jemand hatte darauf mit Bleistift gekritzelt:

tut mir leid gustav
ich weis kein andern ausweg
~~*in liebe*~~ *deine jenni*

Die Worte ›in liebe‹ waren durchgestrichen. Das Papier war zerknittert, als wäre es zerknüllt und danach wieder glatt gestrichen worden. Gideon inspizierte die Rückseite. Die Quittung für einen Lottoschein. 6 aus 49. Abgabe 5. März, 13:29 Uhr. Losnummer 4638126. Superzahl 6. Darunter hatte jemand mit Kuli die Gewinnzahlen der Mittwochsziehung gekritzelt. Drei Ziehungen, kein einziger Treffer. Offenbar war Jennifer Baur ein ganz und gar glückloser Mensch gewesen.

Gideon legte den Abschiedsbrief wieder an seinen Platz.

»Wo treibt sich eigentlich dieser Gustav Köhler herum? Hat den schon irgendjemand gesehen?«

Kühnast zuckte mit den Schultern.

13

14. März, 10:50 Uhr
S4 Richtung Kronberg

Die Stimme aus dem Lautsprecher kündigte den nächsten Halt an: Galluswarte. Annette Nick versuchte, durch die freie Fläche in Briefmarkengröße, die der Graffiti-Künstler auf der Scheibe des Abteils unbearbeitet gelassen hatte, einen Blick auf den Frankfurter Spätwinter zu erhaschen. Ein ebenso schmutzig grauer Tag wie seine Vorgänger. Die Sonne war nirgendwo zu sehen; vermutlich hielt sie sich in wärmeren Gefilden auf.

Annette ließ noch einmal diesen verrückten Vormittag vor ihrem inneren Auge Revue passieren. Rosenthal von der Personalabteilung hatte sie angerufen, weil er eine Stelle in der MK 5 für sie gefunden hatte. Fünfzehn Wochenstunden für den Anfang, mit stufenweiser Steigerung bis zur Vollzeit. Es sei in einer Mordkommission zwar eher unüblich, jemanden in Teilzeit zu beschäftigen, aber die hessische Polizei wolle sich als aufgeschlossenes und familienfreundliches Unternehmen positionieren. Bei Erfolg werde man das Modell auf andere Direktionen ausweiten.

Keine zehn Minuten später hatte Hauptkommissar Gideon Richter angerufen. Ob sie um halb zehn im Präsidium sein könne?

Annette hatte sich setzen und erst einmal tief durchatmen müssen. Sie fühlte sich plötzlich wie eine unbedarfte Strandspaziergängerin, die von einer Monsterwelle ins Meer gerissen wird. Die Worte ihrer Therapeutin kamen ihr in den Sinn: »Die Menschen in Ihrem Umfeld werden nur begrenzt Rücksicht nehmen. Sie müssen daran arbeiten, sich abzugrenzen. Nein zu sagen, wenn Sie sich überfordert fühlen.« Das war das eigentliche Ziel der Therapie gewesen: lernen, sich zur Wehr zu setzen.

Annette Nick hatte sich, ohne zu zögern, einverstanden erklärt. Es gelang wohl niemandem, seine Persönlichkeit innerhalb eines halben Jahres völlig umzukrempeln. Sie hatte keinen Widerstand geleistet, als ihr neuer Chef ihr den ersten Auftrag erteilte, auch wenn sie wusste, dass sie dabei an ihre Grenzen stoßen würde. Ihrer Tochter Antonia hatte sie auf der Küchenarbeitsplatte eine Notiz hinterlassen: *Wärm dir die Suppe auf dem Herd auf, falls ich noch nicht zurück bin, wenn du aus der Schule kommst.*

»Achtung, Türen schließen. Zurückbleiben bitte!«

Verwirrt sah Nick sich um. Die S-Bahn wartete am Bahnsteig. *Galluswarte* stand mit weißer Schrift auf einem blauen Schild über den Wartebänken; jemand hatte obszöne Sprüche daraufgesprüht. Sie kam einer Panik nahe. Die Tür des Abteils zischte und schob sich zu. Im letzten Moment reagierte Nick und klemmte den Fuß in die verbliebene Lücke; ihr Puls raste, doch die Tür ging tatsächlich wieder auf. Die Stimme aus dem Lautsprecher mahnte: »Bitte geben Sie die Tür frei!«

Sie sprang mit einem Satz auf den Bahnsteig. Hinter ihr schlossen sich die Türen. Das Summen der Elektromotoren begleitete den abfahrenden Zug. Erleichtert atmete sie auf. Sie brach in schallendes Gelächter aus, hielt sich die Seiten, weil sie vor Lachen zu ersticken drohte.

»Frau Nick?«

Die Notfallseelsorgerin sah genauso aus, wie sie sich am Telefon beschrieben hatte: ungeschminkt (vermutlich lag die wahre Meisterschaft darin, ungeschminkt zu wirken), kaum eins sechzig groß. Eine Frau Mitte bis Ende dreißig, die ihre vorzeitig ergraute Kurzhaarfrisur durch auffallend bunte Kleidung auffrischte. Dazu passte die neongrüne Fellhandtasche mit Kuhmuster.

Annette stellte sich vor. Sie sei abgelenkt gewesen und habe um ein Haar den Ausstieg verpasst. So etwas sei ihr zum letzten Mal in der Schulzeit passiert.

»Als ich in Berlin gewohnt habe, habe ich mich nach den Wochenenddiensten montags in aller Frühe öfter mal zum Meditieren in die S-Bahn gesetzt«, entgegnete Friederike Balley fröhlich. »Bin am Westkreuz eingestiegen und eine Stunde mit geschlossenen Augen auf dem Ring im Kreis gefahren. Für alles offen sein, sich mit dem Fluss des Lebens treiben lassen. Bewegung genießen. Geräusche wahrnehmen und gleichzeitig ausblenden. Das war einfach wunderbar entspannend. Sollen wir unsere Unterhaltung anderswo fortsetzen?«

Sie verließen den Bahnhof in Richtung Süden. An der Mainzer Landstraße wählten sie ein italienisches Café, das hausgemachtes Eis anbot, den Temperaturen zum Trotz. Nachdem sie Kaffee bestellt hatte, legte Annette Nick einen Ordner auf den Bistrotisch. Das junge Mädchen auf dem Foto sah ebenso trotzig wie verletzlich aus.

»Heute Nacht wurde eine Tote in Nieder-Eschbach gefunden, eine Frau Baur. Sie hat sich vom Dach eines Hochhauses am Ben-Gurion-Ring gestürzt. Es gibt einen Abschiedsbrief, doch über die konkreten Hintergründe wissen wir derzeit noch nichts. Sie hinterlässt eine Tochter.«

Balley studierte das Foto.

»Vanessa ist fünfzehn und besucht die Paul-Hindemith-Schule, eine integrierte Gesamtschule im Gallusviertel. Das Jugendamt stellt den gesetzlichen Vormund. Sie hat einige Jahre in wechselnden Pflegefamilien verbracht, lebt jetzt jedoch in einer Wohngruppe des Monikahauses.«

Das Monikahaus war ein Familienzentrum mit eigener Förderschule und betreutem Wohnen des Sozialdienstes katholischer Frauen in der Kriegkstraße – eine Einrichtung mit über hundertjähriger Tradition in Frankfurt. Auch die in den Fünfzigerjahren ermordete Edelprostituierte Rosemarie Nitribitt hatte hier als Teenager einige Zeit verbracht.

Balley sah auf ihre klobige grüne Armbanduhr. »Vermutlich wird sie jetzt in der Schule sein.«

»Ich habe uns bei der Leiterin der Wohngruppe angekündigt. Sie wird dafür sorgen, dass Vanessa aus der Schule geholt wird.«

»Gut. Ich stehe Ihnen, falls meine Anwesenheit länger erforderlich sein sollte und kein anderer Notfall dazwischenkommt, bis halb fünf zur Verfügung.«

Friederike Balley überflog den Auszug aus dem Melderegister, während Annette Nick ein wenig zittrig ihren Kaffee trank. Schließlich schlug sie den Aktenordner zu. »Na gut. Wollen wir?«

Annette lächelte krampfhaft, während sie den Ordner verstaute. »Ich … habe so etwas noch nie gemacht. Eine Todesnachricht überbracht, meine ich.«

Balley lächelte sie aufmunternd an. »Sie überprüfen Vanessas Identität. Dann teilen Sie ihr sachlich und unmissverständlich mit, dass ihre Mutter tot ist. Da es sich um eine hoheitliche Aufgabe der Polizei handelt, kann ich Ihnen diesen Gang nicht abnehmen. Den Rest überlassen Sie getrost mir. Vanessa wird möglicherweise Fragen stellen. Wie ihre Mutter gestorben ist, ob sie leiden musste und dergleichen. Antworten Sie knapp auf die Fragen, gehen Sie nicht ins Detail. Wenn Sie etwas nicht wissen, sagen Sie es offen, keine Ausflüchte, und bieten Sie bei hartnäckigen Rückfragen an, die erforderlichen Informationen zu beschaffen.«

Nick war dankbar für Balleys klare Anweisungen. Und dafür, dass Gideon sie nicht alleine mit dieser Aufgabe betraut hatte. Er war es gewesen, der ihr Balleys Nummer gegeben und ihr vorgeschlagen hatte, die Seelsorgerin mitzunehmen.

»Haben Sie zufälligerweise selber einen Angehörigen durch Suizid verloren?«, wollte Friederike Balley wissen.

»Warum?«

»Einige Kollegen von Ihnen fühlen sich manchmal bemüßigt zu sagen, ›Ich weiß, was Sie jetzt empfinden‹. Ein schwacher Trost und nur dann nachvollziehbar, wenn man das Gefühl aus eigener Anschauung kennt.«

»Ich werd's mir verkneifen«, erwiderte Annette Nick mit einem flauen Gefühl im Magen.

Den Rest des Weges legten die beiden Frauen in nachdenklichem Schweigen zurück.

14

14. März, 11:45 Uhr
Monikahaus, Kriegkstraße

Die Leiterin der Wohngruppe wurde von der Rezeption verständigt. Wenige Minuten später führte eine burschikose Frau mit wirren Haaren und dem ungewöhnlichen Nachnamen Rohfleisch Nick und Balley in einen Besprechungsraum.

»Die Schule ist im Bilde. Vanessa wird gleich da sein. Ihre Mutter ist also die Tote, um die es heute Vormittag in den Nachrichten ging?«

Annette Nick nickte. »Standen sich die beiden sehr nahe?«

»Leider nein. Frau Baur hat nach ihrer Entlassung den Kontakt zu Vanessa gesucht. Aber das Mädchen hat ihr nie verziehen, dass sie ins Heim gegeben wurde.«

Nicks fragender Gesichtsausdruck bewog die Betreuerin zu weiteren Ausführungen.

»Was ein wenig unfair ist, wenn man bedenkt, dass ihre Mutter ja nicht freiwillig weggegangen ist. Aber das ist für ein Kind, besonders in der Pubertät, schwer zu verstehen.«

Die Kripobeamtin blickte sie verwirrt an.

»Ihre Mutter war zehn Jahre im Gefängnis. Wussten Sie das nicht?«

Das Telefon klingelte. Die Betreuerin wechselte ein paar Worte mit dem Anrufer und legte auf. »Sie muss jeden Moment hier sein. Gibt es sonst noch etwas, was Sie wissen wollen?«

»*Sollten* wir noch etwas Wichtiges wissen?«, warf Friederike Balley ein.

»Sie haben ja ihre Biografie gelesen. Vanessa ist ein schwieriger Fall; in der Gruppe ist sie eine Außenseiterin, emotional sehr instabil. Wobei wir Fortschritte machen, seit sie medikamentös eingestellt wurde ...« Die Betreuerin wurde durch ein Klopfen an der Tür unterbrochen. Ein junges Mädchen wurde in den Raum geschoben. Annette Nick und Friederike Balley erhoben sich von ihren Plätzen.

»Vanessa, das sind Frau Balley und Frau Nick von der Polizei.«

Sie reichten sich die Hand. Vanessas Blick war misstrauisch. Der Dienstausweis, den Nick ihr vor die Nase hielt, interessierte sie nicht. Annette Nick ertappte sich dabei, wie sie lächelte, um die Atmosphäre aufzulockern. Was in dieser Situation natürlich vollkommen unangemessen war. Ihr Lächeln erstarb.

Balley hatte eine völlig neutrale Miene aufgesetzt. Die Betreuerin forderte das Mädchen auf, sich zu setzen. Vanessa schlang die Arme um ihren Oberkörper, als sei ihr kalt. Abwehrhaltung, dachte Annette Nick und musterte ihr Gegenüber. Zwei Dinge fielen ihr auf: die hohe fliehende Stirn, die fast die Hälfte des Gesichts auszumachen schien, und die riesigen braunen Augen in dem runden Gesicht. Dünne dunkle Haare, eine Strähne leuchtend pink gefärbt. Die Haut in der Realität eine Spur dunkler als auf dem Foto. Vanessa wirkte zerbrechlich, aber ein Blick in ihre Augen genügte, um zu erkennen, dass sie durchsetzungsstark war.

Am äußeren Rand der rechten Augenbraue trug sie ein dunkel glänzendes Piercing.

»Ich muss das der Form halber fragen: Bist du Vanessa Baur, geboren am 15. November 1997 in Offenbach, Tochter von Jennifer Baur?«, sagte Nick.

Vanessa sah fragend zur Betreuerin hinüber, die sie mit einer Kopfbewegung ermutigte, zu antworten. Das Mädchen bestätigte die Angaben.

Nick räusperte sich. »Leider müssen wir dir eine schlimme Nachricht überbringen: Deine Mutter ist tot.«

Die Aufmerksamkeit aller Erwachsenen im Raum war zu hundert Prozent auf das Mädchen fokussiert. Vanessa ließ nicht die geringsten Anzeichen einer emotionalen Reaktion erkennen. Starr wie eine Puppe blickte sie die Polizistin mit ihren großen braunen Augen an. Warum brach sie nicht in Tränen aus und raufte sich die Haare? Mit einer solchen Reaktion hätte Nick leichter umgehen können als mit der erdrückenden Stille im Raum.

Friederike Balley stand auf und nahm neben Vanessa Platz.

»Deine Mutter ist heute Nacht auf dem Rasen vor dem Hochhaus, in dem sie wohnte, tot aufgefunden worden. Es sieht ganz so aus, als hätte sie sich das Leben genommen.«

Vanessa sah die Frauen teilnahmslos an.

»Du machst einen sehr gefassten Eindruck. Hast du etwas dergleichen erwartet?«

»Hat sie einen Abschiedsbrief hinterlassen?«

Balley sah zu Nick hinüber. Die Polizistin holte eine Klarsichthülle aus der Handtasche, in der sich der Lottoschein mit Jennifer Baurs letzten Worten befand, und legte ihn vor Vanessa auf den Tisch. Das Mädchen beugte sich nach vorne und las. Nur drei Sätze, aber sie ließ sich Zeit.

»Kannst du dir vorstellen, warum sie die Worte ›in liebe‹ durchgestrichen hat?«, fragte Annette Nick.

»Weil sie den alten Sack nicht leiden konnte?«, forderte Vanessa sie mit einem Funkeln in ihren Rehaugen heraus.

Friederike Balley straffte den Rücken. »Sie wollte ihn verletzen, oder?«

»Das konnte meine Mutter echt gut.«

»Waren die beiden ein Paar?«

Vanessa prustete los, als sei die bloße Vorstellung zum Totlachen. Dann verstummte sie. Niemand wagte, etwas zu sagen. Hoffentlich ist es bald vorbei, wünschte sich Annette Nick innig. Sie hätte sonst etwas dafür gegeben, diesen Raum und das Monikahaus auf der Stelle verlassen zu können. Vanessa zog hörbar die Nase hoch und schwieg.

»Möchtest du etwas trinken?«, fuhr Friederike Balley fort.

Das Mädchen schüttelte den Kopf.

»Sollen wir vielleicht ein Gebet sprechen?«

»Ich glaube nicht an Gott.«

Die Seelsorgerin nickte verständnisvoll. »Wenn du Fragen hast – Frau Nick und ich werden versuchen, sie nach Möglichkeit zu beantworten.«

»Kann ich die – kann ich meine Mutter sehen?«

Balley warf der Polizistin einen fragenden Blick zu. Annette Nick schüttelte kaum wahrnehmbar den Kopf. »Du sollst deine Mutter besser so in Erinnerung behalten, wie du sie kennst.«

»Ich kenne sie doch gar nicht!« Sie sprang auf und stieß den Stuhl beiseite. »Kann ich jetzt wieder in den Unterricht zurück? Wir schreiben morgen eine wichtige Arbeit.«

Nick und die Betreuerin sahen sich irritiert an. Nur Friederike Balley schien nicht überrascht. Ihre Stimme hatte auf einmal etwas sehr Verbindliches: »Vanessa, du solltest heute besser zu Hause bleiben, in deiner Wohngruppe. Es braucht Zeit, bis man eine solche Hiobsbotschaft verkraftet hat.«

Plötzlich hielt Vanessa in der Bewegung inne. Ihre Augen wurden glasig. Ein kurzer Schrei entrang sich ihrer Kehle.

»O nein!« Die Betreuerin, die noch am Tisch saß, eilte zu ihr, doch sie kam zu spät. Wie von einer tödlichen Kugel getroffen, brach Vanessa zusammen. Es gab einen dumpfen Schlag, als ihr Kopf gegen die Kante des Sideboards prallte, das bereits mit Ostergestecken dekoriert war. Sie sank bewusstlos zu Boden. Aus einer Platzwunde oberhalb des Haaransatzes lief Blut über ihr Gesicht. Plötzlich riss sie die Arme hoch, Oberkörper und Kopf seltsam verdreht, und ihr ganzer Leib begann, krampfhaft zu zucken, während aus dem Mundwinkel rosafarbener Speichel rann. Offensichtlich hatte sie sich auf die Zunge gebissen.

Die Betreuerin hielt Vanessas Kopf mit beiden Händen, um zu verhindern, dass er auf den Boden aufschlug. »Nebenan finden Sie Kissen und eine Decke, bitte bringen Sie mir beides! Und Verbandszeug, hinten im Schrank.«

Annette Nick stand wie erstarrt da, doch Friederike Balley behielt die Nerven. Wenige Sekunden später stützte ein geblümtes Kissen Vanessas Hinterkopf. Nick presste einen Mullverband auf die Platzwunde und wischte mit einem Taschentuch regelmäßig den Speichel aus Vanessas Mundwinkel, während die Betreuerin Vanessas Arme umklammerte, damit sich das Mädchen nicht noch mehr verletzte.

»Sollten wir ihr nicht einen Knebel zwischen die Zähne schieben, damit sie sich nicht die Zunge abbeißt?«

»Das macht man heute nicht mehr«, sagte die Betreuerin. »Es ist alles in Ordnung. In zwei bis drei Minuten ist der Anfall vorüber, dann bringen wir sie in die stabile Seitenlage, damit der Speichel abfließen kann. Danach wird sie vor Erschöpfung schlafen. Ich habe den Arzt benachrichtigt, er muss jeden Moment eintreffen.«

Als das Mädchen kurz darauf, ruhig atmend und warm zugedeckt, auf dem Boden lag und ein Arzt eine Blutdruckmanschette um ihren Oberarm aufpumpte, setzte Annette Nick sich wieder an den Tisch. Sie versuchte erfolglos, sich ein Glas Mineralwasser einzuschenken – ihre Hände zitterten zu stark.

»Das war es, was ich Ihnen noch zur Vorbereitung sagen wollte, dann aber nicht mehr dazu gekommen bin«, sagte die Betreuerin, die Nick gegenüber am Tisch Platz genommen hatte. »Vanessa ist Epileptikerin. Eigentlich ist sie medikamentös gut eingestellt. Aber das war heute wohl einfach zu viel.«

15

14. März, 15:00 Uhr
Polizeipräsidium Frankfurt, Büro von Franz Demant

Dass Franz Demant, als Leiter des elften Kommissariats zuständig für alle Mordkommissionen und sein direkter Vorgesetzter, Gideon zu einer Besprechung einbestellt hatte, fand der Leiter der MK 5 keineswegs ungewöhnlich. In einer laufenden Mordermittlung gab es ständig neue Entwicklungen und es war sein gutes Recht, auch außerhalb der Teamsitzungen jederzeit über alles unterrichtet zu werden. Torben Schumann, Demants Vorgesetzter und Leiter der Kriminalinspektion 10 / Kapitaldelikte, war jedoch ebenfalls anwesend, und das war durchaus ungewöhnlich. Gideon beschlich eine böse Vorahnung.

Er nahm an dem kleinen Tisch in Demants Büro im vierten Stock Platz, legte den Ordner mit den wichtigsten Unterlagen vor sich auf den Glastisch und schlug ihn auf.

»Wie macht sich deine Neue, Gideon?«, leitete Demant das Gespräch ein.

»Sie hat heute Vormittag Frau Baurs Tochter informiert. Sie war danach ziemlich fertig, aber sie ist hart im Nehmen.«

»Ich bin froh, dass du über deinen Schatten gesprungen

bist. Ich weiß, dass du dir eigentlich eine Kollegin gewünscht hast, die gleich voll einsatzfähig ist.«

Gideon lächelte unverbindlich. »Soll ich den Herren einen kurzen Überblick über den Stand der Dinge geben?«

»Das ist nicht nötig, Herr Richter«, erwiderte Schumann. »Es geht in diesem Gespräch weniger um die laufenden Ermittlungen.«

»Sondern?« Gideons Vorahnung wurde stärker, das Wort ›Kompetenzen‹ flackerte in seinem Hinterkopf auf.

»Du hast ja jetzt zwei Fälle zu betreuen, den toten Säugling und die Selbstmörderin. Und wir denken, man sollte die Kompetenzen neu verteilen«, erklärte Demant.

»Kein Problem. Wenn jemand aus einer anderen Kommission den Fall Baur übernimmt, können wir uns auf das Baby fokussieren.«

Schumann und Demant tauschten einen raschen Blick.

»Wir hatten uns vorgestellt, die Ermittlungen im Fall des toten Säuglings Falkners MK 6 zu überlassen«, sagte Schumann. Der Blick hinter der randlosen Brille war verschlossen.

»Jennifer Baur hat sich das Leben genommen«, erklärte Richter. »Da gibt es nichts zu ermitteln. Wir warten auf das Ergebnis der Obduktion. In der Zwischenzeit konzentrieren wir unsere Ressourcen auf die Suche nach der Mutter des Kindes. Das läuft gut nebenher.«

»Sie sind nur zu zweit«, entgegnete Schumann.

»Jetzt zu dritt.«

»Annette Nick ist in den nächsten Wochen nur begrenzt einsatzfähig«, gab Demant zu bedenken.

Gideon drängte es, zu widersprechen. Vor knapp sechsunddreißig Stunden hatte er genau dieses Argument angeführt, um Rosenthals Vorschlag abzuschmettern, und nun wurde der Spieß umgedreht. Doch er schwieg. Die Diskussion war vermutlich völlig sinnlos, weil hinter Demants und Schumanns Vorstoß etwas ganz anderes steckte. Falkner war

Schumanns Protegé und gleichzeitig Gideons größter Konkurrent im K 11. Dieser Fall war prestigeträchtig. Seit heute Morgen um neun Uhr belagerten Journalisten der *BILD*-Zeitung und von *RTL Explosiv* den Eingang zum Präsidium und zwangen den Pressesprecher, ein Statement nach dem anderen abzugeben.

»Hat Falkner sich angebiedert oder war es Ihre Idee, ihm den Fall zuzuschanzen?«, wollte er von Schumann wissen.

Schumanns Blick wurde noch ein wenig kälter.

»Das geht jetzt aber entschieden zu weit, Gideon«, griff Demant ein.

»Darf ich ganz offen sein, Franz?«

Demant breitete die Arme aus. Was »Nur zu« bedeuten sollte, aber eher einem priesterlichen Segen glich.

»Diese Entscheidung hat rein gar nichts mit Personalkapazitäten zu tun, stimmt's?«

Bevor Demant antworten konnte, ergriff Torben Schumann das Wort. »Ich habe Ihre Anschuldigungen überhört, Herr Richter. Glauben Sie mir, mit persönlichen Beziehungen hat das nichts zu tun.«

»Sondern?«

»Mit Ihrer privaten Lebenssituation.«

»Was hat denn mein Privatleben damit zu tun?«

»Sie sind seit drei Monaten Vater, richtig?«

»Viereinhalb.«

»Wir halten es für effektiver, wenn jemand die Ermittlungen übernimmt, der selbst keine Kinder hat. Die Arbeit ist schon für kinderlose Kollegen emotional extrem schwierig. Außerdem sind Sie mit der Aufgabe, beide Fälle simultan zu bearbeiten, kräftemäßig schlicht überfordert.«

»Ist mit ›sie‹ die MK 5 gemeint?«

»Nein, Sie persönlich, Herr Kollege«, sagte Schumann, ohne eine Miene zu verziehen.

Gideon lachte auf, aber es klang eher verzweifelt als amüsiert. Das musste man dem Kerl lassen: Er war in der Lage, jemandem eine unangenehme Wahrheit ins Gesicht zu sagen, ohne mit der Wimper zu zucken.

»Sie spielen auf die gestrige Teamsitzung an.«

»Nicht nur. Sie sind heute Morgen beinahe vom Dach gefallen, wie man hört.«

Gideon würde sich Kühnast zur Brust nehmen, sobald er wieder in seinem Büro war.

»Ein kleines Missgeschick. Ich habe mich nur …«

»Mir kam in den letzten Wochen die eine oder andere Bemerkung zu Ohren, dass Sie erschöpft wirken«, fiel ihm Schumann ins Wort.

»Wer erzählt so etwas über mich?«

»Sie werden verstehen, dass ich hier keine Namen nennen kann. Außerdem gibt es einen gewissen Rückstand, die Dokumentation der abgeschlossenen Fälle betreffend. Wir finden, Sie sollten eine Zeit lang etwas kürzertreten.«

Demant versuchte, die Wogen zu glätten. »Gideon, ich habe dich selbst bei der gestrigen Sitzung erlebt. Im Moment bist du nur ein Schatten deiner selbst.«

»Das ist ein vorübergehendes Problem, Franz. Ich bekomme momentan wegen Janni zu wenig Schlaf. Ich wurde mehrmals kurz hintereinander mitten in der Nacht zu einem Einsatz geholt. Da hängt jeder mal durch. Was erwartet ihr denn? Ich bin auch nur ein Mensch.« Ohne es zu wollen, war Gideon laut geworden.

»Warum bist du so scharf darauf, den Fall des toten Säuglings zu behalten?«, hakte sein Vorgesetzter nach.

Gideon zögerte. Warum war er wirklich so versessen darauf, am Ball zu bleiben? Die Antwort machte ihm Angst. Darum zog er es vor, zu schweigen.

»Gut, ich denke, wir beenden das Gespräch«, erklärte Demant abschließend. »Ich habe für vier Uhr ein Meeting mit dir und deinen Teammitgliedern sowie mit Falkner und seinen Leuten anberaumt. Ich möchte, dass ihr der MK 6 alles, was ihr über den Fall des toten Säuglings zusammengetragen habt, übergebt. Und du solltest die Ruhepause nutzen und Nora mit einem Blumenstrauß und einem netten Abend zu dritt überraschen.«

Es war aussichtslos. Demant hatte das Meeting mit der MK 6 bereits in die Wege geleitet, bevor er Gideon von der Umverteilung der Aufgaben in Kenntnis gesetzt hatte. Vermutlich amüsierte sich Falkner gerade königlich darüber, dass sein Konkurrent der Letzte war, der die Neuigkeit erfuhr. Wortlos starrte Gideon erst Schumann, dann Demant an. Er schob den Ordner zu Demant über den Tisch.

»Wenn es darum geht, launige Sprüche auf die Glückwunschkarte zu Jannis Geburt zu schreiben, seid ihr ganz groß. Aber Verständnis für meine Situation erwarten kann ich offenbar nicht. So viel zum Thema Beruf und Familie.«

Ohne Demants Antwort abzuwarten, verließ er das Büro.

Auf dem Gang kam ihm Günther Kühnast entgegen. »Gideon, weißt du, warum wir für vier Uhr eine Einladung zum Meeting mit der MK 6 haben?«

»Ja, weiß ich«, fauchte er und eilte an Kühnast vorbei, als sei dieser Luft. Sein Mitarbeiter rief ihm durch den Gang hinterher: »Wolltest du nicht wissen, wo dieser Köhler steckt?«

»Welcher Köhler?«

»Der Kerl, bei dem Jennifer Baur gewohnt hat.«

»Und?«

»Er hockt unten im Revier. Und beschwert sich, weil seine Wohnung verplombt ist.«

»Welcher Trottel hat denn das veranlasst?«

»Das wollte ich gerade dich fragen!«

16

14. März, 17:30 Uhr
Polizeipräsidium Frankfurt, Adickesallee

Zwei Stunden später stieß Gideon die Tür zu dem kleinen Besprechungsraum in der Wache im Erdgeschoss auf und stutzte. Am Tisch saß ein dürrer Mann mit einem eingefallenen grauen, von einer skropulösen Nase beherrschten Gesicht. Ein transparenter Kunststoffschlauch führte von den Nasenlöchern zuerst hinter die Ohren und dann in den Ausschnitt eines karierten Pullunders. Am unteren Ende tauchte er wieder auf und mündete in eine schwarze Tragetasche, die neben Köhlers Stuhl auf dem Boden stand. Die Augen halb geschlossen, bewegte er stumm die Lippen, während die schwarzen Perlen eines Rosenkranzes unablässig durch seine Finger glitten.

»Herr Köhler?«

Der Alte öffnete Augen, die eine gelbliche Färbung aufwiesen.

»Tut mir leid, dass es so lange gedauert hat.«

»›Und wisst, dass euer Glaube, wenn er bewährt ist, Geduld wirkt.‹ Jakobus 1.«

An Köhlers Mimik konnte Gideon ablesen, dass der Bibelspruch nicht mehr als eine Fassade war, der Höflichkeit geschuldet. Er ließ sich den Personalausweis zeigen. Auf dem Passfoto sah Gustav Köhler genauso ungesund aus wie im kalten Neonlicht der Wache.

»Ihre Untermieterin, Frau Baur, wurde heute Nacht tot im Vorgarten des Hauses am Ben-Gurion-Ring aufgefunden. Es spricht im Moment einiges dafür, dass sie sich das Leben genommen hat.«

»Das arme Mädchen«, sagte Köhler. Eine weitere schwarze Perle schlüpfte durch seine Finger. »Aber das Leben des Menschen gehört nicht ihm, sondern Gott.«

»Wo waren Sie denn heute Nacht? Zu Hause ja offensichtlich nicht.«

»Ich war in Gebetsklausur.«

»Aha. Darf ich fragen, in welcher Beziehung Sie zu Frau Baur standen?«

»Ich habe ihr Obdach gewährt.«

»Waren Sie ihr Lebensgefährte?«

Köhler sah ihn mit großen Augen an. »Nein.«

»Nein und was?«

»Wie bitte?«

»Lassen Sie sich doch nicht alles aus der Nase ziehen. Warum haben Sie die Frau bei sich aufgenommen? Wenn Sie nicht ihr Lebensgefährte waren?«

»Aus christlicher Nächstenliebe.«

Aus – was? Dieser schräge Vogel mit dem Sauerstoffschlauch musste ein Trugbild sein. Gideon kniff sich ins Knie. Es schmerzte.

»Sie hat keine Miete gezahlt?«

»Keinen Cent.«

»Haben Sie irgendeine andere Gegenleistung verlangt?«

»Was wollen Sie damit sagen?«

Gideon betrachtete das am Rosenkranz baumelnde Kreuz. »Hatten Sie eine sexuelle Beziehung zu Frau Baur?«

Köhler sprang auf, wobei der Stuhl umkippte. »Unverschämtheit! Ich will sofort mit Ihrem Vorgesetzten sprechen.«

Gideons wachsamer Blick wanderte zu der Tasche auf dem Fußboden. Was würde passieren, wenn der Schlauch herausgerissen wurde? Würde der Kerl das Bewusstsein verlieren und von Mund zu Mund beatmet werden müssen?

»Jetzt beruhigen Sie sich mal, Herr Köhler. Ihre Mitbewohnerin ist tot aufgefunden worden. Da müssen Sie sich schon ein paar Fragen gefallen lassen, wenn Sie vom Staatsanwalt die Erlaubnis erhalten wollen, Ihre versiegelte Wohnung wieder zu betreten.«

Gideon stellte den umgefallenen Stuhl wieder an seinen Platz. Es bestand kein Grund, von einem Verbrechen auszugehen. Dazu kam der Abschiedsbrief. Jennifer Baur gehörte einfach zu den knapp einhundert Personen, die jedes Jahr in Frankfurt beschlossen, ihrem glücklosen Dasein ein Ende zu bereiten, und wenn es nach Gideon ging, hatte sie alles Recht der Welt dazu. Er wollte diesen bigotten Köhler lediglich ein wenig aus der Reserve locken. Dass seine Wohnung überhaupt versiegelt war, hatte er vermutlich einem übereifrigen Kollegen von der Revierstreife zu verdanken. Am Ende beschwerte Köhler sich noch und Gideon musste sich rechtfertigen.

Nachdem zwei weitere Perlen durch seine Finger geglitten waren, nahm sein Gegenüber wieder mit grimmiger Miene Platz.

»Also noch einmal: Hatten Sie eine sexuelle Beziehung zu Frau Baur?«

»Nein, hatte ich nicht.«

»Woher kannten Sie sich, wenn ich fragen darf?«

»Wir kannten uns von früher. Bitte, warum verhören Sie mich? Ich möchte einfach nur heute Nacht in meinem Bett schlafen, ist das zu viel verlangt?«

»Ich verhöre Sie nicht. Das ist eine Zeugenbefragung. Und als Zeuge sind Sie verpflichtet, meine Fragen wahrheitsgemäß zu beantworten.«

Rein technisch betrachtet war das eine Lüge. Wäre Köhler wirklich ein offizieller Zeuge, säße Gideon nicht alleine mit ihm in diesem Kabuff, ohne Protokoll und die üblichen juristischen Belehrungen vorweg. Aber das musste er Köhler ja nicht auf die Nase binden.

Es klopfte. Auf Gideons Aufforderung hin steckte eine

Putzfrau ihren Kopf durch die Tür. Die Finger in den gelben Gummihandschuhen klebten an der Tür wie ein exotisches Insekt.

Gideon war hundemüde, und den alten Heuchler zu ärgern, war offensichtlich nicht besonders zielführend. Aber eine Frage musste er ihm unbedingt noch stellen, bevor er ihn gehen ließ.

»Als wir in Ihrem Bad waren, ist uns ein ungewöhnlicher Geruch aufgefallen. Haben Sie eine Ahnung, was das gewesen sein könnte?«

Die Perlen glitten merklich schneller durch Köhlers Hand. »Keine Ahnung, Herr Kommissar. Ich kann ja nicht mehr rein in meine Wohnung, wie soll ich da etwas riechen. Darf ich jetzt gehen?«

»Wenn Se wolle, gehe isch und putz da mal rischtisch dursch. Dann stinkt da nix mehr«, bot die Putzfrau ihre Dienste an.

»Ich gebe den Kollegen Bescheid, Herr Köhler. Aber halten Sie sich zur Verfügung, falls wir Sie noch einmal brauchen.«

Köhler verstaute seinen Rosenkranz, presste die Tasche an sich und eilte mit Elan an der Putzfrau vorbei. Gideon sah auf die Uhr. Fast halb sieben. Höchste Zeit, nach Hause zu fahren.

Und er hatte vergessen, Köhler nach dem Gemälde hinter dem Schrank zu fragen. Was war nur mit seinem Gedächtnis los?

17

14. März, 18:45 Uhr
Bethmannpark, Frankfurt Nordend

Nora und er hatten nicht mehr lange bis Sonnenuntergang. Kaum war Gideon überraschend zu Hause eingetroffen, hatte seine Frau ihm schon den Maxicosi in die Hand gedrückt und ihn zu einem Spaziergang im nahe gelegenen Bethmannpark überredet. Jetzt schlenderten sie unter den gestrengen Augen von *Simon Moritz von Bethmann* auf seinem Steinsockel den Weg entlang, der um den kleinen Weiher führte, und genossen die letzten Sonnenstrahlen. Ein frostiger Wind trieb ein paar vereinzelte Schneeflocken vor ihnen her. Jan-Hendrik schlief, dick vermummt, mit einer Wärmflasche in der Babyschale, seine roten Wangen leuchteten mit der Abendsonne um die Wette.

Nora hakte sich bei Gideon unter. »Schön, dass du heute früher Schluss machen konntest.«

Eine Weile lang sahen sie schweigend einer alten Frau zu, die mit ihrem Enkel am Ufer stand. Der Kleine griff in eine Plastiktüte und warf altbackenes Brot ins Wasser, um die Enten anzulocken. An einigen Stellen blieb es auf der gefrorenen Teichoberfläche liegen. Direkt neben den beiden untersagte ein Schild der Parkverwaltung das Füttern der Tiere.

»Alles in Ordnung?«

»Sie haben mir den Fall mit dem toten Säugling weggenommen.«

Noras Griff wurde fester. »Auch wenn du es nicht gerne hörst: Ich bin nicht sicher, ob ich dich bedauern oder mich für dich freuen soll.«

»Willst du wissen, mit welcher Begründung?«

»Du bist überfordert und hast selbst ein kleines Kind.«

Gideon sah Nora überrascht an. »Woher weißt du das?«

Der Junge am Ufer heulte, weil die Tüte leer war. Auf der Wasseroberfläche trieben Brotreste; alle paar Sekunden traute sich ein Fisch aus den Tiefen empor und zog einen Brocken unter Wasser.

»Ich kann mir gar nicht vorstellen, dass Janni auch mal so groß sein wird«, sagte Nora.

»Woher wusstest du es?«

»Das war nicht schwer zu erraten. Wenn es um Kinder geht, kommen Gefühle ins Spiel. Du hast erst gestern selbst gesagt: Wenn man Kinder hat, kriegt man eine dünne Haut. Und trifft emotionale Entscheidungen. Die man sich bei den Ermittlungen in einem Mordfall nicht leisten kann.«

»Die haben mich ausgebootet. Falkner ist zu Schumann gerannt und der hat ein paar Hebel in Bewegung gesetzt.«

»Glaubst du wirklich, jemand reißt sich darum, einen Fall zu bearbeiten, der vermutlich nie aufgeklärt wird? Ich weiß nicht.«

»Du findest also, das sind Hirngespinste?«

»Betrachte es doch mal von der positiven Warte, Gitte. Jetzt hast du mehr Zeit, dich um diese Selbstmordgeschichte zu kümmern.«

»Woher weißt du das denn schon wieder?«

»Im Hessischen Rundfunk haben sie ein Interview mit Kußmaul gebracht. Da wurde dein Name erwähnt.«

»Mein Name?« Gideon war fassungslos. Es war gänzlich tabu, der Presse die Namen ermittelnder Beamter mitzuteilen. Eine junge Frau joggte an ihnen vorüber. Nora ertappte ihn, wie er ihr nachschaute – die hautenge Hose brachte ihr Hinterteil gut zur Geltung –, und knuffte ihn in die Seite. Ihr Blick sprach Bände.

»In meinem neuen Fall gibt es derzeit wenig Ermittlungsbedarf. Chiazzas Bericht kommt erst in ein paar Tagen. Das

Opfer ist eine von hundert verlorenen Seelen, die jedes Jahr ihrem Leben aus welchen Gründen auch immer ein Ende bereiten.«

»Das heißt unter dem Strich, dass wir beide öfter mal einen gemeinsamen Abendspaziergang unternehmen können.«

Langsam schwand das Licht und der Bethmannpark leerte sich. Gideon und Nora kehrten nach Hause zurück. Die Wärme in der Wohnung war eine Wohltat. Jan-Hendrik war inzwischen aufgewacht und gab hungrige Schmatzgeräusche von sich.

Nora machte es sich mit einem Stillkissen auf dem Sofa bequem, während Gideon die Post durchsah. Zwischen den Rechnungen und Bankauszügen tauchte ein rosafarbenes Informationsblatt auf. *Schreiambulanz des Sozialpädriatischen Zentrums Frankfurt Mitte in Kooperation mit dem Clementine Kinderhospital.*

Gideon überflog den Inhalt, dann schob er den Flyer zur Seite.

»Was hältst du davon, wenn wir mit Janni dort vorstellig werden?«

»Wir? Warum denn?«

»Weil wir beide offenbar Probleme haben, mit der Situation umzugehen.«

»Du meinst, was vorgestern Nacht passiert ist?«

»Nein, ich meine, was seit Wochen hier abläuft. Die Reaktion von vorgestern war nur eine weitere Eskalationsstufe.«

»So wie du das sagst, hört es sich an, als befänden wir uns im Krieg.«

»Manchmal fühle ich mich wirklich so, als würde ich Front gegen meinen eigenen Sohn machen. Kannst du das nachfühlen?«

Gideon lachte. »Nora, dieser Blackout – das war ein einmaliger Ausrutscher. Es wird bestimmt nicht wieder vorkommen.«

»Aua!« Nora zog Jan-Hendrik von ihrer Brust. »Er hat mich gebissen.«

»Siehst du, Janni will auch nicht in die Schreiambulanz.«

Aber Nora war nicht zum Lachen zumute. Stattdessen füllten sich ihre Augen mit Tränen. Sei es wegen des Schlafmangels oder wegen der Hormone – zurzeit hatte seine Frau äußerst nahe am Wasser gebaut; ein rührseliges Lied im Radio reichte aus, um sie zum Weinen zu bringen. Gideon setzte sich neben sie aufs Sofa und sie ließ ihren Kopf auf seine Schulter sinken. Er küsste sie aufs Haar. Hatte er da eine graue Strähne gesehen?

»Mach dich nicht verrückt, Nora. Ein paar Wochen noch, dann ist das Schlimmste vorbei.«

»Ich weiß nicht, ob ich noch ein paar Wochen durchhalte, Gideon. Lass uns einen Fachmann einschalten. Es ist keine Schwäche, Hilfe in Anspruch zu nehmen.«

Gideon sah sich im Wohnzimmer um. Körbe mit Wäsche standen herum, das Frühstücksgeschirr war noch nicht abgeräumt und durch die Schlieren auf den Fensterscheiben konnte man kaum nach draußen sehen.

»Was hältst du davon, wenn wir uns eine Haushaltshilfe zulegen? Dann hast du mehr Zeit für andere – schöne – Dinge. Du kannst dir öfter mal eine Auszeit gönnen. Mach mit Ceyda einen Einkaufsbummel auf der Berger Straße. Dann geht dir das mit Janni auch nicht so nahe.«

Nora drückte ihm seinen Sohn in die Hand und sprang auf. »Wenn es dir in unserer Wohnung zu schmutzig ist, brauchst du nur selbst den Staubsauger in die Hand zu nehmen. Oder du schwingst mal die Klobürste. Das können sogar Männer.«

»Ich bügle meine Hemden selbst. Das macht nicht mal Günther Kühnast!«

»An dem solltest du dir kein Beispiel nehmen. Seine Frau hat die Scheidung eingereicht.«

Das Telefon läutete, Nora eilte in den Flur.

»Na super«, murmelte Gideon.

Jan-Hendrik verzog das Gesicht, bereit für die nächste Schreiattacke. Doch dann überlegte er es sich anders. Er schloss die Augen und fing an zu schnarchen.

›Es ist keine Schwäche, Hilfe in Anspruch zu nehmen‹ – dieser Satz ging Gideon noch eine ganze Weile im Kopf herum.

18

15. März, 1:30 Uhr
Mauerweg, Frankfurt Nordend

Gideon schreckte im Bett hoch. Er hörte Jan-Hendrik im Wohnzimmer schreien. Irgendetwas an dem Gebrüll alarmierte ihn, es klang anders als gewöhnlich.

Der Platz im Bett neben ihm war leer, das Kinderbettchen ebenfalls. Gideon überlegte kurz, ob er weiterschlafen sollte, entschied sich aber dagegen. Vielleicht benötigte Nora seine Hilfe.

Im Wohnzimmer erlebte er eine Überraschung. Von Nora und Janni keine Spur, stattdessen lief im Fernseher in einer Endlosschleife die Videoaufnahme von Jan-Hendriks Geburt; sie stammte von ihm. Gideon tappte in die Küche. Nora stand vor dem offenen Kühlschrank mit einem Glas Joghurt, der kleine Schreihals schlief friedlich in einer Babywippe auf dem Fußboden.

Gideon nahm Nora in den Arm und küsste sie auf den Nacken. Nachdem sie ihr Glas leer gelöffelt hatte, nahmen sie gemeinsam auf dem Sofa im Wohnzimmer Platz. Schweigend betrachteten sie die verwackelten Aufnahmen.

»Ich wollte mich daran erinnern, dass es mal einen Moment gab, an dem wir Jannis Schreien als etwas Wunderbares empfunden haben«, flüsterte Nora.

Während die Bilder ihren Weg vom Display in Gideons Kopf fanden, tauchten die Emotionen wieder auf, die ihn bewegt hatten, während sein Sohn auf die Welt kam. Diese verrückte Mischung aus Anspannung und Hoffnung, aus Angst und Freude.

Anspannung. Hoffnung. Angst. Freude.

Anspannung. Hoffnung. Angst. Freude.

Der Geruch von Fruchtwasser, Blut, Käseschmiere.

Der Geruch.

Der Geruch im Badezimmer.

Wie eine Sprungfeder schnellte Gideon vom Sofa hoch.

»Ich Trottel!«

Nora sah ihn an, als wären bei ihm die Sicherungen durchgebrannt. Bevor seine Frau ihn fragen konnte, was los sei, hing Gideon bereits am Telefon.

Zuerst rief er Chiazza an.

Dann Deissen.

Dann Kühnast.

19

15. März, 3:15 Uhr
Ben-Gurion-Ring, Frankfurt Nieder-Eschbach

Köhler stand der Mund offen. Mit allem hatte er gerechnet, nur nicht damit, dass die Polizei, keine acht Stunden, nachdem er seine Wohnung endlich hatte betreten dürfen, wieder vor seiner Tür stand.

Gideon hielt ihm die von Staatsanwalt Dr. Keitel unterzeichnete Durchsuchungsanordnung unter die Nase. Er hoffte, Köhler würde entgehen, dass sie – streng genommen – erst in einer Dreiviertelstunde mit der Aktion beginnen durften.

»Ich gehe davon aus, dass Sie noch nicht geputzt haben?«

»Nur ein bisschen aufgeräumt«, sagte Köhler verdattert. Der transparente Kunststoffschlauch unter seinem Kinn schaukelte hin und her. Schnell fischte er den Rosenkranz aus der Tasche seines Morgenmantels.

Gideon, mit Deissen und Kühnast im Schlepptau, steuerte schnurstracks auf das Badezimmer zu.

»Kann man diesen Geruch irgendwie sicherstellen? So wie Fingerabdrücke?«, fragte Gideon.

Deissen sah ihn an, als hätte er den Verstand verloren. »Nein. Aber wenn in diesem Raum tatsächlich eine Geburt stattgefunden und Frau Baur die Spuren nur oberflächlich beseitigt hat, finden wir sicher etwas.«

Gideon und Kühnast ließen Deissen ungestört arbeiten und nahmen sich Köhler vor, der immer noch völlig verunsichert im Flur stand.

Gideon deutete auf das Wohnzimmer. »Setzen Sie sich, Herr Köhler.«

Der alte Mann ließ sich ächzend auf dem Cordsofa nieder. Gideon nahm die Schneekugel vom Sideboard, unter die Jennifer Baur ihren Abschiedsbrief geklemmt hatte, und drehte sie langsam von einer Seite zur anderen. Weiße Flocken rieselten auf die Figur eines Hundewelpen mit traurigen Augen herab. Das Wort *Happiness* war in das Glas eingraviert.

Die schwarzen Perlen glitten in Windeseile durch Köhlers Finger.

»Ich habe Sie gestern nach dem Geruch im Badezimmer gefragt.«

Köhler sah ihn schweigend an; dann schweifte sein Blick zu Kühnast.

»Gibt es immer noch nichts, was Sie uns sagen möchten?«

Der alte Mann saß reglos da. Gideon hätte zu gerne gewusst, was ihm gerade durch den Kopf ging.

»Reden Sie doch endlich, Mann!«

Köhler gab keinen Mucks von sich.

»Wohnt außer Ihnen und Frau Baur noch jemand hier?«

Köhler schüttelte den Kopf. Gideon ließ ihn sitzen und kehrte ins Badezimmer zurück. Deissen kniete am Boden, wo er Abstriche von allen Oberflächen nahm.

Gideons Handy klingelte. Chiazzas Nummer erschien auf dem Display.

»Sie hatten Recht mit Ihrer Vermutung. Wann können Sie und Ihre Kollegen in die Kennedyallee kommen?«

»Wir brauchen hier noch eine Weile. Passt Ihnen der späte Vormittag?«

»Ja, aber rufen Sie eine halbe Stunde vorher an, damit wir die nötigen Vorbereitungen treffen können.«

Gideon versprach, sich beizeiten zu melden, und beendete das Gespräch.

»Herr Köhler, wo kaufen Sie üblicherweise Ihre Lebensmittel ein? Oder ist auch das ein Geheimnis?«

»Es gibt ein paar Straßen weiter einen Netto-Markt. Da hat Jenni immer eingekauft. Das war ihre Aufgabe.«

»Deissen soll Fotos vom Inhalt der Küchenschränke und des Kühlschranks machen. Und die Ergebnisse mit seiner Liste abgleichen«, wies Gideon Kühnast an.

Er ging in die Küche, wo er den Schrank unter der Spüle öffnete. Neben dem Abfalleimer lag eine Rolle Müllsäcke. Gideon riss einen ab und drückte ihn Kühnast in die Hand. »Den nehmen wir zum Vergleich mit.«

»Sie ziehen sich an und kommen mit ins Präsidium«, befahl er schließlich Köhler.

»Jetzt? Ich? Aber wieso denn?«

»Herr Köhler, ich weise Sie der Form halber darauf hin, dass Sie ab sofort Zeuge bei einem Tötungsdelikt und daher zu einer wahrheitsgemäßen Aussage verpflichtet sind. Andernfalls machen Sie sich wegen uneidlicher Falschaussage nach §153 Strafgesetzbuch strafbar.«

Köhlers Augen wurden groß wie Untertassen. »Ich habe Jenni nicht umgebracht.«

»Ich rede nicht von Frau Baur.«

Köhler sah ihn verwirrt an.

»Stellen Sie sich auf einen langen Tag ein, Herr Köhler.«

»Um halb zehn habe ich einen wichtigen Arzttermin.«

Gideon ließ sich den Terminzettel der Praxis zeigen.

»Am Vormittag wollten wir in die Kennedyallee zur Leichenöffnung«, gab Kühnast zu bedenken.

»Also gut. Sie kommen nach dem Termin ohne Umwege direkt ins Präsidium. Haben wir uns verstanden?«

Köhler riss Gideon den Zettel aus der Hand. »Ich brauche eine Sauerstoffflasche, aber taub bin ich deshalb noch lange nicht.« Aufgebracht marschierte er ins Bad, aber dort kniete Deissen immer noch auf dem Boden und ging seiner Arbeit nach. Köhler stapfte auf den Balkon, wo er sich in einen Gartenstuhl fallen ließ. Mit dem Fuß trat er wutschnaubend einen Eiszapfen vom Geländer. Bald zitterte er vor Kälte.

»Sollen wir ihm einen Aufpasser zuteilen?«

Kühnast schüttelte den Kopf. »Der flüchtet, falls überhaupt, im Zeitlupentempo.«

Gideon ging ins Schlafzimmer und spähte hinter den Schrank. Wo sich das Gemälde befunden hatte, klaffte jetzt eine Lücke. Er gesellte sich zu Köhler auf den Balkon.

»Das Bild hinter dem Kleiderschrank im Schlafzimmer – wo ist es?«

»Was für ein Bild?«

Jetzt ärgerte Gideon sich, dass er seine Entdeckung nicht fotografiert hatte.

Vom Flur drangen laute Stimmen herüber. Einen Augenblick später stand Falkner funkensprühend vor Gideon.

»Haben wir nicht gestern die Übergabe gemacht, Gideon? Und keine zwölf Stunden später trampelst du durch *meinen* Tatort!«

»Die neuen Zuständigkeiten haben sich wohl noch nicht bis zum KDD herumgesprochen«, erwiderte Gideon kalt lächelnd.

Falkner machte auf dem Absatz kehrt. »Das wird ein Nachspiel haben!«

»Du mich auch«, sagte Gideon leise, aber unüberhörbar für alle Anwesenden im Raum.

20

15. März, 9:35 Uhr
Polizeipräsidium Frankfurt, Adickesallee

Günther Kühnast und Annette Nick erhoben sich gleichzeitig von ihren Schreibtischen und blieben in der Tür zu Gideons Büro stehen.

»Sollen wir dir was aus der Cafeteria mitbringen?«

Gideon sah von seinem Computerbildschirm auf und lehnte dankend ab. So kurz vor der Obduktion würde er keinen Bissen herunterbringen. Die beiden schlossen die Tür hinter sich. Ihr Lachen im Gang wurde leiser, bevor es verstummte. Gideon lauschte ein paar Sekunden, dann verließ er seinen Schreibtisch und betrat das Büro seiner Mitarbeiter.

Sein Blick schweifte über Kühnasts Arbeitsplatz. Neben dem Telefon ein Familienporträt mit seiner Frau Silke und den beiden Töchtern vor dem noch nicht abbezahlten Reihenhaus in Oberrad. Silke war eine kräftig gebaute Brünette mit Grübchen und einer altmodischen Brille. Gideon wusste, dass sie einige Jahre älter war als ihr Mann. Die Töchter knieten, einen Hund umschlungen, im Gras. Auf dem Rollcontainer neben dem Schreibtisch stand ein Schachbrett, auf dem Feld zwei Läufer und drei Bauern; darunter hatte Kühnast auf einem Zettel den Namen *Sokolski* notiert. Vermutlich befand er sich mitten in einer Partie mit Elizabeta Radvanyi, einer jungen Frau aus der IT-Abteilung, die Gideon und seine Frau Nora vor vielen Jahren bei der Jagd nach dem ›Drachentöter‹, einem berüchtigten Serienkiller, kennengelernt hatten.

Als Nora noch im Team von Werner Hartmann gearbeitet hatte, hatten sie und Günther Kühnast sich gut verstanden. Als verheirateter Familienvater hatte er ein rein berufliches Interesse an der ebenso attraktiven wie unterkühlten Blonden gehabt. Auch als sie schon längst ins ZPD in Wiesbaden gewechselt hatte, waren Kühnast und sie in Kontakt geblieben.

Es widerstrebte Gideon zutiefst, Kühnast zu misstrauen. Ein paar Augenblicke des Zögerns erlaubte er sich deshalb. Doch dann überwand er sich und beugte sich über das Telefon. Er tippte auf die Wahlwiederholungstaste, um sich die letzten zwanzig gewählten Nummern anzeigen zu lassen. Mit jedem weiteren Tastendruck nahm seine Anspannung zu. Wenn jetzt jemand hereinkäme, müsste er sich eine verdammt gute Begründung dafür ausdenken, dass er Kühnasts Telefon überprüfte. Als das Ende der Liste erreicht war, erschien wieder Deissens interne Durchwahl. Halb erleichtert, halb enttäuscht richtete Gideon sich auf. Weder Noras Handynummer noch ihre Privatnummer im Mauerweg waren aufgelistet. Was nicht viel bedeutete. Der Verdacht, dass Kühnast regelmäßig mit seiner Frau in Kontakt stand und ihr möglicherweise Interna seines Teams durchgab, war damit keineswegs ausgeräumt. Dass sie ihre Informationen aus Radio und Fernsehen bezog, wie sie behauptet hatte, nahm er ihr nicht ab.

Gideon starrte auf die Bürotür. Draußen herrschte Stille.

Er gab sich einen Ruck und zog die oberste Schublade von Kühnasts Schreibtisch auf.

Auf einem schwarzen Tonpapierblatt lag eine zusammengerollte Schlange. Ihr rot, weiß und schwarz geringelter Körper wand sich um einen imaginären Mittelpunkt, auf dem der Kopf ruhte.

Erschrocken wich Gideon einen Schritt zurück, sodass er beinahe über Kühnasts Stuhl fiel. Mit klopfendem Herzen beugte er sich vor. Eine Imitation, wie er nun sah, obwohl sie täuschend echt wirkte. Gideon strich mit dem Finger über die Haut. Ob sich echte Schlangen auch kühl und trocken anfühlten? Er nahm den Kopf der Schlange zwischen Daumen und Zeigefinger und sah in die kalten Reptilaugen. Siegfried Bär, der ›Drachentöter‹ genannte Serienmörder, den Gideon und Nora vor einigen Jahren gefasst hatten, hatte ganz ähnliche Augen gehabt.

Die Bürotür wurde aufgestoßen und Annette Nick stürmte herein. Gideon ließ die Schlange in die Schublade fallen und stieß diese zu. Nick stutzte und blieb stehen.

»Mein Telefon spinnt, ich wollte ausprobieren, ob ich von Günthers Apparat aus meine Durchwahl anrufen kann«, erklärte Gideon geistesgegenwärtig.

»Ich habe meine Kantinenkarte vergessen«, entschuldigte sie sich, holte sie aus der Schublade in ihrem Schreibtisch und begab sich auf den Rückweg in die Cafeteria. Bevor sie die Bürotür hinter sich ins Schloss zog, bedachte sie Gideon mit einem unergründlichen Blick.

Gideon kam sich unglaublich mies vor. Was gab es Niederträchtigeres als einen Vorgesetzten, der seinen Mitarbeitern nachspionierte und log wie ein ausgekochter Ganove?

21

15. März, 10:30 Uhr
Institut für Rechtsmedizin der Universitätsklinik Frankfurt, Kennedyallee

Im Sektionssaal 1 im Untergeschoss des Instituts für Rechtsmedizin hatten sich Staatsanwalt Dr. Keitel, Gideon Richter, Günther Kühnast und Annette Nick rund um die beiden Seziertische aus Edelstahl in der Mitte des Raumes eingefunden. Der stellvertretende Leiter des Instituts Dr. Chiazza und sein Kollege Dr. Breitenecker, ein jungenhaft wirkender Blondschopf mit zahlreichen Creolen im Ohr, machten sich an die Arbeit. Wie auf Stichwort zogen sie die Laken weg, sodass die Leichen einer korpulenten Frau und eines vergleichsweise winzigen Säuglings zum Vorschein kamen.

Obwohl Gideon in seiner beruflichen Laufbahn an Dutzenden Leichenöffnungen teilgenommen hatte, war die Obduktion eines Kindes immer eine zutiefst aufwühlende Erfahrung. Und wie es schien, empfanden es die anderen Anwesenden genauso. Man hatte das Gefühl, als bliebe die Zeit stehen, bis Chiazza endlich das Wort ergriff.

»Ein solcher Anblick geht auch einem erfahrenen Gerichtsmediziner an die Nieren. Sie haben es sicher bemerkt: Der Säugling wirkt geradezu lebendig, so frisch und rosig ist die Haut – ganz im Gegensatz zur Leiche der Frau.«

Gideon musste ihm Recht geben. Die jahrelange Erfahrung als Polizist hatte ihn gelehrt, dass der Tod bei einem Erwachsenen rasch Spuren hinterließ: Die Gesichtszüge erschlafften, Totenflecken breiteten sich auf dem Körper aus, vom Geruch ganz zu schweigen. Der Säugling wirkte dagegen quicklebendig. Chiazzas Team hatte ihn gesäubert, den Abfall, der sich in den Haaren verfangen hatte, entfernt und das geöffnete Auge geschlossen. Für den Bruchteil von Sekunden ertappte sich Gideon bei dem irrationalen Wunsch, das Kind wäre nicht tot, sondern würde in diesem Moment aus einem tiefen Schlaf erwachen. Und schreien.

»Wir wissen nicht genau, warum das so ist. Einige Kollegen vertreten die These, bei Neugeborenen sei die Durchblutung noch unzureichend. Aber da Kindstötungen selten sind, wird man wahrscheinlich nie die nötige Datenbasis für eine überzeugende Studie schaffen können.«

Chiazza legte dem Säugling wie beiläufig die Hand auf den winzigen Arm. Eine erstaunlich zarte Geste für einen abgebrühten Gerichtsmediziner.

»Zu dem Kind kommen wir später, wir haben uns, ihrem Verdacht folgend, zuerst mit der Frau befasst.«

Chiazza nahm den zweiten Sektionstisch ins Visier. Breitenecker und er spreizten die Beine der Frau.

Nun sah auch Gideon den Schnitt, der geradlinig vom Brustbein zum Schambein verlief. Chiazza klappte die Bauchdecke der Frau auseinander, darunter kamen die inneren Organe zum Vorschein. Mit routinierten Griffen und begleitet vom Gemurmel medizinischer Fachbegriffe in ein laufendes Diktiergerät entnahm er die inneren Organe und verwahrte sie in bereitgestellten Edelstahlbehältern. Währenddessen öffnete Breitenecker mit einer Säge den Schädel und entfernte das Gehirn.

Immer wieder ging ein Raunen durch den Raum, aber die Kollegen hielten durch, selbst Annette Nick, deren Lippen immer schmaler wurden.

Schließlich legte Chiazza mit blutverschmierten Handschuhen einen Gegenstand von der Größe eines Fußballs in eine Stahlschüssel und stellte diese unmittelbar vor Gideon und Dr. Keitel ab.

»Die Gebärmutter. An ihrem Zustand und an der Öffnung und Verfärbung des Muttermunds ist deutlich zu erkennen, dass die Frau kurz vor ihrem Tod entbunden hat. Dabei hat sie einen Dammriss erlitten.«

Er deutete auf das Gewebe zwischen Vulva und After, danach auf die Brüste, die im Vergleich zum Körperumfang der fülligen Toten eher klein, die Warzen aber deutlich vergrößert waren. Auch dort waren die Einschnitte eines Skalpells sichtbar. »Die Gewebeveränderungen bestätigen den Befund. Das Blutbild wird ihn zusätzlich untermauern, wie ich vermute. Ich rechne mit stark erhöhten Beta-hCG-Werten.«

»Können Sie auch schon eine Aussage machen, ob sie die Mutter *dieses* Kindes ist?«, wollte Gideon wissen und deutete auf den Leichnam des Säuglings.

»Nicht hundertprozentig, dafür müssen wir die Ergebnisse der DNA-Analyse abwarten. Es gibt einige Anhaltspunkte, die diese Annahme stützen. Das Alter des Kindes und der mutmaßliche Zeitpunkt der Entbindung. Größe und Gewicht des Säuglings entsprechen den Maßen von Geburtskanal und Gebärmutter. Aber nageln Sie mich noch nicht fest. Haben Sie die Plazenta gefunden?«

Kühnast verneinte. Die Durchsuchung der Mülltonnen in der Nähe des Hauses war erfolglos verlaufen.

»Vielleicht hat sie die Nachgeburt verspeist«, warf Breitenecker ein. Beim Anblick von Gideons fassungslosem Gesicht lachte er. »Manche Frauen machen das.«

Gideon sah zu Annette Nick hinüber, die abwehrend die Hände ausstreckte.

»Also, ich fasse zusammen«, erklärte Gideon. »Frau Baur bringt ein Kind zur Welt und es könnte sich durchaus um den Säugling handeln, den wir im Osthafen gefunden haben. Sie tötet es, verstaut es in einem Müllsack und wirft es in die Abfalltonne. Dann stürzt sie sich vom Dach des Hochhauses.«

»Falsch«, widersprach Chiazza. An seinem Lächeln war zu erkennen, dass ihm dieser Teil der Obduktion Freude bereitete. Die Aufmerksamkeit aller Anwesenden war ihm gewiss. »Sie war bereits tot, als sie vom Hochhaus stürzte.«

»Es gibt also doch ein Leben nach dem Tod«, bemerkte Kühnast trocken. Die Anwesenden sahen sich überrascht an. Keitel hatte als Erster sein Handy am Ohr.

Keine dreißig Sekunden später war Gideon mit Deissen verbunden. »Habt ihr auf dem Dach Spuren einer gewalttätigen Auseinandersetzung gefunden?«

Deissen verneinte, aber aufgrund der nächtlichen Wetterbedingungen konnte es durchaus sein, dass Spuren durch Schnee oder Regen vernichtet worden waren. Gideon versuchte, Dr. Keitels Aufmerksamkeit zu wecken.

»Dann dürft ihr, vorausgesetzt, ich erhalte grünes Licht von Dr. Keitel, Köhlers Wohnung noch einmal auf den Kopf stellen und das Dach absuchen.«

Keitel hob zur Bestätigung den Daumen.

»Möglicherweise wurde Frau Baur in der Wohnung umgebracht. Auf jeden Fall liegt kein Suizid, sondern ein Tötungsdelikt vor.« Er beendete das Gespräch.

Chiazza erläuterte anhand des von Breitenecker präparierten Gehirns, dass Jennifer Baur an den Folgen eines schweren Schädel-Hirn-Traumas gestorben und die Leiche erst mehrere Stunden später vom Dach gestürzt worden war. Die erlittenen Verletzungen und daraus resultierenden Einblutungen in der Gehirnmasse waren deutlich erkennbar. Nachdem Chiazza seine Ausführungen beendet hatte, ging er zu dem Säugling hinüber. »Sollen wir uns jetzt das Kind ansehen?«

Ein Aufstöhnen ging durch den Saal. Den Unterleib und den geöffneten Schädel der toten Frau zu betrachten, war schon schlimm genug, aber die Obduktion eines Neugeborenen war für die Anwesenden ein Albtraum.

»Wir passen. Wir müssen ins Präsidium zurück, um uns

Köhler noch einmal vorzunehmen«, sagte Gideon mit einem erzwungenen Lächeln. Keitel sah ihn verständnislos an. »Das ist kein Fall der MK 5. Den toten Säugling hat Falkner von der MK 6 gestern übernommen.«

Die Dankbarkeit in Annette Nicks und Günther Kühnasts Augen, weil dieser Kelch an ihnen vorübergegangen war, verschaffte Gideon das richtige Quantum Motivation für den Rest des Tages.

Keitel holte sein Handy hervor. Mit Sicherheit würde er Demant anrufen.

Als Gideon an Jennifer Baurs Leiche vorbei zur Tür ging, erspähte er in einer Nierenschale neben ihrem Kopf eine Kette mit einem silbernen Anhänger. Er hob die Kette hoch.

»Dr. Chiazza, woher haben Sie die?«

Der Doktor, der in ein Gespräch mit Dr. Keitel vertieft war, wandte sich ihm zu. »Die Tote trug sie um den Hals. Warum? Stimmt etwas nicht?«

Gideon starrte wortlos die kleine silberne Eule mit den Zirkoniasteinen an.

Schließlich fand er seine Sprache wieder. »Nein, alles in Ordnung.« Er ließ das silberne Kettchen klirrend in die Schale zurückgleiten.

Teil II

LEBEN

22

15. März, 13:30 Uhr
Polizeipräsidium Frankfurt, Besprechungsraum im 4. Obergeschoss, Zweite Teamsitzung der MK 5

Annette Nick hatte sich freundlicherweise bereit erklärt, an der nachmittäglichen Teamsitzung teilzunehmen, obwohl sie eigentlich ihre Tochter vom Geigenunterricht abholen musste. Neben Günther Kühnast und vier weiteren Kriminalbeamten, die man aus anderen Abteilungen zur Unterstützung hinzugezogen hatte, waren der Leiter der Kriminalinspektion 10 / Kapitaldelikte Torben Schumann, der Leiter des für Tötungsdelikte zuständigen Kommissariats 11 Franz Demant sowie Deissen von der Tatortgruppe anwesend. Der angekündigte Mitarbeiter von Dr. Chiazza aus der Rechtsmedizin hatte abgesagt, jedoch eine E-Mail mit den wichtigsten Eckdaten der Ergebnisse geschickt. Auch die beim hessischen Landeskriminalamt angeforderte Fallanalytikerin glänzte durch Abwesenheit und ließ ausrichten, man dürfe im Falle eines Ermittlungsstillstandes gerne auf ihre Truppe zurückgreifen. Die Mitarbeiter des LKA zierten sich gerne, wie Gideon wusste. Und da die Wiesbadener wie fast alle Dienststellen unter konstantem Personalmangel litten, musste man schon mindestens einen sadistischen Serienkiller oder einen Ritualmord vorweisen, um ihr Interesse zu wecken, oder ermittlungstechnisch derart auf der Stelle treten, dass ohne Unterstützung Degradierung oder schmachvolle Entlassung drohten. Doch so weit würde Gideon es nicht kommen lassen.

Ihnen lief die Zeit davon. Bei einem Tötungsdelikt blieben den ermittelnden Beamten etwa achtundvierzig Stunden, um den sogenannten roten Faden des Falles zu finden. Danach sanken die Chancen auf eine erfolgreiche Aufklärung mit jedem weiteren Tag. Die verspätete Obduktion von Jennifer Baur hatte wertvolle Zeit gekostet. Aber gegen äußere Umstände dieser Art ließ sich wenig ausrichten. Wenn ein Mordfall unaufgeklärt blieb – was nicht oft vorkam –, waren die Gründe meistens außerhalb der Polizei zu suchen; interne Querelen oder grobe Schnitzer bei der Ermittlungsarbeit, wie das Fernsehen den Zuschauern gern weismachte, waren nur selten die Ursache.

Natürlich saß auch Kußmaul wieder in der hintersten Reihe und machte sich schweigend Notizen.

Nick war sichtlich nervös, als Gideon sie nach vorne holte, um sie offiziell als neues Teammitglied der MK 5 vorzustellen. Die Nervosität wich jedoch schnell, als Schumann ihr vor allen Anwesenden ausdrücklich ein Lob für ihre geleistete Arbeit im K 62 / Organisierte Kriminalität aussprach, verbunden mit der Erwartung, die MK 5 in jeder Hinsicht zu bereichern, wobei er Gideon mit einem vieldeutigen Augenzwinkern bedachte.

Auf Gideons Zeichen hin bereitete Günther Kühnast seine Ausführungen zur Person des Opfers vor. Am Whiteboard befestigte er Fotos von Jennifer Baur neben den Vergrößerungen der Tatortaufnahmen, die von Deissens Truppe stammten, und der Beamer projizierte die wichtigsten Informationen auf die Leinwand. Auf einem der Fotos trug Jennifer Baur Häftlingskleidung.

Kühnast fasste in kurzen Worten die biografischen Daten zusammen, bevor er die Umstände ihres Auffindens schilderte. »Frau Baur lebte zur Untermiete bei Gustav Köhler, zweiundsechzig Jahre alt, Gerüstbauer im Vorruhestand. Von August 2003 bis Mai 2013 verbüßte sie wegen zweifachen Totschlags eine Haftstrafe in der JVA Preungesheim.«

»Die Haftstrafe wurde wegen Kindstötung in zwei Fällen

verhängt: Sie hatte zwei Kinder geboren, getötet und in einem Schuppen auf dem Gartengrundstück der Großeltern versteckt.«

Jemand stieß einen Pfiff aus. Annette Nick schnappte hörbar nach Luft. Kühnast betätigte eine Taste auf seinem Laptop und ein Foto der verwesten Babyleichen, die in Plastiktüten mit Lidl-Aufdruck gefunden wurden, erschien. Ein Raunen ging durch den Raum.

»Können wir das bitte überspringen?«, bat Gideon seinen Kollegen. »Ich denke, für unseren Fall sind diese Aufnahmen irrelevant.«

Kühnast klickte weiter zum nächsten Bild.

»Wir gehen also davon aus, dass die beiden Fälle zusammenhängen? Dass Frau Baur zum dritten Mal ihr neugeborenes Kind umgebracht hat?«, fragte Demant.

»Wir müssen natürlich noch das Ergebnis der Obduktion abwarten«, antwortete Kühnast. »Aber es sieht ganz so aus.«

»Einmal Mörderin, immer Mörderin«, ließ sich jemand vernehmen.

Auf der Leinwand waren nun das *Grand Hotel Dream* und ein angrenzendes Bordell in der Albusstraße zu sehen.

»Nach ihrer Entlassung hat das Opfer als Gelegenheitsprostituierte im Allerheiligenviertel gearbeitet, ist aber dort schon eine Weile nicht mehr in Erscheinung getreten.«

»Hatte sie auch noch einen bürgerlichen Beruf?«, fragte Torben Schumann.

»Sie hatte einen Hauptschulabschluss und hat sich bis zu ihrer Festnahme mit Gelegenheitsjobs über Wasser gehalten. Ist aber schon in den Neunzigern als Prostituierte aufgefallen.«

Typischer Golanhöhen-Werdegang, dachte Gideon. Mit Ach und Krach die Schule geschafft, vermutlich haben die Lehrer noch beide Augen zugedrückt, damit es zum Abschluss reichte. Angesichts dieser Wohnadresse war es so gut wie unmöglich, irgendwo einen Ausbildungsplatz zu bekommen. Wenn man dann noch den falschen Umgang hatte und wohlfeile Versprechen vom schnellen Geld im Ohr, war es nur noch ein Katzensprung an den Bordstein.

Kühnast holte ein Foto von Köhler auf die Leinwand, vermutlich stammte es aus seinem Personalausweis, denn darauf war er einige Jahre jünger und hatte ein paar graue Haare weniger.

»Gustav Köhler, nach einem Arbeitsunfall frühverrentet, bei ihm hat Frau Baur seit ihrer Entlassung aus der JVA gewohnt. Ihm musste vor Jahren nach einer Messerstecherei im Bahnhofsviertel ein Lungenflügel entfernt werden. Über Herrn Köhler gibt es eine hübsche Akte bei uns: Höchstwahrscheinlich hat er sich vor zwanzig Jahren nicht nur als Freier, sondern auch als Zuhälter betätigt. Jedenfalls saß er wegen schwerer Körperverletzung ein Jahr hinter Gittern. Das Opfer war eine Prostituierte von der Elfenbeinküste. Außerdem ist er wegen Hehlerei vorbestraft.«

›Und wisst, dass euer Glaube, wenn er bewährt ist, Geduld wirkt. Jakobus 1.‹ Gideon war sich nicht sicher, ob die Worte, die Köhler bei der ersten Begegnung geäußert hatte, nur seiner Einbildung entsprangen. Ein Hehler und gewalttätiger Lude, der Gott gefunden hatte?

»Hatten die beiden ein Verhältnis?«, fragte Demant.

»Köhler behauptet, nein«, kam Gideon Kühnasts Antwort zuvor. »Er macht den Eindruck, als sei er sehr religiös. Aber vielleicht ist das nur Show.«

Das nächste Bild zeigte einen Teenager mit braunen Rehaugen und schwarzen Haaren, eine Strähne leuchtend rosa gefärbt, eine Augenbraue gepierct.

»Das ist Vanessa, Jennifer Baurs Tochter. Sie ist fünfzehn Jahre alt, also vor den beiden Kindern geboren, die Baur getötet hat. Das Sorgerecht für ihre Tochter hat Jennifer Baur freiwillig ans Jugendamt abgetreten, als bei Vanessa im Kleinkindalter Epilepsie diagnostiziert wurde, weil sie sich der Situation nicht gewachsen fühlte. Deshalb wurden Vanessa und ihre Mutter auch nicht gemeinsam im Mutter-Kind-Haus in der JVA Preungesheim untergebracht. Das Mädchen hat den in solchen Fällen klassischen Werdegang hinter sich, mit wechselnden Pflegefamilien und Heimaufenthalten. Sie lebt derzeit in einer dem Monikahaus angegliederten Wohngruppe im Gallusviertel und hat in Begleitung einer Sozialarbeiterin an regelmäßigen Treffen mit ihrer Mutter teilgenommen.«

»Wie war das Verhältnis der beiden?«, wollte Schumann wissen.

Gideon ermunterte Annette Nick, sich zu äußern.

»Nicht besonders gut, habe ich den Eindruck. Der Tod ihrer Mutter schien sie kaum zu berühren. Wir haben sie aber auch noch nicht eingehend befragt, sondern sie nur über Baurs Ableben informiert. Außerdem muss sie aufgrund ihrer Erkrankung Medikamente nehmen.«

Die letzte Folie zeigte den stilisierten Schattenriss einer Familie – Mutter, Vater, Kleinkind –, ein Firmenlogo und darunter den Namen der Institution in demselben heiter wirkenden Hellblau.

»Frau Baur wurde von einer Mitarbeiterin des Bartholomaeuswerks unterstützt, ein freier Träger, der sich im Auftrag des Sozialrathauses um die Wiedereingliederung straffällig gewordener Frauen kümmert. Mit Frau Wessely, der zuständigen Sozialarbeiterin, haben wir bereits Kontakt aufgenommen.«

»Wusste die Betreuerin, dass Baur schwanger war?«, sagte Gideon.

»Wir haben einen Termin bei ihr, dann kannst du sie selber fragen.«

»Wer ist Vanessas Vater? Köhler etwa?«, wollte Annette Nick wissen.

»Vanessas Vater ist unbekannt.«

»Haben wir Köhler schon befragt?«, hakte sie nach.

Gideon musterte sie anerkennend. Ihm gefiel ihre zupackende Art. Sie war erst einen Tag im Team und schon mittendrin in den Ermittlungen. Vielleicht hatte er sie anhand ihres Lebenslaufs doch falsch eingeschätzt.

»Herr Köhler sitzt in meinem Büro. Den knöpfen wir uns gleich im Anschluss vor«, sagte Gideon.

Schumann wandte sich an Gideon. »Halten Sie ihn für einen Kandidaten?«

»Schwer zu sagen. Frau Baur wog laut Obduktion über achtzig Kilo. Ich kann mir nicht vorstellen, wie er in seinem Zustand die Leiche aufs Dach geschafft haben könnte.«

Schumann lehnte sich zurück und verschränkte die Arme.

»Noch Fragen?«

Kopfschütteln im Raum.

»Was sagen wir der Öffentlichkeit?«, wollte Kußmaul wissen.

»Den Zusammenhang zwischen den beiden Delikten behalten wir für uns, bis das endgültige Ergebnis der DNA-Analyse vorliegt. Die Todesumstände im Fall Baur werden wir wohl oder übel bekanntgeben müssen. Dann nehmen die Spekulationen von alleine ihren Lauf.«

»Damit müssen wir leben«, kommentierte Kußmaul.

Gideon dankte seinen Kollegen für die bisherige Arbeit und kündigte die nächste Teamsitzung für den frühen Abend an, in der Hoffnung, Daten aus der Spurensicherung auswerten und eine erste Tatrekonstruktion vornehmen zu können.

Bevor sich die Mitglieder der BAO – der Besonderen Aufbauorganisation – Golanhöhen endgültig in alle Winde verstreuten, trat Demant zu Gideon und bat ihn um ein Gespräch unter vier Augen in seinem Büro.

23

15. März, 14:25 Uhr
Polizeipräsidium Frankfurt, Büro von Franz Demant

Demant ließ sich in seinen Ledersessel fallen und fischte ein Päckchen Kaugummi aus der Schreibtischschublade. Er bot Gideon einen Streifen an, den dieser dankend ablehnte. Kurz darauf breitete sich der frische Geruch von Minze im Zimmer aus.

»Danke für deinen Einsatz, Gideon. Ohne deinen Hinweis hätten wir sicher viel länger gebraucht, um den Zusammenhang zwischen den beiden Fällen herzustellen.«

Gideon nahm das Kompliment ohne jede Gemütsregung zur Kenntnis.

»Ich denke, es ergibt keinen Sinn, die Ermittlungen weiter getrennt zu führen.«

»Meine Rede«, erwiderte Gideon. Das war also der Grund für die Besprechung: Demant wollte ihm den Fall des toten Säuglings zurückgeben und die Leitung der BAO übertragen.

»Wir werden also die beiden Ermittlungsgruppen zusammenlegen und auf eine gemeinsame Linie bringen.«

»Hört sich vernünftig an.«

»Freut mich, dass du das auch so siehst. Ich hatte dich als stellvertretenden Leiter der BAO im Sinn.«

Gideon stutzte. »Als Stellvertreter? Von wem?«

»Falkner und du, ihr ergänzt euch sicher gut.«

Gideon fühlte sich, als hätte man ihm den Boden unter den Füßen weggezogen. »Falkner leitet die BAO und ich soll sein Stellvertreter sein? Ist das dein Ernst?«

»Hast du damit ein Problem?«

»Und ob. Ich hatte eher an die umgekehrte Konstellation gedacht.«

»Bleib auf dem Boden der Tatsachen, Gideon. Du hast mit deiner Familie im Moment genug um die Ohren. Du musst eine neue Mitarbeiterin einarbeiten. Und du wirkst auf mich seit Wochen ziemlich erschöpft.«

»Ich bin durchaus in der Lage, eine BAO zu leiten und die beiden Fälle in angemessener Zeit aufzuklären.«

»Tut mir leid, aber das sehe ich anders. Falkner ist Single, hat keinen Anhang, auf den er Rücksicht nehmen muss, und er ist fünf Jahre jünger als du. Wenn der um halb elf Uhr nachts noch im Büro herumturnt, habe ich wenigstens kein schlechtes Gewissen.«

»Das hast du bei mir auch nie gehabt.«

»Hör zu Gideon«, seufzte Demant mit entnervter Miene. »Überleg es dir …«

»Da gibt es nichts zu überlegen. Ich lasse mich nicht von dir auf die Ersatzbank verbannen.«

»Der Stellvertreterposten ist doch nicht die Ersatzbank. In dieser Situation *kann* ich dir die Leitung nicht übertragen.«

»Dann lass alles beim Alten. Zwei Fälle, zwei Teamleiter. Wenn Falkner seine Erkenntnisse mit mir teilt, teile ich meine mit seinen Leuten.«

»Wenn deine Karriere nicht so beeindruckend wäre, hätte ich dich schon längst aus meinem Büro geworfen. Ich lasse dich wissen, wie ich entschieden habe.«

Demant schaltete den Computer ein und würdigte Gideon keines Blickes mehr.

24

15. März, 15:00 Uhr
Polizeipräsidium Frankfurt, Büro von Gideon Richter

Nachdem er stundenlang auf seine Befragung gewartet hatte, sah Köhler aus, als hätte er seinen letzten Atemzug getan. Sein mit weißen Bartstoppeln bedecktes Kinn war auf die Brust gesunken, der Mund halb geöffnet, die Arme hingen kraftlos herab. Der Rosenkranz war zu Boden gefallen, wo er vergeblich auf seinen nächsten Einsatz im Namen des Allmächtigen wartete.

Gideon betrachtete Köhlers ausgemergelten Körper. Der Brustkorb hob und senkte sich kaum sichtbar, wenngleich regelmäßig. Also doch Müdigkeit statt Exitus. Kein Wunder angesichts dessen, dass die Polizei ihn morgens um viertel nach drei aus dem Bett geholt hatte. Er roch ungewaschen: Das herbe Aftershave war kaum in der Lage, den beißenden Geruch zu überdecken, den sein Körper verströmte – ein Abbauprodukt von Alter, Krankheit und möglicherweise Bigotterie.

Hatte dieser Mann vor zwanzig Jahren eine Prostituierte tatsächlich so übel zugerichtet, dass er eine neunmonatige Haftstrafe in der Kreuzäckerstraße verbüßen musste? Bei seinem augenblicklichen Zustand war das kaum vorstellbar. Noch unglaublicher fand Gideon jedoch die Wandlung vom brutalen Schläger zum gottesfürchtigen Kirchgänger. Aber es sollte ja wirklich Leute geben, die auf ihrem Lebensweg noch die Kurve vom Saulus zum Paulus kriegten.

Gideon hob den Rosenkranz auf. Die Perlen fühlten sich ekelhaft speckig an. Er packte Köhler an der Schulter. Ruckartig riss der Alte den Kopf hoch und starrte ihn orientierungslos an, bevor die vertraute Feindseligkeit wieder Besitz von ihm ergriff.

»Das gehört mir!«

Gideon ließ den Rosenkranz in Köhlers ausgestreckte Hand gleiten.

»Wie ich sehe, haben Sie etwas zu essen bekommen.« Er deutete auf die leeren Schüsseln und das Tablett, auf dem sie standen. Offenbar hatte sich jemand erbarmt und Köhler etwas aus der Kantine geholt.

»Nur recht und billig, wenn Sie mich schon den ganzen Tag hier warten lassen.«

Die Tür ging auf und Günther Kühnast sowie ein junger Mann mit einem Laptop kamen herein. Kühnast zog sich einen Stuhl heran und nahm Köhler gegenüber Platz. Der Protokollführer schob Annette Nicks Bürostuhl an die Wand, klappte den Laptop auf, dann gab er Gideon das Zeichen, mit der Befragung zu beginnen.

Köhler musterte die Polizisten misstrauisch. »Was denn? Gibt's hier keine Vernehmungszimmer, wo sie einem mit der Lampe ins Gesicht leuchten und die Kollegen hinter einer verspiegelten Glasscheibe alles beobachten?«

»Klar doch. Das da …«, Gideon deutete auf Kühnast, »… ist der gute Bulle und ich bin der böse Bulle.«

Köhler warf Kühnast einen verunsicherten Blick zu, der still in sich hineingrinste.

»So was gibt's nur im *Tatort*, Herr Köhler. Vielleicht möchten Sie etwas trinken, bevor wir loslegen?«, schlug Gideon vor.

Köhler umfasste nach einer Bedenkpause das bereitgestellte Glas Leitungswasser mit seinen spindeldürren Fingern und nahm einen Schluck. Wasser tropfte von seinem Kinn auf die fadenscheinige Hose. Währenddessen erklärte Kühnast ihm die Formalitäten: die Umstände seiner Befragung, begründet durch den Tatverdacht im Fall Jennifer

Baur, sowie seine Rechte und Pflichten. Die Tastatur auf dem Schoß des Protokollführers klapperte leise.

»Sagen Sie uns bitte, woher Sie Frau Baur kennen und seit wann und warum Sie sie bei sich wohnen ließen.«

»Habe ich Ihnen doch schon alles erzählt.«

Gideon wiederholte die Frage ungerührt.

»Ich kannte Jenni von früher.«

»Mit ›früher‹ meinen Sie wann?«

»Das tut doch nichts zur Sache.« Der Rosenkranz glitt durch Köhlers Finger.

»Für uns schon.«

»Früher – also bevor ich die Liebe des Herrn und seines Sohnes Jesus Christus fand – lebte ich in Sünde. Genau wie Jenni. Und da …«, Köhlers Stimme erstarb. Der flehende Blick in seinen Augen war eine klare Aufforderung: Ihr versteht doch auch so, was ich meine!

Aber Gideon ließ nicht locker. »Und da?«

»Jenni hat ihren Körper verkauft«, presste Köhler hervor.

»Und Sie haben sich als ihr Zuhälter betätigt?«

»Allmächtiger, nein!«

»Also waren Sie einer ihrer Freier?«

Köhlers Blick verdüsterte sich, nach einer kurzen Pause nickte er.

»Nur fürs Protokoll, Herr Köhler, bitte antworten Sie mit Ja oder Nein«, warf der protokollführende Kollege an der Wand ein.

Eine Fliege schwirrte durch den Raum. Sie ließ sich am Rand einer Kaffeetasse nieder, in der über einer hellbraunen Pfütze vertrockneter weißer Milchschaum an der Innenwand klebte. Dort tat sie ein paar Schritte, um sich dann wieder in die Lüfte zu erheben.

Köhler sah ihr lange nach, schließlich sagte er leise: »Ja.«

»Das war, bevor Frau Baur ihre Haftstrafe verbüßte?«, fragte Gideon.

»Lange davor.«

»Hatten Sie Kontakt zu ihr, während sie im Gefängnis saß?«

Köhler schüttelte den Kopf.

»Herr Köhler.«

»Nein, keinen Kontakt.«

»Wie kommt es dann, dass sie später bei Ihnen eingezogen ist?«

»Wir sind uns zufällig auf der Straße begegnet.«

Ein Lächeln huschte über das Gesicht des Protokollführers.

»Zufällig?«

»Ich habe sie auf der Straße wiedererkannt. Sie war in einem fürchterlichen Zustand, erst vor ein paar Tagen aus dem Gefängnis entlassen. Sie hatte weder Freunde noch Familie, abgesehen von ihrer Großmutter, bei der sie aufgewachsen ist. Aber die lebte im Pflegeheim. Dann ist da noch Vanessa, die selber im Heim untergebracht ist. Jenni wusste nicht, wo sie unterkommen sollte. Ich glaube, sie hatte die Tage davor in einer Obdachlosenunterkunft übernachtet. Ich habe ihr ein Zimmer in meiner Wohnung angeboten.«

Da war sie wieder, die christliche Nächstenliebe. Die Fliege ließ sich auf Köhlers linkem Handrücken nieder.

»Und wo genau haben Sie Frau Baur wiedergetroffen? In Ihrem Viertel?«

»Nicht direkt.«

»Sondern?«

Köhlers Rechte schlug mit einem lauten Klatschen nach dem lästigen Insekt. Langsam hob er die Hand. Die Beine zuckten ein letztes Mal, dann wischte Köhler die tote Fliege fort.

»Im Allerheiligenviertel.«

Das Allerheiligenviertel war, verglichen mit dem an der Kaiserstraße gelegenen Bahnhofsviertel, eine kleinere Rotlichtmeile südöstlich der Konstablerwache. Köhler mit seinem Rosenkranz und den frommen Sprüchen hatte Jennifer

Baur also rein zufällig auf dem Straßenstrich wiedergetroffen? Das konnte er seiner Oma erzählen, dachte Richter.

»Was hatten Sie denn dort verloren – ausgerechnet in der Allerheiligenstraße?«

»Ich versuche, die Mädchen auf den Pfad Gottes zurückzuführen.«

Ein weiterer amüsierter Blickwechsel zwischen Kühnast und Gideon Richter. »Sie missionieren im Puff?«

»Zu Gott kann man überall finden, ganz besonders in einem solchen Sündenpfuhl«, sagte Köhler, und das angriffslustige Funkeln in seinen Augen sollte wohl unterstreichen, wie ernst es ihm mit seiner missionarischen Haltung war. Gideon indes war sich keineswegs sicher, ob das Funkeln nicht auch noch eine ganz andere, weit weniger christliche Ursache hatte.

»Frau Baur ist dann im Juni des letzten Jahres bei Ihnen eingezogen?«

Köhler bestätigte das.

»Und wie gestaltete sich das Zusammenleben?«

»Jenni hat sich um den Haushalt gekümmert und mich im Alltag unterstützt. Wir haben gemeinsam die Bibel gelesen. Zwei Mal pro Woche kam die Sozialarbeiterin. Ich weiß nicht, was die miteinander besprochen haben, ich bin dann immer spazieren gegangen.«

»Warum?«

»Ich kann diese Sozialhenne nicht ausstehen. Ständig wollte sie mir vorschreiben, was ich zu tun und zu lassen habe. ›Spülen Sie das Geschirr.‹ ›Warum steht der Müll auf dem Balkon?‹ ›Waren Sie mit Jennifer auf dem Arbeitsamt?‹ Was kümmert es mich, ob Jenni ihre Behördengänge erledigt? Was geht es die Frau an, wie es in meiner Wohnung aussieht? Ich hab schon selber gemerkt, dass nicht aufgeräumt war, da muss mich so ein junger Hüpfer, halb so alt wie ich, nicht bevormunden, ich bin doch nicht senil.«

»Hatte Frau Baur den Haushalt denn gut in Schuss?«

»Na ja, sie besaß wohl eher andere Qualitäten.«

»Tatsächlich?«

Der Alte sah Gideon verärgert an. »Nicht was Sie denken.«

»Sondern?«

»Sie war einfach ein stilles liebes Mädel. Konnte gut zuhören. Sie hat viel mitgemacht.«

»Würden Sie Ihr Verhältnis zu Frau Baur als ... harmonisch beschreiben?«

»Wir sind ganz gut miteinander ausgekommen.«

»Gab es Streit?«

»Gibt es den nicht überall?«

»Vielleicht nicht so oft.«

Köhlers Ohren liefen rot an. »War das diese gottlose Person in der Wohnung über uns? Die Kempfer, diese Schlange? Hat die Ihnen erzählt, wir hätten uns gestritten? Die lügt doch, wenn sie den Mund aufmacht.«

»Haben Sie denn gestritten?«

»Nicht mehr als andere Leute auch.«

»Und worum ging es dabei?«

»Weiß ich nicht mehr. Kleinigkeiten.«

»Sie haben sich geärgert, weil sie den Haushalt vernachlässigt hat, stimmt's?«

»Sag ich doch, Kleinigkeiten. Zu dumm, die Waschmaschine zu bedienen. Solche Sachen. Jenni war nicht besonders helle.«

»1997 waren Sie wegen gefährlicher Körperverletzung im Gefängnis. Sie hatten eine Prostituierte zusammengeschlagen und aus dem Fenster im zweiten Stock eines Bordells gestoßen.«

»Das ist lange her. Sie sehen doch, dass ich heute ein ganz anderer Mensch bin.«

Eigentlich war der Wandel nur auf Äußerlichkeiten beschränkt, fand Gideon.

»Erklären Sie uns doch mal, warum die Schublade im Wohnzimmer aufgebrochen war.«

»Woher soll ich das wissen?«

»Was war denn üblicherweise drin – in der Schublade?«

»Kram halt.«

Köhler mied Gideons Blick. Gideon ließ das Schweigen zwischen Ihnen anwachsen, bis Köhler das Gefühl hatte, es würde ihn erdrücken.

»Was?«, fragte Köhler schließlich gereizt.

»Und dieser Kram war so wichtig, dass Sie die Schublade abschließen mussten?«

Köhler zuckte die Schultern.

»Wollen Sie wissen, was ich glaube? Das Telefon war darin eingeschlossen. Damit Jenni nicht ohne Ihre Erlaubnis telefonieren konnte.«

»So'n Quatsch.«

»Es muss schon was Schlimmes passiert sein, dass Jenni gegen Ihre Anweisungen die Schublade aufbricht, um jemanden anzurufen, oder?«

»Ich hab der überhaupt nichts angewiesen!«

»Haben Sie sie auch eingesperrt, in Ihrer Wohnung?«

»Hören Sie auf! Ich bin doch kein Sklavenhalter.«

»Herr Köhler, wo haben Sie sich in der Nacht vom 13. auf den 14. März aufgehalten?«

»Ich habe gebetet, das habe ich Ihnen doch schon erzählt.«

»Gebetet. Und wo genau?«

»In der Liebfrauenkirche.«

»Kann das jemand bezeugen? Waren noch andere Personen dort?«

»Ein paar Dutzend. Die Liebfrauenkirche ist so etwas wie ein spirituelles Zentrum.« Ein versonnenes Lächeln stahl sich auf Köhlers Lippen.

»Schließt die Liebfrauenkirche nicht um neun?«

»Ich kenne den Küster. Er respektiert meinen tiefen Glauben und lässt mich dort so lange verweilen, wie ich Zwiesprache mit IHM halten möchte.«

Gideon notierte sich den Namen der Kirche. Daneben kritzelte er *Küster befragen – Alibi.* Er klopfte ungeduldig mit einem Kugelschreiber auf seinen karierten Block.

»Haben Sie an Ihre Barmherzigkeit gegenüber Frau Baur sonst noch irgendwelche Bedingungen geknüpft?«

»Ich hab Ihnen doch gesagt, dass wir in getrennten Betten geschlafen haben.«

»Es galt also lediglich ›Haushalt und Pflege‹ gegen ›Dach über dem Kopf‹?«

»So ähnlich hatten wir das vereinbart.«

Gideon lächelte süffisant. »Und Frau Baur sollte außerdem nicht mehr anschaffen gehen.«

Köhler sah ihn sprachlos an. »Woher wissen Sie das?«

»Sie haben selbst gesagt, dass Sie die gefallenen Mädchen – wie haben Sie es ausgedrückt – ›auf den Pfad Gottes zurückführen‹, oder? Wenn ich so gottesfürchtig wäre wie Sie ...«, hier legte Gideon eine Kunstpause ein, »... wäre das eine meiner Bedingungen. Kost und Logis gegen ehrliche Arbeit. Und zwar nicht in der Horizontalen.«

»Also gut, das gehörte ebenfalls zu unserer Abmachung.«

Im Gang hörte man schallendes Lachen. Gideon wartete, bis es verstummt war. »Sie wissen, dass Frau Baur sich nicht an die letzte Bedingung gehalten hat?«

»Nein, das wusste ich nicht«, antwortete Köhler ein wenig zu schnell.

»Es gab auch keinen Streit deswegen?«

Köhler schüttelte den Kopf, bevor er schlussendlich ein »Nein« herauspresste.

»Als wir am Vierzehnten in Ihrer Wohnung waren, haben wir hinter dem Schrank ein Gemälde entdeckt, in Packpapier eingewickelt. Heute Nacht war es spurlos verschwunden.«

»Ich weiß von keinem Gemälde. Vielleicht war es Jennis. Sie hatte einigen Kram mitgebracht, als sie eingezogen ist.«

Gideon sah Köhler unverwandt in die Augen, aber der Alte hielt seinem Blick stand.

»Wissen Sie, weshalb Frau Baur zehn Jahre im Gefängnis saß?«

»Sie hat ihre Kinder umgebracht.«

»Wussten Sie auch, dass Frau Baur wieder schwanger war?«

»Was?«

»Haben Sie bemerkt, dass Frau Baur im Badezimmer Ihrer Wohnung am Ben-Gurion-Ring ein Kind zur Welt gebracht hat?«

Auf Köhlers grauem Gesicht erschienen hektische rote Flecken. »Ich … was? Nein«, stotterte er. »Was ist mit dem Kind? Wo ist es?«

Als er keine Antwort erhielt, schlug er entsetzt die Hand vor den Mund.

25

15. März, 16:30 Uhr
Polizeipräsidium Frankfurt, Cafeteria

»Was für ein Arsch«, entfuhr es Gideon.

Nachdem Köhler seine Aussage unterschrieben hatte, ohne sie noch einmal durchzulesen, hatte Gideon ihn nach Hause entlassen. Nun war er mit Günther Kühnast auf dem Weg in die Cafeteria, um etwas zu trinken und die Befragung zu rekapitulieren.

»Das mit dem Baby wusste der wirklich nicht«, sagte Kühnast.

»›Die gefallenen Mädchen auf den Pfad Gottes zurückführen‹, dass ich nicht lache.«

»Ist zurzeit ein echter Trend, Gideon. Diese alten Knacker, die es sich bei ihrer Rente halbwegs leisten können, holen sich ein junges Mädel – meistens aus Osteuropa, eine Roma oder so – ins Haus. Als preiswerte Putzfrau, Pflegerin, Köchin und Gesellschafterin. Und wenn er gut genug zahlt oder sie unter Druck setzt, schütteln sie dem Arbeitslosen auch noch die Hand.«

»*Was* schütteln die *welchem* Arbeitslosen?«, fragte Gideon verwirrt.

»Sie holen ihm einen runter, Kollege. Du weißt, was das ist, oder?«

Gideon schüttelte fassungslos den Kopf. »Das ist Sklaverei.«

»Na ja, ist das nicht jeder Job, wenn man keine anständige Ausbildung hat und arm wie eine Kirchenmaus ist?«

Gideon mochte Kühnasts Humor, aber manchmal ging ihm sein Zynismus zu weit. Sie holten sich einen Kaffee am Tresen. Kühnast schaufelte eine ganze Handvoll Zuckertütchen auf sein Tablett.

»Glaubst du, das ist der einzige Grund, warum er sie aufgenommen hat?«, sagte Gideon.

»Du nicht?«

Die christliche Nächstenliebe nahm Gideon Köhler jedenfalls nicht ab. Und wenn es nur darum ging, dass sie ihm den Haushalt machte und ihn bei fortschreitender Erkrankung zu Hause pflegte, warum gab er das dann nicht einfach zu?

»Was hältst du von ihm? Kommt er als Täter infrage?«, hakte Kühnast nach.

»Hatte er denn ein Motiv?«

»Hängt davon ab: Wusste er von der Geburt? Wusste er, dass sie ihr Kind getötet hat? Aus jeder Kombination ergeben sich andere Optionen.«

»Fangen wir mal mit dem unwahrscheinlichsten Fall an: Er wusste weder von der Schwangerschaft noch von der Kindstötung. Möglicherweise gab es zwischen den beiden einen handfesten Streit, ein klassisches Beziehungsdelikt. Ohne Zweifel hat er herausgefunden, dass sie wieder anschaffen gegangen ist, als Lügner ist er eine Null. Oder sie könnte was über ihn herausgefunden haben. Hat beim Aufräumen Dinge in der Wohnung entdeckt, die ein ›wahrer Christ‹ nicht besitzen sollte. Sie konfrontiert ihn damit. Es kracht. Unter Umständen hat er sie auch in einem Anfall von religiösem Wahn umgebracht.«

»Und es wäre nicht das erste Mal, dass er ausgeflippt ist«, fügte Kühnast hinzu.

»Vom Typ her traue ich ihm das zu: hochfahrend, ungeduldig. Wir unterhalten uns noch mal mit Frau Kempfer. Hat sie nicht Streitigkeiten angedeutet?«

Gideon löffelte den Schaum von seinem Cappuccino. »Warum hat er sie bei sich aufgenommen? Wirklich nur aus Nächstenliebe? Oder steckt etwas anderes dahinter? Immerhin kannten sie sich schon eine ganze Weile.«

Kühnast wusste, dass es jetzt besser war, den Mund zu halten und Gideon gewähren zu lassen.

»Zweite Option: Er findet doch heraus, dass sie schwanger ist. Er hat keine Lust auf eine Mutter mit Kind in seiner Wohnung. Er will sie rauswerfen. Es kommt zu Handgreiflichkeiten. Oder er ist stinksauer, weil sie ihn nicht rangelassen hat. Von einem anderen lässt sie sich schwängern, aber ihn weist sie ab. Es fallen laute Worte, die Fäuste fliegen. Zack – Totschlag. Alternativ Unfall mit Todesfolge.«

»Dann die dritte Option: Er hat herausgefunden, dass sie das Baby getötet hat. In einem Anfall biblischen Zorns bringt er sie um, nach dem Motto Auge um Auge …«

»Dafür klang er mir ein bisschen zu ahnungslos.«

»Vielleicht ist er doch kein so schlechter Lügner?«

Gideon schüttelte zweifelnd den Kopf. Sie nahmen an einem freien Tisch direkt vor der Panoramascheibe Platz. Draußen fiel Eisregen, kleine weiße Körner prallten von den

Autodächern und Windschutzscheiben ab, wie die Papierkügelchen, die sie als Jungen im Unterricht verschossen hatten. Wer das Pech hatte, vom Unwetter überrascht worden zu sein, zog sich die Jacke über den Kopf und suchte unter den Kolonnaden Zuflucht.

»Haufenweise Fragen.«

»Außerdem ist mir schleierhaft, wie dieses Klappergestell mit seinem mobilen Sauerstoffzelt Baurs Rokokokörper aufs Dach schafft, um sie von dort hinunterzuwerfen. Ohne von irgendjemandem dabei gesehen zu werden.«

»Er hatte immerhin als Einziger einen gewichtigen Grund, sie aus der Wohnung zu schaffen. Ein anderer hätte sie dort liegen lassen, um den Verdacht auf Köhler zu lenken.«

»Und sein Alibi?«

»Die ganze Nacht in der Liebfrauenkirche zu beten, ist nicht gerade das, was ich als wasserdichtes Alibi bezeichnen würde. Ich wette, dort gibt es keine Videoüberwachung. Erübrigt sich, da Gottes Auge ja alles sieht«, witzelte Kühnast.

»Vielleicht wird ja der Platz davor, der Holzgraben, überwacht. Kannst du das abklären?«

Kühnast machte sich eine Notiz. Der Signalton von Gideons Handy kündigte den Eingang von zwei neuen Nachrichten an: Die Auswertung der Tatortspuren sei noch nicht abgeschlossen, die große Teamsitzung müsse also auf morgen früh verschoben werden. Chiazza hatte eine Grafik geschickt, aus der ersichtlich wurde, wie der tödliche Schlag auf Jennifer Baurs Kopf ausgeführt worden war. Außerdem wollte er wissen, an wen der Obduktionsbericht des Säuglings ging. Gideon rief Chiazza umgehend zurück. Als er das Gespräch beendete, saß Kühnast immer noch da und beobachtete Gideon aufmerksam.

»Ist was?«

»Mit Nora und dem Kleinen ist alles okay?«

»Alles bestens. Warum?«

»Anstrengend, oder? Ich erinnere mich noch gut an die Zeit.«

»Ich würde wirklich gern mal wieder eine Nacht durchschlafen«, entgegnete Gideon mit einem gequälten Lächeln, während er mühsam ein Gähnen unterdrückte.

»Wann hast du dich das letzte Mal ärztlich durchchecken lassen?«

»Wie bitte?«

»Bist du sicher, dass dir nichts fehlt? Vielleicht brütest du was aus. In den letzten Wochen stehst du ein bisschen neben dir.«

»Tue ich das?« Der angriffslustige Tonfall. So kannte Gideon sich gar nicht.

Kühnast schnappte seine Kaffeetasse. »Nichts für ungut, Gideon. Sag Bescheid, wenn ich etwas für dich tun kann.«

Bevor Gideon seine Fassung wiedererlangt hatte, war Kühnast auf und davon. Nachdenklich starrte er vor sich hin. Womöglich brütete er tatsächlich etwas aus.

26

15. März, 17:15 Uhr
Polizeipräsidium Frankfurt,
Besprechungsraum im 4. Obergeschoss

Das Videokonferenzsystem im großen Besprechungsraum war die neueste Errungenschaft in der Festung. Es sollte das Präsidium mit dem LKA in Wiesbaden, mit Europol, Interpol und einigen externen Partnern wie der Rechtsmedizin und wichtigen Gutachtern verbinden, doch in der Frankfurter Kripo, wo man technischen Neuerungen grundsätzlich aufgeschlossen gegenüberstand, begegnete man dieser Innovation mit Skepsis.

Das Unterfangen hatte von Anfang an unter einem schlechten Stern gestanden. Man hatte, wie bei den Ausschreibungen auf Landesebene üblich, das System des günstigsten Bieters wählen müssen.

Bei den ersten halbherzigen Versuchen der Inbetriebnahme hatte man festgestellt, dass die Hardware schwer zu bedienen, das Handbuch unverständlich und der Support nicht erreichbar waren. Nach Wochen des Herumprobierens hatten die Techniker die Anlage endlich zum Laufen gebracht, aber da hatte sich ihr schlechter Ruf bereits im ganzen Haus verbreitet.

Im Rechtsmedizinischen Institut hatte der technikaffine Chiazza auf dem PC in seinem Büro eine Videokonferenzsoftware installiert. Gideon wollte ihn bei der Tatrekonstruktion unbedingt persönlich dabeihaben, doch Chiazza hatte zu viel zu tun, um in die Adickesallee zu kommen.

Wenige Augenblicke später hatten sie ihn auf dem Display. Dass die Augen in dem gespenstisch beleuchteten Gesicht nicht seine Gesprächspartner, sondern einen unbestimmten Punkt unterhalb der Kamera zu fokussieren schienen, wirkte am Anfang befremdlich.

Gideon bat Chiazza, sich noch einen Moment zu gedulden. Kurz darauf tauchte Annette Nicks Gesicht in einem weiteren Fenster auf dem Bildschirm auf. Sie hatte sich freundlicherweise bereit erklärt, sich von ihrem privaten PC aus in die Konferenz einzuschalten.

Chiazza teilte den Bildschirm auf: Neben seinem Porträt blendete er das dreidimensionale Modell eines menschlichen Kopfes ein und drehte ihn mit dem Mauszeiger, bis Gideon und Kühnast den Hinterkopf sahen. Der nächste Mausklick ließ einen Gegenstand erkennen, der winkelförmig war und entfernt an einen Hammer erinnerte.

»Wir haben es bei dem Tatwerkzeug mit einem stumpfen Gegenstand zu tun, der etwa diese Form hat.«

Der ›Hammer‹ bewegte sich in einer Endlosschleife bogenförmig auf den Kopf zu. Die Polizisten beobachteten, wie er in Zeitlupe auf den Schädelknochen prallte. Ein Loch entstand, der Knochen barst und die Computeranimation zeigte, wie einige Knochensplitter wegflogen, während andere in das Innere eindrangen.

»Anhand der Positionierung der Schädelknochenfragmente im Gehirn können wir ungefähr bestimmen, wie das Tatwerkzeug geführt wurde.«

»Rechts- oder Linkshänder?«, fragte Gideon.

»Eindeutig Rechtshänder.«

»Können Sie uns etwas über die Körpergröße sagen?«

»Kleiner als eins siebzig, kommt darauf an, wie lang der Stiel oder Griff war. Der Täter könnte auch gekniet oder vor dem Opfer gesessen haben.«

»Und die Tatwaffe?«

»Haben Sie etwas in Verdacht?«, wollte Chiazza wissen.

»Noch nicht. Irgendwelche Hinweise?«

»Wir haben Spuren von Hartholz gefunden. Die Bestätigung des Fachmanns steht noch aus, aber es handelt sich um die Gattung Diospyros.«

Kühnast notierte sich den Begriff auf seinem Notizblock.

»Ich fasse noch einmal zusammen: Frau Baur wurde mit einem Schlag auf den Kopf durch einen Gegenstand aus Hartholz getötet. Der Täter war kleiner als eins siebzig und Rechtshänder.«

»Korrekt.«

»Wie ging es dann weiter?«

»Der Schlag war nicht sofort tödlich. Frau Baur fiel ins Koma, durch die massiven Hirnblutungen. Nach etwa fünfundsiebzig Minuten trat der Exitus ein. Die Leiche lag jedoch noch eine gute Stunde an derselben Stelle. Dann wurde sie abtransportiert, vermutlich auf das Dach, von dem der Täter sie hinuntergeworfen hat.«

»Gibt es Kampfspuren?«

»Es muss ein kurzes Handgemenge gegeben haben. Im Gesicht und an der linken Hand befinden sich Schürfwunden, die nicht vom Sturz herrühren. Leider habe ich zu wenig Material, um eine aussagekräftige DNA-Analyse durchzuführen. Ihr Kollege Deissen meinte aber, er hätte einiges auf der Kleidung gefunden. Vielleicht haben Sie da mehr Glück.«

Ärgerlich, dachte Gideon. Hätte man Köhlers DNA unter Jennifer Baurs Fingernägeln gefunden, hätte er den Fall schnell und unkompliziert zu den Akten legen können. Unter dem Druck eines harten Verhörs hätte der Mann mit Sicherheit gestanden und ihnen vielleicht auch verraten, wie er die Leiche aufs Dach gehievt hatte.

Da Chiazza im Moment keine weiteren Informationen bieten konnte, beendeten sie die Konferenz. Chiazzas Gesicht schrumpfte zu einem kleinen Punkt zusammen, bevor der Bildschirm erlosch.

Gideon blickte in den missratenen Frankfurter Frühling hinaus. »Wie groß schätzt du Köhler?«

»Mindestens eins fünfundsiebzig«, sagte Kühnast.

»Irgendwie kann ich mich nicht von dem Gedanken lösen, dass er es trotzdem war.«

»Weil du ihn nicht leiden kannst.«

Wahrscheinlich hatte Günther Kühnast recht. Gideon hasste Köhlers Frömmelei, und das war für ihn Grund genug, ihn trotz aller Bedenken nicht von der Liste der Verdächtigen zu streichen.

»Braucht ihr mich noch?«

Erschrocken drehte Gideon sich um. Vom Display blickte Annette Nick sie erwartungsvoll an. Ach du meine Güte, er hatte sie total vergessen.

»Tut mir leid, Annette. Wir sehen uns morgen früh im Büro.«

Sie verschwand vom Bildschirm.

Gideon sah auf die Uhr. »Sechs vorbei. Und ich muss Franz Demant und Kußmaul noch auf den neuesten Stand bringen. Du hast alles, was du brauchst?«

»Mehr als das«, erwiderte Kühnast mit Leidensmiene.

Gideon schaltete sein Smartphone ein und suchte den gewünschten Kontakt heraus: *Nora & Gideon Festnetz.* Wenn er jetzt noch einige einfühlsame Worte fand, um Nora zu erklären, dass sie sich ihre Rückbildungsgymnastik um halb sieben wieder einmal abschminken konnte, war der Abend gerettet.

Er atmete erleichtert auf, als das Besetztzeichen ertönte. Er würde es in fünf Minuten noch einmal probieren.

Als er zwei Stunden später wieder an den Computer in seinem Büro zurückkehrte, fiel ihm siedend heiß ein, was er vergessen hatte.

27

15. März, 20:55 Uhr
Ben-Gurion-Ring, Frankfurt Nieder-Eschbach

Gideon hatte beschlossen, den Golanhöhen einen weiteren Besuch abzustatten. Alleine, ohne die hektische Betriebsamkeit der Kollegen und ganz ohne Zeitdruck, wollte er sich einen Eindruck von dem Ort verschaffen, an dem Jennifer Baur ihr Kind getötet und anschließend selbst den Tod gefunden hatte.

Gab es so etwas wie ausgleichende Gerechtigkeit? Eine archaische und chaotische Form der Rache, ausgeübt durch die Natur oder eine höhere Macht? Köhler hätte unzweifelhaft eine einfache Antwort parat gehabt. Aber einfache Antworten gab es nur selten, wenn ein Leben ausgelöscht wurde. Wenn sein Beruf Gideon Richter etwas gelehrt hatte, dann dies: Auch wenn am Schluss oft Einzelne als Täter zur Rechenschaft gezogen und verurteilt wurden – die wahre Schuld lag meistens auf viele Schultern verteilt.

Er parkte den Zafira vor dem Jugendzentrum *Am Bügel*, zwischen zwei Autos mit abmontierten Kennzeichen, stumpfem Lack und Rostblasen auf den Kotflügeln; bei einem der Wagen klaffte, wo früher einmal das Beifahrerfenster gewesen war, ein schwarzes Loch. Gideon schaltete das Licht aus. Sobald er das Fenster eine Handbreit heruntergekurbelt hatte, strömte eisige Winterluft herein, gepaart mit dem Geruch brennender Kohleöfen.

Er ließ den Blick über die Fassade schweifen: In den meisten Wohnungen verbreiteten die eingeschalteten Fernseher ihr flackerndes blaugraues Licht. Gideon versuchte, sich zu erinnern, hinter welchem Balkon Köhlers Wohnzimmer lag. Hier sah ein Balkon wie der andere aus. Satellitenschüsseln in Reih und Glied. Abgeblätterte Farbe an den Wänden, Sperrmüll, verblichene Gartenmöbel, leere Getränkekästen. Die Wohnungen so klein, dass man den Müll auf den Balkon auslagern musste.

Er zählte die Stockwerke. Hinter Köhlers Wohnzimmerfenster brannte Licht, doch im nächsten Moment war es erloschen.

Gideon war auf einem Bauernhof im Hochtaunuskreis aufgewachsen. Eine ganz andere Welt, nicht heil, aber geordnet. Auch in Usingen hatte es Menschen gegeben, die nicht die gleichen Chancen wie andere hatten und deren Lebensweg auf die denkbar schlechteste Art vorgezeichnet schien. Aber in Usingen konnte man, auch wenn man gut geerdet war, den Himmel sehen.

Hier blieb der Blick, gleich in welche Richtung man schaute, immer wieder an verwaschenem Beton hängen. Daran änderten auch die weitläufigen Grünflächen unter den kahlen Bäumen nichts, die die Hochhäuser wie Wächter umringten.

Die Eingangstür öffnete sich und Köhler trat ins Freie. Ausgerechnet. Hatte er Gideon von seinem Wohnzimmerfenster aus entdeckt? Nein, der Alte schlug den Kragen hoch, klemmte die Tasche fester unter den Arm und hinkte davon.

Wohin trieb es ihn um diese Uhrzeit? Er hätte gedacht, dass der ›Wohltäter‹ der Menschheit nach einer kurzen Nacht und einem anstrengenden Tag im Präsidium früh zu Bett gehen würde. Gideon stieg aus und schloss leise die Autotür. Köhler steuerte die zweihundert Meter entfernt gelegene Haltestelle an, nahm auf der Bank im Wartehäuschen Platz, ließ die Tasche auf den Schoß und das Kinn auf die Brust sinken.

Da Köhler ihn kannte, konnte Gideon sich nicht an seine Fersen heften. Überdies war er ja aus einem ganz anderen Grund hier.

Lange bevor der Bus um die Ecke bog, war das dumpfe Brummen des Motors zu vernehmen. Gideon schlich an der Fassade entlang, bis er die Stelle erreichte, wo Jennifers Leiche auf dem Boden aufgeprallt war, erkenntlich an einer Mulde im Gras. Er legte den Kopf in den Nacken. Er versuchte, sich vorzustellen, was für ein Mensch eine fast achtzig Kilo schwere Leiche auf das Dach transportierte, um sie von dort oben hinunterzuwerfen.

Natürlich hatte der Täter das Verbrechen vertuschen wollen. Er wusste, er würde eher früher als später ins Visier der Ermittler geraten; den großen Unbekannten konnte man ausschließen, es lag eindeutig kein Einbruch oder Raubmord vor – ein Einbrecher würde sich nicht die Mühe machen, die Leiche aus der Wohnung verschwinden zu lassen. Also eine Beziehungstat, verübt von einem Verwandten, Bekannten, einer Freundin, einer Arbeitskollegin. Von einer Person, deren Angaben während der Befragung mit Sicherheit einen ganzen Aktenordner voller Lügen füllen würde. Das Problem war, dass eine Prostituierte naturgemäß über einen großen ›Bekanntenkreis‹ verfügte. Es konnte Köhler gewesen sein, aber auch Baurs Tochter, ein Nachbar, eine Prostituierte aus ihrem Dunstkreis, ein Freier, der sich unfair behandelt fühlte, oder eine ehemalige Mitgefangene aus der JVA Preungesheim.

Dass die Tat irgendwie mit Baurs totem Baby zusammenhing, stand für Gideon außer Zweifel. Es waren einfach zu viele Zufälle im Spiel und sein Instinkt hatte ihn in dieser Hinsicht noch nie im Stich gelassen.

Er umrundete das Haus, bis er wieder vor der Eingangstür stand. Das Wartehäuschen war leer und die roten Rücklichter des Linienbusses, der um diese Zeit nur noch stündlich fuhr, verschwanden in der Ferne.

Steig in den Wagen und fahr nach Hause! Natürlich graute ihm davor. Eine Standpauke von Nora würde ihm gewiss sein. Völlig zu Recht, was die Sache für ihn nicht angenehmer machte.

Gideon warf einen Blick auf die Klingelanlage, die genauso aussah, wie man sich die Klingelanlagen eines Wohnblocks in einem sozialen Brennpunkt vorstellte: der Metallrahmen zerkratzt, sichtbare Spuren von Zigarettenglut, Namensschilder mit zerbrochenem oder fehlendem Gehäuse, Beschriftungen von Hand, unter Zuhilfenahme einer Schablone oder hastig hingekritzelt, Druckbuchstaben und Zeichen, die unzweifelhaft aus einem anderen Kulturkreis stammten. Ein Durcheinander, in jeder Hinsicht.

Köhler / Baur stand auf dem Schild mit weißer Prägeschrift auf einem schwarzen Kunststoffstreifen in der fünften Reihe von unten. Doch Köhler hatte seine kurze Trauerphase beendet und ihren Namen bereits mit schwarzem Edding übermalt.

Gideon starrte fassungslos auf das Klingelschild. Eine weitere Erkenntnis, wenn man häufig mit dem Tod in Berührung kam: Der moderne Mensch starb viele Male: einmal den körperlichen Tod und darüber hinaus jedes Mal einen weiteren, wenn der Name irgendwo gelöscht wurde – im Pass oder Personalausweis, in Bank- und Versicherungsunterlagen, bei Computer-Accounts und E-Mail-Adressen.

Und auf Klingelschildern.

Jedes Mal ein weiterer Tod.

Ein Pärchen drückte sich eng umschlungen und kichernd an ihm vorbei in den Hausgang. Kurz bevor die Tür wieder ins Schloss fiel, schob Gideon den Stiefel in den Spalt und schlüpfte ins Treppenhaus.

Hundert Meter hinter ihm löste sich eine Silhouette aus dem Schatten eines Müllcontainers und ging langsam auf das Haus zu.

28

15. März, 21:15 Uhr
Ben-Gurion-Ring, Frankfurt Nieder-Eschbach

Gideon dachte nicht eine Sekunde über die Gründe oder die Folgen seines eigenmächtigen Verhaltens nach. Er wusste, dass der Versuch, eine weitere richterliche Durchsuchungsanordnung zu erhalten, zwecklos war; wie sollte er ein solches Ansinnen auch begründen?

Er hätte Köhler einfach fragen können. Doch dieser widerliche alte Heuchler würde ihm ohnehin nicht die Wahrheit sagen.

Gideon eilte die Treppen hinauf – er wusste nicht, wie viel Zeit ihm blieb, bevor Köhler zurückkehrte. Keuchend wartete er vor der Wohnungstür, bis klar war, dass ihn niemand bei seinem Vorhaben stören würde. Hinter der Tür der rechten Nachbarwohnung erklang orientalische Musik, hinter der linken Kindergeschrei. Gideon zog die Kundenkarte einer Kette, die Babyartikel vertrieb und eine Filiale in der Schäfergasse besaß, aus dem Portemonnaie. Er hob die Tür am Griff ein paar Millimeter an und drückte sie nach innen, bevor er die Karte in den schmalen Spalt zwischen Türblatt und Zarge schob. Mit einem metallischen Klicken gab das Schloss nach.

Die Musik verstummte und laute Stimmen ertönten. Schatten bewegten sich in dem Lichtschein, als die Tür der Nachbarwohnung plötzlich aufschwang; das Lachen und die Wortfetzen, die an sein Ohr drangen, offenbar in einer fremden Sprache, wurden lauter.

Gideons Herz drohte auszusetzen. Ohne nachzudenken, hechtete er in den Wohnungsflur und drückte die Tür hinter sich zu. Mit geschlossenen Augen, den Rücken an die Tür gelehnt, wartete er, bis sich sein Puls normalisiert hatte. Obwohl er wusste, dass die Zeit drängte, stand er reglos da, bis die Stimmen der Nachbarn im Treppenhaus verklungen waren.

Mit einem schlechten Gewissen, denn ab jetzt handelte es sich offiziell um Einbruch, betrat Gideon das Wohnzimmer und sah aus dem Fenster. Ein aufgemotzter Ford Fiesta, dessen Unterboden den Asphalt in ein kaltes blaues Licht tauchte, glitt mit hämmernden Bässen langsam die Berner Straße entlang, eine Abgaswolke in der eisigen Winterluft wie einen Kondensstreifen hinter sich herziehend.

Gideon zog die Vorhänge zu und schaltete das Licht ein. Er sah auf seine Armbanduhr: Fünf Minuten gestand er sich zu, keinen Augenblick länger.

Die Wohnung wirkte ordentlicher, als er sie von seinem letzten Besuch in Erinnerung hatte. Ein Wunderbäumchen hing an einem der Deckenstrahler und der süßliche Duft bemühte sich, die Küchengerüche zu überdecken. Auf einer

Anrichte waren Unterlagen gestapelt, so akkurat, als wären die Kanten mit dem Lineal ausgerichtet. Vielleicht hatte Köhler seine Mitbewohnerin umgebracht, weil sie zu unordentlich war?

Gideon ging ins Schlafzimmer. Das Bett, am Morgen noch zerwühlt, war nun frisch bezogen und militärisch gestrafft, eine dunkelbraune Tagesdecke aus Wolle darüber ausgebreitet, die Kissen aufgeschüttelt. Über dem Stuhl hing eine sorgfältig zusammengelegte Hose samt Hosenträgern. Die kitschige Jesusstatue auf dem Nachttisch und der schwache Duft der Mottenfalle im Schrank schienen unverändert zu sein. In dem schmalen Spalt neben dem Kleiderschrank herrschte nach wie vor gähnende Leere.

Gideon war enttäuscht, denn er hatte keinerlei neue Erkenntnisse gewonnen. Seine Hoffnung, hier etwas mehr über Jennifer Baur zu erfahren, schwand. Schweren Herzens entschloss er sich, einen raschen Blick in die Unterlagen zu werfen und danach zu verschwinden.

Ein Schlüssel klirrte in der Wohnungstür. Verdammt! Wieso war Köhler schon wieder zurück? Er war doch gerade erst in den Bus gestiegen. Jetzt musste Gideon sich blitzschnell etwas einfallen lassen. Das Schlafzimmer ging wie alle übrigen Räume auf den Flur hinaus, doch von dort kamen die Schritte. Gideon sah sich fieberhaft um. Er könnte sich im Schrank verstecken und sobald Köhler schlief, die Wohnung auf leisen Sohlen verlassen. Bedauerlicherweise funktionierten solche Tricks nur in drittklassigen Filmen. Die einzige Fluchtmöglichkeit war die Balkontür. Soweit er sich erinnerte, gab es keine Feuerleiter an der Vorderseite des Hauses, er würde also einen anderen Weg finden müssen, den Balkon zu verlassen.

Die Schritte kamen näher. Gideon drückte den Hebel der Balkontür unter vernehmlichem Knarzen nach unten – o Gott, hoffentlich hatte Köhler nichts gehört. Er glitt durch die Tür, zog sie leise hinter sich zu und trat einen Schritt zur Seite, sodass er von innen nicht zu sehen war. Nach einer Weile vernahm er Schritte in der Wohnung, zuerst im Schlafzimmer, dann im Wohnzimmer. Ein lauter Fluch folgte. Türen und Schubladen wurden aufgerissen. Gegenstände fielen mit Gepolter zu Boden. Plötzlich Geräusche wie in einer Schreinerwerkstatt. Hämmern, das Knirschen von splitterndem Holz. Gideon beugte sich vor, um besser sehen zu können; auf dem Wohnzimmertisch lagen Holzlatten, Metallklammern und verstreutes Werkzeug. Der Einbrecher wandte ihm den Rücken zu und rollte etwas zusammen. Gideons Stiefel stieß versehentlich gegen eine leere Flasche, die mit einem ohrenbetäubenden Krachen auf den Fliesen zerbarst. Sein Herz klopfte zum Zerspringen. Der Eindringling fuhr erschrocken herum. Große Augen in einem rundlichen Gesicht. Eine pinkfarbene Haarsträhne.

Vanessa Baur hatte ihn entdeckt, machte auf dem Absatz kehrt und rannte davon. Gideon machte nicht einmal den Versuch, sie zu verfolgen. Er trat ins Wohnzimmer und besah sich das Durcheinander. Auf dem Tisch lagen die Bruchstücke des Bilderrahmens. Und daneben ein Paar pinkfarbene Handschuhe aus Wollstrick.

29

15. März, 21:35 Uhr
Mauerweg, Frankfurt Nordend

Gideon öffnete die Tür zu seiner Wohnung ebenso leise wie Köhlers, nur dass er dieses Mal einen Schlüssel benutzte. Drinnen war alles still, vermutlich hatte seine Frau sich gemeinsam mit Jan-Hendrik schlafen gelegt. Er ging in die Küche, holte ein Bier aus dem Kühlschrank und setzte sich an den Esstisch. Nora hatte aufgeräumt, eine Reaktion auf die gestrige Auseinandersetzung? Vielleicht hatte es gar nichts damit zu tun.

Was heute Abend in Köhlers Wohnung passiert war, konnte man getrost als polizeilichen Super-GAU bezeichnen. Er hatte sich ohne Befugnis Zutritt verschafft und sich auch noch dabei erwischen lassen. Nun war er erpressbar. Und was Baurs Mörder betraf, hatte ihn die Aktion keinen Schritt weitergebracht. Nachdem Vanessa mitsamt dem Gemälde die Flucht ergriffen hatte, hatte Gideon sich kurz umgeschaut. Die Wohnung glich einem Schlachtfeld: Kleidung und Habseligkeiten herausgerissen und auf dem Boden verstreut. Vanessa hatte das versteckte Bild gefunden und vom Rahmen abgelöst. Einen Moment lang hatte Gideon den Gedanken erwogen, aufzuräumen, um seine Spuren zu verwischen, aber dann doch alles so gelassen, wie es war. Köhler würde Anzeige erstatten, so viel war sicher.

Wie sollte es nun weitergehen? Sollte er schweigen und hoffen, dass Vanessa ebenfalls den Mund hielt? Welche Auswirkungen würde sein Vorgehen auf die Ermittlungen haben? Demant würde ihm zweifelsohne den Fall entziehen. Selbstanzeige, interne Untersuchung durch die Revision, möglicherweise Demission. Als ehemaliger Mitarbeiter dieser unbeliebten Abteilung konnte er sich ziemlich genau ausmalen, was auf ihn zukam.

Gideon trank die Flasche in einem Zug leer und nahm ein zweites Bier aus dem Kühlschrank. Er stand vor der Terrassentür und starrte in die Dunkelheit des Innenhofs, wo die kahlen Äste des Ahornbaumes sacht im Wind schaukelten. Er versuchte, etwas zu erkennen, doch alles, was er sah, war sein eigenes bleiches Spiegelbild.

Er musste eine Entscheidung treffen. Falls er seine Dienststelle informieren wollte, dann möglichst schnell, bevor ihm jemand zuvorkam.

Er ging in die Küche, wo auf der Arbeitsplatte sein Diensthandy lag. Gideon starrte es an wie eine Bombe, die jeden Moment hochgehen konnte. Er strich mit den Fingern übers Kinn, fühlte die Stoppeln, die dort nach einem langen Arbeitstag sprossen. Im Schlafzimmer wimmerte Jan-Hendrik leise, vielleicht ein schlechter Traum. Vielleicht war das alles nur ein schlechter Traum.

Gideon atmete tief durch. Er wählte Demants Nummer. Es klingelte eine gefühlte Ewigkeit, bis der Leiter des K 11 sich meldete.

»Hallo Gideon, sag nicht, du hast es dir doch noch überlegt?«

»Nein Franz, es geht nicht um die Stellvertretersache. Ich rufe aus einem anderen Grund an.« Er hielt einen Moment inne.

»Bist du noch da?«, fragte Demant.

»Ich fürchte, ich habe eine Riesendummheit begangen«, gestand Gideon zögernd. Und dann berichtete er, was sich auf den Golanhöhen zugetragen hatte.

Eine Weile war nur Demants Atem am anderen Ende der Leitung zu hören. »Ich nehme das zur Kenntnis, Gideon. Aber wir sollten den Vorfall nicht an die große Glocke hängen.«

»Heißt das, keine Selbstanzeige?«

»Du hast ja nichts entwendet oder beschädigt, dir sind lediglich die Pferde durchgegangen. Du bekommst wegen deiner familiären Situation wenig Schlaf, die Sache nimmt dich privat mit, da kann so etwas passieren. Auf den Medienrummel, wenn die Sache rauskommt, und die Revision, die sich mit Sicherheit einschalten wird, kann ich im Moment gut verzichten. Wir haben ein Tötungsdelikt aufzuklären und ich brauche alle verfügbaren Kräfte im Einsatz; Verzögerungen oder Unterbrechungen, weil ich die Wogen in der Öffentlichkeit glätten oder dem Präses Rede und Antwort stehen muss, kann ich gar nicht gebrauchen. Kußmaul ist uns ebenfalls dankbar, wenn wir ihm nicht noch mehr Arbeit aufhalsen.«

»Und wenn es doch auffliegt? Wenn sich Vanessa an die Presse wendet?«

»Die hat doch selbst Dreck am Stecken. Hast du nicht gesagt, sie hat das Gemälde mitgehen lassen?«

»Ich weiß nicht Franz, ich fühle mich nicht wohl bei der Sache.«

»Ich gebe dir Rückendeckung, Gideon. Du hast mich informiert, damit ist der Fall für mich erledigt.«

»Gut, wenn du meinst«, sagte Gideon trotz des flauen Gefühls in seinem Magen.

»Wir sehen uns morgen.« Demant hatte aufgelegt.

Ich gebe dir Rückendeckung.

Hoffentlich erinnerte er sich an seine Worte, wenn es darauf ankam.

30

16. März, 9:05 Uhr
Ben-Gurion-Ring, Frankfurt Nieder-Eschbach

Im Haus am Ben-Gurion-Ring ging es so geschäftig zu wie in einem Bienenstock. Man hatte Gideon und Kühnast zusätzlich zur erweiterten Mordkommission zehn Kolleginnen und Kollegen zugeteilt, von denen eine fließend Türkisch und eine andere Arabisch sprach. Mit einem Notebook bewaffnet, um die Nachbarn zu befragen und die Aussagen noch vor Ort aufzunehmen, klingelten sie nun an allen Wohnungstüren. Vor dem Haus stand ein Kleinbus, in dem ein weiterer Kollege die per E-Mail eingehenden Protokolle ausdruckte, sodass sie den Befragten sofort zur Unterschrift vorgelegt werden konnten.

Auf zwei nebeneinanderstehenden Parkbänken saßen ein paar Jungen und ein Mädchen im Teenageralter. Wie unbeteiligte Besucher beobachteten sie das hektische Treiben vor dem Haus und auf der Straße, steckten alle paar Minuten die Köpfe zusammen und brachen in Gelächter aus. Aus einem der Smartphones dröhnte Deutschrap.

Gideon ging zu ihnen hinüber und nahm vor der Bank Aufstellung. Seine Anwesenheit wurde mit demonstrativer Nichtbeachtung quittiert. Die Halbwüchsigen bewegten sich im Rhythmus der Musik, als gäbe es nichts Wichtigeres auf der Welt, und grinsten provozierend. Blitzschnell schnappte sich Gideon das lärmende Handy und schaltete die Musik aus.

»Hey!«, krakeelte einer der Jungen, sprang auf und machte Anstalten, auf ihn loszugehen. Gideon packte ihn am Handgelenk und drehte ihm mühelos den Arm auf den Rücken, bis der Junge vor Schmerz aufheulte. Gideon ließ ihn los und der Junge machte sich fluchend aus dem Staub.

»Müsstet ihr um diese Zeit nicht in der Schule sein?«

»Ich hab ein Attest«, beeilte sich das Mädchen zu sagen.

»Ich auch«, fielen die anderen ein.

»Ihr seht gar nicht krank aus.«

»Was geht Sie das an?«

»Wenn ihr etwas aus eurem Leben machen wollt, braucht ihr eine anständige Schulbildung.«

»Wer sagt denn das?«, warf das Mädchen ein, offensichtlich die Wortführerin.

»Um etwas aus deinem Leben zu machen, brauchst du vor allem Kohle. Und um an die ranzukommen, gibt es schnellere und einfachere Wege als die Penne«, fügte ein Junge mit Irokesenschnitt hinzu.

Drogenhandel zum Beispiel, dachte Gideon, ließ den Gedanken aber unausgesprochen. Er erinnerte sich noch genau an die Diskussionen vor ein paar Wochen mit den Kollegen von der Einsatzgruppe *Kompass*. Wie sie sich über das tief verwurzelte Selbstmitleid der Bonameser Jugendlichen ärgerten, die sich trotz vielfältiger Angebote einredeten, von Politik und Gesellschaft aufs Abstellgleis geschoben zu werden, was Passivität und Kriminalität Vorschub leistete. Als gäbe es keine Alternativen.

»Kannte einer von euch Frau Baur, die hier im Haus gewohnt hat?«

»Ist das die, die den Köpper vom Dach gemacht hat?«

Gelächter.

Gideon holte sein Handy heraus und zeigte ihnen eines der Bilder, die er vom Kopf des Opfers gemacht hatte. Inklusive austretender Hirnmasse. Einer der Jungen sprang auf und übergab sich ins Gras. Ganz so abgebrüht war die Jugend von heute also doch nicht.

»Niemand?«

Kopfschütteln allenthalben.

»Falls euch noch etwas einfällt …« Gideon gab dem Jungen sein Handy zurück und reichte dem Mädchen seine Visitenkarte. Als er zum Wagen zurückging, nahm er aus dem Augenwinkel wahr, wie sie die Karte in den Mülleimer neben der Bank segeln ließ.

Köhler ließ sich den ganzen Vormittag nicht blicken. Vermutlich hatte er für die nächsten zwanzig Jahre mehr als genug Kontakt mit der Polizei gehabt. Rita Kempfers Name war auf der Zeugenbefragungsliste, die den Kollegen ausgehändigt worden war, durchgestrichen, denn mit ihr wollte Gideon Richter persönlich sprechen. Und das nicht nur, weil sie Baurs Leiche gefunden hatte. Da Gideon sich erinnerte, dass sie frühmorgens Zeitungen austrug, gewährte er ihr eine kurze Schonfrist. Zuerst statteten sie daher dem Gebäudekomplex auf der gegenüberliegenden Straßenseite einen Besuch ab.

Das Ensemble aus Flachdachbauten und einer Lagerhalle

mit Wellblechdach befand sich hinter einer Reihe Haselnusssträucher. Doch das Blattwerk konnte vermutlich nicht einmal im Frühling die grellbunten Graffiti verbergen, mit denen jeder Zentimeter der Gebäudemauern bedeckt war. Das Tor war nicht abgeschlossen und ein verrostetes Metallschild klärte die Besucher auf: *Jugendhaus am Bügel, Einrichtung der evangelischen Jugend Frankfurt e. V.*

Gideon und Kühnast überquerten die ausgetretenen, im Schachbrettmuster angeordneten Steinplatten. Auf dem Rasen vor dem Haus stand ein leerer Einkaufswagen. Die Eingangstür war verschlossen, aber ein Schild über der Klingel besagte: *Büro: außerhalb der Öffnungszeiten 3x klingeln*

Sie klingelten und warteten. Endlich zeichnete sich hinter der Milchglasscheibe ein Schatten ab. Die Tür wurde einen Spaltbreit geöffnet, die Besucher von einem Augenpaar misstrauisch begutachtet. Ein Blick auf Gideons Dienstausweis und die Tür ging auf. Der Leiter des Jugendzentrums, der trotz seines lichten Haupthaars kaum älter wirkte als seine Schützlinge und ein grünes Kapuzensweatshirt mit der Aufschrift *CREW* trug, bat sie herein. Sie gingen einen langen Flur entlang. Annähernd ein Dutzend Räume zweigten rechts und links ab, die meisten Türen standen halb offen – dahinter eine kleine Turnhalle mit Fußballtoren und Basketballkörben, der Boden mit bunten Spielfeldbegrenzungen markiert. Ein Tonstudio mit Mischpult, Monitorboxen und Computertastatur – das Apfellogo pulsierte gemächlich auf einem silbernen Display. Ein Billardtisch, die Kugeln ordentlich im Triangel verstaut. Gideon erinnerte sich, in der Zeitung gelesen zu haben, dass Steffi Jones ihn gestiftet hatte, die zur Frauen-Fußballnationalmannschaft gehört hatte und hier im Bügelviertel aufgewachsen war.

Während sie durch das Haus gingen, versuchte Gideon, sich die Geräuschkulisse am Nachmittag vorzustellen, wenn das Jugendzentrum geöffnet war: das Quietschen von Turnschuhsohlen auf dem Hallenboden, Schlagzeugrhythmen aus dem Computer, das leise Klicken der Billardkugeln. Und dazu das Tohuwabohu der Jugendlichen, die hierherkamen, um der Langeweile und der Trostlosigkeit eines Daseins ohne Zukunftsperspektive wenigstens für ein paar Stunden zu entrinnen.

Der Sozialarbeiter führte sie in die Cafeteria, wo sie an der Bar Platz nahmen.

»Sie haben wahrscheinlich gehört, dass im Haus gegenüber eine Frau ums Leben gekommen ist?«, eröffnete Kühnast das Gespräch.

»Sie ist vom Dach gesprungen, habe ich in der Zeitung gelesen.«

»Ist Ihnen in den letzten Tagen etwas Ungewöhnliches aufgefallen?«

»Sie sind von der Kriminalpolizei?«

Kühnast bestätigte das.

»Ist sie etwa umgebracht worden?«

Kühnast bedauerte, er dürfe zu den laufenden Ermittlungen nichts sagen. Der Sozialarbeiter verneinte, er habe nichts bemerkt. Kühnast holte ein Bild von Jennifer Baur auf das Display seines Mobiltelefons. »Das ist die Frau.«

Der Mann sah das Bild lange an, dann schüttelte er den Kopf.

»Sie haben sich ungewöhnlich viel Zeit gelassen«, schaltete Gideon sich ein.

»Ich dachte nur, ich kenne sie von irgendwoher. Die Augenpartie kommt mir bekannt vor. Aber wenn sie gegenüber wohnt, bin ich ihr sicher schon mal auf der Straße begegnet.«

Gideon sah sich um. »Kommen hauptsächlich Jugendliche aus der näheren Umgebung hierher?«

»Jugendliche und inzwischen auch junge Erwachsene aus dem Frankfurter Norden. Wir haben unser Angebot in den letzten Jahren erweitert, das war auch dringend nötig. Seitdem ist es hier vor allem ab achtzehn Uhr ziemlich voll.«

»Gab es in der Nacht vom 13. auf den 14. März irgendwelche besonderen Vorkommnisse?«

Der Mann holte das Protokollbuch aus dem Büro, in dem die jeweils diensthabenden Sozialarbeiter die Ereignisse des Tages vermerkten. Er blätterte eine Weile darin herum, dann schüttelte er den Kopf. Keinerlei Unregelmäßigkeiten.

Gideon seufzte und reichte ihm seine Visitenkarte mit der Bitte, sich zu melden, falls ihm noch etwas einfiele. Eine vergeudete halbe Stunde, dachte er. Aber so war das eben mit der Polizeiarbeit, besonders bei Kapitalverbrechen. Da wurde jeder einzelne Stein umgedreht, jede noch so kleine Spur mittels DNA-Analyse ausgewertet, jeder potenzielle Zeuge durch die Mangel gedreht, auch wenn er vorgab, nichts gehört oder gesehen zu haben. Und zum Schluss musste man tonnenweise Akten und Protokolle wälzen, von denen neunundneunzig Prozent wertlos waren. Doch das eine Prozent, das letztendlich zur Aufklärung des Falls beitrug, rechtfertigte den Aufwand. Und aufgeklärt wurden schließlich fast alle Tötungsdelikte, irgendwann.

Als Gideon sich zum Gehen anschickte, entdeckte er draußen vor dem Fenster einen jungen Mann mit dunkelbraunen Locken und einer deutlich sichtbaren Narbe, die vom linken Nasenloch senkrecht zur Oberlippe verlief. Die Nase saß ein wenig schief im Gesicht. Der junge Mann starrte ihn an. Kaum trafen sich ihre Blicke, verschwand das Gesicht auch schon im Fensterrahmen.

»Haben Sie den Jungen gesehen?«, wandte sich Gideon an den Sozialarbeiter. Der blickte von den Unterlagen auf, mit denen er sich gerade befasst hatte.

»Leider nein.«

»Dunkelbraune Locken und Hasenscharte?«

Der Sozialarbeiter runzelte die Stirn. »Jetzt fällt mir ein, warum mir die Frau bekannt vorkam: Sie hat eine Tochter, oder? Das Mädchen war gelegentlich hier. Mit dem Jungen.«

Gideon sprintete los, durch den langen Flur zur Eingangstür. Als er sie aufriss, sah er gerade noch ein schwarz lackiertes Fahrrad um die Ecke düsen. Er nahm die Beine in die Hand, stieß das Tor auf und rannte zur Ringstraße. Der Junge auf dem Fahrrad stieg in die Pedale, der Rahmen schwankte wild hin und her, am Schutzblech erkannte Gideon einen Aufkleber mit der Aufschrift *Fluglärm Stopp!* Gleich darauf bog der Bursche in die Berner Straße ein. Der Aufforderung, anzuhalten, schenkte er keine Beachtung. Gideon sah nur noch seinen Rücken mit dem Aufdruck *TRACEUR*.

Hinter ihm hupte ein Fahrzeug, dann wurde das Fenster auf der Fahrerseite des Wagens heruntergelassen. Gideon quittierte die Schimpfkanonade mit ausgestrecktem Mittelfinger und lief weiter. Als er um die Ecke bog, war der Junge schon weit entfernt. Gideon sah gerade noch das Rücklicht um die Ecke der Homburger Landstraße verschwinden.

Minuten später traf er vor dem Tor zum Jugendhaus wieder auf Kühnast. Er war schweißgebadet, das nasse Hemd klebte am Rücken.

»Ich frag lieber nicht, ob du ihn erwischt hast«, schloss Kühnast aus Gideons düsterer Miene. »Was wollte der Kerl hier?«

»Keine Ahnung«, antwortete Gideon. »Aber erstens hat er ganz sicher irgendwas auf dem Kerbholz und zweitens habe ich das Gefühl, dass wir ihn wiedersehen werden.«

»Sollen wir uns jetzt die Bewohner der Bruchbude noch einmal vornehmen?«

Gideon ließ den Blick über die Fassade des Jugendzentrums schweifen. Neben der Tür hing ein Poster, auf dem ein junges Mädchen abgebildet war – mit riesigen Augen, blauen Haaren und der unverkennbaren, pinkfarbenen Strähne im Pony. Gideon starrte das Poster an und wirkte dabei so abwesend, dass Kühnast ihn an der Schulter rüttelte.

»Alles klar, Gideon?«

»Geh du schon mal rüber, ich komme gleich nach«, wies er seinen Mitarbeiter an, ohne den Blick von dem Poster zu lösen. Kühnast verzog das Gesicht und machte sich auf den Weg.

Gideon wusste nun, welches Puzzleteil noch fehlte. Er drückte den Klingelknopf und wartete. Schließlich öffnete die Tür sich wieder einen Spalt. Die Augen des Sozialarbeiters spiegelten eine Mischung aus Resignation und Missmut wider. Konnte ihn die Polizei nicht endlich in Ruhe lassen?

Gideon hielt ihm sein Handy mit Vanessa Baurs Foto hin.

Der Mann nickte. »Das ist Vanessa.«

»Kennen Sie das Mädchen näher?«

»Sie ist in den letzten Wochen öfter hier gewesen. Ein bisschen schüchtern. Malt sehr gut. Hat sie etwas – damit zu tun?«

Gideons eisige Miene war Antwort genug.

»Alles klar, Sie dürfen ja nichts sagen.«

»Wie heißt der Junge?«

»Tom oder Tim oder so ähnlich. Ein kurzer Name.«

»War Vanessa am Dreizehnten im Jugendzentrum?«

»Da hatte ich keinen Dienst, ich müsste die Kollegin fragen. Aber wir führen keine Anwesenheitsliste mit den Namen der Besucher, deshalb sollten Sie davon ausgehen, dass sie Ihnen auch nicht weiterhelfen kann.«

»Was hat Vanessa denn so gemacht, wenn sie da war?«

»Das Übliche: Billard spielen, Tee trinken und quatschen, selten Hausaufgaben. Ich erinnere mich, dass sie viel draußen war. Sie hat im Garten Pflanzen gezeichnet.«

»Wussten Sie, dass Vanessa im Monikahaus lebt?«

Der Sozialarbeiter schüttelte verwundert den Kopf.

»Ist ein ziemlich weiter Weg vom Gallusviertel, nur um hier Tee zu trinken und zu quatschen«, sagte Gideon.

Der Leiter des Jugendhauses sah aus, als sei ihm in diesem Moment etwas klar geworden. »Wenn die Tote ihre Mutter war, dann hatte sie wohl einen Grund hierherzukommen.«

Das schon, dachte Gideon, aber die beiden hatten kein gutes Verhältnis zueinander. Und Vanessa war nicht gezwungen, sie zu besuchen. Doch das behielt er für sich.

»Gideon? Kommst du?« Kühnasts Ruf hallte von der anderen Straßenseite herüber.

Gideon steckte das Handy wieder ein. »Falls Ihnen noch was einfällt …«

Der Sozialarbeiter zog Gideons Visitenkarte aus der Hosentasche und wedelte damit in der Luft herum.

Gideon machte sich auf den Weg zur Befragung von Rita Kempfer. Auch dieses Mal hatte ihn seine Intuition nicht im Stich gelassen.

31

16. März, 10:15 Uhr
Ben-Gurion-Ring, Frankfurt Nieder-Eschbach

Günther Kühnast betätigte die Klingel, doch niemand öffnete. Hinter der Tür gedämpftes Kindergeschrei. Nachdem er eine Weile gewartet hatte, klopfte er, dann hämmerte er mit der Faust dagegen. Endlich machte jemand auf. Die Frau mochte Mitte bis Ende Zwanzig sein. Sie trug Leggins und ein weites T-Shirt mit einem Tigerkopf in Airbrush-Optik. Zwischen den Fingern der linken Hand klemmte eine qualmende Zigarette, auf dem rechten Arm trug sie ein Kleinkind mit schokoladeverschmiertem Mund. Kühnast hielt ihr seinen Dienstausweis vor die Nase. Sie linste durch die dicken Brillengläser auf das Plastikkärtchen und blies Rauch aus dem Mundwinkel am Gesicht des Kindes vorbei.

»Kann ich einen Moment reinkommen, Frau …«, er blickte auf das Namensschild, »… Stepanovic?«

»Frau Stepanovic wohnt nicht mehr hier.«

»Kann ich trotzdem reinkommen?«

»Wir ham nich gerne Besuch«, erwiderte die Frau mit einem Blick, der geradewegs durch ihn hindurchging. So groß die kulturellen Unterschiede zwischen den Bewohnern auch sein mochten – allen war die erschreckende Leere in den Augen gemein, der Anflug von Schicksalsergebenheit. Die Frau, die ihm gegenüberstand, stellte in dieser Hinsicht keine Ausnahme dar.

Da sich Kühnast nicht abwimmeln ließ, gab sie schließlich den Weg frei. Er folgte ihr durch den Flur, vorbei an einem Kinderzimmer, in dem Chaos herrschte, und an einem Bad, das nach Urin und feuchten Haaren roch. Das Kind starrte Kühnast mit großen Augen über die Schulter der Mutter an.

In der Küche stand ein kleiner Fernseher auf dem Kühlschrank, in dem gerade eine Spielshow lief. Ein junger Mann, kaum älter als zwanzig, mit streichholzkurzen Haaren, die ihm einen militärischen Anstrich verliehen, und einem von Akne gezeichneten Gesicht, saß am Tisch und sah sich die Sendung an. In der einen Hand hielt er einen Kaffeebecher, in der anderen eine Zigarette; auf dem Tisch standen die Reste des Frühstücks. Und zwei Fläschchen Underberg.

Die Frau nahm auf einem der Küchenstühle Platz. Sie strich Schokoladencreme auf ein Stück Banane und schob es dem Kind in den Mund. Zwei kleine Jungen rannten lachend in die Küche und in einem wilden Galopp zwischen den Stühlen hindurch, bis einer scheppernd umfiel. Die Frau sprang auf. Sie packte einen der Jungen beim Kragen und brüllte: »Du und dein Bruder sollt endlich euer Zimmer aufräumen! Muss ich alles hundert Mal sagen?«

Der Kleine, vielleicht sechs Jahre alt, grinste und musterte Kühnast stumm.

»Raus mit euch!« Sie schob ihn grob aus der Küche. Dann setzte sie den Jüngsten wieder auf ihren Schoß. Ihr Lebensgefährte hatte in der ganzen Zeit keinen Finger gerührt, den

Fernseher keinen Moment aus den Augen gelassen. Er schlürfte hörbar seinen Kaffee.

»Haben Sie Frau Baur gekannt?«

»Die von nebenan? So wie man sich halt kennt hier im Haus.«

»Ist Ihnen in der Nacht vom 13. auf den 14. etwas aufgefallen?«

»Wann war das denn?«

Der Mann nahm die Fernbedienung vom Tisch und stellte den Ton lauter.

Kühnast rang um Fassung. Schließlich ging er zum Kühlschrank und schaltete kurzerhand den Fernseher aus. Der Kerl am Tisch sah ihn an, als wolle er ihm jeden Moment an die Gurgel gehen.

»Fuck, was soll das?«

»Ich kann Sie auch vorladen lassen, dann machen Sie Ihre Aussage im Präsidium.«

»Und wer kümmert sich um die Kinder?«, keifte die Frau.

»Das ist mir scheißegal!«, brüllte Kühnast. »Soll ich Ihnen das Jugendamt vorbeischicken?«

Die beiden Erwachsenen sahen ihn an wie verschreckte Kinder. Der Kleine auf dem Schoß begann zu heulen.

»Die gehen mir eh schon die ganze Zeit auf den Senkel«, murmelte die Frau, wobei nicht ganz klar war, ob sie das Jugendamt meinte oder ihre Kinder. Sie stellte den Jüngsten draußen im Flur ab, wies ihren Ältesten an, sich um seinen Bruder zu kümmern, und knallte die Küchentür zu. Dann lehnte sie sich mit dem Rücken dagegen, als wollte sie sichergehen, dass sie nicht mehr gestört würden.

»Die Jenni war 'ne Liebe. So was wie eine Freundin. Hat aber ihr Leben null im Griff gehabt.«

Kühnast begutachtete unauffällig das schmutzige Geschirr, das sich bergeweise in der Spüle türmte.

»Außerdem hatte sie immer Stress mit dem Heiligen. Wir

nennen Köhler immer den Heiligen, wegen seinem Jesusfimmel und so.«

»Wissen Sie, ob die beiden auch in der Nacht vom Dreizehnten auf den Vierzehnten gestritten haben?«

»Die haben ständig gestritten. Angeblich wollte er sie rauswerfen. Beim letzten Streit sind auch Sachen an die Wand geflogen, das hört man bis in unsere Küche. Kann da in der Nacht gewesen sein.«

Kühnast wunderte sich, dass jemand so gar kein Zeitgefühl haben konnte.

»Wenn man keine Termine hat und keinen Job, dann vergisst man schnell mal, was für ein Tag ist. Oder welche Zeit. Jetzt zum Beispiel. Keine Ahnung, wie spät.«

»Kurz vor halb elf«, sagte Kühnast.

Die Frau zuckte mit den Schultern und lächelte gequält.

»Müssen Ihre Söhne nicht den Kindergarten?«

»Nur Kevin ist von mir«, erklärte der Picklige, was darauf schließen ließ, dass er sich damit von der Verantwortung für die beiden anderen entbunden sah.

»Wissen Sie, was die städtischen Kindergärten kosten?«, warf die Frau ein.

»In Ihrer Situation haben Sie doch sicher Anspruch auf Ermäßigung.«

Dafür hatte die Frau auch nur Schulterzucken übrig. Gleichgültigkeit und Resignation. Der Mann schlürfte erneut lautstark seinen Kaffee. Wenn Kühnast dieses Geräusch noch lange ertragen musste, würde er dem pickligen Kerl die Tasse samt Inhalt auf dem Schädel zerdeppern. »Noch mal zurück zum Thema. Sie haben am betreffenden Abend einen Streit zwischen Jennifer Baur und Köhler gehört.«

»Das hab ich nicht behauptet.«

»Nein?«

»Ich sagte, ich hab Streit in der Wohnung gehört. Mitten in der Nacht.«

»Aber nicht mit Köhler.«

»Nein. Außer, er hat neuerdings keine Eier mehr«, lachte sie heiser. »Das waren zwei Weiber, die sich mordsmäßig angekeift haben.«

Kühnast zog seinen Notizblock aus der Tasche. »Und wer war die andere Frau?«

»Keine Ahnung.«

»Sind Sie nicht rübergegangen?«

»Ham Sie sie noch alle? Warum sollte ich so was Dämliches tun?«

»Um Hilfe anzubieten? Das klang doch ganz so, als hätte es Handgreiflichkeiten gegeben.«

Die Frau und ihr Lebensgefährte sahen sich fassungslos an. »Nein danke, nachher fange ich mir selber noch eine. Die sollen das untereinander ausmachen.«

»Sie hätten die Polizei rufen können.«

»In diesem Haus liegen die Leute sich dauernd in den Haaren. Ständig schreit einer rum oder es scheppert. Bei uns auch.« Sie und ihr Lebensgefährte grinsten sich an. Jetzt erst bemerkte Kühnast die Lücke in ihrem Gebiss. »Da könnten Sie gleich 'ne Polizeiwache im Erdgeschoss aufmachen.«

Was vermutlich keine so schlechte Idee war, dachte Kühnast. »Irgendeinen Verdacht, wer die andere Person in der Wohnung gewesen sein könnte?«

Die Frau sah ihren Kerl Hilfe suchend an, doch der machte Anstalten, nach der Kaffeetasse zu greifen. Kühnast bedachte ihn mit einem so unheilvollen Blick, dass er die Hand erschrocken in die Hosentasche schob.

»Vanessa war öfter mal da, um ihre Mutter zu besuchen. Normalerweise zusammen mit der Sozialtante.«

»Also war es ihre Tochter, mit der sie die Auseinandersetzung hatte?«

Die Frau zuckte mit den Schultern. »Glauben heißt nicht wissen.«

Jetzt erst fiel Kühnast ein, dass der Kollege, der das Protokoll anfertigen, ausdrucken und zur Unterschrift vorlegen sollte, immer noch draußen stand. Er steckte seinen Notizblock ein und legte eine Visitenkarte zwischen benutzten Tellern und Brotkrümeln auf den Küchentisch. »Falls Ihnen noch was einfällt. Einen Moment noch.« Er ging ins Treppenhaus und kehrte mit dem Kollegen zurück.

»Das ist der Kollege Doll. Dem können Sie jetzt alles noch einmal erzählen, und zwar haarklein, wenn ich bitten darf.«

Die Frau sah ihn völlig entgeistert an.

32

16. März, 10:45 Uhr
Alter Flugplatz Bonames, Am Burghof, Grüngürtel

Rita Kempfer war wider Erwarten nicht zu Hause. Von ihrem Mann erfuhren Gideon und Günther Kühnast, sie sei mit ihrem Mofa zum Alten Flugplatz in Bonames unterwegs, dem ehemaligen *Maurice Rose Airfield* im Frankfurter Grüngürtel, um ein paar Runden auf ihren Inlineskates zu drehen.

Während Kühnast zurückblieb, um die Befragungen zu koordinieren, fuhr Gideon die drei Kilometer Richtung Süden und stellte den Wagen schließlich vor dem *Tower Café* ab, einem beliebten Ausflugslokal im ehemaligen Kontrollturm des Flugplatzes. Die ersten Sonnenstrahlen brachten einen Vorgeschmack auf den Frühling, entlang der Landebahn aus rissigem Beton sprossen gelbe und violette Krokusse und die Luft war erfüllt von Vogelgezwitscher.

Gideon beobachtete eine ganze Weile Skateboarder und Rollschuhläufer, die auf der Piste – neben dem rot-weiß gestreiften Tower und einigen wenigen Hangars das einzige Relikt des ehemaligen Militärflughafens – fortwährend hinauf- und hinunterfuhren. Endlich entdeckte er Kempfers Mofahelm, den er vor ein paar Tagen im Krankenwagen gesehen hatte, als seine Trägerin verarztet wurde. Als sie in seine Richtung sah, machte er sich mit einem Winken bemerkbar. Sie rollte auf ihn zu und bremste abrupt ab.

»Was machen Sie denn hier?«

»Darf ich Sie zu einem Kaffee einladen?«

»Da sage ich nicht Nein.«

In der ehemaligen Flugzeughalle mit dem Dielenboden, auf dem Bistrotische aus dunklem Holz in gebührendem Abstand angeordnet waren, hielten sich um diese Zeit erst wenige Gäste auf. Gideon und Rita Kempfer nahmen an einem der Panoramafenster mit Blick auf die Startbahn Platz. Ein Mann auf Inlineskates mit Glatze und pinkfarbenen Kopfhörern drehte draußen unentwegt Pirouetten.

Kempfer legte Helm und Jacke auf dem Stuhl neben sich ab. Sie trug eine Bluse, die den Blick auf ein etwa handtellergroßes Feuermal freigab, das Gideon bisher nicht aufgefallen war.

»Ist es nicht noch ein bisschen kalt zum Inlineskaten?«

»Ab April treten sich die Leute hier tot. Jetzt habe ich wenigstens noch Platz. Also: Was kann ich für Sie tun?«

»Sie haben vorgestern angedeutet, dass Sie nun endlich wieder schlafen können. Hat in der Nacht zuvor in der Wohnung unter Ihnen ein Streit stattgefunden?«

»Hören Sie, ich will dem Köhler nichts Böses. Geht mich überhaupt nichts an, was die da unten getrieben haben.«

Die Bedienung brachte den bestellten Kaffee zum Tisch. Gideon löffelte Milchschaum aus dem Glas, während er Kempfer beobachtete, die mit übertrieben langsamen Bewegungen Zucker in ihren Kaffee rührte, seinen Blick bewusst meidend.

»Sind schon öfter mal zusammengerauscht in letzter Zeit, die zwei.«

»Aus irgendeinem konkreten Grund?«

»Man hat so einiges im Haus gehört über die Baur.«

»Und was genau?« Gideon hatte das Gefühl, als bewegte er sich auf extrem dünnem Eis.

Kempfer strich sich nervös über die Haare. »Sie soll wieder anschaffen gegangen sein. Obwohl er ihr das verboten hat.«

»Und er hat es herausgefunden.«

»So wie er ihr immer hinterherspioniert hat ...«

»Hat er gedroht, sie rauszuwerfen?«

»Der hat ihr mit ganz anderen Sachen gedroht.«

Gideon wurde hellhörig.

»Einmal hat er die Balkontür offen gelassen. Ich stand oben und hab jedes Wort mitangehört. Das ganze Haus war Zeuge.« Eine lange Pause. »›Die Hand Gottes wird dich richten‹, hat er sie angebrüllt. Er meinte seine eigene Hand.«

»Das hat er wortwörtlich gesagt? Seine Hand würde sie richten?«

Kempfer zuckte mit den Schultern. »Ich weiß, was ich gehört hab.«

»Hat er sie geschlagen?«

»Ich glaube nicht. Aber da gab es ja einiges, wovon wir nichts mitbekommen haben.«

»Zum Beispiel?«

»Sie wissen schon. Das mit dem Baby.«

»Woher haben Sie diese Information?«

»Einer der Hausbewohner hat gehört, wie sich die Polizisten darüber unterhalten haben. Der hat es weitergesagt. Und zum Schluss haben Hartmut und ich es erfahren.«

»Vor Frau Baurs Tod wussten Sie nichts davon?«

»Also – ›wissen‹ ist nicht der richtige Ausdruck.« Um Zeit zu gewinnen, rührte sie wieder in der Kaffeetasse herum.

»Einmal, wo ich sie im T-Shirt gesehen hab, ist mir aufgefallen, dass sie noch'n bisschen dicker als sonst war. Sie war ja so schon nicht grad 'ne Gazelle. Also hab ich sie Weihnachten drauf angesprochen, mit Taktgefühl. Hab sie durch die Blume gefragt, ob es Neuigkeiten gibt. Und dabei ein bisschen schelmisch geguckt. War ja nur gut gemeint. Sie hat so getan, als ob sie nichts kapiert. Aber ich hab ihr an den Augen ablesen können, dass sie Angst hatte. Hat sich rausgeredet, das Mädel.«

»Direkt gefragt haben Sie nicht?«

»Ob sie schwanger ist? Muss man doch nicht, Herr Kommissar. Wenn sie stolz drauf gewesen wäre, hätt sie's bestimmt von sich aus erzählt. Außerdem kann man sich ja auch irren. Wo sie so komisch reagiert hat, dachte ich, vielleicht hat sie einfach zugenommen und du bildest dir das ein. Oder sie will das Kind gleich nach der Geburt zur Adoption freigeben. Sie hatte so 'ne abweisende Art. Als wär das kein Thema, wo man im Treppenhaus drüber spricht.«

»Sie haben es seitdem auch nie wieder zur Sprache gebracht?«

Kopfschütteln. »Man kann den Leuten nicht in den Kopf reinschauen. Und es ging mich ja auch nichts an.«

»Genau das ist das Problem«, sagte Gideon. »Es geht nie jemanden was an.«

Kempfers Kiefer mahlten. Sie schob den Stuhl zurück, machte Anstalten zu gehen.

»Denken Sie, Köhler wusste Bescheid?«

»Wenn er's nicht wusste, wer dann?« Sie lächelte. »In seinem neuen Zuhause ist das Kind sicher viel besser aufgehoben als bei ihr. Jetzt müsste sich der alte Köhler ganz allein darum kümmern. Grauenhafte Vorstellung. Wo ist das Kindchen denn jetzt?«

Angesichts der Gefühle, die in Gideon aufwallten, fühlte er sich außerstande, Kempfer aufzuklären.

»Was war Frau Baur so für ein Mensch?«

»Still. Typisch Opfer, sagen die Kinder unten am Bolzplatz zu so einer. Die wurde von allen nur rumgeschubst. Ist mal morgens mit einem Riesenveilchen nach Hause gekommen. Das sagt doch schon alles. «

»Können Sie sich vorstellen, wer Frau Baur umgebracht hat?«

Kempfer blies die Backen auf. »Ich will da niemanden in die Scheiße reiten.«

»Aber Sie wollen auch nicht, dass der Mörder frei herumläuft, oder?«

Die Bedienung fragte, ob sie die leeren Tassen mitnehmen könne. Gideon nickte. Kempfer stand auf. »Danke für den Kaffee.«

»Ist es Ihnen egal, ob wir den Täter finden?«

Kempfer seufzte. »Jeder ist sich selbst der Nächste.«

Diesen Satz bekam man als Polizist ständig zu hören.

33

16. März, 14:25 Uhr
Spielplatz am Mainufer, Frankfurt

Das Karussell – eine verwitterte Bank, ein blank gescheuertes Stahlrohr als Rückenlehne und ein zentraler Tisch, der dazu diente, sich abzustoßen – stand inmitten einer Herde verwaister Wackeltiere auf einer Wiese. Beziehungsweise auf dem, was von der einstigen Wiese noch übrig war: zertrampelter Lehmboden, vom Wind herübergewehte Bonbonpapiere und ein paar besonders widerspenstige Grashalme. In den Hecken des Spielplatzes, die den restlichen Grünbereich am Mainufer abgrenzten, hingen weiße Papierfetzen. Das Rauschen des Verkehrs auf der Friedensbrücke lieferte eine kontinuierliche Geräuschkulisse. In der Glasfassade des Maintowers zogen Wolken ihre Bahn wie Rennwagen aus Watte.

Zwei Mädchen hockten im Karussell, das sich langsam drehte. Eine der beiden war ziemlich korpulent. Beide schienen die Welt außerhalb ihres Smartphones kaum wahrzunehmen, sie wechselten kein Wort miteinander. Trotzdem wusste Annette Nick auf Anhieb, dass es sich um beste Freundinnen handelte. Nicht nur, weil die Leiterin der Wohngruppe im Monikahaus ihr gesagt hatte, sie würde Vanessa und Celine hier antreffen. Man merkte es den Mädchen an, wenn sie gelegentlich aufblickten und sich wortlos anlächelten: ein Gefühl der Verbundenheit, das keiner Worte bedurfte und Annette mit ihrer Tochter Antonia bis vor ein paar Monaten gleichermaßen verspürt hatte. Unglück schweißt zusammen. Doch dann hatte sich etwas in ihrer Beziehung geändert. Und Annette Nick versuchte immer noch herauszufinden, was es war.

Vanessas pinkfarbene, weithin leuchtende Haarsträhne passte zu diesem Märztag, der mit Sonnenschein begonnen hatte. Mittlerweile hatte sich der Himmel wieder zugezogen und die ersten Frühlingsgefühle der Frankfurter im Keim erstickt. Auf Vanessas Stirn prangte ein großes Pflaster.

Annette Nick blieb in ein paar Schritten Entfernung stehen und ließ das Bild der beiden Mädchen auf dem Karussell auf sich wirken. Vanessa war in so vieler Hinsicht das absolute Gegenteil ihrer Tochter. Nick sah auf die Uhr: kurz vor halb drei, sie hatte noch eine halbe Stunde Zeit und eine weitere halbe Stunde für Frau Rohfleisch im Monikahaus. Kurz nach vier kam Antonia aus der Schule; sie hoffte, es wenigstens einmal in dieser Woche zu schaffen, pünktlich zu Hause zu sein und wie versprochen mit ihrer Tochter Französisch zu üben.

Das Mädchen sah auf und erkannte die Polizistin. Augenblicklich verstaute Vanessa das Handy in ihrer Jackentasche und setzte eine verschlossene Miene auf. Annette sah, wie sich ihre Lippen bewegten. Ihre Freundin Celine drehte sich um und musterte Nick, bevor auch sie ihr Handy verschwinden ließ. Sie stießen sich ab und das Karussell nahm Fahrt auf.

Nick trat näher und hielt ihren Ausweis hoch. »Hallo Vanessa. Du erinnerst dich an mich?«

Die Mädchen sahen sich vielsagend an.

»Kann ich dich alleine sprechen?«

»Vor Celine habe ich keine Geheimnisse.«

»Trotzdem.«

Bevor Vanessa antworten konnte, stand Celine auf und sprang vom Karussell. »Ich sehe dich nachher«, sagte sie und ging an Nick vorbei in Richtung Treppenaufgang.

Nick setzte sich auf das Karussell, direkt gegenüber dem Mädchen. »Wann hast du deine Mutter das letzte Mal lebend gesehen?«

Das Mädchen zuckte gleichgültig mit den Schultern.

»Frau Rohfleisch sagt, ihr habt euch regelmäßig in Anwesenheit einer Sozialarbeiterin getroffen.«

»Die Wessely wollte das so.«

»Frau Wessely, die Betreuerin deiner Mutter vom Bartholomaeuswerk?«

»Mir war das ja egal, aber sie hat drauf bestanden.«

»Du hättest doch sicher ablehnen können.«

Wieder Schulterzucken.

»Wo warst du am Abend des 13. März?«

»Im Kino«, antwortete sie, nachdem sie einen Blick auf den Kalender in ihrem Handy geworfen hatte.

»In welchem Kino?«

»Warum wollen Sie das denn wissen?«

Nick merkte, dass Vanessa Zeit gewinnen wollte.

»Meine Mutter ist ermordet worden, oder? Und Sie glauben, ich war's.«

»Ich glaube gar nichts. Ich möchte nur Antworten auf meine Fragen. Ist sie denn deiner Meinung nach ermordet worden?«

»Seit wann interessiert sich jemand für meine Meinung? Außerdem, woher soll ich das wissen? *Sie* sind doch bei der Polizei.«

Nick sah ihr so lange in die Augen, bis Vanessa anfing, nervös auf ihrer Unterlippe zu kauen.

Die Polizistin hatte Frau Rohfleisch im Monikahaus gefragt, ob sie Gefahr lief, einen weiteren epileptischen Anfall auszulösen, wenn sie das Mädchen hart anging. Die Gruppenleiterin bezweifelte das, zumal Vanessa am Tag zuvor beim Arzt gewesen und medikamentös neu eingestellt worden war.

»Vielleicht war's gar kein Mord, sondern ein Unfall. Ein dummer Streit, sie fällt unglücklich, verletzt sich am Kopf. Wer immer Streit mit ihr hatte, läuft weg. Aus Angst. Und deine Mutter stirbt in der Nacht. Eine Verkettung unglücklicher Umstände. Dafür muss niemand ins Gefängnis.«

»Und wie ist sie dann vom Dach runter?«

»Ja, das ist die große Preisfrage.«

Vanessa klappte fortwährend die pinkfarbene Hülle ihres Handys auf und zu.

»Was habt ihr euch angesehen?«

Vanessa sah sie irritiert an.

»Du hast doch gesagt, ihr wart im Kino.«

»*Robocop.* Mit dem Roboterpolizisten.«

»Ist der gut? Ich überlege, reinzugehen.«

»Wollen Sie mich verarschen? Sie sehen nicht so aus, als ob Sie so was anschauen.«

»Immerhin kommen Polizisten darin vor.«

»Ich glaub nicht, dass das viel mit echten Polizisten zu tun hat. Oder rennen Sie so schnell wie eine Kampfmaschine und ballern ständig in der Gegend rum?«

»Eher weniger. Unsere stärkste Waffe ist hier drin«, sagte Nick und tippte sich dabei an die Stirn.

Vanessa lachte.

»Warst du mit Celine im Kino?«

Sie nickte.

»Kann sie das bezeugen?«

»Sie glauben ja doch, dass ich es war.«

»Wir prüfen das Alibi von allen Personen, die etwas mit deiner Mutter zu tun hatten. Also auch deins. Reine Routine.«

Vanessa rief Celine an. Wenige Augenblicke später tauchte die Freundin wieder auf. Nick vermutete, dass sie sich die ganze Zeit in der Nähe aufgehalten hatte.

»Nessa und ich waren zusammen im Kino«, bestätigte Celine. »Wir hatten eine Ausnahmeerlaubnis von Frau Rohfleisch.«

»In welchem Kino?«

Celine fischte wie auf Bestellung zwei Eintrittskarten aus ihrer Jeanstasche und reichte sie Annette Nick. Die überflog den Aufdruck:

Cinestar Metropolis Frankfurt
Robocop 3D
Kino 1
13. März, 19:30 Uhr
Reihe 13, Platz 11
12,00 EUR 3D Erw.

Dann verstaute sie das Beweismittel in ihrer Handtasche. Sie fand es ungewöhnlich, benutzte Kinokarten aufzuheben. Aber vielleicht machte man das im einundzwanzigsten Jahrhundert so. Sie verstand die Lebenswelt dieser beiden Mädchen ebenso wenig wie die ihrer eigenen Tochter, auch wenn ihr Chef das zu glauben schien und sie deshalb auf Vanessa angesetzt hatte.

»Können wir jetzt gehen?«, fragte Vanessa ungeduldig, während sie sich wieder dem Display ihres Handys widmete.

»Bist du traurig, dass deine Mutter tot ist?«

Vanessas Finger auf dem Display kamen zum Stillstand. »Jennifer war nicht meine Mutter.«

»Was meinst du damit?«

»Dass sie nicht meine Mutter war und ich nicht ihre Tochter.«

»Aha«, konstatierte Nick überrascht. »Und wer ist deine Mutter?«

»Hören Sie«, rief Vanessa und sprang vom Karussell, auf dem sich Nick langsam weiterdrehte, »meine Mutter kam ins Gefängnis, als ich vier Jahre alt war, und hat mir in den zehn Jahren nicht mal 'ne Postkarte geschrieben. Die Frau, die vor einem Jahr entlassen wurde, ist mir völlig fremd. Und ich hatte ehrlich auch keinen Bock, sie kennenzulernen.«

Sie hakte sich bei Celine unter und eilte davon – weg vom Spielplatz, weg von der lästigen Polizistin.

»Wusstest du, dass deine Mutter wieder schwanger war?«, rief Nick ihr hinterher.

»Na und?«, schnappte das Mädchen zurück, ohne sich noch einmal umzudrehen.

34

16. März, 15:45 Uhr
Außenwohngruppe des Monikahauses,
Flörsheimer Straße

Frau Rohfleisch stand in der Tür, während Annette Nick sich in Vanessas und Celines Zimmer umsah. Nick warf einen Blick auf die Uhr. Auch heute würde sie nicht pünktlich Feierabend machen können.

Sie deutete auf das Stockbett. »Schläft sie oben?«

Rohfleisch nickte mit finsterer Miene. Sie machte keinen Hehl daraus, was sie davon hielt, dass die Polizei in der Privatsphäre ihrer Schützlinge herumschnüffelte.

Vanessas Bettwäsche sprang ins Auge, aber das Mädchen schien ein Gespür für die richtige Farbkombination zu haben. In dem geräumigen Zimmer standen zwei Schreibtische in jeweils gegenüberliegenden Ecken, darauf ein paar persönliche Dinge. Während Celines Bereich das alterstypische Sammelsurium aus Katzenpostern, *BRAVO*-Starschnitten und Selfies mit Freundinnen aufwies, hatte Vanessa drei Schnüre waagerecht übereinandergespannt, an denen Mangas aufgereiht waren. Nick erkannte die japanischen Comics auf Anhieb, weil auch ihre Tochter eine Manga-Phase gehabt hatte. Sie hatte mit den kindlichen, kulleräugigen Fantasiegestalten und den teils recht anzüglichen Bildergeschichten nur wenig anfangen können, aber für Antonia und ihre Freundinnen war diese Lektüre damals angesagt gewesen. Nick hatte oft das Gefühl gehabt, Antonia beherrsche mehr japanische als französische Vokabeln, was sich auf ihre schulischen Leistungen alles andere als positiv ausgewirkt hatte. Inzwischen hatte sich Antonia ein neues Steckenpferd gesucht und so waren die gesammelten Schätze unbemerkt in einem Karton im Keller gelandet.

Sie ging näher an die Bilder heran, die eine hochdramatische Liebesgeschichte zu erzählen schienen, was sich aus der übertriebenen Mimik der Figuren schließen ließ. Erst jetzt fiel ihr auf, dass es sich keineswegs um Kopien, sondern um Originalzeichnungen handelte.

»Hat Vanessa die gemalt?«

»Sie ist künstlerisch ziemlich begabt.«

»Scheint so«, erwiderte Nick erstaunt. Sie öffnete die Schubladen im Schreibtisch, eine nach der anderen, den leisen Protest der Gruppenleiterin in ihrem Rücken überhörend.

Die unterste Schublade war verschlossen.

»Haben Sie einen Schlüssel?«

»Haben Sie das Recht dazu?«, stellte die Sozialarbeiterin die erwartete Gegenfrage.

Nick drehte sich um. »Legen Sie es ernsthaft darauf an, dass ich noch mal zurückkomme?«

Rohfleisch dachte nach, dann spähte sie über die Schulter der Polizistin. »Der Schlüssel liegt unter der Tasse mit den Stiften.«

Nick hob die Tasse mit dem Aufdruck *CONNICHI 2014* hoch, nahm den Schlüssel und öffnete die Schublade. Dort lag nichts außer einem Kästchen aus dunklem Holz, etwa zwanzig Zentimeter lang und zehn Zentimeter hoch. Nick musste sich überwinden, hineinzuschauen. Sie würde es nie wagen, in Antonias Privatleben herumzuschnüffeln. Aber dies war ihr Beruf. Die Kunst bestand darin, beides auseinanderzuhalten.

Sie hob den Deckel des Kästchens. Eine Ultraschallaufnahme.

Nick legte sie auf den Schreibtisch. Die Oberfläche glänzte dunkel, das dünne Papier rollte sich zusammen, sodass sie die Enden auf die Tischplatte drückte. Lediglich der Name der gynäkologischen Praxis, in der die Aufnahme gemacht wurde, war noch erkennbar: *Dr. E. Rösslin.* Nick fotografierte sie mit dem Handy ab, legte sie in das Holzkästchen zurück und sperrte die Schublade wieder zu. Ein erneuter Blick auf ihre Armbanduhr und sie überlegte, ob sie das Gespräch mit Rohfleisch nicht verschieben sollte. Aber der Gedanke, noch einmal herzukommen, war ihr mehr als unangenehm.

»Sollen wir in Ihr Büro gehen?«

Frau Rohfleischs Blick bewirkte, dass die Zimmertemperatur um ein paar Grad zu sinken schien. Immerhin bot die Sozialarbeiterin ihr im Büro einen Kaffee an.

»Wissen Sie, wessen Ultraschallbild das war?«

»Nein. Vanessa gehört nicht zu den Mädchen, deren Privatsachen wir regelmäßig kontrollieren müssen.«

Nick machte sich im Geiste eine Notiz, die Praxis von Dr. Rösslin aufzusuchen. Auch wenn sie sich wegen der ärztlichen Schweigepflicht vermutlich umsonst auf den Weg machte.

»Vanessa und Celine waren in der Tatnacht angeblich im Kino.« Nick holte die Kinokarten aus der Handtasche und legte sie auf den Schreibtisch.

»Ich weiß. Ich habe es ihnen erlaubt. Es war eine Belohnung für positives Verhalten in den Wochen zuvor.«

»Waren die beiden pünktlich zu Hause?«

»Vanessa kam zu spät. Sie hatte ihr Handy im Kino liegen lassen und musste noch einmal zurück. Worauf wollen Sie hinaus?«

»Auf gar nichts«, sagte Nick.

»Glauben Sie, Vanessa hat etwas mit dem Tod ihrer Mutter zu tun?«

»Immerhin haben Sie selbst gesagt, sie hat sich nicht gut mit ihrer Mutter verstanden.«

»Waren Sie als Teenager mit Ihrer Mutter ein Herz und eine Seele?«

»Nein«, musste Nick zugeben. »Aber ich war weder in einem Heim noch verhaltensauffällig.«

»Das hat nichts damit zu tun.«

»Hat Vanessa etwas in der Richtung geäußert?«

»Was geäußert? In welcher Richtung?«

»Hat sie ihrer Mutter beispielsweise gedroht?«

Die Sozialarbeiterin rang sichtlich um Fassung. »Jede Fünfzehnjährige streitet mit ihrer Mutter. Ich habe selbst eine Tochter in dem Alter, da fliegen ständig die Fetzen. Wenn ein Mädchen, das seit Jahren mit dem Gefühl klarkommen muss, dass seine Mutter es weggegeben hat – was ja, ehrlich gesagt, nachvollziehbar ist –, im Streit Dinge sagt, die es später bereut, ist das doch verständlich.«

»Also hat sie ihr gedroht?«

»Gibt es keine anderen Verdächtigen? Ich habe den Eindruck, Sie richten Ihr Augenmerk nur deshalb auf Vanessa, weil sie hier untergebracht ist.«

»Sie haben meine Frage nicht beantwortet, Frau Rohfleisch.«

»Die Treffen mit ihrer Mutter wurden hauptsächlich von Frau Wessely betreut, die sollten Sie fragen. Ich kann Ihnen die Gesprächsberichte zeigen, aber die lassen sich so oder so auslegen.«

Also hatte es Drohungen gegeben.

»Trauen Sie ihr einen Mord zu?«

Die Sozialarbeiterin schüttelte energisch den Kopf. »Sie ist kein Typ, der handgreiflich wird. Sie ist ein sensibles und künstlerisch begabtes Mädchen. Nicht aggressiv.«

»Hat sie einen Freund?«

»Sie hatte einen, bis vor einem Vierteljahr.«

»Name, Adresse?«

»Nein, tut mir leid.«

»Gibt es außer Celine noch andere wichtige Bezugspersonen? Bekannte, von denen wir wissen sollten?«

Rohfleisch zögerte. Nick hatte den Eindruck, als hätte sie einen wunden Punkt getroffen.

»Wer?«

»Es … ist eigentlich untersagt, aber ich habe den Verdacht, dass Vanessa sich hinter meinem Rücken regelmäßig mit einem Mann trifft.«

»Eine Liebesbeziehung?«

»Keine Ahnung, aber danach verfügt sie öfter mal über ungewöhnlich große Mengen Bargeld.«

Nick stockte der Atem. Der Apfel fällt nicht weit vom Stamm?

»Wie lautet sein Name?«

»Enver. Den Nachnamen kenne ich nicht.«

»Haben Sie sonst irgendwelche Informationen über diesen Enver? Was treiben die beiden, wenn sie sich treffen?«

Rohfleisch musste passen.

»Ist er motorisiert? Wenn ja, Automarke? Kennzeichen? Wissen Sie, wo er wohnt?«

»Er fährt einen weißen Wagen. So einen mit offener Ladefläche. Mehr kann ich Ihnen leider nicht dazu sagen.«

Nick notierte *weißer Pick-up* auf ihrem Block. »Und Sie können das nicht unterbinden?«

»Wir können unsere Jugendlichen nicht rund um die Uhr einsperren oder überwachen«, erwiderte Rohfleisch aufgebracht. »Und wie gesagt: Offiziell wurde ihr der Umgang verboten.«

Die Sozialarbeiterin tat Nick leid. Sich tagein, tagaus mit einer Gruppe Heranwachsender auseinanderzusetzen, war aufreibend genug, sie fühlte sich mit ihrer Tochter oft schon überfordert. Kinder zu erziehen, war ein kräftezehrendes Unterfangen. Und die Dankbarkeit der Mädchen und ihrer Familien für die im Monikahaus gewährte Unterstützung, ganz zu schweigen von ›der Gesellschaft‹, hielt sich in Grenzen, gelinde ausgedrückt. Wenn dann noch eine Polizistin mit Verdächtigungen und Vorwürfen daherkam …

»Und warum wurde ihr der Umgang mit diesem Enver untersagt?«

»Ich habe sie bezüglich des Geldes ins Gebet genommen und sie hat mich angelogen.«

Nick packte ihre Siebensachen zusammen und bedankte sich bei der Gruppenleiterin, bevor sie ihre Visitenkarte auf den Tisch legte. Frau Rohfleisch würdigte das Kärtchen keines Blickes.

Doch dann fiel Nick noch etwas ein: Ob sie wohl ein getragenes Kleidungsstück von Vanessa bekommen könne?

Rohfleisch sah sie an, als ob sie den Verstand verloren hätte.

Und wenn sie dann noch, wie angeboten, die Berichte über die Besuche von Vanessa bei ihrer Mutter einsehen dürfe.

35

16. März, 17:10 Uhr
Polizeipräsidium Frankfurt, Adickesallee

Dass es ein Fehler gewesen war, nach dem Besuch im Monikahaus noch einen Abstecher ins Präsidium zu unternehmen, erkannte Annette Nick, als sie im vierten Stock aus dem Fahrstuhl stieg und Gideon Richter gegenüberstand.

Sein Wunsch, ihn über ihr Treffen mit Vanessa ins Bild zu setzen, kam ihr höchst ungelegen. Eigentlich hätte sie vor einer halben Stunde zu Hause sein wollen. Nur behagte es ihr neuerdings nicht mehr, die Dienstwaffe mit nach Hause zu nehmen. Zwar gab es im Schlafzimmerschrank einen kleinen Tresor, selbstverständlich verschlossen, doch Antonia wusste, wo sich der Schlüssel befand. Es war auch weniger Antonia, die ihr Sorgen machte, sondern die wechselnden ›Männerbekanntschaften‹, die ihre Tochter seit einigen Wochen mit nach Hause brachte. Gelegentlich malte Nick sich aus, wie einer der Besucher ihre Tochter drängte, einen Blick auf die Heckler & Koch P30 werfen oder sie sogar, Gott bewahre, in die Hand nehmen zu dürfen.

Ihr Plan war es gewesen, ihre Dienstwaffe im Waffenwesen abzugeben und schnell wieder zu verschwinden, und das hatte sie jetzt davon. Das Gespräch auf den nächsten Tag zu verschieben, war keine Alternative, immerhin wollte sie ihren neuen Chef nicht gleich mit mangelndem Arbeitseifer verärgern. Lange Diskussionen würden überdies mehr Zeit in Anspruch nehmen als das eigentliche Briefing. Fünf Minuten später saßen sie in Gideons Büro.

Sie fischte die Kinokarten aus ihrer Handtasche und legte sie auf den Tisch. »Vanessa war zur Tatzeit mit ihrer Freundin Celine im Kino.«

»Ein wasserdichtes Alibi?«

»Sie wusste immerhin, worum es in dem Film ging. Die Freundin hat die Aussage außerdem bestätigt.«

»Prüf im Kino nach, ob jemand die beiden gesehen hat. Es gibt vielleicht Überwachungskameras im Foyer.«

Nick kramte ihr rotes Notizbuch heraus und machte sich einen entsprechenden Vermerk.

»Was hast du sonst rausgefunden?«

Sie zeigte Gideon das Ultraschallbild.

»Ist es das, was ich denke?«

»Vermutlich. Ich fahre morgen in die Praxis von Dr. Rösslin, dann wissen wir mehr.«

Sie tippte auf das Display und Gideon bekam eines der Manga-Comics zu sehen, die Vanessa gezeichnet hatte.

»Wow, die sehen richtig … professionell aus. Hast du in ihrem Zimmer zufällig eine Versandrolle aus Pappe gesehen, ungefähr so groß?« Er deutete mit der Hand die ungefähren Maße an.

»Nicht dass ich wüsste. Warum?«

»Nur so eine Frage«, sagte Gideon und bat Nick, ihm beide Bilder auf sein Handy zu schicken.

Sie erzählte ihm, was sie über Vanessas Bekannten Enver und seinen weißen Pick-up in Erfahrung gebracht hatte. Doch ohne den Nachnamen und konkrete Angaben zum Fahrzeugmodell war es sinnlos, die Datenbank der Zulassungsstelle anzuzapfen. Daher schlug Gideon vor, sich Vanessa und vor allem ihre Freundin Celine noch einmal vorzuknöpfen. Celine würde unter Druck vielleicht einknicken. Andernfalls solle Frau Rohfleisch Vanessa unter einem Vorwand

Ausgang geben und Nick das Mädchen beschatten, in der Hoffnung, einen Blick auf den Wagen oder den Fahrer werfen zu können.

»Vanessa leidet seit ihrem dritten Lebensjahr an Epilepsie«, fuhr Nick fort. »Das bedeutet, sie muss alle vier Stunden ein Medikament nehmen, um das Risiko eines großen Anfalls zu reduzieren. So ein *Grand Mal* kommt nicht häufig vor, aber wenn, dann kann es lebensbedrohlich sein.«

»Hat das Mittel Nebenwirkungen? Macht es beispielsweise aggressiv?«

»Ich müsste einen Arzt fragen.«

Gideon bat sie, der Sache nachzugehen. Ihre Liste mit den unerledigten Aufgaben wuchs im Minutentakt.

»Und das Motiv?«

»Ihre Betreuerin, Frau Rohfleisch, hat das Ganze ein bisschen heruntergespielt. Sie meint, solche Differenzen zwischen Mutter und Tochter wären völlig normal.«

»Glaubst du ihr?«

»Vanessa hatte ein ziemlich gestörtes Verhältnis zu ihrer Mutter. Für sie ist Jennifer gestorben, als sie sie weggegeben hat. Im übertragenen Sinn. Und in den Gesprächsberichten ist von extremen Stimmungsschwankungen die Rede. Ihre Mutter verhielt sich sehr distanziert, Vanessa wurde oft wütend. Die Betreuerin musste die Treffen mehrmals vorzeitig abbrechen.«

»Hast du Kopien dieser Berichte?«

»Sind schon per E-Mail an dich gegangen.«

Gideon nickte anerkennend. »Sonst noch was?«

Annette Nick zog eine Plastiktüte aus der Handtasche. Durch die transparente Folie erkannte Gideon ein zusammengeknülltes T-Shirt. Sie öffnete die Tüte und ließ das Kleidungsstück auf den Tisch gleiten. Es verströmte einen leichten Schweißgeruch. Quer über der Brust verlief der Schriftzug *CALIFORNIA GIRL.*

Als Gideon klar wurde, dass Annette Nick beabsichtigte, einen Fährtenhund auf Vanessas Spur anzusetzen, erhellte ein Lächeln sein Gesicht. »Ausgezeichnete Idee«, lobte er, »fragst du bei der Feuerwehr an?«

Nick räumte alles wieder in die Handtasche. »Gideon, ich …«

»Nur diesen einen Anruf noch, ich wäre dir schrecklich dankbar. Ich hab in zehn Minuten eine Besprechung.«

Er war so schnell aus dem Büro verschwunden, dass sie nicht den Hauch einer Chance hatte, abzulehnen. Ihr dritter Arbeitstag in der MK 5 – und sie hatte bereits mehr als doppelt so viele Stunden gearbeitet wie vereinbart. Antonia würde vor Wut platzen, wenn sie irgendwann gegen halb sechs nach Hause kam.

36

16. März, 21:40 Uhr
Mauerweg, Frankfurt Nordend

Auf der Arbeitsplatte in der Küche stand ein Blech *Kadayif*, eine türkische Nachspeise, die ausschließlich aus Teigfäden und Zuckerwasser zu bestehen schien. Die Wohnung war ansonsten blitzblank geputzt und aufgeräumt. Schon im Hausgang war Gideon aufgefallen, dass an der Stelle, an der üblicherweise der Kinderwagen stand, eine Lücke klaffte. Aus dem Bad hörte er das Wasser der Dusche rauschen. Dichte Dampfschwaden waberten durch die Luft, als Gideon die Tür öffnete. Hinter der Milchglasscheibe zeichneten sich die verschwommenen Umrisse von Noras Körper ab. Wortlos lehnte sich Gideon an den Heizkörper und betrachtete seine Frau. Sie schien ihn nicht bemerkt zu haben, denn sie sang weiter vor sich hin.

Nora duschte gerne heiß und ausgiebig. Vermutlich, um die Kälte zu vertreiben. Denn so schön ihre stadtnahe Altbauwohnung mit den hohen Decken und dem kleinen Garten im Erdgeschoss auch sein mochte, in dem Janni in einigen Jahren ohne Zweifel den Großteil des Sommers im Sandkasten verbringen würde – in der kalten Jahreszeit wurden die Räume trotz der auf Hochtouren laufenden Heizung nie richtig warm. Doch sie würden sie um keinen Preis der Welt gegen ein modernes Reihenhaus mit Fußbodenheizung im Riedberg oder in einem der anderen Neubau-Ghettos eintauschen. Die Atmosphäre rund um die Berger Straße und ihre Freunde und Nachbarn waren einfach unbezahlbar.

Die Schiebetür der Duschkabine glitt auf. Nora zuckte zusammen, als sie Gideon erblickte, doch dann lachte sie.

»Tut mir leid, wenn ich dich erschreckt habe.«

»Hab dich gar nicht reinkommen hören. Stehst du schon lange da?«

»Eine Weile«, sagte Gideon grinsend.

»Reichst du mir bitte mein Handtuch?«

Gideon hielt es ihr hin, zog es aber schnell wieder zurück, als sie es ergreifen wollte.

»Lass mich doch noch ein bisschen gucken«, sagte er.

Noras Körper hatte sich durch die Schwangerschaft und die Geburt verändert. Ihre Brüste waren durch das Stillen sichtlich größer geworden. Insgesamt war sie runder, weicher und weiblicher geworden, was ihr Gideons Ansicht nach gut stand. Er mochte weiche, runde und weibliche Frauen, umso seltsamer war es, dass Nora mit ihrer knabenhaften Figur und er damals überhaupt ein Paar geworden waren.

»Gitte, mir ist kalt!«

Gideon legte ihr das Handtuch um die Schulter und begann, sie abzutrocknen. Mit kreisenden Bewegungen ließ er seine Hand über den weichen Frotteestoff an ihrem Busen und Po gleiten. Er stellte sich ganz nah an die Dusche, zog

Nora mit sanftem Druck an sich und nahm ihr nasses Ohrläppchen zwischen die Zähne.

Sie schob ihn weg. »Ceyda muss jeden Moment mit Janni zurückkommen.«

»Na und? Schließen wir halt die Tür ab.«

»Und dann?«

»Ich könnte dir in der Dusche Gesellschaft leisten.«

»Ich hab schon Schrumpelfinger.«

»Die passen gut zur Schrumpelhaut an meinem …«

»Gitte!«

»Wirst du neuerdings prüde?«

»Nein, ich bin nur nicht in Stimmung.«

»Das bist du seit Jan-Hendriks Geburt nicht mehr.«

»Weißt du, wie das ist, ein Kind zu kriegen?«

»Wie eine Melone zu scheißen. Deine Worte.«

»So habe ich das bestimmt nicht gesagt.«

»Aber gemeint. Was hat das mit deiner Lust auf Sex zu tun?«

»Ich brauche einfach noch ein bisschen, Gitte. Der Dammschnitt schmerzt manchmal noch.«

»Die Geburt ist über ein Vierteljahr her, das sind Phantomschmerzen.«

»Und mit der erschlafften Beckenbodenmuskulatur hab ich immer ein bisschen Angst.«

»Hat mich das jemals gestört? Ich liebe dich so, wie du bist. Ich begehre dich.«

»Gib mir noch ein wenig Zeit.«

»Wie lange?« Es ärgerte ihn, dass es sich anhörte, als ob er seine Frau um Sex anbetteln musste. War das immer so, wenn Frauen ihr erstes Kind bekommen hatten?

Der Schlüssel kratzte im Schloss der Wohnungstür. Ceydas Stimme hallte durch den Flur. »Nora? Ich hab Janni im Wagen liegen lassen, ich hatte Angst, dass er aufwacht, wenn ich ihn hochnehme.«

Nora zog Gideon zu sich heran und küsste ihn zärtlich: »Heute Abend, okay?«

Gideon verließ erleichtert das Bad, um Ceyda zu begrüßen. Ceyda Baran arbeitete als Krankenschwester in der Uniklinik; sie war türkischer Herkunft, aufgewachsen in Sossenheim, keine eins sechzig groß, mit schwarzen Naturlocken, frechen Grübchen und Reibeisenstimme. Eine bildschöne Frau, die jeden bezauberte, der ihr begegnete. Gideon vermutete, dass es allein in Frankfurt ein paar Dutzend Männer geben musste, die sich, ohne mit der Wimper zu zucken, ins Schwert stürzen würden, wenn Ceyda es von ihnen verlangte. Es hatte eine Zeit gegeben, da war auch er nicht gegen ihre Reize immun gewesen.

Nora hatte während ihrer Arbeit für den Zentralen Psychologischen Dienst in Wiesbaden mit Ceyda eine WG in der Gartenstraße gegründet, wenige Gehminuten vom Mainufer und von den Frankfurter Museen entfernt. Ceyda und er hatten unter Noras Augen eine Affäre begonnen – rückblickend wohl eine gezielte Provokation seinerseits. Denn eigentlich hatten Nora und er sich zueinander hingezogen gefühlt, seit sie beide eine Stellung in der MK 5 angetreten hatten, noch unter Werner Hartmann, der vor zwei Jahren in den Ruhestand gegangen war. Auch wenn der Anfang holprig gewesen und auf Umwegen zustande gekommen war, hatten Nora und Gideon schließlich zusammengefunden, was alle überraschte. Vor ungefähr einem Jahr waren sie dann gemeinsam in die Wohnung am Mauerweg gezogen. Dass der dritte Raum, falls überhaupt, nur vorübergehend als Arbeitszimmer genutzt werden sollte, war zu diesem Zeitpunkt beiden klar. Zwei Monate später war Nora schwanger geworden.

Die Freundschaft zu Ceyda hatte Bestand gehabt, sowohl für Nora als auch für Gideon. Und das war in Anbetracht der Vorgeschichte wirklich etwas Besonderes. Darum war

Ceyda auch eine der ganz wenigen Personen außer Nora, deren Ratschläge Gideon ernst nahm.

Sie drückte ihm den Wohnungsschlüssel in die Hand und je einen Kuss auf die linke und die rechte Wange.

»Das Kadayif …«, setzte er an.

»… ist für deine Frau. Die braucht Kalorien, um den Hunger deines Söhnchens zu stillen.«

»Danke, dass du hier klar Schiff gemacht hast.«

»Das war Nora. Ich war nur mit Janni spazieren.«

Er entschuldigte sich. Ceyda sah verstohlen zur Badezimmertür und senkte die Stimme. »Kümmer dich ein bisschen um deine Frau, Gideon. Es geht ihr gar nicht gut.«

»Du kennst sie doch, sie ist hart im Nehmen.«

»Ich hab dich nicht an meine beste Freundin freigegeben, damit du sie unglücklich machst.«

Gideon rang sich ein schwaches Lächeln ab. »Darf ich dich mal was ziemlich Persönliches fragen?«

»Lieber nicht«, wehrte Ceyda mit gequälter Miene ab.

Gideon traute sich nur deshalb, ihr die Frage zu stellen, weil er mit ihr intim gewesen war. »Haben Frauen automatisch weniger Lust auf Sex, nachdem sie ein Kind bekommen haben?«

Ceyda grinste anzüglich. »Das fragst du einen kinderlosen Single?«

»Du bist immerhin Krankenschwester.«

»Auf der Intensivstation, Gideon. Da denken die Leute nicht an Sex, sofern sie noch genügend aktive Gehirnzellen haben, um denken zu können. Die beschäftigen sich eher mit dem Tod. Auch wenn es da gewisse Parallelen gibt. Okay, Ausnahmen bestätigen bekanntlich die Regel. Dieser widerliche Typ mit dem Sprechgerät, der mich gebeten hat, ihm einen runterzuholen, hab ich dir von dem schon mal erzählt?«

»Mehrfach«, seufzte Gideon, der sich diese Geschichte seit fünf Jahren bei jeder Party anhören musste.

Die Badezimmertür ging auf und Nora kam heraus, in einen weißen Frotteebademantel gehüllt, die Haare unter einem Handtuchturban verborgen. Ceyda lächelte erleichtert. Sie deutete mit dem Finger ins Treppenhaus, legte die Handflächen aneinander wie zum Gebet und hielt sie ans Ohr. *Jan-Hendrik schläft im Gang.*

»Die Antwort auf deine Frage lautet Nein«, verabschiedete Ceyda sich mit einem Wangenkuss von Gideon und Nora, bevor sie sich davonmachte.

»Was für eine Frage?«, wollte Nora wissen, als sie alleine im Gang standen.

»Ob alle Frauen, die ein Kind bekommen haben, immer so – müde sind.«

»Müde?«

»Ja, müde.«

Nora gähnte herzhaft. »Also ich bin todmüde. Darum gehe ich auch gleich ins Bett. Wenn du noch Lust auf was Süßes hast, Ceyda hat Kadayif mitgebracht.«

Später lagen sie aneinandergekuschelt unter der Decke, Gideon an Noras Rücken geschmiegt, während Jannis stoßweiser Atem den Rhythmus der Nacht bestimmte. Noras Körper strahlte Hitze aus. Sanft ließ Gideon seine Hand über die Außenseite ihres Schenkels gleiten, bis sie seufzend die Beine spreizte. Er streichelte die zarte Haut auf der Innenseite, bewegte seine Finger kreisend nach oben, spürte das Kitzeln ihrer Schamhaare an seinem kleinen Finger. Ein Geräusch ließ ihn hochfahren. Es dauerte, bis Gideon es zuordnen konnte:

Nora schnarchte leise vor sich hin.

Sie war mitten im Vorspiel eingeschlafen.

37

17. März, 9:30 Uhr
Ben-Gurion-Ring, Frankfurt Nieder-Eschbach

Auf der Bank vor dem Haus saßen drei Männer. Alle hatten kurz geschorenes Haar, eine Tätowierung, deren Ausläufer aus dem Halsausschnitt ihrer Kapuzenshirts lugte, und eine Dose mit einem Energydrink in der Hand. Neben dem Kleinsten lag ein American Staffordshire Terrier auf dem Boden, dunkelgrau und weiß gefleckt mit rosa Schnauze, dessen dreieckige Ohren wie die einer Fledermaus in die Höhe ragten. Beim Anblick des Uniformierten, der einen stämmigen braunen Hund mit fast schwarzem Gesicht an der Leine führte, und des Trosses, der ihm folgte, legte der Terrier den Kopf schräg. Die kleinen Augen funkelten mit seinem nietenbesetzten Halsband um die Wette, während er jeden Schritt seines Artgenossen verfolgte. Ein tiefes Grollen in seiner Kehle deutete Kampfbereitschaft an. Doch der Mantrailing-Hund der Frankfurter Feuerwehr ließ sich nicht aus der Ruhe bringen – gleichmütig trottete er neben seinem Herrchen her.

Gideon klingelte bei Köhler. Nach einer kurzen Ansage summte der Türöffner. Köhler war über ihren Besuch informiert und allem Anschein nach konnte ihn nach der vorgestrigen doppelten Heimsuchung nichts mehr erschüttern.

Wenige Minuten später standen Gideon Richter, Annette Nick, Günther Kühnast, der Hundeführer und sein Assistent mit ihrem Schweißhund Arko in Köhlers Flur. Der Hundeführer erklärte, das Tier könne die Fährte eines Menschen bis zu sechsunddreißig Stunden nach dessen Verschwinden aufnehmen. So lange in etwa blieben die Hautzellen unversehrt. Die Zeit lief gegen sie. Annette Nick und Gideon trugen Sportschuhe. Der Hundeführer hatte sie vorgewarnt: Sobald der Hund eine Spur witterte, war Eile geboten. Wer immer ihn begleitete, sollte gut zu Fuß sein. Zwar ging Gideon nicht mehr regelmäßig joggen, aber für eine kurze Strecke sollte die Kondition ausreichen. Wie es um Annette Nicks Fitness bestellt war, wagte er nicht zu beurteilen. Das äußere Erscheinungsbild eines Menschen konnte trügerisch sein.

Der Hundeführer öffnete die transparente Kunststoffhülle, in der Vanessas T-Shirt lag, und stülpte sie Arko über die Schnauze. Der Hund schnüffelte hörbar. Der Hundeführer beobachtete den Sekundenzeiger seiner Armbanduhr, dann zog er die Tüte weg.

Der Hund richtete die Schnauze unmittelbar auf den Teppich. Hektisch schwenkte er die Nase nach links und rechts. Der Hundeführer gab Leine nach. In Windeseile hatte er das Bad erreicht, von dort ging es ins Schlafzimmer und weiter ins Wohnzimmer.

Köhler, der sich in Gegenwart des Tieres offensichtlich unwohl fühlte, drückte sich an die Balkontür. Was ihn nicht davor bewahrte, von Arko beschnüffelt zu werden. Der Suchhund drängte sich an ihm vorbei, ließ die Nase über den Türrahmen wandern – und hielt inne. Köhler gab den Weg frei und der Hundeführer öffnete die Tür, trat mit seinem vierbeinigen Begleiter hinaus.

Aufgeregt lief der Hund auf dem Balkon hin und her, drehte sich mehrmals um die eigene Achse, bevor er ins Wohnzimmer zurückkehrte, wo er sich vor Gideon platzierte und bellte.

Der Hundeführer sah Gideon unsicher an. »Waren Sie schon mal in dieser Wohnung?«

»Während der Spurensicherung, nachdem die Leiche von Frau Baur gefunden wurde.«

»Auch auf dem Balkon?«

Annette Nick warf ihrem Chef einen verstohlenen Blick zu. Ihm war äußerst unwohl dabei.

»Wir waren überall in der Wohnung und im Haus.«

Der Hund stieß mit der Schnauze an Gideons Jackentasche und gab erneut Laut. Der Gedanke an Vanessas Handschuhe, die er vorgestern in diesem Wohnzimmer eingesteckt hatte, ließ Gideon erschauern.

Der Hundeführer tätschelte Arkos Nacken. »Braver Junge. Wir hatten etwas viel um die Ohren diese Woche. Fangen wir noch mal von vorne an.«

Er ließ Arko abermals an der Tüte riechen; schließlich nahm der Hund doch noch Vanessas Spur auf, die durch das Wohnzimmer, zur Wohnungstür hinaus und ins Treppenhaus führte. Der Assistent, Gideon und Annette Nick trabten hinterher.

Im Eiltempo liefen die drei die Stufen hinab, das Quietschen der Schuhsohlen und das Hecheln des Hundes hallten im Treppenhaus wider. Unten angekommen, gelangten sie keuchend ins Freie. Draußen schien die Sonne.

Auf der Bank vor dem Haus saßen noch immer die drei Männer und tranken Red Bull. Als der Hund und seine Begleiter an ihnen vorbei in Richtung Berner Straße stürmten, blickten sie ihnen verdattert nach. Der auf Krawall gebürstete Terrier sprang auf und zerrte seinen Besitzer dumpf bellend ein Stück hinter sich her, wobei sich der Energydrink auf dessen Jeans ergoss. Der Mann stieß einen lauten Fluch aus.

Der Schweißhund lief zielsicher zur Bushaltestelle. Dort nahm er neben dem Randstein Platz und gab abermals ein kurzes, trockenes Bellen von sich.

»War's das?«, wollte Gideon vom Hundeführer wissen. Der nickte.

Annette Nick wischte sich mit einem Taschentuch den Schweiß von der Stirn.

»Vanessa war also in der Wohnung. Sie ist in Richtung Bushaltestelle gelaufen. Ich nehme an, weiter kommen wir im Moment nicht, oder?«

»Wir müssten den Bus unter die Lupe nehmen, in den sie eingestiegen ist«, erklärte der Hundeführer. »Aber die Fahrzeuge werden regelmäßig gereinigt, und bei dem Personenverkehr Spuren zu finden, dürfte ziemlich aussichtslos sein.«

Nick senkte nachdenklich den Kopf. »Reicht das für eine Festnahme?« Sie sah ihren Chef zweifelnd an.

Gideon wich ihrem Blick aus. »Das muss ja nicht heißen, dass sie in der Tatnacht hier war.«

»Sondern?«

»Sie könnte die Wohnung auch zu irgendeinem späteren Zeitpunkt betreten haben. Während Köhler weg war.«

»Warum sollte sie? Hätte Köhler ihr die Tür aufgemacht?«

»Vielleicht hat sie einen Schlüssel.«

Eine Stimme ertönte in Gideons Rücken. Es war Köhler, der im Schneckentempo angedackelt kam. »Herr Kommissar, bevor ich es vergesse und wo Sie doch schon mal da sind: Ich möchte Anzeige erstatten.«

Gideon sah Köhler durchdringend an.

»Jemand ist in meine Wohnung eingebrochen.«

»Wann?«

»Vorgestern.«

»Und warum kommen Sie damit erst heute?«

»Es ist – nichts gestohlen worden. Jedenfalls nicht von mir, nur ein Gemälde von Jennifer. Es war hinter dem Schrank verborgen.«

»Das Gemälde, von dem Sie angeblich nichts wussten?«

Köhler sah betreten zu Boden.

Gideon spielte einen Augenblick lang mit dem Gedanken, dem Kerl den Plastikschlauch aus der Nase zu reißen und zuzuschauen, wie er sich röchelnd am Boden wand. Doch er riss sich zusammen. »Für Einbruchsdelikte wenden Sie sich vertrauensvoll an meine Kollegen vom K 21.«

38

17. März, 12:30 Uhr
Caritas-Quartier, Alte Mainzer Gasse

Das Quartier lag nur wenige Gehminuten vom Römer entfernt zwischen Leonhardskirche und Archäologischem Museum. Vor fünf Jahren hatte die Caritas auf dem Grundstück einen mehrere Tausend Quadratmeter großen Neubau errichtet, in dem eine Mehrgenerationen-Wohngruppe, eine Kindertagesstätte und eine Geschäftsstelle des Verbandes untergebracht waren.

Im Umfeld hatten sich in den folgenden Jahren viele kleinere Wohlfahrtsorganisationen angesiedelt, wie einst in den mittelalterlichen Städten üblich, wo sich Handwerker desselben Standes in bestimmten Gassen zusammenschlossen, wie man noch heute an den Straßennamen ablesen konnte: Münzgasse, Buchgasse, Sandgasse.

Eine dieser kleineren Organisationen, die sozusagen von dem lebten, was die großen Verbände abwarfen, war das Bartholomaeuswerk. Der Verein mit knapp sechshundert Mitgliedern war 1904 von dem Bad Sodener Pfarrer Maximilian Graf gegründet und mithilfe einer Stiftung finanziert worden, als dieser unversehens in den Genuss einer größeren Erbschaft kam. Grafs ältere Schwester war 1901 nach fünfzehn Jahren aus dem Zuchthaus entlassen worden – sie hatte ihren alkoholsüchtigen und gewalttätigen Mann in Notwehr erstochen, nachdem er ihr mehrere Zähne ausgeschlagen und etliche Rippen gebrochen hatte. Doch das Glück der Freiheit war nur von kurzer Dauer: Wenige Monate später fiel sie der damals in Frankfurt grassierenden Lungentuberkulose zum Opfer. So verschrieb sich Grafs neu etablierter Verein der Betreuung und Unterstützung straffällig gewordener Frauen nach ihrer Entlassung aus dem Gefängnis. Der Name ging auf den Märtyrer Bartholomäus zurück, einen der zwölf Apostel und Schutzpatron des in Sichtweite gelegenen Frankfurter Doms. Heute beschäftigte das Bartholomaeuswerk ein halbes Dutzend freie Mitarbeiter, zwei Praktikantinnen und zwei Sozialarbeiterinnen als Vollzeitkräfte, von denen eine Frau Wessely war.

Vom Glanz der einst wohlhabenden Stiftung ließ das heruntergekommene Haus gegenüber dem Caritas-Gebäude nichts mehr erkennen. Die Farbe blätterte von der Eingangstür ab, der abgegriffene Messingknauf glänzte in der Sonne und das ehemals hellblaue Vereinslogo hinter der staubblinden Scheibe war verblichen und wenig einladend.

Diese Ecke von Frankfurt war Gideon weitgehend unbekannt. Hier hatte er nur zu tun, wenn Behördengänge am Römerhügel anstanden, und das kam selten vor. Die trügerische Idylle der Fachwerkbauten und die Touristenhorden, die die Paulskirche und den davorliegenden Platz belagerten, bewogen ihn gleichermaßen, einen großen Bogen um diese Gegend zu machen. Umso überraschter war er von den rasanten städtebaulichen Veränderungen, wenn es ihn nach langer Pause wieder einmal hierherverschlug. Neben dem EZB-Neubau in der Oststadt befand sich hier derzeit die größte innerstädtische Baustelle.

Neben der Tür gab es weder einen Briefkasten noch eine Klingel. Hinter der Scheibe klemmte ein handbeschrifteter Zettel: *Einbruch zwecklos. Wir haben kein Bargeld.*

Werkzeugspuren an der Zarge und gesplittertes Holz zeugten davon, dass die Frankfurter Ganoven entweder unter Leseschwäche litten oder niemandem über den Weg trauten.

Gideon öffnete die Tür und trat ein, eine altmodische Glocke kündigte ihn an. Er fand sich in einem kleinen Vorraum wieder, die Wände in hellen Pastellfarben gestrichen. Es roch nach Holz, Kaffee und ein wenig muffig, als wäre schon lange nicht mehr gelüftet worden. Die deckenhohen Regale, in denen stapelweise Broschüren und Ratgeber lagerten, und eine Sitzecke mit einem verschlissenen Sofa plus Couchtisch waren das einzige Mobiliar. Neben der Sitzgarnitur führte eine Tür mit Glaseinsatz in einen gepflasterten Innenhof, wo auf einer sonnenbeschienenen schwarzen Mülltonne eine getigerte Katze döste.

An der einzigen freien Wand im Raum hing ein großformatiges Plakat in Orange und Schwarz: *Musik und Familie // 06.-08. September 2013 // Hochschule für Musik und darstellende Künste.* Darunter stand ein zusammengeklappter faltbarer Rollstuhl mit dem Logo des Bartholomaeuswerks.

Gideon fröstelte, es war kalt im Büro, offensichtlich machte sich niemand die Mühe, die Heizung aufzudrehen. Eine Frauenstimme ertönte aus dem angrenzenden Raum: »Kommen Sie ruhig rein, ich beiße nicht.«

Gideon folgte der Aufforderung. Er übersah dabei die Stufe, die vom Vorraum in Wesselys Büro hinaufführte. Er stolperte, verlor das Gleichgewicht und fing den Sturz im letzten Moment an der Schreibtischkante ab.

»Haben Sie sich verletzt? Sorry, die Treppenstufe ist tückisch.«

Gideon Richter rappelte sich hoch. Beim Anblick der Frau, von der er bisher nur den Nachnamen kannte, gefror ihm das Blut in den Adern.

Thea Wessely trug ihr Haar schulterlang. Sie hatte es, wie man an den dunklen Augenbrauen und am Haaransatz sah, rot gefärbt. Aber Gideon hätte die Exfreundin seines Bruders, die damals brünett gewesen war, auch so wiedererkannt. Sie war eine attraktive Frau mit einem beinahe perfekt proportionierten Gesicht, lediglich ihre Augen standen einen Tick zu nah beisammen. Ihre Haut wäre makellos gewesen, ohne die unzähligen haarfeinen Linien und die lange, schräg über die linke Wange verlaufende Narbe. Dennoch taten die Narben Thea Wesselys Ausstrahlung keinen Abbruch – ganz im Gegenteil. Auf der linken Seite hatte sie ihre Haare hinters Ohr geklemmt, rechts hingen sie bis auf die Schulter herab. Ihre Augen waren von einem beinahe unnatürlich leuchtenden Blau – obwohl sie in Gideons Erinnerung grün gewesen waren.

Thea war gleichermaßen entgeistert, als er vor ihr stand. Sie war die Erste, die sich gefasst hatte. »Gideon! Dich habe ich hier nicht erwartet.«

»Geht mir genauso«, erwiderte er, nachdem er sich vom ersten Schreck erholt hatte. Wie sollte er sie begrüßen? Sie in den Arm nehmen? Das kam ihm bei einem unverhofften Wiedersehen nach zwanzig Jahren zu intim vor. Ihr die Hand geben? Zu distanziert. Thea schien die gleichen Überlegungen anzustellen: Eine gefühlte Ewigkeit verharrten beide regungslos auf der Stelle, bis sie ihn mit einer Geste aufforderte, auf dem Besucherstuhl Platz zu nehmen.

»Darf ich dir etwas zu trinken anbieten?«

Er lehnte ab.

»Was … machst du so?«

Er grinste.

»Gott, was für eine dämliche Frage, entschuldige bitte. Du bist natürlich bei der Polizei. Deine Kollegin hat dich ja angekündigt.« Sie schüttelte nervös den Kopf. »Was mich überrascht – und auch wieder nicht.«

»Und du betreust Strafentlassene?«

»Ich wollte schon immer im sozialen Bereich arbeiten. Wie du dich vielleicht erinnerst.«

»Du hast damals ein Praktikum im evangelischen Kindergarten in Usingen gemacht, wie hieß der noch mal?«

»Arche Noah.«

»Arche Noah, genau. Einmal haben Simon und ich dich abgeholt, deine weiße Bluse war von oben bis unten mit Spinat bekleckert.«

Bei der Erwähnung von Simons Namen blickten sie einander forschend an. Aber da waren nur Neugier und ein Anflug von Angst, was in Vergessenheit geraten oder in der Erinnerung haften geblieben sein könnte.

»Du hast geheiratet und deinen Namen aufgegeben«, stellte Gideon fest.

»Mein Ex – na ja, vier Wochen ist er offiziell noch mein Ehemann – war in der Hinsicht ziemlich konservativ. Er wollte partout nicht meinen Namen annehmen und Silber heißen. Und du? Verheiratet?«

»Verheiratet, ein Sohn – Jan-Hendrik – viereinhalb Monate alt.«

»Wie süß. Hast du ein Foto?«

Gideon hatte eines, sowohl von Nora als auch von Janni. Aber sein Instinkt riet ihm, die Aufnahmen in der Brieftasche zu lassen. »Leider nicht dabei«, log er.

Thea sah aus, als durchschaute sie ihn. Es entstand eine dieser typischen Situationen, in denen beide warten, dass der andere das Wort ergreift, und plötzlich beide gleichzeitig loslegen.

»Ich bin …«, sagte Thea.

»Jennifer …«, fing Gideon an.

Sie lachten. Gideon forderte Thea auf, weiterzusprechen, aber sie bestand darauf, dass er den Anfang machte. Schließlich sei er ja aus beruflichen Gründen gekommen.

»Deine Klientin Jennifer Baur wurde vor drei Tagen auf der Wiese vor ihrem Wohnhaus am Ben-Gurion-Ring tot aufgefunden.« Das tote Baby ließ er vorerst unerwähnt, da er nicht wusste, ob Thea über die Schwangerschaft im Bilde gewesen war.

Thea hatte schmale Finger; eine Ader zwischen den Knöcheln des Mittel- und Ringfingers der linken Hand pulsierte unter der Haut. Sie schüttelte den Kopf, als weigerte sie sich, das Unvermeidliche zu akzeptieren. Gideon ließ ihr Zeit, sich zu fangen.

»Wir gehen davon aus, dass es sich um ein Tötungsdelikt handelt.«

»Hat sie sich denn nicht das Leben genommen?«

»Nein, sie war bereits tot als sie vom Dach fiel.«

»Gott, das ist ja furchtbar. Wie hältst du das nur aus, jeden Tag von Mord und Totschlag umgeben zu sein?«

Auch auf diese Frage ging Gideon nicht ein.

»Du hast Jennifer betreut, seit sie aus der JVA Preungesheim entlassen wurde?«

»Nicht von Anfang an, aber in den letzten sieben Monaten.«

»Und du bist …«, Gideon warf einen Blick auf seinen Notizblock, »… gestern Nacht aus dem Urlaub zurückgekehrt?«

»Ich war drei Wochen auf Juist. Das heißt, ich hatte drei Wochen geplant, verbracht habe ich dort nur eineinhalb Wochen. Nach dem Anruf deiner Kollegin bin ich sofort zurückgekehrt. Schrecklich, was mit Jenni passiert ist.«

»In der Tatnacht warst du also auf Juist?«

Thea sah ihn besorgt an. »Ja. Wieso, verdächtigst du mich etwa?«

»Reine Routinefragen«, beschwichtigte er sie. »Ist dir in den letzten Wochen irgendetwas an ihr … aufgefallen? Irgendwelche besonderen Vorkommnisse?«

»Abgesehen von den üblichen Alltagsproblemen? Nein.«

»Nichts Außergewöhnliches?«

Nun hatte er sie doch überrascht. Sie fuhr sich irritiert über die Narbe an der Wange. »Worauf willst du hinaus?«

Gideon musterte sie, bevor er die Bombe platzen ließ. Ihre Reaktion zu beobachten, war enorm wichtig.

»Jennifer war schwanger.«

Wessely sah ihn fassungslos an. »Im wievielten Monat?«

»Lass mich zuerst meine Fragen stellen, dann beantworte ich deine. Wie oft hattest du Kontakt zu Jennifer?«

»Zwei Mal in der Woche. Dienstagvormittags und donnerstagnachmittags habe ich einen Hausbesuch bei ihr gemacht, jeweils eine Stunde.«

»Das bedeutet, am Donnerstag vor deinem Urlaub hast du sie das letzte Mal gesehen?«

Thea starrte ihn an. Schließlich nickte sie.

»Hattet ihr während deines Urlaubs Kontakt?«

Thea schüttelte den Kopf.

Gideon klappte sein Notizbuch zu und steckte es in die Tasche. »Das soll kein Vorwurf sein, Thea, aber du hast Jennifer seit mehr als einem halben Jahr zwei Mal wöchentlich betreut und hattest keine Ahnung, dass sie schwanger war?«

»Nein«, flüsterte sie, »sie hat es offensichtlich vor mir verheimlicht.«

»Du weißt, für welche Vergehen sie im Gefängnis saß.«

»Jetzt machst du mir ja doch Vorwürfe!«

»Ich wundere mich einfach, wie jemand etwas so Offensichtliches übersehen kann.«

»Ich hatte keinen Grund, Verdacht zu schöpfen. Erst recht nach allem, was sie mir erzählt hat.« Ihr Blick schweifte in die Ferne.

»Nachdem sie *was* erzählt hat?«

»Dass sie im Gefängnis sterilisiert wurde.«

Das war allerdings ein völlig neuer Aspekt. Gideon holte das Notizbuch wieder aus der Tasche. »Hast du diese Aussage nachgeprüft?«

»Bei der Polizei macht ihr das vielleicht. In einer karitativen Einrichtung ist das tabu. Meine Aufgabe ist es, den Frauen zu helfen, sich wieder in der Freiheit zurechtzufinden. Und sie so anzunehmen, wie sie sind.«

»Und es ist gut, dass du diese Arbeit verrichtest.«

Gideon dachte an die drei aus der Sicherungsverwahrung entlassenen Straftäter zurück, die vor ein paar Jahren von Nora während des Resozialisierungsprozesses unterstützt worden waren, aber viel zu spät Hilfe erhalten hatten. Einen von ihnen, den ehemaligen Lehrer Adam Lefeber, hatte er in Notwehr erschießen müssen; sein Gesicht tauchte noch heute in dem anderen Albtraum auf, der ihn regelmäßig heimsuchte.

»Hast du einen Verdacht, wer Jennifer Baur umgebracht haben könnte?«

»Tut mir leid, Gideon. Außer Köhler, ihrem Vermieter, fällt mir niemand ein. Die beiden hatten häufig Streit.«

»Hältst du ihn für fähig, einen Mord zu begehen?«

»Da du ihre Vergangenheit kennst, kennst du seine sicher auch.«

»Und ihre Tochter, Vanessa?«

»Kann ich mir nicht vorstellen. Sie ist erst fünfzehn.«

»Ich hatte auch schon einen siebzehnjährigen Drogendealer zum Verhör in meinem Büro, der seinen Stiefvater erschossen hatte. Und sie hat ihre Mutter gehasst.«

»Wer sagt das?«

Gideon war verunsichert. Wer hatte behauptet, dass Vanessa ihre Mutter gehasst hatte? Annette Nick? »Das entnehme ich den Aussagen der Personen in ihrem Umfeld«, erklärte er.

»Du irrst, Gideon. Nach außen hin mag das den Eindruck erweckt haben, aber was sich Vanessa am meisten in ihrem Leben wünschte, war eine richtige Familie. Nur hat sie das auf sehr … eigenwillige Art zum Ausdruck gebracht.«

»Wer ist Vanessas Vater?«

Thea zuckte die Schultern. »Keine Ahnung.«

Gideon sah seine Notizen durch. Schließlich klappte er den Block zu.

»Wie würdest du Jennifer Baur beschreiben? Was war sie für ein Mensch?«

Thea sah ihn erstaunt an. »Fragst du mich das als Polizist oder privat?«

»Macht das einen Unterschied?«

»Natürlich. Es überrascht mich nur, dass du dich für das Opfer interessierst. Die wenigen Polizisten, die ich kennengelernt habe, haben sich eher auf den Täter konzentriert.«

»Das Opfer führt uns zum Täter«, sagte er. Und zu Erkenntnissen über uns selbst, dachte er.

Wessely holte Luft, entschied jedoch, Gideons Frage zunächst unbeantwortet zu lassen. Sie schlug vor, in die *Margarete* zu gehen, ein Café mit Ausstellungsräumen in der Braubachstraße, wo sie einen Happen essen konnten. Dort wollte sie ihm mehr von Jennifer Baur erzählen. Als sie das Wort ›essen‹ erwähnte, spürte Gideon, dass er Hunger hatte. Thea ergriff einen schwarzen Gehstock, der in der Ecke lehnte, und umrundete den Schreibtisch. Ihr linkes Bein war steif.

Gideon hatte sie wohl angestarrt, denn plötzlich blieb sie mit belustigter Miene vor ihm stehen. Er entschuldigte sich für seine Unhöflichkeit.

Thea klopfte mit dem Knöchel der linken Hand gegen ihren Oberschenkel. Es klang hohl.

»Das linke konnten sie nicht mehr retten«, sagte sie nüchtern und ohne jedes Selbstmitleid.

Er dachte an den Traum, an die Glitzerpumps, an das Blut.

Plötzlich schmiegte sich Thea an seine Brust und umschlang ihn. Der Gehstock fiel klappernd zu Boden. Gideon spürte ihren warmen Atem auf seinem Hemd. Und etwas Nasses – vermutlich Tränen.

»Ich bin dir nicht böse, dass du mich nie im Krankenhaus besucht hast«, sagte sie leise. »Ich weiß, wie schwer es für dich war, nach allem, was mit Simon passiert ist.«

Vor Gideons Augen tanzten rote Punkte.

39

17. März, 15:15 Uhr
Polizeipräsidium Frankfurt, Adickesallee

Gideon betrat das Präsidium in erheblich besserer Stimmung, als er es vor ein paar Stunden verlassen hatte. Der Besuch bei Thea und das anschließende Mittagessen in der Braubachstraße hatten ihn aufgewühlt. In seiner Fantasie hatte er sich immer vor dem Wiedersehen gefürchtet und anfangs war ihre Begegnung genauso steif und distanziert verlaufen wie erwartet. Nachdem sie ihm um den Hals gefallen war, hatte sich seine Abwehrhaltung zunächst noch verstärkt. Aber dann, während sie in der *Margarete* auf ihr Essen warteten und Thea ihm von Jennifer Baur erzählt hatte, aber auch von ihrem beruflichen Engagement und der Frustration darüber, wie wenig ihre Bemühungen, den Frauen ein halbwegs normales Leben zu ermöglichen, oft fruchteten, war in ihm eine Veränderung vor sich gegangen.

Er spürte wieder dieselbe Nähe, die er Thea gegenüber schon mit sechzehn empfunden hatte. Es mochte an ihrer vertrauten Stimme liegen, an ihrem Lachen, dem auch die kleinen und größeren Narben des Lebens scheinbar nichts hatten anhaben können, oder an ihren Augen, die vor Energie sprühten. Er bewunderte ihre Kraft und Lebensfreude, wo er selbst sich seit Wochen völlig erschöpft fühlte. Dabei war keine Verliebtheit im Spiel und es bestand auch keine Gefahr, dass sich aus dieser Nähe mehr entwickeln könnte. Thea war vielmehr ein Teil seiner Vergangenheit, und das würde so bleiben, denn dafür liebte er Nora viel zu sehr. Es musste doch möglich sein, eine tiefe Verbundenheit mit einem Menschen zu spüren, eine Art Seelenverwandtschaft, und gleichzeitig einen anderen zu lieben? Wichtig war allein, dass Thea lebte, dass sie lachen konnte und eine unbändige Energie ausstrahlte. Und dass sich ihm endlich die Chance bot, mit der Vergangenheit abzuschließen.

Als er sein Postfach im Präsidium leerte, fiel ihm im benachbarten Fach von Kollege Falkner ein DIN-A4-Umschlag mit handschriftlicher Adresse auf: *In Kopie T. Falkner / MK 6.*

Absender war Chiazza, wie aus seinem Namen und dem Stempel der Abteilung *Forensische Biologie* ersichtlich war. Gideon ahnte, was sich in dem Umschlag befand. Es ärgerte ihn, dass man offenbar beschlossen hatte, ihm alle weiteren Informationen im Fall des toten Säuglings vorzuenthalten. Nachdem er sich mit einem schnellen Blick nach links und rechts vergewissert hatte, dass er alleine war, löste er vorsichtig den Verschluss des Umschlags und entnahm das Schreiben mit dem Logo der Universitätsklinik in der rechten oberen Ecke. Er überflog die Details des Verwandtschaftsgutachtens und sein Blick blieb an dem letzten Satz hängen: *Verwandtschaftswahrscheinlichkeit p >= 99,99 %.*

Für Rückfragen war die Telefonnummer des Laborleiters angegeben, aber bei einer derart klaren Diagnose erübrigten sich weitere Diskussionen. Die Übereinstimmung des genetischen Fingerabdrucks sprach für sich.

Jennifer Baur hatte ihr Kind umgebracht. Und dass ihr eigener Tod, keine vierundzwanzig Stunden später, etwas mit diesem Neonatizid zu tun hatte, würde niemand bezweifeln, der klar bei Verstand war.

Gideon ließ den Brief wieder in den Umschlag gleiten und legte ihn in Falkners Fach zurück. Das Geräusch seines Smartphones, auf dem eine Nachricht eintraf, ließ ihn zusammenfahren. Er öffnete die E-Mail. Thea hatte das Selfie geschickt, das sie zum Abschied vor der *Margarete* geschossen hatte. *Schön, dass es dich wieder gibt.*

40

Ergebnisprotokoll der Teamsitzung der BAO Golanhöhen

Datum: 17.3., 17:00 Uhr
Ort: Raum G.412
Teilnehmer:
KHK Richter, Leitung (ric)
KK Nick (nck)
KK Kühnast (kst)
KK Trapp (trp)
KK Jung (jng)
KK Aigner (aig)
KOK Deissen (dei)
KOK Kußmaul, Presse (kml)
KR Demant (dmt)
Entschuldigt:
KK Lanig (lng)
KK Schwegler (sgl)
Protokoll:
KK Aigner (aig)

TOP1 (kst): Anfragen in Krankenhäusern, Geburtshäusern und bei freiberuflichen Hebammen im Rhein-Main-Gebiet haben keine Neuigkeiten erbracht. Die BAO geht weiterhin davon aus, dass Frau Baur ihren Sohn im Bad der Wohnung am Ben-Gurion-Ring 30 zur Welt gebracht hat. Diese Annahme wird auch von den Erkenntnissen der Tatortgruppe gestützt (dei).

TOP2 (kst): Die Innenräume der Liebfrauenkirche sind nicht videoüberwacht. An der Ecke Holzgraben / Schärfengässchen befindet sich eine Überwachungskamera. Anfrage der Aufzeichnungsdaten vom 13.3., 18:00 Uhr bis 14.3., 5:00 Uhr bei der Stadtverwaltung läuft. Durchsicht der Daten erfolgt durch KK Lanig und KK Schwegler.

TOP3 (nck): Nach Auskunft des Direktors der Klinik für Neurologie am Universitätsklinikum Frankfurt, Herrn Prof. Dr. Steinhauer, kann der Wirkstoff Phenobarbital, der bei Vanessa Baur als Epilepsiemittel eingesetzt wird, bei falscher Dosierung bei Kindern sog. ›paradoxe Reaktionen‹ mit vermehrter Unruhe und gesteigerter Aggression auslösen.

TOP4 (nck): Es gibt keine Mitarbeiter, die die Anwesenheit von Vanessa Baur und ihrer Freundin Celine Herczog im Kino *Cinestar Metropolis,* Eschenheimer Anlage 40, am 13.3. zwischen 18:00 Uhr und 23:00 Uhr bestätigen können. Die Karten wurden um 19:20 Uhr an der Kasse gekauft und bar bezahlt. Der Eingangsbereich des Filmtheaters ist mit einer Überwachungskamera ausgestattet. Die Aufzeichnungen werden uns vom Sicherheitsdienst zugestellt. Auswertung der Daten erfolgt durch KK Trapp und KK Nick.

TOP5 (nck): Die gynäkologische Praxis Dr. Rösslin in der Offenbacher Landstraße 112 gibt keine Auskunft über die Identität des Fötus auf dem Ultraschallbild, indem sie sich auf das Arztgeheimnis beruft.

TOP6 (ric): Die Ermittlungsleitung beschließt, weitere Befragungen im Bekanntenkreis des Opfers im Allerheiligenviertel durchzuführen.

TOP7 (nck): Der Todeszeitpunkt wird von der Rechtsmedizin auf etwa 20:00 bis 22:00 Uhr bestimmt.

TOP8 (nck): KK Nick informiert über die Befragung Vanessa Baur. Befragungsprotokolle von Vanessa Baur und Gustav Köhler können im *ComVor*-System (BAO *Golanhöhen)* eingesehen werden. Beschluss der Ermittlungsleitung: Für Vanessa Baur wird polizeiliche Observierung für die nächsten 24 Stunden angeordnet, die bei Bedarf ausgeweitet wird. Die Observierung wird durch KK Kühnast, KK Jung, KK Nick und KK Trapp durchgeführt.

TOP9 (ric): Ergebnisse der Tatrekonstruktion sowie der Obduktionsbericht aus dem RMI sind ebenfalls im *ComVor* einsehbar.

TOP10 (ric): Bei den Kollegen vom K 21 / Eigentum ist eine Einbruchsanzeige von Herrn Köhler eingegangen.

41

17. März, 23:50 Uhr
Mauerweg, Frankfurt Nordend

Gideon lauschte an der Schlafzimmertür. Noras und Jan-Hendriks Atemzüge klangen tief und gleichmäßig. Aus einer anderen Wohnung im Haus drang leise die Erkennungsmelodie des *Tatort* herüber, um diese Zeit wahrscheinlich eine Wiederholung. Der Geruch nach Fenchel-Anis-Kümmel-Tee, den Nora zurzeit literweise trank, lag in der Luft.

Gideon nahm den Schlüssel vom Brett, verließ die Wohnung und machte sich auf den Weg ins Untergeschoss. Das zu ihrer Wohnung gehörende Kellerabteil lag im westlichen Teil des Gebäudes, dem Gewölbekeller, der im Gegensatz zum Ostflügel im Originalzustand belassen worden war. Der Boden bestand aus gestampftem Lehm und an manchen

Stellen war noch das ursprüngliche Kiesbett sichtbar, eingefasst von ockerfarbenen Ziegelsteinen. Vor hundert Jahren hatte man hier Konserven und *Henninger*-Fässer gelagert. Das feuchtkalte Raumklima mochte in einer Zeit, in der ein Kühlschrank noch nicht zur Standardausstattung eines Frankfurter Bürgerhaushalts gehörte, für die Aufbewahrung verderblicher Lebensmittel perfekt gewesen sein. Doch heutzutage stellte die vom Boden und den Wänden eindringende Feuchtigkeit Gideon vor die Herausforderung, alles luftdicht zu verpacken, was hier verstaut wurde, weil es ansonsten innerhalb von wenigen Wochen ein Opfer des Schimmels wurde.

Das Kellerabteil war kaum mehr als ein Bretterverschlag: zweieinhalb Meter breit, dreieinhalb Meter lang. Die mit einer Glühbirne nachgerüstete Grubenlampe mit ihrem schummrigen orangefarbenen Licht, die Martin Kanther ihnen zum Einzug geschenkt hatte, unterstrich noch die düstere Atmosphäre.

Gideon studierte die Aufkleber auf den fein säuberlich in Regalen aufgereihten Kartons: *Babykleider 98–104, Steuer 2004/2005, Diverses Nora, Diverses Gideon*.

Er zog den Karton *Diverses Gideon* aus dem Regal und durchstöberte ihn, wurde jedoch nicht fündig. Weiter hinten, an der Außenmauer, gab es noch einen Karton: *Gideon altes Zeug*.

Der Anblick amüsierte ihn. Die Beschriftung der Kartons hatte Nora, der die Decke auf den Kopf gefallen war, wenige Wochen nach Beginn der Elternzeit vorgenommen. ›Nestbautrieb‹ hatte Kühnast solche Aktivitäten beim Mittagessen spöttisch genannt. Ein tief verwurzeltes Bedürfnis, das seines Wissens alle schwangeren Frauen irgendwann verspürten.

Gideon altes Zeug.

Der Name klang wie ›Altlasten‹ und passte haargenau zum Inhalt. Gideon zog am Griff. Der Karton war so aufgeweicht, dass er beim Herausziehen einzureißen drohte. Bevor ihm der Inhalt vor die Füße kippte, fing er das Pappungetüm geistesgegenwärtig auf, stellte es auf den Boden und hob den Deckel. Als er den schwarzen Plastiksack öffnete, der sich darin befand, hatte er das Gesuchte auch schon gefunden: einen Luftpolsterumschlag, der ganz oben lag.

Sein Name und die Wohnadresse seines Elternhauses in Usingen.

Kein Absender, aber der war auch überflüssig.

Gideon warf einen Blick auf den Poststempel. Die Briefmarke war am 2. Februar 1993 auf dem Postamt in Usingen entwertet worden. Einen Tag nach Theas Entlassung aus dem Krankenhaus. Seither hatte der Umschlag hier unten gelegen – ungeöffnet.

Gideons Herz klopfte bis zum Hals.

Er schüttelte den Umschlag und hörte das vertraute Klappern der Kassette in ihrer Kunststoffhülle.

Gideon starrte auf die Klebelasche. Er dachte an das Wiedersehen mit Thea, an den Traum, der ihn so oft aus der Bahn geworfen hatte, an einen dunklen und feuchten Keller aus einer anderen Zeit in seinem Leben, und er dachte an Nora und Jan-Hendrik, die oben in der Wohnung nichts ahnend und friedlich schliefen.

Als sein Herzschlag sich wieder beruhigt hatte, strich er ein letztes Mal über die Konturen der Kassette, die sich durch das Papier und die Schutzfolie abzeichneten.

Er legte den Umschlag ungeöffnet in den Plastiksack zurück, verschloss den Karton mit dem Deckel, stellte *Gideon altes Zeug* wieder an seinen angestammten Platz und löschte das Licht. Er war ein bisschen stolz auf sich. Er hatte die schmerzlichen Erinnerungen wieder der Dunkelheit anheimgegeben.

42

18. März, 10:55 Uhr
Albusstraße, Allerheiligenviertel, Frankfurt City

Gideon ließ den Blick über die Fassade aus verwittertem Sichtbeton schweifen, über die endlosen gleichförmigen Fensterreihen, die in die Gebäudefront eingelassen waren. Fast jedes Fenster war mit einem roten Vorhang versehen; an einigen blinkten – wohl um letzte Zweifel auszuräumen, welchem Gewerbe man dahinter nachging – rosa Herzen. Die meisten Fenster waren geschlossen, nur ganz unten rechts spähte eine füllige Blondine auf die Albusstraße hinunter, schnippte eine Zigarettenkippe in die Luft und bedachte Gideon mit einem einladenden Lächeln, bevor sie mit gespitzten Lippen den Rauch ausstieß.

Das Haus glich einem Büro- oder Fabrikgebäude, und das war es ja letztlich auch: eine Produktionsstätte für käuflichen Sex. Die Kaschemme im Erdgeschoss mit dem Namen *La Concha* hatte noch nicht – oder nicht mehr? – geöffnet, die Jalousien waren heruntergelassen, die Tür verrammelt. Im Nebengebäude war das *Grand Hotel Dream* untergebracht, das mit seinem knallroten Anstrich zwar wie ein Bordell aussah, aber ein Vier-Sterne-Hotel war. Hinter Gideon ragte ein baufälliger Schuppen empor, von dem große Schollen vom Putz abgeplatzt und auf dem Asphalt gelandet waren; es stand zu befürchten, dass die Konstruktion beim nächsten Windstoß wie ein Kartenhaus einstürzen würde. Da half auch der Metallzaun, der das Haus umgab, nicht. Davor parkte ein schwarzer Mercedes SLS mit schwarzen Ledersitzen und leuchtend roten Nähten, die schon von der Straße aus sichtbar waren. Den Wert der

Edelkarosse schätzte Gideon auf mehr als dreihunderttausend Euro.

Die Tür in dem heruntergekommenen Haus vis-à-vis, über der ein Schild mit der Aufschrift *Love Center* hing, öffnete sich und ein weißhaariger Mann mit Hornbrille, Hut und einer *BILD*-Zeitung unter dem Arm trat heraus. Gideon sah auf die Uhr: kurz vor elf, um diese Zeit waren vor allem die wenigen Rentner, die es sich noch finanziell leisten konnten, in den Puffs unterwegs. Ob es bei Prostituierten Seniorenermäßigungen wie bei der VGF gab? Bevor die Tür wieder ins Schloss fiel, schlüpfte Gideon durch den Spalt in das Dämmerlicht der Bar.

Die Wände waren mit fadenscheinigem rotem Samt behängt, vom anderen Ende des Raumes drang gedämpfte Schlagermusik herüber. Gideons Schritte hallten auf den Bodenfliesen. Der Kerl hinter dem Tresen war kaum älter als zwanzig und hatte Kajalstift und Lipgloss aufgetragen, das im Licht der sich langsam drehenden Discokugel ebenso schimmerte wie sein mit Brillantine geglättetes schwarzes Haar. Sein weißes Hemd war bis obenhin geschlossen, der Vollbart perfekt getrimmt. Als Gideon an der Bar Platz nahm, seinen Dienstausweis gut sichtbar auf der Theke drapierte und einen Espresso bestellte, hob der Barkeeper eine Augenbraue. Schließlich ließ er sich aber doch herab, die altertümliche *La Cimbali* in Gang zu setzen.

Nachdem er das Tässchen vor Gideon abgestellt hatte, warf er einen flüchtigen Blick auf das Foto von Jennifer Baur, das ihm Gideon auf seinem Smartphone präsentierte. »Kenn ich nicht. Hier arbeitet sie jedenfalls nicht.«

Gideon rührte im Espresso. Die Crema war perfekt. »Sicher?«

Der Barista nickte. Ohne dass Gideon es bemerkt hatte, hatte jemand auf dem Barhocker neben ihm Platz genommen. Die asiatischen Gesichtszüge der Frau und ihre Mandelaugen waren unter einer venezianischen, mit Federn und Zirkoniasteinen besetzten Samtmaske kaum zu erkennen. Die Maske war neben den Stilettos, ebenfalls aus schwarzem Samt, das Einzige, was sie trug. Sie war rasiert, am ganzen Körper, und der Geruch des Parfüms, den sie verströmte, raubte Gideon den Atem. Ihre Brüste waren überproportional groß im Verhältnis zu dem zierlichen Körper, Gideon sah die blassen Narben an der Stelle, wo man die Silikonkissen implantiert hatte. Da sich seine Augen langsam an das schummrige Licht gewöhnt hatten, fiel ihm auf, dass die Maskierte nicht nur über Brüste, sondern auch über einen Penis verfügte. Es kostete ihn einige Mühe, den Blick zu lösen.

»Du darfst gerne mal anfassen, Großer«, schnurrte sie, und Gideon war sich nicht sicher, welches Geschlechtsorgan gemeint war. Vermutlich beide.

»Danke«, sagte er, »aber ich bin im Dienst. Hast du diese Frau schon mal gesehen?«

Die Maskierte betrachtete eingehend das Bild; dann zuckte sie mit den Schultern. »Spendierst du mir was?«

Ihre warme Hand lag plötzlich auf seinem Oberschenkel.

»Was darf's denn sein, die – Dame?«

»Deinen großen, harten …«

»Und zu trinken?«, unterbrach er sie.

Sie zog eine Schnute: »Das Gleiche wie du.«

Der Barista brachte den Kaffee. Sie ließ eine Süßstofftablette in die Tasse gleiten und Gideon konnte nicht umhin, ihre Fingernägel zu bewundern, die kunstvoll verlängert, gefeilt und bemalt waren. Jetzt wusste er endlich, von welcher Klientel die unzähligen Nagelstudios lebten, die sich im Bahnhofsviertel und hinter der Konstabler etabliert hatten.

Gideon hielt ihr erneut das Smartphone unter die Nase. »Du hast sie also noch nie gesehen?«

Die Asiatin machte sich gar nicht erst die Mühe, das Bild

anzuschauen, sondern sah ihm tief in die Augen. Trotz der Maske bemerkte Gideon, dass ihre Gleichgültigkeit gespielt war. Aber aus ihr war nichts herauszubekommen. Er zog sein Portemonnaie aus dem Jackett, ein Zeichen, auf das der Barista offenbar gewartet hatte: »Achtundvierzig Euro«, sagte er, wie aus der Pistole geschossen.

»Wie bitte?«

Der Barmann legte die aufgeschlagene Getränkekarte vor Gideon auf den Tresen und tippte mit dem Zeigefinger darauf. *Espresso 2dl … 24.00 €* stand da tatsächlich.

Widerwillig zog Gideon einen Fünfzigeuroschein aus seiner Geldbörse. Dabei glitt ein Foto von Nora und Jan-Hendrik heraus, das im Krankenhaus direkt nach der Geburt aufgenommen worden war, und fiel zu Boden. Catwoman sprang vom Hocker und bückte sich, dabei streckte sie ihm ihre entblößte Kehrseite entgegen. Gideon atmete tief durch. Die Frau – der Kerl? – nahm wieder auf dem Hocker Platz. Als Gideon ihr das Bild abnehmen wollte, hielt sie es außer Reichweite.

»Mandy? Komm mal!«

Eine zweite Frau, höchstens zwanzig, mit hellblondem Bürstenschnitt, ebenfalls splitterfasernackt – von den grünen Gummihandschuhen und der Halskette mit dem silbernen Kreuz einmal abgesehen – trat aus einem Separee. Sie warf den Putzlappen auf den Tresen, was ihr einen lautstarken Protest des Barkeepers eintrug. Ohne Vorwarnung verfielen die beiden Kolleginnen in kleinmädchenhaftes Quietschen: »Wie süß! Junge oder Mädchen? Wie alt?«

Gideon saß überrumpelt auf seinem Hocker und hörte sich Fragen zu seinem Sohn und dessen Befinden beantworten. Die Asiatin nahm die Maske ab. Ihr Gesicht schien im Gegensatz zum restlichen Körper nicht optimiert worden zu sein. Krähenfüße hatten sich in ihren Augenwinkeln eingegraben. Das Gesicht, das ohne Maske kantiger und maskuliner wirkte, machte einen verlebten Eindruck. Die Maske war eine unerlässliche strategische Entscheidung gewesen, mit der sich die Investition in eine weitere kosmetische Operation noch eine Weile hinauszögern ließ.

Sie seufzte: »In dem Alter sind Kinder echt süß. Wenn sie größer werden, kann man sich gar nicht mehr vorstellen, wie das früher mal war.«

»Hast du auch Kinder?«

»Eine Tochter, zwölf.« Und weil in seinem Blick der Anhauch eines Vorwurfs lag, fügte sie mürrisch hinzu: »Lebt bei ihrer Mutter in Rostock.«

Gideon musste weitere Bilder auf dem Handy zeigen, bevor sie wieder zu Jennifer Baurs Foto zurückkehrten. Die beiden Frauen wechselten einen verstohlenen Blick.

»Das ist doch die, die erst ihr Baby und dann sich selber umgebracht hat«, sagte Mandy.

Die Asiatin räusperte sich. »Die ist ermordet worden. Stand heute Morgen in der *BILD*. Vielleicht habe ich sie doch schon mal gesehen. Ich glaube, sie hat vor ein paar Monaten draußen auf der Straße Nachtschicht gemacht. Obwohl das hier ja eigentlich verboten ist. Hat deswegen öfter Ärger bekommen.«

»Mit wem?«, wollte Gideon wissen.

»Mit uns«, lachte Mandy. »Na ja, mit den Festen hier im Viertel. Solche wie sie machen uns die Preise kaputt. Die sollen an die Theodor-Heuss gehen.«

Auf dem Lastwagenparkplatz neben der Theodor-Heuss-Allee in unmittelbarer Nähe der Messe befand sich der einzige legale Straßenstrich im Frankfurter Stadtgebiet.

»Hatte sie einen Luden?«

Mandy schüttelte den Kopf. »Nicht dass ich wüsste.«

»Was hatte sie für Kunden?«

»Alle, die anderswo nicht zum Zug kommen. Kaputte Typen. Junkies. Entstellte und Kranke.«

»Irgendjemand Bestimmtes, den wir uns mal anschauen sollten?«

Die Frauen schüttelten ratlos den Kopf.

»Mandy, Yoyo, ich bezahl euch nicht fürs Quatschen, schon gar nicht mit den Bullen«, ließ sich eine schnarrende Stimme in der Eingangstür vernehmen. Der Kerl mit dem schulterlangen Haar, Schnauzbart, randloser Brille und einer mordsmäßigen Wampe über der Lederjeans sah aus wie Frank Zanders abgestürzter Zwillingsbruder. Das Hemd war bis fast zum Bauchnabel aufgeknöpft, über der Brustbehaarung blinkte ein schmales Goldkreuz. Zwischen seinen Fingern glimmte ein Zigarillo, der Daumen der Linken klemmte unter einer protzigen Gürtelschnalle in Form eines Totenkopfes über zwei gekreuzten Gewehren. Zuhälter, die auf dicke Hose machen, wirkten oft am verzweifeltsten, dachte Gideon. Die wirklich gefährlichen Typen trugen die gleichen Anzüge wie ihre Anlageberater – Ermenegildo Zegna oder Kenzo – und ließen sich kaum jemals dazu herab, in ihren Läden persönlich nach dem Rechten zu sehen. Dafür schickten sie ihre Fußsoldaten mit den teuren Sneakers und den angesagten Basecaps, die mit leerem Blick an ihren teuren Handys spielten, während sie ihren Opfern die Daumenschrauben ansetzten.

Mandy nahm ihren Putzlappen und verzog sich wieder in das Separee. Yoyo streifte ihre Maske über. Bevor Gideon sich versah, küsste sie ihn auf den Mund.

»Falls du mal Lust auf einen guten Fick hast, weißt du ja, wo du mich findest.«

Frank Zanders Zwillingsbruder schnaufte asthmatisch.

»Der Kaffee geht auf mich«, blaffte Yoyo den Barkeeper an. Dann wandte sie sich an Gideon: »Pass gut auf deinen Sprössling auf. Nicht, dass der auch noch Bulle wird«, sagte sie, bevor sie im Dämmerlicht verschwand.

43

18. März, 11:30 Uhr
Albusstraße, Breite Gasse, Palais Quartier – Frankfurt City

Gideons Augen brauchten eine Weile, bis sie sich wieder an die draußen herrschende Helligkeit gewöhnt hatten.

Alle, die anderswo nicht zum Zug kommen. Kaputte Typen. Junkies. Entstellte und Kranke. Na prima, das traf wohl auf die Hälfte der Besucher des Allerheiligenviertels zu. Gideon straffte die Schultern und überlegte, welches Etablissement er sich als Nächstes vornehmen sollte. Er sah sich um: Das *Blue Angel*, ein paar Meter weiter gelegen, schmückte zur Abwechslung kein rotes, sondern ein kobaltblaues Neonschild. Vor dem Bordell, an eine Straßenlaterne gekettet, ein Fahrrad. Mattschwarz lackiert. Mit einem rot-weißen Aufkleber am hinteren Schutzblech, darauf ein durchgestrichenes Flugzeug und die Worte *Fluglärm-Stopp!*

Gideon verspürte das Hochgefühl, das ihn jedes Mal erfasste, wenn ihm das Glück unverdient hold war. Er hielt nach einer strategisch besseren Position Ausschau, von der der Junge ihn nicht direkt entdeckte und sich aus dem Staub machte, aber nicht zu weit, damit er ihn im Falle eines Fluchtversuchs zu fassen bekam. In unmittelbarer Nähe des *Blue Angel* hatte man ein Dixi-Klo, eine mobile Toilette, für die Bauarbeiter aufgestellt, die das Nachbargebäude sanierten. Durch den Lüftungsschlitz in der Tür konnte er den Eingang im Auge behalten. Wenn der Junge auftauchte, würde genug Zeit bleiben, ihn abzufangen, bevor er Fersengeld gab.

Einen Verdächtigen von einem Dixi-Klo aus zu beschatten, war genau das, wovon ein Polizist schon immer geträumt hatte. Und die Realität war noch schlimmer als befürchtet – dem Geruch nach zu urteilen, war die Toilette schon einige Zeit in Betrieb. Gideon atmete flach und lugte durch die Öffnung. Ein Bauarbeiter, ein Glatzkopf mit sperrigem Schnauzbart, rauchte versonnen eine Zigarette, eine Hand am Zementmischer, während sein Blick den Bordsteinschwalben folgte, die zur Schicht eintrudelten. Übelkeit stieg in Gideon auf, aber er wollte seinen Plan nicht gefährden, indem er die Tür öffnete.

Schließlich trat eine schmale Gestalt aus dem Eingang des *Grand Hotel Dream.* Es war der Junge: Er trug die gelbschwarze Montur eines Fahrradkurierdienstes und einen orangefarbenen Rucksack auf dem Rücken. Nach einem flüchtigen Blick auf seine Armbanduhr setzte er sich in Marsch.

Gideon ließ ihn ein Stück näher kommen. Just in diesem Augenblick verdeckte ihm ein gelber Bauarbeiterhelm die Sicht und die Tür des Dixi-Klos wurde aufgerissen. Er hatte absichtlich nicht zugesperrt, um keine Zeit zu verlieren, wenn er lossprinten musste.

Der Schnauzbart sah Gideon überrascht an, bevor er einen gutturalen Laut von sich gab. Der Junge wandte sich um und erkannte Gideon. Für den Bruchteil einer Sekunde sah er ihn mit weit aufgerissenen Augen an, dann nahm er die Beine in die Hand.

Gideon stieß den Arbeiter zur Seite. Er rannte hinterher, forderte den Jungen lautstark auf, stehen zu bleiben, doch er stieß auf taube Ohren. Der Junge lief in Richtung Kurt-Schumacher-Straße und Konstablerwache. Nach hundert Metern war der Junge ihm nur noch eine Armlänge voraus. Sie hatten die enge Passage erreicht, die die Albusstraße mit der Kurt-Schumacher-Straße verband. Eine mit Plastiktüten beladene Frau, die aus dem Möbelgeschäft *Segmüller* trat, zwang Gideon zum Ausweichen. Er prallte mit dem Oberschenkel gegen einen rot-weiß-gestreiften Poller und strauchelte. Für den Jungen die Chance, die Distanz zu vergrößern. Ohne rechts und links zu schauen, rannte er über die Straße, auf der dichter Verkehr herrschte. Ein Taxi kam mit quietschenden Reifen zum Stehen und hupte. Der Junge entschied sich für den kürzesten Weg: Ohne Zuhilfenahme der Hände setzte er über die Gleisabsperrungen. Eine Straßenbahn näherte sich der Haltestelle. Er sprang auf die Kupplung in dem Spalt zwischen zwei Wagen und von dort auf die andere Straßenseite. Die Straßenbahn fuhr weiter, der Fahrer hatte vermutlich nichts bemerkt.

Plötzlich war der Junge verschwunden. Gideons Oberschenkel brannten wie Feuer, das schweißnasse Hemd klebte an seinem Rücken. Auf der anderen Seite der Kurt-Schumacher-Straße angelangt, sah er sich keuchend um. Hatte der Junge Zuflucht in einem der Geschäfte gesucht, die die Frankfurter Zeil säumten? Oder war er unbemerkt in die Straßenbahn gelangt und winkte ihm gleich schadenfroh aus dem Rückfenster zu?

Es war besser, Verstärkung anzufordern. Gideon wählte Kühnasts Nummer und lauschte dem Freizeichen. Vermutlich war sein Kollege gerade in der Mittagspause.

Am Eingang der Einkaufsmeile stand ein etwa drei Meter hoher schmutzig grauer Quader aus Beton – Lüftungsschacht der U-Bahn und Station für den Lastenaufzug zugleich. Von dort oben würde er einen guten Ausblick auf die Zeil haben. Schwitzend und unter den belustigten Blicken der Passanten zog er sich an einem vergitterten Fenster hoch, setzte den Fuß auf den Fensterstock und gelangte keuchend auf das Kiesdach. Zweihundert Meter entfernt entdeckte er den in der Sonne leuchtenden orangefarbenen Rucksack. Gideon hangelte sich vom Dach und nahm die Verfolgungsjagd wieder auf.

Auf der Zeil waren um diese Zeit noch keine Menschenmassen unterwegs. Hier zahlte es sich für den Jungen aus, dass er einige Jahre jünger und ganz offensichtlich besser in Form war. Geschickt wich er den Passanten aus, die ihm den Weg versperrten. Niemand machte Anstalten, ihn aufzuhalten.

Sie erreichten das Palaisquartier – einen Abschnitt der Zeil, der erst vor dreieinhalb Jahren komplett modernisiert worden war – mit dem in neuem Glanz erstrahlenden *Palais Thurn und Taxis,* dem Bürohochhaus *Nextower* und dem *Jumeirah Frankfurt*, Ableger eines der namhaftesten Luxushotels in Dubai. Linker Hand tauchte die basaltglänzende Fassade des adidas-Store auf. Gideons Lungen drohten zu explodieren, das Seitenstechen machte ihm zusätzlich zu schaffen. Doch aufgeben kam nicht infrage.

Der Junge bewies bedauerlicherweise ebenfalls Durchhaltevermögen, änderte jedoch seine Strategie: Nach einem kurzen Blick über die Schulter bog er rechts ab – geradewegs ins Einkaufszentrum *MyZeil,* bei den Frankfurter Taxifahrern als ›Der Trichter‹ bekannt. Das Monstrum aus Glas und Stahl, von einem italienischen Stararchitekten entworfen, verfügte unter anderem über eine architektonische Besonderheit: eine biomorphe Fassade in Form eines geschwungenen, schräg verlaufenden Trichters, der an seinem oberen Ende die Sicht auf ein Stück Himmel freigab. Gideon legte noch einmal Tempo zu. Wenige Sekunden später stand er völlig außer Atem am Fuß einer fast fünfzig Meter langen Rolltreppe, die direkt ins vierte Obergeschoss führte. Er sah hinauf: Sein Blick verlor sich in den geschwungenen Öffnungen und Durchlässen des Mauerwerks, den Glastrichtern an der Decke, die im Raum zu schweben schienen. Die Unübersichtlichkeit des Gebäudes war wohl auch der Grund, warum der Junge ausgerechnet diesen Ort gewählt hatte.

Am oberen Ende der Rolltreppe entdeckte Gideon den Rucksack.

44

18. März, 11:40 Uhr
Einkaufszentrum MyZeil, *Palais Quartier*

Gideon stürmte die Rolltreppe hinauf, drängte zeternde Kunden beiseite und schwang sich auf den Handlauf, um Hindernissen auszuweichen.

Im vierten Obergeschoss trat er auf die sogenannte Piazza, einen weitläufigen Platz, gesäumt von Restaurants sowie einem Fitnessklub mit Schwimmbad und dem Kinderspielbereich. Durch die Glasscheibe sah er Fünfjährige in einem Bällebad toben. Am Ende der Galerie erspähte er schließlich zwei Türen, von denen eine langsam zufiel. Dahinter sah er etwas Orangefarbenes aufblitzen. Er rannte los, riss die schwere Brandschutztür auf, die mit dem Schild *Nur für Personal! Eintritt verboten!* Unbefugte fernhalten sollte, und sah gerade noch, wie der Junge durch eine weitere Tür verschwand. In dem kleinen Raum führte, von einem halbrunden Sicherheitsgitter umgeben, eine Eisenleiter nach oben, die mit der Warnung *LEBENSGEFAHR!* und plakativen Piktogrammen versehen war. Der Junge hatte bereits die oberste Sprosse erreicht und machte sich hektisch am Lukendeckel zu schaffen, der letzten Hürde, die ihn noch vom Glasdach trennte. Entweder hatte der Junge einen triftigen Grund für seine waghalsigen Manöver oder er war einfach nur sehr leichtsinnig oder dumm, vermutlich beides. Gideon erklomm die ersten Stufen, während weiter oben der Lukendeckel mit einem Quietschen geöffnet wurde. Bei dem Versuch, den Jungen am Bein festzuhalten, riss er ihm den linken Turnschuh vom Fuß. Mit einem Ruck schwang sich der Junge durch die schmale Öffnung aufs Dach. Gideon hielt inne. Sollte er sich in Lebensgefahr begeben, um jemanden zu verfolgen, von dem er nicht einmal wusste, ob und wie er in diesen Fall verwickelt war? Und der das Dach ja ohnehin irgendwann verlassen musste?

Die Stimme der Vernunft in seinem Inneren ignorierend, nahm Gideon die letzten beiden Stufen und hievte sich durch die Luke auf das Dach. Die Aussicht war grandios, aber noch atemberaubender war das Gefühl, das die geschwungenen, steil emporragenden Glasflächen vermittelten: Es war, als befände man sich in einer sturmgepeitschten bleigrauen See inmitten haushoher Wellenberge. Tief unter ihm hasteten die Menschen wie Schemen von einem Geschäft zum anderen. Gideon kämpfte den Schwindel nieder. Der Junge blickte sich um, die weit aufgerissenen Augen ein Beweis, dass auch er seine Entscheidung, in dieser Höhe herumzuklettern, in Zweifel zog. Hastig streifte er die Socken ab, um besseren Halt auf der glatten Oberfläche zu finden, eilte auf den nächsten Wellenkamm zu und tauchte ab. Gideon beobachtete argwöhnisch das Glas, doch es schien das Gewicht des Jungen problemlos zu tragen. Er wagte den ersten Schritt. Seine Ledersohlen quietschten, boten jedoch nur wenig Halt. Der Junge hatte nun das obere Ende des Trichters erreicht, dessen Öffnung auf die Zeil hinausging. Unschlüssig blickte er sich um. Gideon kam langsam näher, noch drei oder vier Schritte, dann hatte er ihn. Er streckte die Hand aus und bekam den Rucksack am Gurt zu fassen. Mit einer Bewegung streifte der Junge den Ballast ab. Der Rucksack knallte auf das Glasdach und rutschte auf der abschüssigen Fläche bergab, bis er über die Kante kippte. Der Junge zögerte keine Sekunde, nahm Anlauf und sauste auf dem Hintern hinterher, wie in einer gigantischen Rutschbahn. Gideon sah ihm fassungslos nach, dann nahm er die Verfolgung wieder auf. Als er die Dachkante erreichte, sah er gerade noch die schwarz-gelb-weiße

Uniform zwischen den Passanten hindurchpreschen. Gideon stützte sich auf die Oberschenkel und atmete tief durch. Ihm war schlecht, er war völlig außer Atem und er war fuchsteufelswild. Außerdem graute ihm vor dem Abstieg, der viel zu lange dauern würde, um den Jungen noch einzuholen. Plötzlich gewahrte er den orangefarbenen Rucksack, der sich auf halber Höhe kopfüber an einem vorstehenden Haken verfangen hatte, der einzige Lichtblick an diesem Morgen. Manchmal meinte das Schicksal es eben doch gut mit ihm.

Ein Passant, ein Mann mit Strohhut und Spitzbauch, angelte mit einem Spazierstock nach dem Rucksack und begutachtete den Fund.

»Hallo!«, schrie Gideon.

Der Mann sah sich irritiert um.

»Ich bin hier oben!«

Der Hutträger hob den Kopf und blinzelte in die Sonne.

»Ich bin von der Polizei. Passen Sie auf den Rucksack auf, bis ich runterkomme. Ich bin in zwei Minuten bei Ihnen.«

Als Gideon aus dem Portal des *MyZeil*-Einkaufszentrums ins Freie trat, war der Mann mit dem Strohhut verschwunden – und der Rucksack mit ihm. Doch unterhalb der Stelle, wo er am Haken gebaumelt hatte, lag ein großer brauner Umschlag auf dem Boden.

45

18. März, 12:10 Uhr
Zeil, vor dem Einkaufszentrum MyZeil, *Sindlinger Straße, Gallusviertel*

Gideon und Kühnast durchforsteten die Papiere, die sie dem Umschlag entnommen hatten. Es handelte sich um *Due-*

Diligence-Unterlagen, eine Risikoprüfung im Rahmen eines Unternehmenskaufs, die von einer renommierten Wirtschaftsprüfungsgesellschaft im Auftrag einer Privatbank in der Kaiserstraße durchgeführt worden war.

Gideon steckte sie nach der Lektüre in den Umschlag zurück, den er Kühnast in die Hand drückte. »Der Junge arbeitet als Fahrradkurier. Geh da gleich vorbei und stell fest, von wem der Auftrag stammte. Ruf mich an, sobald du was herausgefunden hast, dann nehme ich mir die Kurierfirma vor, um die Identität des Jungen zu klären.«

Um halb zwei standen Gideon Richter und Günther Kühnast mit einer Plastiktüte in der Hand vor einem schmuck renovierten Altbau in der Sindlinger Straße und betätigten die Klingel. Die Straße lag nur ein paar Gehminuten von der Paul-Hindemith-Schule entfernt. In der Wohnung schien niemand zu sein, denn auf das Klingeln erfolgte keine Reaktion. Gerade als sie beschlossen hatten, ins Präsidium zurückzukehren, fädelte sich ein Smart in eine Parklücke vor dem Haus ein, aus dem eine Frau in einem eleganten Hosenanzug stieg. Sie hatte schütteres brünettes Haar, das an den Ansätzen ergraute. Sie nahm einen Aktenordner und eine Laptoptasche vom Rücksitz, die sie über ihre Schulter hängte. Irritiert sah sie die beiden Männer durch ihre modische Brille an.

»Wollen Sie zu mir?«

»Sind Sie Julia Peukert?«

Sie hielt inne. »Ja, was gibt es denn?«

Gideon stellte sich und Kühnast vor und bat darum, das Gespräch im Haus fortzusetzen. Die Verunsicherung der Frau schlug in helle Aufregung um.

»Ist Timo etwas passiert?«

»Können wir hineingehen?« Gideon deutete auf die Eingangstür. Mit zitternden Fingern schloss Frau Peukert auf.

Sobald sie die Wohnungstür im ersten Stock hinter ihnen geschlossen hatte, holte Gideon einen ausgetretenen Schuh aus einer Plastiktüte. »So viel vorweg: Timo ist nichts passiert. Aber wir haben ein paar Fragen an ihn. Gehört der hier Ihrem Sohn?«

Sie begutachtete den Sneaker von allen Seiten. »Er hat solche Turnschuhe. Aber das ist eine gängige Marke. An der Garderobe stehen sie jedenfalls nicht. Was ist denn überhaupt los?«

»Haben Sie ein aktuelles Foto von Timo?«

Frau Peukert holte eines aus ihrem Portemonnaie und hielt es Gideon hin. Ihm genügte ein flüchtiger Blick.

»Wir ermitteln in einem Mordfall in Nieder-Eschbach. Timo hat sich sowohl vorgestern vor dem Haus des Opfers als auch heute im Allerheiligenviertel einer Befragung durch Flucht entzogen. Ich möchte wissen, warum.«

»Nieder-Eschbach? Allerheiligenviertel? Aber was hatte er denn dort zu suchen?«

»Timo arbeitet heute?«

»Als Fahrradkurier, ja. Er verdient sich etwas dazu – neben der Schule.«

»Laut Dienstplan hatte er um zwölf Uhr Schichtende.«

»Ich verstehe nicht? Timo steckt mitten im Abitur«, sagte Timos Mutter. »Nach dem Unterricht trifft er sich gelegentlich mit Freunden in der Stadt.« Sie sah auf die Uhr. »Meistens ist er gegen zwei zu Hause.«

»Macht es Ihnen etwas aus, wenn wir hier auf ihn warten?«

Frau Peukert schüttelte den Kopf. »Möchten Sie einen Kaffee?«

»Wenn es keine Umstände macht. Sagt Ihnen der Name Jennifer Baur etwas?«, wollte Gideon wissen.

Peukert verneinte. »Ist sie das Mordopfer?«

Gideon nickte.

»Glauben Sie, dass Timo ...« Ihr versagte die Stimme. Sie

musste sich an der Küchenarbeitsplatte abstützen, weil ihre Knie nachzugeben drohten.

»Das wissen wir nicht, Frau Peukert. Timo wird irgendeinen Grund haben, sich der Befragung zu entziehen. Vielleicht ist der ganz harmlos.«

Peukert nickte stumm, aber man merkte ihr an, wie schwer es ihr fiel, Haltung zu bewahren. »Um eins kommen die Handwerker. In Timos Zimmer ist ein Fenster zu Bruch gegangen. Eine Woche habe ich auf den Termin warten müssen.«

»Tja, Handwerk hat goldenen Boden«, murmelte Kühnast.

Zweieinhalb Stunden und eine Kanne Kaffee später war das Fenster ausgetauscht, Timo Peukert jedoch immer noch nicht aufgetaucht.

Mit Erlaubnis der Mutter hatte Gideon gleichwohl einen Blick in sein Zimmer werfen dürfen. Dort erlebte er eine Überraschung. In einem Regal an der Wand, in Dutzenden von Kunststoffboxen, lagerte der Junge Müll – gereinigt und penibel nach Materialien sortiert: Joghurtbecher, Kronkorken, alte Lottoscheine, Batterien, Zahnbürsten, Gummiringe, Nussschalen und eine Art Magnetband, wie es in Audiokassetten verwendet worden war. Gideon achtete darauf, nichts zu berühren, sah sich aber gründlich um und schoss mit seinem Handy das eine oder andere Foto.

Der Junge wirkte nicht wie ein Messie. Alles war aufgeräumt, einsortiert, dokumentiert. Er schien eher ein notorischer Sammler zu sein. Aber was fing er mit seinem Sammelsurium an?

Genau diese Frage stellte Gideon Timos Mutter, als er in die Küche zurückgekehrt war.

»Ich habe irgendwann aufgehört, ihn zu fragen. Ich vermute, er fertigt daraus Skulpturen.«

»Und wo befinden die sich?«

Julia Peukert zuckte die Schultern. »Er schafft sie spätabends aus dem Haus. Bisher habe ich noch keine einzige zu

Gesicht bekommen.« Sie lachte bitter. »Da hat man allen Grund stolz auf seine Kinder zu sein und dann lassen sie einen nicht.«

Am Kühlschrank waren drei Fotos mit Magneten befestigt: eines von Timo im Alter von zwei oder drei Jahren auf einem dieser knallroten Gummipferde, mit denen man durch die Wohnung hüpfen konnte. Er hielt sich an den Ohren des Tieres fest und grinste fröhlich. Daneben war er mit einem Eisbecher in irgendeiner südländischen Stadt zu sehen, auf einer steilen Treppe mit ausgetretenen Stufen, vielleicht im Alter von zwölf oder dreizehn Jahren, der wilden Lockenmähne nach zu urteilen. Und zuletzt ein aktuelles Bild, am ehesten dem Jungen ähnlich, den Gideon über die halbe Zeil verfolgt hatte. Auf allen Fotos war deutlich die Narbe über der Oberlippe zu sehen.

»Ist Ihr Sohn wegen der Gaumenspalte oft gehänselt worden?«, wollte Gideon wissen.

»Vor allem im Kindergarten und in der Grundschule. Später ließ das nach. Er ist ziemlich sportlich, das kam bei seinen Mitschülern gut an.«

»Hat er eine Freundin?«

»Er hat immer mal wieder Mädchen mit nach Hause gebracht. Nichts Ernstes, nach ein paar Wochen war meistens wieder Schluss.«

»Wo ist sein Vater?«

»Keine Ahnung. Wir haben seit fünfzehn Jahren keinen Kontakt mehr zu ihm.«

Gideon sah auf die Uhr und beschloss, nicht länger zu warten. Die Zeit drängte und sie hatten genug anderes zu erledigen.

Timo solle sich bitte umgehend im Präsidium einfinden, sobald er nach Hause käme, erklärte er. Kurz nachdem die Wohnungstür hinter den beiden Männern ins Schloss fiel, war ein lautes Schluchzen zu vernehmen.

Sie gingen zum Auto; Gideon überließ Kühnast das Steuer.

»Lass uns noch am Monikahaus vorbeifahren«, schlug er vor. Wenige Minuten später stellten sie den Astra in einer Parklücke direkt hinter Annette Nicks rotem Fiesta ab. Gideon machte einen Abstecher in die rechter Hand liegende Bäckerei und kehrte mit einem Becher Kaffee und einer Brötchentüte zurück. Er klopfte ans Seitenfenster, bevor er die Beifahrertür von Annette Nicks Wagen öffnete. Sie zuckte zusammen, lächelte aber erleichtert, als sie sah, wer sie aus ihrem Halbschlaf gerissen hatte.

Kühnast stieg hinten ein, Gideon vorne. Im Radio lief ein Song von Led Zeppelin.

Er reichte ihr den Kaffee und das Gebäck. »Damit du uns nicht vom Fleisch fällst.«

»Danke. Was gibt's Neues bei euch?«

»Der Junge hat die Fliege gemacht. Seine Mutter sagt, er kannte Jennifer nicht. Und sie konnte sich nicht erklären, was er auf den Golanhöhen zu suchen hatte. Und bei dir?«

»Vanessa ist um kurz nach eins aus der Schule gekommen. Seitdem ist sie nicht mehr aufgetaucht. Ich habe Frau Rohfleisch gebeten, mir eine SMS zu schicken, wenn sie dem Mädchen Ausgang erteilt. Sie hat sich bislang nicht gemeldet. Leider kann ich ja nicht reingehen und sie an unsere Abmachung erinnern. Und ans Telefon geht sie auch nicht.«

Gideon sah auf die Uhr. »Günther kann dich um sechs ablösen.«

Nick ließ den Kaffeebecher sinken. »Gideon, das ist wirklich das letzte Mal, dass ich so viele Überstunden mache. Mit Rosenthal waren fünfzehn Wochenstunden bis Ende Mai vereinbart, danach zwanzig. Ich habe jetzt schon über dreißig auf dem Konto und die Woche hat gerade erst angefangen.«

»Wenn wir diesen Fall abgeschlossen haben, wird es ruhiger.«

»Bei über vierzig Tötungsdelikten im Jahr allein in unserem Zuständigkeitsbereich dauert es nicht lange, bis der

Stress wieder von vorne beginnt. Entspannung sieht anders aus.«

»Nimm mir das nicht übel, aber das wusstest du, bevor du bei uns angefangen hast.«

Nick quetschte die Brötchentüte zusammen, verkniff sich jedoch eine Antwort.

Gideon hatte ein schlechtes Gewissen. Laut Rosenthal gab es für Annette Nick bei der Kripo kaum Alternativen. Man hätte sie in der Verwaltung unterbringen können, doch als kompetente Ermittlerin, die sie war, wäre ihr Talent dort vergeudet.

»Günther, kannst du Annette jetzt gleich ablösen?«

»Klar. Ich brauche aber den Wagen.«

»Das ist nicht nötig«, warf Nick ein. »Es würde mir reichen, wenn ich für den Rest des Monats einigermaßen auf die vereinbarten Wochenstunden komme.«

»Annette kann dich ins Präsidium fahren«, schlug Kühnast vor.

Fünf Minuten später saß Günther Kühnast im Astra aus dem Dienstwagen-Pool, stellte den für Nick bestimmten Kaffee in die Halterung auf der Mittelkonsole und verschränkte die Arme hinter dem Steuer, während Annette Nick Gideon in die Adickesallee fuhr. Sie legten die gesamte Fahrt in eisigem Schweigen zurück.

46

18. März, 16:30 Uhr
Monikahaus, Kriegkstraße

Kühnast hätte das Mädchen um ein Haar verpasst. Vanessa war bereits eine Weile unterwegs, als der Anruf von Annette Nick kam. Sie entschuldigte sich: Die Nachricht der Betreuerin war vor zwanzig Minuten eingegangen, aber sie hatte sie erst jetzt bemerkt.

Und Kühnast war hinter dem Steuer eingedöst. Fluchend ließ er den Wagen an und fuhr die Kriegkstraße entlang, zuerst in südliche, dann in nördliche Richtung. Ein gutes Stück hinter der Frankenallee entdeckte er das Mädchen. Ohne sich umzusehen, eilte sie zur Ecke Idsteiner Straße, wo sie stehen blieb und sich eine Zigarette anzündete.

Kühnast fuhr den Wagen rechts ran. Vanessa stieß versonnen den Rauch aus und warf einen Blick auf ihr Handy. Kurz darauf hielt ein weißer Nissan Navara mit Sportfelgen neben ihr. Die Scheiben waren abgedunkelt, Kühnast konnte das Gesicht des Mannes hinter dem Steuer nicht erkennen. Das Mädchen stieg ein. Kühnast heftete sich an den Wagen. An der nächsten roten Ampel schoss er mit seinem Smartphone ein Foto des Kennzeichens und mailte es, während er auf Grün wartete, an Gideon.

Die Antwort kam wenige Augenblicke später: *Ich schicke dir gleich die Zulassungsdaten.*

Der Nissan fuhr weiter, die Günderroder Straße entlang nach Norden, über die Emser Brücke bis nach Bockenheim, dann folgte er der Schlossstraße in Richtung Nordwesten, bis er schließlich vor dem Haus Nummer 13 hielt. Im Erdgeschoss befand sich die Filiale einer Videothekenkette, auf dem Fenster im ersten Stock war das rote Logo einer Kampfsportschule zu sehen. Kühnast bog rechts in die Friesengasse ein und parkte knapp hundert Meter hinter der Videothek. Er kam gerade rechtzeitig zum Seiteneingang, um einen Blick auf Vanessa und ihren Begleiter zu erhaschen: Der Kerl hatte die Statur eines Bodybuilders, kurz geschorenes Haar und maß an die zwei Meter. Seine Hautfarbe rangierte irgendwo zwischen Latte macchiato und dunklem Karamell. Er trug Sportkleidung und eine verspiegelte Sonnenbrille. Ganz Gentleman hielt er Vanessa die Tür auf und nach einem prüfenden Blick über die Schulter verschwand er im dunklen Gang.

Kaum hatte sich die Tür geschlossen, traf auch schon Gideons Nachricht ein:

Enver Tahiri, 35 Jahre alt
Wohnhaft Saalburgallee 21
Gebürtiger Kosovare
1998 Deutscher Vizemeister der Junioren im Judo
Türsteher im Cooky's Club
Keine Einträge in VICLAS oder INPOL

47

19. März, 9:00 Uhr
Wohnung Enver Tahiri, Saalburgallee

Wie hieß der Typ noch gleich? Gideon hatte den Namen vergessen. Er zog sein Handy aus der Tasche und gähnte. Die letzte Nacht war wieder einmal eine Tortur gewesen. Um drei Uhr morgens hatte er zu den Ohrstöpseln gegriffen, aber die hohen Frequenzen von Jan-Hendriks Stimme hatten die Schallbarriere mühelos durchdrungen. Um halb vier hatte sich Gideon ins Wohnzimmer auf die Couch gelegt, doch die war einen halben Meter zu kurz für seine Beine. An Schlaf war auch in dieser Nacht nicht zu denken. Ihm tat jeder Knochen im Leibe weh.

Der quadratische Wohnbunker an der Saalburgallee mit seiner weißen Fassade und den dunkelblau lackierten Fensterrahmen erinnerte entfernt an Griechenland, war aber ein Produkt der zweckorientierten Architektur des einundzwanzigsten Jahrhunderts.

Ein Blick auf das Klingelschild verriet Gideon, dass die Tahiris im vierten Stock wohnten.

Er läutete. Eine geschlagene Minute lang kam keine Reaktion. Gerade als er einen zweiten Versuch starten wollte, drang eine krächzende weibliche Stimme aus der Gegensprechanlage. »Häh?«

Verständlich zu antworten, war in bestimmten Gegenden Frankfurts offenbar aus der Mode gekommen.

»Kripo Frankfurt, ich möchte Enver Tahiri sprechen.«

»Häh?«

Gideon verdrehte die Augen und wiederholte sein Anliegen. »Polizei. Police. Polizia! Bumbum!«, fügte er zur Erläuterung hinzu.

›Bumbum‹ wirkte eigentlich immer. Entweder traten die Leute daraufhin die Flucht an oder lachten. Frau Häh tat weder das eine noch das andere. Er hörte sie mit jemandem palavern, dabei fielen die Worte ›Polizi‹ und ›Bumbum‹. Schließlich ertönte der Summer, wenngleich so leise vor dem Hintergrund des Verkehrs, der auf der Saalburgallee vorbeirauschte, dass Gideon ihn beinahe überhört hätte.

Er nahm die acht Treppen im Laufschritt. Im vierten Stock stand eine Wohnungstür offen. Auf der Schwelle eine junge Frau mit einem Spucktuch über der Schulter, auf dem ein Baby schlief, nur wenig jünger als Jan-Hendrik. Ein kleines Mädchen mit schwarzen Kulleraugen und dunkelbraunen Locken, dessen Kopf bis zur Taille der Mutter reichte, drückte sich an sie, eine Hand in den Rock gekrallt. Die Frau beugte sich hinunter und flüsterte ihr etwas ins Ohr.

»ID«, forderte das Mädchen Gideon auf. Er rätselte eine Weile, bis er begriffen hatte, was sie von ihm verlangte. Er bückte sich und hielt ihr seinen Ausweis hin.

Wieder eine Anweisung der Mutter. »Was willst du, fragt nënë«, übersetzte das Mädchen.

»Wie heißt du?«

Das Mädchen blickte die Mutter fragend an. Doch die reagierte nicht.

»Lodja«, erwiderte das Mädchen.

»Ist Enver Tahiri dein Papa?«

Die Kleine nickte.

»Dann möchte ich deinen Papa sprechen, Lodja.«

Das Mädchen redete auf die Mutter ein, die mit einem Wort antwortete, das wie ›Gume‹ oder ›Gjume‹ klang.

»Papa schläft noch. Er muss nachts arbeiten.«

»Dann weck ihn bitte.«

Lodja schüttelte energisch die Locken. »Das geht nicht. Papa wird sehr böse, wenn man ihn weckt.«

»Das Risiko nehme ich in Kauf«, sagte Gideon und erkannte sogleich, dass die Kleine ihn nicht verstand. »Ich muss mit ihm sprechen, sofort.«

Lodja übersetzte. Die Mutter bedachte Gideon mit einem feindseligen Blick und eilte in die Wohnung zurück. Das Mädchen zog Gideon am Ärmel hinein: »Komm!«

Der Flur und das angrenzende Wohnzimmer waren mit dicken Läufern bedeckt, die jedes Geräusch dämpften. Gideon kam sich vor wie in einem Teppichladen.

Im Wohnzimmer, unter einem irisierenden Wandteppich mit den Konturen eines Staates und sechs weißen Sternen, thronte eine alte Frau im Hauskleid mit schütteren weißen Haaren. Sie saß in einem hochmodernen Ohrensessel, den man mit einer Fernbedienung in alle erdenklichen Stellungen bringen konnte. Sie nuckelte an einer ellenlangen Pfeife, die offensichtlich nicht angezündet war. Auf einem Beistelltisch neben ihr stieg Dampf aus einem Glas Tee auf. Die Augen der Alten, dunkler noch als das Holz ihrer Pfeife, funkelten den Eindringling unfreundlich an, ihre Kiefer mahlten, während sie an ihrer Pfeife sog. An ihrem Ohr hing ein klobiges Hörgerät.

»Meine gjysche«, sagte Lodja und Gideon schätzte, dass damit Großmutter gemeint war.

Sie ließ seine Hand los. Ihre Mutter klopfte unterdes an

die Tür des Schlafzimmers, erst leise, dann heftiger. Ein Grunzen ertönte von drinnen, die Tür wurde geöffnet und zugezogen. Ein lautstarker Streit entbrannte zwischen den Eheleuten. Dann öffnete sich die Tür und Enver Tahiri trat heraus. Er war so groß, dass er sich bücken musste, um sich nicht den Kopf am Türstock anzustoßen, und hatte ein Kreuz wie ein Preisboxer.

Drohend marschierte er auf Gideon zu, der sich innerlich bereits für ein physisches Kräftemessen wappnete.

»Was will die Polizei in meinem Haus?«

Gideon hielt ihm wortlos ein Bild von Vanessa Baur und ein weiteres von ihrer Mutter Jennifer hin. Der Adamsapfel des Mannes zuckte nervös. Er blickte kurz zu der alten Frau hinüber, die von ihrem Thron alles kontrollierte.

»Kommen Sie«, brummte Tahiri und ging ihm voraus durch den Gang. »Tee?«

Gideon lehnte dankend ab. Hinter sich vernahm er das Summen von Elektromotoren.

Tahiri öffnete eine Tür und Gideon blieb beinahe die Spucke weg: Die Wohnung hatte so dunkel wie eine Höhle gewirkt, doch dieser Raum war von Sonnenlicht überflutet. An einer Seite öffnete sich eine bodentiefe Fensterfront, die für Helligkeit sorgte. Die Wände waren weiß gestrichen, der Fußboden in der gleichen Farbe gefliest. An einer Wand hingen Judo-Wettkampfurkunden aus Tahiris aktiver Zeit. Ansonsten war der Raum schmucklos und leer, bis auf einen langen Tisch aus mehreren aneinandergefügten Glasplatten und einen niedrigen Beistelltisch.

Auf dem Glastisch standen Bonsais, einige kaum höher als ein Bund Schnittlauch und doch vollwertige Bäume mit ihren knorrigen Wurzeln, Miniaturästen und der dichten Krone. Ein besonders schönes Exemplar schien einer schrägen Schieferplatte zu entsprießen, die auf ein antik aussehendes Holzschemelchen montiert war. Der der Schwerkraft scheinbar trotzende Bonsai hatte eine hellbraune Rinde und orangefarbene Blätter in der Größe von Fünfzig-Cent-Stücken, deren Form Ahornblättern glich.

Tahiri wandte sich dem Beistelltisch zu. Darauf lagen, exakt aufgereiht wie chirurgisches Besteck, kunstvoll gearbeitete, gebogene Scheren in verschiedenen Größen, winzige Zangen, eine kleine Kralle mit drei Fingern und ein Miniaturbesen, dessen Form Gideon an einen Rasierpinsel erinnerte.

Tahiri nahm eine Zange in seine riesige Pranke und ging damit zu einer der Pflanzen, wo er sich auf einen Schemel sinken ließ. Selbst im Sitzen reichte er Gideon fast bis zum Kinn. Vor der Kulisse der Miniaturbäumchen wirkte er wie Godzilla im Stadtwald. Behutsam strich er über das Blattwerk, zupfte ein verwelktes Blatt ab und musterte den Baum eingehend, bevor er einen senkrecht wachsenden Zweig fasste und mit der Zange abtrennte. An der offenen Schnittstelle bildete sich ein milchiger Tropfen, den Tahiri vorsichtig mit einem Blatt Reispapier abwischte. Dann straffte er die Schultern und seufzte, als bereite ihm die Operation körperliche Schmerzen. Er legte den Zweig neben sich auf den Glastisch.

»Das Allerwichtigste ist Glaubwürdigkeit«, sagte Tahiri.

»Bei Bonsais?«, fragte Gideon überrascht.

»Bei Bonsais und im Leben.«

»Vanessa Baur«, nahm Gideon den Faden auf. Er wartete auf eine Reaktion von Tahiri, doch die blieb aus.

»Sie treffen sich heimlich mit ihr. Holen sie im Gallusviertel ab, fahren mit ihr nach Bockenheim in das Kampfsportstudio, in dem Sie als Trainer arbeiten, und bringen sie wieder zurück, sodass die Betreuer im Monikahaus nichts mitbekommen.«

»Das haben Sie alles herausgefunden?« Tahiri klang belustigt. »Sie ist sehr talentiert.«

»Als Judoka? Oder meinen Sie etwas anderes?«

Tahiri drehte sich ruckartig um. »Wenn Sie mich beleidigen, werfe ich Sie raus.«

»Wozu die Heimlichtuerei, Herr Tahiri, wenn angeblich alles ganz harmlos ist?«

»Ihre Betreuerin hält mich für den falschen Umgang.«

»Sie wird wohl ihre Gründe haben.«

Tahiri wandte sich wieder dem Bonsai zu. »Ich stamme aus Mitrovicë, im Norden des Kosovo. Das ist Grund genug für manche Leute.«

»Woher kennen Sie das Mädchen?«

Tahiri ließ sich mit der Antwort Zeit. Er entfernte mit dem Besen Staub von den Blättern. »Wir haben mit dem Verein eine Tour durch die Schulen gemacht. Dabei ist sie mir aufgefallen. Der Sport hat mir damals ein neues, besseres Leben ermöglicht. Mit der Jugendarbeit möchte ich der Gesellschaft etwas zurückgeben. Ein Mädchen wie Vanessa braucht Unterstützung, damit sie nicht in der Gosse landet.«

»Wo sind *Sie* denn aufgewachsen?«

»Im Bügelviertel.«

Gideon wurde hellhörig. ›Bügelviertel‹ hatte man die Gegend rund um den Ben-Gurion-Ring genannt, bevor dort die Hochhäuser errichtet worden waren.

»Sie haben also beschlossen, das Mädchen zu fördern. Sie holen es zum Training ab und bringen es ins Heim zurück.«

»Ist das verboten?«

»Weiß Ihre Frau davon?«

»Nein, und das bleibt auch so.«

Gideon hielt ihm noch einmal Jennifer Baurs Foto vor die Nase.

»Kenn ich nicht.«

Tahiri log, die Ähnlichkeit zwischen Vanessa und Jennifer Baur war so augenfällig, dass jeder sie sofort zur Sprache gebracht hätte.

»Ist das Ihre Mutter, draußen in dem Fernsehsessel?«

Enver Tahiri erhob sich, baute sich in voller Größe vor Gideon auf. »Lassen Sie meine Mutter aus dem Spiel.«

»Weiß sie Bescheid?«

»Verlassen Sie sofort meine Wohnung.« Er öffnete die Tür.

Gideon steckte sein Handy ein und hielt Tahiri seine Visitenkarte hin. »Melden Sie sich, wenn Ihnen noch was einfällt.«

Tahiri schob die Hände in die Hosentaschen und funkelte ihn wütend an.

»Übrigens, wo waren Sie in der Nacht vom 13. auf den 14. März?«

»Keine Ahnung. Geht Sie auch nichts an.«

»Ich kann Sie in die Adickesallee vorladen, wenn Ihnen das lieber ist. Sie und Ihren ganzen Clan«, sagte Gideon und warf einen Blick durch die geöffnete Wohnzimmertür auf die Alte, die mit Lodja auf dem Schoß und der Pfeife zwischen den Lippen auf ihrem Thron saß und ihn mit ihren Krähenaugen anstarrte.

»Und ich kann mir mit Ihrer Vorladung den Arsch abwischen. Sie können mich zu gar nichts zwingen.«

Gideon schwieg und sah ihn herausfordernd an. Schließlich stapfte Enver zu einem Telefontischchen, das im Flur stand, und blätterte in einem in Leder gebundenen Kalender.

»Ich hatte ab zehn Uhr abends Dienst im Klub.«

»Und vorher?«

»War ich zu Hause.«

Tahiri rief seine Tochter herbei und verzog sich wieder ins Schlafzimmer, ohne Gideon eines weiteren Blickes zu würdigen.

Das Mädchen nahm ihn an der Hand und brachte ihn zur Wohnungstür. »Mein Papa sagt, du sollst nicht wiederkommen.«

»So, sagt er das?«
»Ja. Sonst haut er dich.«
Gideon lachte.

48

19. März, 11:00 Uhr
Städelsches Kunstinstitut und Städtische Galerie, Schaumainkai, Frankfurt

Diese Akustik. Unglaublich! Man konnte nicht in der Eingangshalle des Städel Museums stehen, ohne von den hohen Decken beeindruckt zu sein, die dem Bauwerk etwas Erhabenes verliehen und einen Widerhall erzeugten wie in einer Kathedrale.

Gideon stand vor der Marmorbüste von Johann Friedrich Städel unweit des Empfangstresens, der unter der Lichtkuppel wie die futuristische Brücke eines Raumschiffs anmutete, und sah ungeduldig auf die Uhr. Noras Vater Wilfried hatte ihm den Kontakt im *Städel* vermittelt und er war nervös. Er hatte nur einen kurzen Blick auf das Gemälde werfen können, das er in Köhlers Wohnung entdeckt hatte. Er hoffte, dass seine Angaben reichten, um eine Identifizierung zu ermöglichen oder seine Herkunft zu verfolgen.

»Herr Richter?«

Gideon hatte einen professoralen Typen mit ergrautem Haar und distinguierter Brille erwartet, doch der Kurator der Sammlung Gegenwartskunst des Museums war erstaunlich jung, kaum älter als Gideon. Sein wilder Haarschopf und der Dreitagebart bildeten einen unübersehbaren Kontrast zu seinem maßgeschneiderten Anzug und er sprach mit einem Akzent, den Gideon nicht sofort zuzuordnen vermochte. Österreicher oder Schweizer vielleicht. Nur in puncto Brille hatte Gideon recht behalten. Das Büro des Kurators befand sich im Erdgeschoss. Es bot einen herrlichen Ausblick auf den begrünten Innenhof und die in den Rasen eingelassenen Deckenöffnungen der Museumshalle im unterirdischen Erweiterungsbau, der vor zwei Jahren eröffnet worden war. Hinter dem Schreibtisch hing eine Tuschezeichnung an der Wand, schwarze Linien und Kleckse, eine abstrakte Darstellung, in einem Zug zu Papier gebracht. Leider verstand Gideon nicht das Geringste von moderner Kunst. Oder von Kunst generell.

Er nahm Platz.

»Was kann ich für Sie tun?«

»Danke, dass Sie mich empfangen. Wir haben an einem Tatort ein Gemälde gefunden, das für unsere Ermittlungen wichtig sein könnte; leider existiert kein Foto davon, aber ich werde versuchen, es zu beschreiben. Soweit ich mich erinnere, war es eine Art Familienporträt, könnte aus der Nachkriegszeit stammen, in Schwarz-Weiß gehalten, Konturen verschwommen, wie von einer Fotografie abgemalt.«

»Wie groß war das Bild nach Ihrer Schätzung?«

»Etwa eins sechzig mal eins vierzig.«

»Moment.« Der Kurator schob Gideon ein iPad über den Schreibtisch zu. »Ungefähr so?«

Auf dem Gemälde war eine Bootsfahrt dargestellt, blau koloriert, eine Freizeitgesellschaft in bayerischer Tracht. Die Konturen unscharf, wie verwischt.

Gideon nickte wortlos.

»Gerhard Richter, *Kahnfahrt,* 1965. Das Bild hängt in der Sammlung Gegenwartskunst. In meiner Sammlung.« Er lächelte stolz.

»Könnte der gleiche Maler sein«, sagte Gideon. »Nur ein anderes Motiv. Es hatte Ähnlichkeit mit den Familienfotos, die man so zu Hause hat.«

Der Kurator machte sich abermals an seinem iPad zu

schaffen. »*Familie Schmidt.* 1964 entstanden. Es hängt in der *National Portrait Gallery* in London.«

Gideons Herz drohte auszusetzen. Das Gemälde in Köhlers Wohnung hatte ganz ähnlich ausgesehen.

»Und wo genau haben Sie es gefunden?«

»In einer Wohnung am Ben-Gurion-Ring in Nieder-Eschbach.«

»Interessant. Ich würde es mir gerne einmal ansehen.«

»Es ist leider verschwunden.«

Der Kurator zog eine Augenbraue hoch und lehnte sich in seinem Stuhl zurück. »Sie erinnern sich an den großen Kunstraub in der *Schirn*, 1994?«

»Sehr vage.«

»Damals wurden nicht drei, wie in der Presse berichtet, sondern vier Gemälde gestohlen: zwei Turner, ein Caspar David Friedrich und eins von Gerhard Richter, das Ihrer Beschreibung entsprechen könnte. Kurz zuvor waren Richters Werke infolge einer umfassenden Retrospektive rasant im Wert gestiegen.«

Köhler war wegen Hehlerei vorbestraft, ging es Gideon durch den Kopf. Hatte er ein Gemälde aus einem der aufsehenerregendsten Kunstdiebstähle der Nachkriegszeit in seiner Wohnung versteckt?

»Wie viel ist das Bild schätzungsweise wert?«

»Schwer zu sagen. Kommt auf den Zustand an. Nicht unter einer Viertelmillion Euro. Vielleicht auch das Doppelte oder Dreifache.«

Gideon erhob sich und reichte dem Kurator die Hand. »Danke für Ihre Hilfe.«

»Haben Sie einen Verdacht, wo sich das Bild derzeit befinden könnte? Oder wer es in seinem Besitz hat?«

»Nein«, erklärte Gideon nicht ganz wahrheitsgemäß.

Der Kurator reichte ihm seine Visitenkarte, auf der er zusätzlich seine Handynummer notiert hatte. »Falls Ihnen etwas zu Ohren kommt: Wir wären sehr daran interessiert, etwas über den Verbleib des Bildes zu erfahren. Vielleicht sogar Kontakt aufzunehmen. Diskret, versteht sich.«

Sein Lächeln war mindestens so rätselhaft wie das der Mona Lisa.

49

19. März, 20:45 Uhr
Mauerweg, Frankfurt Nordend

Die Auswertung der Videobänder aus dem Holzgraben und dem Filmtheater nahm den ganzen restlichen Tag in Anspruch. Um viertel nach acht löschte Gideon als Letzter das Licht im Büro und fuhr nach Hause. Als er eine Stunde später aus der Dusche stieg, stand Nora über einen Farbausdruck gebeugt am Schreibtisch, die Hände in die Hüften gestützt. Er schlang seine Arme um sie, spähte über ihre Schulter – und erstarrte. Schlagartig ließ er Nora los.

»Woher hast du das?«

»Vanessa Baur hat dieses Manga gezeichnet, oder?«

»Richtig. Aber ich mag es nicht, wenn du, ohne zu fragen, an meinem Diensthandy herummachst.«

»Hast du etwa Geheimnisse vor mir?«

Gideon spürte, dass Vorsicht geboten war. »Was soll das?«

»Ist die Frage so schwer zu verstehen? Ob du Geheimnisse vor mir hast, möchte ich wissen.«

Was immer Gideon jetzt antwortete, konnte ihm früher oder später das Genick brechen. Kopfschüttelnd drehte er sich um und ging ins Wohnzimmer, wo Jan-Hendrik auf einer Decke am Boden lag und erfolglos versuchte, sich auf den Bauch zu drehen. Gideon ging in die Hocke und küsste seinen Sohn auf die Halsbeuge, was ihm ein fröhliches Quietschen entlockte.

Nora tauchte in der Tür auf. Sie verschränkte die Arme. »Wer ist sie?« Sie hatte offenbar die E-Mail von Thea mit dem Foto entdeckt.

»Das weißt du doch.«

Nora runzelte die Stirn. Der Name der Absenderin schien ihr nichts zu sagen.

»Thea Silber«, half Gideon ihr auf die Sprünge.

Nora brauchte einen Moment, bis sie den Namen zuordnen konnte. Sie sah ihn verblüfft an. »Doch nicht etwa *die* Thea Silber?«

Gideon nickte.

Nora atmete auf. »Warum hast du mir nicht gesagt, dass ihr euch trefft?«

»Wir *treffen* uns nicht. Sie ist Zeugin und wurde im Zuge laufender Ermittlungen von mir befragt.«

»In *dem* Mordfall?«

Gideon nickte. Er erklärte ihr, in welcher Beziehung Thea zu der Toten gestanden hatte.

»Das war vorgestern«, sagte Nora nach einer Weile.

»Und?«

»Du hattest zwei Tage Zeit, mit mir darüber zu sprechen.«

»Ich fand es nicht wichtig.«

Seine Frau sah zur Decke. »Gideon, du hast ständig Albträume, dass du es warst, der bei dem Autounfall neben ihr im Wagen saß und starb. Wie definierst du *wichtig?*«

Er konnte Nora nichts vormachen. Aber ebenso wenig konnte er mit ihr darüber reden. Also hielt er den Mund und kitzelte Jan-Hendrik mit der Nase am Bauch. Das Baby gluckste.

»Ihr geht nett essen in einem Restaurant, wo du sie – rein beruflich natürlich – befragst. Und dann schickt sie dir ein Selfie, auf dem ihr beide die Köpfe zusammensteckt.«

Gideon lächelte verbissen.
»Ich bin nicht eifersüchtig«, erklärte Nora eilig.
»›Nicht eifersüchtig‹ klingt anders.«
Auf ihrer Oberlippe bildete sich ein leichter Schweißfilm. »Muss ich mir das anhören?«
»Du hast damit angefangen.«
»Nein, Gideon, *du* hast damit angefangen, weil du mir verschwiegen hast, dass du deiner Jugendfreundin begegnet bist, von der du im Traum sprichst.«
Dass er im Schlaf Theas Namen nannte, hatte Nora bislang für sich behalten.
»Sie ist nicht *meine* Jugendfreundin, sondern Simons!«
»Gibt es noch andere Dinge, die du mir verschweigst?«
»Nora, hör auf damit! Ich wollte nur nicht, dass du dir Sorgen machst.«
»Ich habe mir keine Sorgen gemacht. Aber *jetzt* mache ich mir welche.« Sie machte auf dem Absatz kehrt und verzog sich in die Küche. Er hörte, wie die Kühlschranktür auf- und zugemacht wurde, dann hantierte seine Frau lautstark mit irgendwelchen Küchenutensilien herum. Er ließ ihr Zeit, sich abzukühlen.
»Willst du meine Meinung zu dem Manga jetzt hören oder nicht?«, erhob sich ihre Stimme über die Geräuschkulisse.
Gideon legte sich Jan-Hendrik über die Schulter und gesellte sich zu ihr. Sie hatte mit den Fingern eine saure Gurke aus dem Glas gefischt und biss das Ende ab.
»Ich muss abschalten, Nora. Könnten wir bitte das Thema für heute beenden?«
»Die Figur in dem Star-Wars-Outfit ist ihr Vater. Er hält seine Hand schützend über sie und ihre Mutter.«
»Nora …«
»Lass dir doch helfen, Gideon!«
»Also gut: Ihr Vater ist ein Jedi-Ritter. Ich schicke gleich

eine Fahndung raus. Jeder mit einem weißen Anzug und einem Laserschwert ist verdächtig.«

»Du bist so ein Blödmann!« Nora warf die Gurke aus dem geöffneten Fenster und rauschte aus der Küche. Die Badezimmertür knallte zu, dann hörte er, wie sich der Schlüssel drehte. Unten im Hof kreischten Kinder, denen vermutlich eine angebissene Gurke vor die Füße gefallen war.

»Entschuldigung!«

Die Dusche rauschte. Sie hörte nichts. Sie wollte nichts hören. Mit Jan-Hendrik auf dem Arm kehrte er zum Schreibtisch zurück. Die Figur in Weiß auf Vanessas Zeichnung hatte tatsächlich etwas Väterliches, die Geste eines Beschützers. Offenbar hatte das Mädchen ein ausgeprägtes Schutzbedürfnis, der Wunsch nach familiärer Geborgenheit war unverkennbar. Doch diese Erkenntnis nutzte Gideon herzlich wenig. Er suchte nicht Vanessas Vater, sondern Jennifers Mörder. Und er wollte, dass seine Frau, die sich in Elternzeit befand, endlich aufhörte, sich in seine Arbeit einzumischen. Auch wenn sie vor Jan-Hendriks Geburt eine äußerst fähige Kripokommissarin und Polizeipsychologin gewesen war. Oder vor allem deswegen.

Gideon knüllte den von Nora angefertigten Ausdruck zusammen und warf ihn in den Papierkorb.

Einen Augenblick später zirpte sein Handy.

Eine Nachricht von Thea Wessely.

50

20. März, 9:30 Uhr
Ostpark Frankfurt, **Elfmeterpunkt**

Als ein »Biotop freilaufender Fußballspieler«, hatte der Frankfurter Karikaturist F. W. Bernstein den Ostpark einst bezeichnet. Die zweiunddreißig Hektar große Grünanlage, der erste echte Frankfurter Volkspark, war heute nicht nur eine Metapher für die Zerrissenheit der Stadt am Main, sondern auch für das weltweite Wohlstandsgefälle: Westlich der Ostparkstraße, durch einen schmalen Grünstreifen getrennt, erhoben sich auf einer Anhöhe Gründerzeitvillen und postmoderne Luxuseigenheime mit unverstelltem Blick auf den Park. Viele dieser hochherrschaftlichen Anwesen waren durch mannshohe Hecken aus Kirschlorbeer, Eibe oder Buchsbaum abgeschirmt. Auf diese Weise blieb den gut betuchten Bewohnern beim Champagnerschlürfen auf der Terrasse der Anblick der Obdachlosencontainer erspart, die der *Frankfurter Verein* – manche behaupteten absichtlich – gut sichtbar am entfernten Ende des Parks errichtet hatte.

Thea hatte Gideon gestern Abend eine SMS geschickt: Sie hatte um acht Uhr einen Termin im *Ostpark 16,* besagter Notunterkunft, danach wollten sie sich treffen. Es ging um Jennifer.

Normalerweise saß Gideon bereits um acht im Büro und sofern etwas Dringendes vorlag auch eine Stunde früher. Nora war überrascht, dass er nicht wie sonst zu nachtschlafender Zeit aufbrach. Den Grund für den entspannten Start in den Tag behielt er wohlweislich für sich. Nora und er frühstückten ausgiebig, dann stieg er beschwingt in den Zafira, zumindest bis er die neuen Kratzer im Kotflügel bemerkte, und fuhr in die Oststadt.

Thea wartete am *Elfmeterpunkt,* einem von F. W. Bernstein aus dem Jahre 2008 stammenden komisch anmutenden Kunstwerk. Es handelte sich um eine Verlängerung der Erdachse, dem Schenkel eines Zirkels nachempfunden, die in eine rot-weiß lackierte Stange mit einem Fußball an der Spitze mündete.

Thea stützte sich auf ihren Gehstock und wirkte dabei überraschend lässig. Sie fischte mit den Zähnen eine Zigarette aus einem schwarzen Päckchen mit Goldprägung, John Player Special Black Edition, und klemmte sie zwischen ihre Lippen. Dann klappte sie ein schweres Zippo auf und zündete sie an, den Kopf zur Seite geneigt. Dabei fielen ihre Haare auseinander, gaben den Blick auf ihr rechtes Ohr frei. Genauer gesagt, auf die Stelle, an der sich normalerweise das Ohr befunden hätte. Doch dort, wo Knorpelmasse, Haut und Fettgewebe hätten sein müssen, gab es nur noch vernarbtes Gewebe.

Die Zigarette in der Hand, legte sie zur Begrüßung den Arm um seinen Nacken. Gideon fühlte sich unwohl in seiner Haut. Er bekämpfte den Drang, sich umzusehen, um zu überprüfen, ob sie beobachtet wurden.

Thea spürte seine Unruhe. »Ist was?«

Er trat einen Schritt zurück. »Schon in Ordnung. Du wolltest mich sprechen?«

Thea deutete auf eine Parkbank am Weg. »Sollen wir uns setzen?«

Zögernd folgte er ihr. Er wollte das Treffen möglichst schnell hinter sich bringen, ganz im Gegensatz zu Thea, die sich mit jedem Schritt mehr Zeit zu lassen schien. Er räumte einen leeren Kaffeebecher von der Sitzfläche und warf ihn in den Papierkorb neben der Bank.

»Ich wusste gar nicht, dass du auch Polizist werden wolltest.«

Gideon sah sie überrascht an. »Wolltest du mir nicht etwas über Jennifer erzählen?«

»Die Kripo war immer Simons großer Traum«, überging sie seinen Einwand.

Meiner nicht, dachte Gideon. Ich wollte studieren, Jura, Betriebswirtschaft oder Maschinenbau, egal was. Hauptsache lernen.

»Du warst wie geschaffen für eine akademische Laufbahn. Du warst so wissbegierig.«

Gideon lachte.

»Was ist daran so komisch?«

»Ich hatte gerade den gleichen Gedanken.«

Thea musterte ihn von der Seite. Ihre Augen spiegelten Empathie wider. Sie befanden sich offenbar auf derselben Wellenlänge.

»Du bist seinetwegen bei der Polizei gelandet, nicht wahr?«

Gideon blickte ungeduldig auf seine Uhr. »Thea, komm zur Sache. Was wolltest du mir über Jennifer sagen? Ich muss ins Büro zurück.«

»Erst beantwortest du meine Frage, dann sage ich dir, was ich weiß.« Es sollte kokett klingen, aber ihr Blick war todernst.

Die Erkenntnis, dass Thea ihn auf sanfte Art zu erpressen versuchte, weckte ungute Erinnerungen. Schon damals hatte sie stets ihren Willen durchgesetzt. *Sie* war es gewesen, die ihn, den Sechzehnjährigen, unter einem Vorwand in den Keller gelockt und verführt hatte, während sich sein Bruder oben ausgehfertig machte. Sie hatte gewusst, dass Gideon in sie verliebt war, und sich nicht gescheut, die Situation auszunutzen. Schon damals war sie buchstäblich unwiderstehlich gewesen.

Im Grunde widerstrebte es Gideon, Theas Forderung nachzugeben. Aber tief in seinem Inneren wusste er, dass er nur mit ihr über die quälende Vergangenheit sprechen konnte, weil sie selbst ein Teil dieser Vergangenheit war. Und weil ein Geheimnis sie verband. Warum konnte er sich nicht seiner Frau anvertrauen? Dafür waren Ehepartner doch da. Es war sein Stolz, der ihn daran hinderte. Nora hatte sich ein bestimmtes Bild von ihm gemacht: Gideon, der Starke. Gideon, der Polizist, der Beschützer. Kriminalhauptkommissar Gideon Richter, Leiter der Fünften Mordkommission. Nora war klug – klüger als er – und sie war eine ehrgeizige Polizistin. Wie würde sie reagieren, wenn sie erfuhr, dass er dem Verein aus einem ganz anderen, verborgenen Motiv beigetreten war?

»Manchmal entscheidet man sich aus den falschen Gründen für das Richtige«, sagte Gideon salomonisch.

Thea schwieg.

»Ich dachte, das wäre ich Simon schuldig.«

Auf Theas Gesicht erschien ein triumphierendes Lächeln.

»Und meinem Vater, der immer davon geträumt hatte, meinen Bruder eines Tages in Galauniform zu sehen.«

»Du bist nicht für Simons Tod verantwortlich. Du am allerwenigsten …«

»Nach der Geschichte im Keller«, unterbrach Gideon sie, »ging ich in mein Zimmer. Aufgewühlt stand ich am Fenster, blickte in den Hof hinunter. Ich sah euch wegfahren.« Die Rückenlehne der Bank fühlte sich eiskalt an. »Und nachdem die Rücklichter hinter der Anhöhe verschwunden waren, habe ich Simon den Tod gewünscht, damit du dich für *mich* entscheidest. Und sieben Stunden später …« Die Stimme versagte ihm.

»Gideon, du warst sechzehn. Da sind solche Gedanken ganz natürlich. Deshalb musstest du dich nicht schuldig am Tod deines Bruders fühlen.«

»Mag sein.« Aber er empfand diese Schuld bis heute, trotz der seither vergangenen Jahre.

»Tut mir leid. Ich hätte das Thema ruhen lassen sollen.«

»Es muss dir nicht leid tun. Ich habe meine Berufswahl nie bereut.«

»Die Frage ist doch eher, ob du nicht als Anwalt, Manager oder Ingenieur deine wahre Berufung gefunden hättest.«

»Die Frage erübrigt sich. Es war meine freie Entscheidung. Ich mag meine Arbeit. Außerdem war Simon sportlich eine Niete.«

»Spätestens bei der medizinischen Untersuchung hätten sie es sowieso herausgefunden«, sagte Thea. »Er hätte nie Polizist werden können.«

Sie beobachteten schweigend ein paar Stare, die auf der Suche nach Nahrung durch das Gras hüpften.

»Ich habe meinen Teil der Abmachung erfüllt, jetzt bist du dran.«

Thea ergriff ihren Stock und stemmte sich von der Bank hoch. »Bevor ich in den Urlaub gefahren bin, fand ein letztes Gespräch zwischen Jenni und mir statt. Sie erwähnte dabei, dass Vanessa und sie über ein Bild in Streit geraten sind. Es ging um viel Geld. Jenni wollte es verkaufen, Vanessa war dagegen. Das Mädchen wusste, dass Jenni sich schuldig fühlte, weil sie als Mutter versagt hatte. Sie hat ihre Mutter erpresst.«

»Und wie hast du reagiert?«

»Na ja, es ist mir peinlich, aber ich habe sie nicht ernst genommen. Mir war bei meinen Hausbesuchen nie etwas dergleichen aufgefallen. Wie sollte ein solches Kunstwerk überhaupt in ihren Besitz gelangt sein?«

Diese Frage hatte auch Gideon sich schon gestellt.

»Ich habe sie damit vertröstet, dass wir uns nach meinem Urlaub eingehender darüber unterhalten.«

»Danke, Thea, das war ein wichtiger Hinweis. Kann ich dich ein Stück mitnehmen?«

Thea lehnte dankend ab, ihr Auto stand in der Ostparkstraße. Diesmal verursachte die Umarmung, mit der sie sich verabschiedete, weniger Unbehagen. Gideon stellte vielmehr erstaunt fest, dass er sich erleichtert fühlte.

Gideon zupfte ein rotes Haar von seinem Jackett. Er betrachtete es nachdenklich.

»Du kannst es ruhig verwenden, im Rahmen deiner Ermittlungen, meine ich. Das war es doch, was dir durch den Kopf ging, oder?«

Gideon machte Anstalten, sich zu entschuldigen. Doch er beließ es bei einem Nicken. Am *Elfmeterpunkt* angekommen, drehte er sich noch einmal um. Thea, die in die entgegengesetzte Richtung gegangen war, tat in diesem Moment das Gleiche.

Er winkte ihr zu.

Sie lächelte, dann setzte sie, das steife Bein nachziehend, ihren Weg fort.

51

20. März, 14:00 Uhr
Polizeipräsidium Frankfurt,
Besprechungsraum im 4. Obergeschoss

Kühnast zeichnete einen Zeitstrahl auf das Whiteboard. Das quietschende Geräusch, das entstand, als der blaue Marker über die Kunststoffoberfläche glitt, jagte den Anwesenden einen Schauer über den Rücken.

Neben dem Whiteboard heftete er Fotografien von Jennifer Baurs Leiche, dem Fundort auf dem Rasen vor dem Haus sowie einen Grundriss von Köhlers Wohnung an die Pinnwand. Er markierte mehrere Stellen mit umkringelten Zahlen.

»Nachdem uns nun das vollständige Gutachten aus der Rechtsmedizin vorliegt, können wir uns mithilfe von Deissens Erkenntnissen ein einigermaßen klares Bild vom Tatablauf machen.« Unter den ersten Strich auf seinem Zeitstrahl schrieb er *1 – 20:00 Uhr.*

»Die Zeitangaben sind wie immer mit Vorsicht zu genießen. Plus/minus eine halbe Stunde. Jennifer Baur erleidet also etwa um acht Uhr abends schwere, aber nicht unmittelbar tödliche Kopfverletzungen. Ungefähr an dieser Stelle, einen halben Meter vom Couchtisch entfernt. Die Verletzung wurde durch mehrere kräftige Schläge mit einem Gegenstand aus Hartholz verursacht. Sie stürzt zu Boden, hält die Arme schützend vor das Gesicht, daher die Hämatome am Unterarm. Die Schläge werden, während sie am Boden liegt, fortgesetzt. Der Angreifer lässt von ihr ab. Sie bleibt ungefähr fünfzehn Minuten auf dem Boden liegen, das lässt sich aus den Spuren schließen, die in den Teppichfasern sichergestellt wurden.« Den nächsten Abschnitt versah er mit der Zeitangabe *2 – 20:15.*

»Der Täter versucht, das schwer verletzte Opfer aus dem Wohnzimmer zu ziehen. Er kommt aber nur etwa einen Meter weit, dann lässt er von Frau Baur ab.«

»Er verwirft den Gedanken wieder«, ergänzte Nick.

»Ein Amateur vermutlich«, sagte Gideon. »Er hat keinen Plan. Er ist verwirrt. Jennifer Baur wiegt über achtzig Kilo und ist zu schwer für ihn.«

»Eine Stunde später stirbt sie an ihren Verletzungen.«

Ein Strich wurde von Kühnast mit *3 – 21:15* und einem Kreuz beschriftet, der darauffolgende mit *4 – 22:00.*

»Die Leiche verbleibt bis knapp eine Stunde nach Eintritt des Todes an Ort und Stelle. Dann wird sie bewegt, vermutlich aufgerichtet, denn hier verlieren sich die Spuren.«

»Der Täter hat vermutlich den Transport aufs Dach vorbereitet«, sagte Annette Nick.

»Können wir noch mal auf die Zeit zwischen Todeseintritt und Abtransport zurückkommen?«, bat Gideon. »Jennifer Baur liegt also von viertel nach acht bis etwa zehn Uhr auf dem Boden. Was hat der Täter in der Zwischenzeit gemacht? Die Wohnung durchsucht?«

»Die Spuren sprechen dagegen«, antwortete Deissen.

»Was dann?«, ließ sich Nick vernehmen.

»Er hat die Wohnung verlassen, auf der Suche nach einer Möglichkeit, die Leiche zu beseitigen«, schlug Gideon vor, eine Annahme, die einleuchtend klang.

Kühnast schüttelte den Kopf: »Unwahrscheinlich, denn um 20:52 Uhr ging in der Notrufeinsatzzentrale ein Anruf ein. Von Gustav Köhlers Anschluss.«

Überraschtes Schweigen im Raum. Kühnast setzte einen

weiteren grünen Strich zwischen die Markierungen *2* und *3* und beschriftete ihn mit *20:52 110*.

Gideon war der Erste, der reagierte. »Und warum wurde die Kripo dann erst um halb sechs Uhr morgens informiert?«

»Der Anruf wurde unterbrochen. Erst später, beim Abgleich der Anschlüsse im Haus am Ben-Gurion-Ring wurde festgestellt, dass er von Köhlers Nummer stammte. Die Bestätigung kam heute von der Telekom. Der Anrufer hing etwa fünfzehn Sekunden in der Warteschleife und als er in die Einsatzzentrale durchgestellt wurde, legte er wortlos auf.«

»Ich gehe nicht davon aus, dass die Kollegen zurückgerufen oder eine Streife losgeschickt haben, um der Sache auf den Grund zu gehen?«, wollte Gideon wissen.

»Nein«, sagte Kühnast. »Natürlich nicht.«

Täglich gingen mehrere Dutzend Spaßanrufe auf der Notrufnummer ein. Die Urheber waren meistens clever genug, die Rufnummernanzeige zu unterdrücken. Und ohne richterliche Verfügung und den damit verbundenen bürokratischen Aufwand konnte die Polizei ihnen nicht auf die Spur kommen. Auch wenn solche Anrufe strafbar waren und zur Anzeige gebracht werden konnten, wurde die Polizei in solchen Angelegenheiten selten aktiv, weil Aufwand und Ergebnis in keinem Verhältnis zueinander standen.

»Kann Jennifer Baur noch bei Bewusstsein gewesen sein und selbst den Notruf gewählt haben, während der Täter unterwegs war?«

»Nein«, antwortete Annette Nick. »Chiazzas Gutachten besagt eindeutig, dass sie vom Zeitpunkt der Verletzung bis zum Tod, also eine bis eineinhalb Stunden lang, bewusstlos war. Zum Glück, könnte man sagen.«

»Irgendwelche Zeugenaussagen, dass jemand im fraglichen Zeitraum die Wohnung oder das Haus betreten oder verlassen hat?«, erkundigte sich Gideon.

Kühnast verneinte. »Bis jetzt nicht. Die Bewohner stehen in ihrer Gleichgültigkeit den Villenbesitzern auf der Ginnheimer Höhe in nichts nach.«

»Also gehen wir davon aus, dass sich der Täter die ganze Zeit in der Wohnung aufgehalten hat?«

»Vielleicht hat er doch mehr als fünfzehn Minuten gebraucht, um einen Entschluss zu fassen, wie es weitergehen soll«, sagte Nick.

»Und währenddessen macht er einen halbherzigen Versuch, die 110 anzurufen, legt dann aber wieder auf – aus Angst, Verwirrung oder sonstigen Motiven?«, wandte Gideon ein. »Ich finde, das klingt ziemlich an den Haaren herbeigezogen.«

»Ich hätte ein anderes Szenario anzubieten«, schlug Kühnast vor. »Der Täter ruft jemanden an, der ihm helfen soll, die Leiche verschwinden zu lassen, und wartet auf das Eintreffen besagter Person.«

»Von Köhlers Nummer aus wurde im betreffenden Zeitraum nur dieser Notruf abgesetzt«, gab Nick zu bedenken.

»Der Notruf lief über den Hausanschluss, weil der Täter seine Handynummer nicht preisgeben wollte. Und den Anruf bei seinem Spießgesellen tätigte er über sein Handy, weil er wusste, dass die Polizei die Anrufliste von Köhlers Anschluss überprüfen würde«, machte Gideon den Versuch, Licht ins Dunkel zu bringen.

Verhaltene Zustimmung. Diese Theorie klang schon plausibler.

»Das widerspricht unserer Annahme, dass wir es mit einem Amateur zu tun haben«, räumte er selbst ein. »Erstens würde kein Anfänger so strategisch handeln. Zweitens: Würdest du einen Freund in die Geschichte hineinziehen? Immerhin willst du einen Mord vertuschen.« Gideon stand auf und ging zum Whiteboard. Er fixierte den Zeitstrahl, als könnte ihm der Pfeil den Weg zu Jennifer Baurs Mörder weisen.

»Das klingt genauso unglaubhaft wie die Theorie, dass der Mörder zwei Stunden lang tatenlos in der Wohnung herumgesessen hat.«

Gideon stützte die Hände in die Hüften. »Es gibt noch eine andere Möglichkeit, die wir bis jetzt nicht bedacht haben.«

Er nahm den Schwamm von der Ablage und entfernte die Markierung, die Kühnast für den Anruf bei *110* gesetzt hatte. Er nahm einen pinkfarbenen Stift und schrieb denselben Text etwas versetzt an die Tafel: *20:52 110*.

Gideon drehte sich um und sah in die fragenden Gesichter von Annette Nick, Günther Kühnast, Peter Kußmaul und Oliver Deissen.

»Außer Jennifer Baur und ihrem Mörder ist an diesem Abend noch jemand in der Wohnung. Jemand, von dem der Täter nichts ahnt. Und dieser Jemand beschließt, die Polizei zu benachrichtigen, nachdem der Täter die Wohnung verlassen hat.«

»Und warum bricht er dann mittendrin ab?«, meldete sich Kußmaul erstmals zu Wort.

»Vielleicht kehrt der Täter noch einmal zurück. Weil er etwas vergessen hat. Oder der Anrufer überlegt es sich anders, als er in der Warteschleife hängt, aus welchem Grund auch immer.«

»Klingt plausibel«, sagte Annette Nick.

»Was sagen deine DNA-Analysen, Oliver? Wer war denn nun alles in Köhlers Wohnung?«

Deissen schlug einen schwarzen Schnellhefter auf. »An den Gegenständen gefunden haben wir Spuren von Jennifer Baur und Gustav Köhler, von Vanessa Baur und dank deiner Haarprobe auch von Frau Wessely. Und die DNA von einer unbekannten Person männlichen und einer weiblichen Geschlechts.«

»Der Mann könnte Timo Peukert oder Enver Tahiri sein«, sagte Gideon.

»Oder der Klempner, der Heizungsableser, der Milchmann«, gab Kühnast zu bedenken.

»Wir müssen Köhler noch einmal auf den Zahn fühlen, wer sich in den vergangenen drei Monaten in der Wohnung aufgehalten hat. Alle oben Genannten hatten einen legitimen Zutritt zur Wohnung.«

Kühnast kritzelte etwas in seinen Block.

»Könnten es nicht doch *zwei* Täter gewesen sein?«, fragte Kußmaul.

»Dann hätten sie die Leiche gleich zu zweit abtransportiert. Und die Spuren sähen anders aus. Tötung und Transport gehen zweifellos auf das Konto einer einzigen Person«, entgegnete Deissen.

»Und was ist mit den Spuren auf dem Dach?«, wandte Gideon sich an Deissen.

»Die sind nachweislich später entstanden. Ein paar Stunden nach Mitternacht, gegen zwei bis drei Uhr morgens.«

»Der Täter wartet, bis alle Hausbewohner schlafen. Dann schleppt er die Leiche aufs Dach und wirft sie hinunter.«

Die Tür ging auf und Franz Demant trat ein. Er hielt das Handy ans Ohr, sein Mund formte ein lautloses »Sorry«. Kaum hatte er Platz genommen, steckte er das Mobiltelefon ein, verschränkte die Arme über dem Pullunder und studierte den Zeitstrahl am Whiteboard.

»Wir gehen der Hypothese nach, dass sich neben Opfer und Täter noch eine dritte Person in der Wohnung aufgehalten haben könnte, von deren Anwesenheit der Täter aber nichts wusste.«

Demant runzelte die Stirn. »Wirklich?«

Die Anwesenden warteten auf seine Einschätzung.

»Wer sind die Tatverdächtigen?«, wollte er wissen.

»Gustav Köhler, Vanessa Baur, Timo Peukert, Enver Tahiri.«

»Motiv?«

»Eifersucht, Familienstreitigkeiten, Sex, Geld – in der

Wohnung befand sich ein wertvolles Gemälde, das mittlerweile verschwunden ist. Zwischen dem Opfer und der Tochter gab es deswegen anscheinend Streit. Von Timo Peukert wissen wir wenig, er ist flüchtig. Er könnte ein Kunde von Jennifer Baur im Allerheiligenviertel gewesen sein. Enver Tahiri hat möglicherweise ein Verhältnis mit Vanessa Baur, der Tochter der Toten.«

»Gelegenheit?«

»Auf die Auswertung der Videobänder bezüglich Köhler und Vanessa Baur warten wir noch, die sollte heute Abend abgeschlossen sein. Peukerts Alibi kennen wir nicht, Tahiri hätte die Gelegenheit gehabt.«

»Nicht wahnsinnig viel, wenn man bedenkt, dass ihr bereits sechs Tage mit dem Fall befasst seid.«

Gideon sah Demant konsterniert an. Wollte er etwa damit andeuten, dass sie herumsaßen und Däumchen drehten?

»Falkner hätte den Fall bestimmt schon gelöst«, erwiderte er sarkastisch.

»Falkner hat ganz andere Sorgen, Gideon. Dass zum Beispiel an ihn persönlich adressierte Dienstpost geöffnet wurde.«

Gideon wurde heiß und kalt. Trotzdem gelang es ihm, Demants eisigem Blick standzuhalten. Eine Kopie an ihn hätte Falkner nur ein müdes Lächeln gekostet, immerhin waren die beiden Fälle eng verknüpft. Das hätte man unter Kollegen erwarten können. Aber Fehlanzeige. Außerdem war er ein überhebliches Arschloch.

»Vermutlich ein Versehen«, beendete Demant das Thema mit einem knappen Lächeln. »Auf wen wollt ihr euch also konzentrieren? In welche Richtung sollen die Ermittlungen laufen?«

»Vanessa Baur, falls die Videoauswertung vom Kino sie nicht entlastet, und Enver Tahiri. Bei beiden besteht Tatverdacht. Womöglich haben sie gemeinsame Sache gemacht.«

»Wie groß ist die Wahrscheinlichkeit?«

»Der Kinobesuch war eine Finte. Die Karten waren nicht eingerissen.«

»Macht man das heutzutage überhaupt noch?«, wunderte sich Demant.

»Ich habe mir heute Morgen einen kurzen Ausschnitt der Überwachungskamera angeschaut. Die 3-D-Brillen wurden am Eingang zum Saal ausgegeben, in dem der Film lief, beim Entwerten der Eintrittskarten. Die von Vanessa Baur und ihrer Freundin Celine Herczog waren unversehrt.«

Demant nickte anerkennend. Gideons Scharfsinn hätte Sherlock Holmes vor Neid erblassen lassen.

»Vanessa Baur hatte also die Gelegenheit, das Motiv und wohl auch die Mittel. Das gilt ebenso für Enver Tahiri.«

Demant lehnte sich zurück und sah an die Decke. »Und Köhler, der Typ, bei dem sie gewohnt hat?«

»Motiv ja, Gelegenheit wissen wir noch nicht, Mittel eher nein. Mit seiner körperlichen Konstitution könnte der nicht mal ein Meerschweinchen vom Dach schmeißen. Da müsste es schon einen Komplizen geben.«

»Wer stand sonst noch in Kontakt mit Jennifer Baur?«

»Thea Wessely, die Sozialarbeiterin aus dem Bartholomaeuswerk«, sagte Gideon.

»Die kommt nicht infrage?«

»Kaum. Sie hat kein Motiv, keine Mittel, keine Gelegenheit. Sie hat sich zur Tatzeit auf Juist aufgehalten. Ich kann mir nicht vorstellen, dass sie etwas mit dem Mord zu tun hat. Sie ist nicht der Typ dafür.«

Es dauerte eine Weile, bis Gideon bemerkte, dass alle ihn ansahen.

»Sie ist ›nicht der Typ‹ dafür?«, fragte Demant verwundert. »In welchem Lehrgang an der Polizeiakademie lernt man denn so einen Schwachsinn?«

»Ich denke, Vanessa und Enver Tahiri sind derzeit unsere

vielversprechendsten Kandidaten«, versuchte Gideon, vom Thema abzulenken.

Demants Handy gab ein Zirpen von sich. Er beugte sich vor und fluchte leise. Dann stand er auf und eilte hinaus. Bevor er die Tür hinter sich schloss, bedeutete er Gideon, nach der Sitzung zu ihm ins Büro zu kommen.

52

20. März, 14:35 Uhr
Polizeipräsidium Frankfurt, Büro von Franz Demant

Rommel von der Revision trug eine neongrüne Brille, die ins Auge sprang und vermutlich von seinem unauffälligen Erscheinungsbild ablenken sollte. Ein Schwabe, dessen untersetzte Statur über seine sportlichen Glanzleistungen hinwegtäuschte und dessen Dialekt mal mehr und mal weniger zum Vorschein kam. Gideon hatte viele Jahre mit ihm zusammengearbeitet, kannte und schätzte ihn. Doch so verkniffen wie jetzt in Demants Büro hatte Gideon ihn noch nie erlebt. Es schien, als hätte er den Befehl erhalten, Gideon mit Missachtung zu strafen.

»Dieser Strobel von der Recyclinganlage am Osthafen hat bei Dr. Keitel Strafanzeige erstattet.«

Gideon glaubte, sich verhört zu haben. »Gegen mich? Weswegen?«

»Beleidigung, Bedrohung, Freiheitsberaubung. Ein Attest vom Arzt lag auch vor: Quetschung am Handgelenk.«

Gideon sah Demant Hilfe suchend an. Doch dessen Miene ließ keinerlei Gefühlsregung erkennen.

»Unsinn. Ich bin dem Mann nicht zu nahe getreten«, entfuhr es ihm.

»Was dann?«, wollte Rommel wissen.

Gideon verdrehte die Augen.

»Die Personalabteilung wird vielleicht ein Disziplinarverfahren gegen dich einleiten müssen«, erklärte er.

Das soll doch wohl ein Witz sein, dachte Gideon.

»Leider nein«, sagte Demant. Offensichtlich konnte er Gedanken lesen. »Ganz im Gegenteil: Ich konnte Falkner gerade noch davon abhalten, eine Dienstaufsichtsbeschwerde gegen dich einzureichen.«

»Falkner hat selber genug Dreck am Stecken.«

»Es geht nicht um Falkner, sondern um dich, Gideon. Es geht darum, wie wir uns nach außen darstellen. Da besteht bei dir noch Verbesserungspotenzial.«

»Also gut«, presste dieser hervor, »das bedeutet, ihr beurlaubt mich und ein Kollege übernimmt die Leitung der BAO?«

»Quatsch«, fegte Demant Gideons Befürchtungen vom Tisch. »Die Sache bringt uns einen Haufen Papierkram ein, aber dann sehen wir weiter. Reiß dich ab jetzt einfach ein bisschen zusammen. Wahrscheinlich verläuft die Sache bald im Sande.«

Gideon sah Rommel eine Ewigkeit wie durch dichten Nebel an.

»Her mit dem Papierkram«, forderte er schließlich.

Rommel schob ihm einen Schnellhefter über den Tisch. Gideon blätterte den Papierstapel einmal von vorne nach hinten durch. Siebenundvierzig Seiten Formblätter.

Er ertappte sich bei dem heimlichen Wunsch, sie hätten ihn suspendiert.

53

20. März, 16:00 Uhr
Polizeipräsidium Frankfurt,
Büro von Annette Nick und Günther Kühnast

In dem Moment, als Gideon das Büro betrat, wurde ihm schlagartig klar, dass seine Probleme mit dem Besuch in Demants Büro erst angefangen hatten. Annette Nick saß leise schluchzend an ihrem Schreibtisch, einen Berg zerknüllter Taschentücher vor sich. Kühnast und ein ehemaliger ZPD-Kollege von Nora, von dem Gideon sich nur an den Vornamen Harald erinnerte, hatten sie in ihre Mitte genommen. Kühnasts Hand tätschelte Annettes Rücken. Er sah Gideon mit einer Mischung aus Besorgnis und Resignation an, während er leise auf sie einredete. Dann schüttelte er den Kopf. Gideon verzog sich in sein Büro und schloss die Tür. Er checkte seine Mails, lauschte auf die Geräusche von draußen und beschloss schließlich, sich mit dem Fragebogen zu befassen. Kaum berührte die Kugelschreibermine das Papier, klopfte es. Kühnast wartete Gideons Aufforderung nicht ab. Er trat ein und nahm auf dem Besucherstuhl Platz.

»Ihre Tochter hat gedroht, zu ihrer Tante nach Hamburg zu ziehen. Annette ist mit den Nerven am Ende. Sie gibt der zu hohen Belastung in ihrem neuen Job die Schuld. Harald Buchholz schlägt vor, sie für heute nach Hause zu schicken.«

Gideon ging in das Gemeinschaftsbüro. Seinen Vorschlag, dem Dienst ein paar Tage fernzubleiben, da sie ja ohnehin Überstunden angesammelt hatte, quittierte Annette Nick mit einem dankbaren Nicken. Gleich darauf war sie verschwunden, der Computer ausgeschaltet.

Gideon nahm wieder an seinem Schreibtisch Platz. Er machte sich eine Notiz: *Rosenthal aufsuchen.*

»Bis auf Weiteres müssen wir nun also zu zweit auskommen«, sagte er. »Ich spreche mit Demant, er soll uns jemanden aus einer anderen MK schicken.«

Kühnast sah Gideon verunsichert an.

»Ja?«

»Ich möchte dich bitten, meine Privatsphäre zu respektieren.«

Gideon blieb der Mund offen stehen.

»Du hast in meinen Schreibtischschubladen herumgeschnüffelt, stimmt's?«

»Ich …«

Schwerfällig stand Kühnast auf und ging ins andere Büro. Nach einer kurzen Besinnungspause folgte Gideon ihm. Jetzt half nur noch Offenheit. »Es tut mir leid, Günther, das war falsch.«

»Warum machst du das? Misstraust du mir?«

»Jemand leitet hinter meinem Rücken Informationen nach außen weiter.«

»An die Presse?«

»Nein, an meine Frau.«

Kühnast sah ihn fassungslos an. Dann musste er lachen. »Nicht dein Ernst, oder?«

»Was ist daran so lustig?«

»Wo liegt das Problem, wenn deine Frau weiß, was hier passiert? Sie ist selber Polizistin. Sie gehört doch gewissermaßen zum Team, oder?«

»Es geht ums Prinzip, Günther. Ich muss mich darauf verlassen können, dass alles, was im Präsidium besprochen wird, auch im Präsidium bleibt.«

Kühnast sah ihm lange in die Augen. »Wer auch immer deiner Frau erzählt, was du ihr seltsamerweise verschweigst – ich bin es nicht.«

Gideon starrte an ihm vorbei aus dem Fenster. Am Himmel schienen sich zwei Flugzeuge auf Kollisionskurs zu befinden. Aber natürlich flogen sie weit voneinander entfernt und in verschiedenen Höhen.

»Entschuldige bitte.«

»Ein gut gemeinter Rat, Gideon: Behalte deine Verdächtigungen besser für dich. Jemand, der dich weniger gut leiden kann, könnte an deiner Zurechnungsfähigkeit zweifeln.«

Teil III

LÜGE

54

21. März, 10:45 Uhr
Polizeipräsidium Frankfurt, Büro von Gideon Richter

Gideon Richter brauchte einen Hebel, den er ansetzen konnte. Er war mit seinen Ermittlungen in einer Sackgasse gelandet, denn er hatte nicht genug gegen Vanessa oder Enver in der Hand, um von der Richterin die Genehmigung für die Überprüfung von Handyverbindungen, Schufa-Einträgen oder Geodaten von Smartphones zu erhalten. Auch wenn diese ihm höchstwahrscheinlich weitergeholfen hätten. Dass Vanessa nicht auf dem Überwachungsvideo des Filmtheaters zu sehen war, würde als einzige Rechtfertigung für Eingriffe in ihre Privatsphäre nicht ausreichen.

Also musste er einen Weg finden, sich das erforderliche Material zu beschaffen. Jeder Mensch hatte eine Achillesferse. Vanessa, Enver, er selbst. Die Frage war nur, wie lange er brauchte, um den Hebel zu finden. Gideon hoffte auf die Akten, die sich vor ihm auf dem Tisch türmten.

Um viertel vor elf stieß er auf den Namen Celine Herczog. Celine war sowohl mit Vanessa im Kino als auch mit ihr auf dem Spielplatz gewesen. Man musste nicht Einstein sein, um sich auszurechnen, dass die beiden beste Freundinnen waren. Er hätte gerne Nicks Meinung gehört, aber heute Morgen war ihre Krankmeldung auf seinem Schreibtisch gelandet.

Ein Bild von Celine Herczog gab es nicht. Auch bei einer spontanen Google-Recherche war er nicht fündig geworden.

Gideon ging in das benachbarte Büro, wo Günther Kühnast telefonierte. Er wartete, bis der Kollege das Gespräch mit seiner Frau wegen eines Termins bei der Autowerkstatt beendet hatte. »Was wissen wir über Celine Herczog?«, fragte er.

»Sie ist Vanessa Baurs beste Freundin.«

»Ich denke, wir sollten uns die junge Dame vornehmen.«

»Soll ich sie holen?«

Gideon sah auf die Uhr. »Nach der Schule. Ich halte mir den frühen Nachmittag frei.«

»Ich muss die Rohfleisch vorab informieren.«

Gideon schüttelte den Kopf. »In ihrem Beisein kriege ich aus dem Mädchen nichts heraus.«

Kühnast dachte fieberhaft nach. Worüber auch immer – er behielt es für sich.

Um halb zwei saß Celine Herczog in Gideons Büro. Kühnast brachte ihr aus der Cafeteria ein Stück Kuchen, das die junge Frau lange Zeit fixierte, als traue sie sich nicht, zuzugreifen.

Gideon war von der *Reid-Methode*, einer speziellen Form der Befragung, die von dem ehemaligen FBI-Beamten John Reid entwickelt und erfolgreich in alle Welt exportiert worden war, nicht gerade begeistert. Die versprochenen Erfolge waren genauso wenig gewährleistet wie beim ebenfalls auf Reid zurückzuführenden Lügendetektor. Das lag daran, dass die wirklich schweren ›Fälle‹ oft psychopathisch veranlagt waren und ihre Reaktionen nicht mit den Maßstäben eines geistig gesunden Menschen gemessen werden konnten. Oder die Befragten waren, vor allem, wenn sie aus dem Dunstkreis des organisierten Verbrechens stammten, im Umgang mit der Methode geschult worden und wussten, wie man sie aushebeln konnte.

Aber bei der Befragung von Zeugen, die noch nicht mit dem Gesetz in Konflikt geraten waren, aber jemanden zu decken versuchten, brachte sie durchaus Ergebnisse, wie Gideon zugeben musste.

»Celine, weißt du, warum du hier bist?«

Kopfschütteln.

»Weißt du, was mit Vanessas Mutter passiert ist?«

»Ist ermordet worden«, flüsterte das Mädchen.

»Irgendeine Idee, wer es gewesen sein könnte?«

Kopfschütteln.

»Hast du jemanden in Verdacht?«

Celine starrte Gideon ratlos an.

»Wer kann es denn auf keinen Fall gewesen sein?«

»Vanni«, kam es wie aus der Pistole geschossen.

»Wie gefällt es dir im Monikahaus?«

»Schon in Ordnung.«

»Kanntest du Vanessas Mutter persönlich?«

Kopfschütteln.

»Glaubst du, dass sie ermordet wurde?«

Celine sah Gideon verwirrt an. »Haben Sie doch gesagt!«

»Du hast das gesagt.«

Das Mädchen starrte ihn mit offenem Mund an.

»Hätte Vanessa überhaupt die Gelegenheit gehabt, ihre Mutter umzubringen?«

Celine erstarrte.

Gideon wiederholte die Frage.

»Nein ... nein«, stotterte sie, »Vanni war mit mir im Kino.«

»Ihr habt Eintrittskarten gekauft, du hast sie meiner Kollegin Annette Nick gezeigt.«

Nicken.

»Was habt ihr gemacht, nachdem der Film abgebrochen wurde?«

»Abgebrochen?« Celines Augen wurden groß wie Untertassen.

»Wegen eines technischen Defektes am Projektor musste der Vorführer den Film nach einer halben Stunde abbrechen. Steht in seiner Aussage.« Gideon hielt ein bedrucktes Blatt Papier in die Höhe. »Alle Besucher haben einen Gutschein erhalten. Du hast den Gutschein sicher noch.«

»Ich … ja.«

»Kann ich mal sehen?«

»Vielleicht doch nicht mehr.«

Gideon sah ihr unverwandt in die Augen. »Was habt ihr stattdessen gemacht?«

Celine dachte nach. »Sind wohin gegangen. Hatten ja noch Zeit.«

»Wohin?«

»Eis essen.«

Gideon sehnte sich danach, wieder mit jemandem zu reden, der ganze Sätze zu bilden in der Lage war.

»Ende März geht ihr Eis essen? Bei den Temperaturen?«

»Ich mag immer Eis. Vanni auch.«

»Und wo genau habt ihr Eis gegessen?«

»*McDonalds*.«

Gideon sah sie durchdringend an. »Der Film wurde nicht abgebrochen, Celine. Das habe ich mir ausgedacht.« Er legte das Blatt Papier vor ihr auf den Tisch. Das Wochenmenü der Polizeikantine.

Celines Augen füllten sich mit Tränen.

»Ihr habt die Eintrittskarten gekauft, aber ihr wart nicht im Film. Die Geschichte mit dem Kinobesuch ist eine Lüge. Um Vanessa ein Alibi zu verschaffen.«

Celine sah an Gideon vorbei aus dem Fenster. Sie wischte eine Träne, die ihr über die Wange lief, mit dem Handrücken fort.

»Alles in Ordnung?«

Celine schluchzte: »Was soll in Ordnung sein, wenn Sie mich fertigmachen?«

»Ich mache dich nicht fertig. Ich möchte nur die Wahrheit wissen. Also, wo war Vanessa an dem Abend?«

»Vanni …«, begann Celine, doch dann verstummte sie.

»Was hast du an dem Abend gemacht, an dem ihr nicht im Kino wart?«

Celine sah Gideon erschrocken an. »Ich?«

»Vielleicht war es gar keine Absicht, sondern ein Unfall?«

Ein Anflug von Panik in ihren Augen. Gideon nickte ihr aufmunternd zu.

»Ein Unfall«, wiederholte er eindringlich.

»Schon möglich«, sagte sie.

»Ein Streit, ein Handgemenge. So etwas kann passieren.«

Schulterzucken.

»Wie hast du vom Tod von Vanessas Mutter erfahren?«

»Frau Rohfleisch hat es uns in der Gruppensitzung gesagt.«

»Was ist dir spontan durch den Kopf gegangen, als du das gehört hast?«

»Jetzt glauben bestimmt alle, dass Vanni es war.«

»Wieso sollten das alle glauben?«

»Weil sie sich doch so oft gestritten haben.«

»Hat Vanessa schon mal angedeutet, dass sie ihre Mutter am liebsten umbringen würde?«

»Nein, so was würde sie nie sagen.«

Wie erwartet, wich Celine Gideons Blick an dieser Stelle aus. Sie versuchte, ihre beste Freundin zu schützen. Die Drohung alleine machte Vanessa natürlich nicht verdächtig. Doch das musste er Celine ja nicht auf die Nase binden.

»Was denkst du über die Person, die das getan hat?«

»Die ist – bestimmt gefährlich.«

»Wenn es Vanessa nicht war, wer dann? Könnte es jemand aus eurem Bekanntenkreis gewesen sein?«

Celines Blick wurde mit einem Mal wachsam, doch sie blieb stumm.

»Was sollte deiner Meinung nach mit dem Täter geschehen?«

»Den sollte man einsperren. Lebenslänglich.«

»Warum, denkst du, hat Vanessa nichts damit zu tun?«

»Weil sic so was nie machen würde.«

»Und weil sie zur Tatzeit gar nicht in der Wohnung gewesen sein kann«, sagte Gideon.

Celine nickte.

»Weil sie anderswo war. Aber du darfst es niemandem verraten.«

Celine nickte, ertappte sich dabei und sah erschrocken auf.

Gideon war auf der richtigen Spur. Er beschloss, ihr noch eine Verschnaufpause zu gönnen.

»Warum wurde Vanessas Mutter umgebracht, was denkst du?«

»Wegen Geld vielleicht.«

»Hatte sie denn viel Geld?«

Schulterzucken. Kopfschütteln. Wenn das so weiterging, würden sie sich bald in Zeichensprache unterhalten.

»Findest du, jemand der ein solches Verbrechen begeht, sollte eine zweite Chance bekommen?«

»Nein.«

Deutlich und kompromisslos. Falls Vanessa und Celine tatsächlich beste Freundinnen waren, schied Vanessa als Täterin aus. Falls.

»Hast du schon einmal der Polizei gegenüber gelogen?«

Nicken.

»Bist du jemals bei einer Falschaussage ertappt worden?«

Nach langem Zögern nickte Celine abermals.

»Vanessa hat sich an dem betreffenden Abend mit jemandem getroffen, richtig?«

Celine starrte Gideon an. Kaninchen und Schlange.

»Du willst deine Freundin nicht verraten. Widersprich mir einfach, wenn ich etwas Falsches sage.«

Das Mädchen traute sich nicht einmal zu blinzeln.

»Vanessa war an jenem Abend mit Enver zusammen.«

Keine Reaktion.

»Sie hat dich gebeten, sie zu decken, weil ihr die Treffen mit Enver verboten wurden.«

Nichts. Fingerspitzengefühl, Gideon, Fingerspitzengefühl.

»Enver zwingt sie dazu … Dinge zu tun … die sie nicht will.«

»Nein!« Schnell und eindeutig.

»Enver und Vanessa haben … ein Geheimnis miteinander.«

Keine Reaktion. Gideon kam sich vor wie beim Topfschlagen mit ›Heiß‹ und ›Kalt‹. Welches Geheimnis verband Enver Tahiri und Vanessa Baur? Eine heimliche Liebschaft? Enver war verheiratet, hatte ein kleines Kind und eine Harpyie als Mutter. Vielleicht eine Zwangsheirat. Gründe genug also, Schweigen über die Beziehung zu Vanessa zu bewahren. Oder Vanessa und Enver waren gemeinsam in illegale Aktivitäten verwickelt.

Gideons Telefon klingelte. Er entschuldigte sich und nahm das Gespräch an. Es war Frau Rohfleisch, sie war völlig aufgebracht. Sie verlangte, sofort ihren Schützling zu sprechen. Nach dem Telefonat war das Mädchen noch verschlossener als ohnehin. Gideon versuchte, dem ›Geheimnis‹ auf den Grund zu gehen, bekam aber nichts mehr aus Celine heraus.

Um viertel vor drei gab er auf und setzte das Mädchen in der Kriegkstraße ab. Frau Rohfleisch stand hinter dem Fenster und bedachte ihn durch die große Glasscheibe mit feindseligen Blicken.

55

21. März, 15:30 Uhr
Finanzamt Frankfurt I, Gutleutkaserne, Gutleutstraße

Arthur Hofraithers Büro befand sich im dritten Stock, am Ende eines langen hellen Ganges. Als eines der wenigen im Gebäude hatte es einen direkten Ausblick ins Grüne – sobald der Frühling Einzug hielt. Dann zeigten sogar die

Mundwinkel der Frankfurter Finanzbeamten nach oben, die für ihre chronische Übellaunigkeit bekannt waren.

Gideon betrat den Raum, ohne anzuklopfen. Er sah in das verblüffte Gesicht eines untersetzten Mittdreißigers mit wallendem blondem Haupthaar, fleischigen Lippen und den langen Wimpern einer Frau. Die Verblüffung auf Hofraithers Gesicht wich schlagartig Verärgerung.

»Muss ich mein Leben lang für *einen* Fehler bezahlen?«

»Als Finanzbeamter mit Frauenkleidern, Perücke und Make-up bei einer Razzia aufgegriffen zu werden, ist doch kein Fehler. Höchstens Pech.«

»Könntest du netterweise ein BISSCHEN leiser reden? Und mach gefälligst die Tür zu!«

Gideon tat ihm den Gefallen.

»Erklär das mit dem Pech mal meiner Mutter.«

»Von mir erfährt sie nichts. Ich hatte sie gar nicht so reaktionär in Erinnerung.«

»Schamloser Erpresser.«

»Wenn du nicht bei mir im Büro aufgetaucht wärst und mich um Diskretion gebeten hättest, wäre ich gar nicht auf die Idee gekommen. Außerdem, wie oft habe ich dich um einen Gefallen gebeten?«

»Drei Mal zu viel.«

Gideon setzte sich unaufgefordert auf den Besucherstuhl. Dass er unbequem war, war vermutlich Absicht.

»Na gut«, sagte Hofraither, »bringen wir es hinter uns. Wenn ich auffliege, kann ich mir einen neuen Job suchen. Hoffentlich hast du dann wenigstens ein schlechtes Gewissen.«

»Es ist für einen guten Zweck.«

»Mir kommen gleich die Tränen.«

»Tahiri, Enver. Saalburgallee 21.«

Hofraithers Finger huschten über die Tastatur. »Gideon Richter, der edle Ritter, Kämpfer für das Gute und Gerechte.

Schon als Schulsprecher warst du so eine ekelhaft aufrechte Arschgeige. Das einzig Sympathische an dir war dein Spitzname«, schimpfte er leise.

»Darum bin ich ja auch bei den Bullen gelandet, Herr Klassensprecher.«

Hofraither brauchte erstaunlich lange für seine Recherche. Die Computersysteme der Finanzverwaltung waren wohl noch umständlicher zu bedienen als die im Präsidium. Doch Hofraithers Miene hellte sich mit jedem ENTER auf.

»Du hast wirklich ein Faible für dubiose Existenzen.«

»Bei der Kripo ist das unumgänglich.«

»Tahiri hat vor ein paar Jahren eine Kampfsportschule eröffnet und nach einem Jahr mit hohen Verlusten aufgegeben. Eine halbe Million Schulden, 2012 Privatinsolvenz, Gehaltspfändung.«

Gideon stieß einen Pfiff aus. »Kannst du mir was Ausgedrucktes mitgeben?«

Hofraither verdrehte die Augen. »Sonst noch was?«

Jemand klopfte an die Tür. Eine junge Frau in Radlermontur betrat nach Hofraithers Aufforderung den Raum. Sie schielte.

»Hast du noch fünf Minuten Zeit, bevor du gehst?«

»Wir sind fertig, oder?«

»Schönen Gruß an Madame Jeanette«, sagte Gideon.

Madame Jeanette war die Geschäftsführerin von *Transnormal*, einem Etablissement im Bahnhofsviertel, in dem Männer wie Hofraither sich mit Jeanettes Hilfe für ein paar Stunden in Diven, Vamps oder Lolitas verwandelten – mit Make-up, falschen Brüsten, Frauenkleidern und Pumps in Männergrößen und einem tiefen Verständnis für ihre geheimsten Wünsche, das Ehefrauen, Kindern und Arbeitskollegen fehlte.

Hofraithers Miene war wutverzerrt. Die junge Dame mit dem Silberblick sah dem unbekannten Besucher, der gerade das Büro verließ, interessiert nach.

Unten an der Gutleutallee riss Gideon fluchend einen Strafzettel unter dem Scheibenwischer hervor. Er zog Bilanz. Enver Tahiri brauchte also Geld. Jennifer Baur war im Besitz eines wertvollen Gemäldes gewesen, das eine Menge Geld eingebracht hätte. Vanessa Baur war Jennifers Tochter und möglicherweise mit Tahiri liiert.

Diese Erkenntnisse schienen zu bestätigen, dass er sich auf dem richtigen Weg befand, doch hieb- und stichfest waren sie nicht.

Eine weitere zu klärende Frage war: Hatte Tahiri nicht nur Vanessa, sondern auch ihre Mutter gekannt?

56

21. März, 17:35 Uhr
Sensei Budokan Kampfsportschule, Schlossallee, Bockenheim

Tahiri wirkte mit seiner raumgreifenden Statur, dem rasierten Schädel und den stahlharten Muskelpaketen sogar in Alltagskleidung Furcht einflößend. Der einfache weiße Judoanzug mit dem schwarzen Gürtel und der augenfällige Größenunterschied zu seinem Gegner unterstrichen diese Wirkung noch.

Envers Trainingspartner war kaum einen Meter sechzig groß, ein Hänfling mit kurz geschorenem Haar, dunkelgrauem Vollbart, einer altmodischen Nickelbrille und den schmalgliedrigen Händen einer Frau. Sein Gürtel war rot und weiß gestreift.

Gideon hockte auf einer Holzbank am Rande des Dojo, der Trainingshalle für fernöstliche Kampfkünste. Seine handgenähten Schuhe standen fein säuberlich aufgereiht neben der Eingangstür. Tahiri hatte sein Kommen zwar bemerkt, ihn bisher jedoch ignoriert.

Die beiden Kämpfer ließen sich auf die Knie nieder. Mit den Handflächen auf den Oberschenkeln verbeugten sie sich voreinander, bevor sie sich wieder erhoben. Wie aufs Stichwort machten sie einen Schritt aufeinander zu und packten sich gegenseitig am Revers ihrer Judoanzüge.

Gideon schätzte, dass der Bärtige eindeutig den Kürzeren ziehen würde. Doch der hakte seine Ferse in Tahiris Kniebeuge, schob sich unter dessen Achsel durch, drehte sich einmal um die eigene Achse und wuchtete den schwergewichtigen Riesen gekonnt über den Rücken. Im nächsten Moment lag Tahiri auf der Matte. Gideon war beeindruckt.

Tahiri erhob sich mit gerötetem Gesicht, rückte seine Jacke zurecht, verbeugte sich vor seinem Trainingspartner und verließ den Kampfplatz. Er näherte sich Gideon.

»Sie schon wieder.«

»Wo ist denn Ihr Schützling?«

»Vanessa hat heute kein Training.«

»Können wir irgendwo ungestört reden?«

Wortlos marschierte Tahiri los und bedeutete Gideon mit einer Geste, ihm zu folgen. Aus einem Automaten neben dem Eingang zur Trainingshalle zog er einen Becher Tee. Sie verließen den Dojo, durchquerten ein Lager mit ausgemusterten Fitnessgeräten und landeten schließlich in einem leeren Umkleideraum. Als Gideon eingetreten war, zog Tahiri die Tür hinter sich zu, sperrte ab und ließ den Schlüssel in die Tasche seines Judoanzugs gleiten. Er lehnte sich an die Ziegelmauer und trank mit geschlossenen Augen einen Schluck Tee. Gideon setzte sich auf eine Bank ihm vis-à-vis. Von draußen waren gedämpfte Stimmen zu vernehmen. Chlorgeruch lag in der feuchtwarmen Luft, gelegentlich rauschte es in einem der Rohre, die unter der Decke verliefen – vermutlich gab es ein Schwimmbad im Haus. Gideon öffnete den obersten Knopf seines Hemdes und lockerte die Krawatte.

»Ungestört genug?«, fragte Tahiri.

»Ich wollte nicht in aller Öffentlichkeit mit Ihnen über Ihre Schulden sprechen.«

»Das weiß hier jeder.«

»Wie kam es dazu?«

»Warum soll ich das ausgerechnet *Ihnen* erzählen?«

»Sie können es auch lassen. Ich habe genug andere Möglichkeiten, es herauszufinden.«

Tahiri nahm ein Papierhandtuch aus einem Spender über dem Waschbecken und wischte sich den Schweiß von der Stirn.

»Ich hatte eine eigene Kampfsportschule eröffnet. Sehr erfolgreich. Eines Tages standen zwei Typen auf der Matte, buchstäblich. Landsleute von mir. Sie verstehen? Erst dachte ich, mit denen werde ich alleine fertig. Wir sprachen immerhin dieselbe Sprache. Das war aber unsere einzige Gemeinsamkeit.«

»Die beiden haben Ihre Kunden vertrieben.«

»Anfangs. Ich ließ mich nicht einschüchtern. Doch eines Abends erzählte mir Lodja, dass einer meiner Freunde sie von der Schule abgeholt und nach Hause gefahren hatte. Sie haben ihr nichts getan, aber es war eine unmissverständliche Warnung. Haben Sie Kinder?«

»Einen Sohn.«

»Dann können Sie meine Reaktion sicher nachvollziehen.«

»Sie haben nachgegeben.«

»Nein, ich habe aufgegeben. Mit der Welt des organisierten Verbrechens wollte ich nichts zu tun haben. Meine Mutter hat uns sechs Kinder streng erzogen. Meine Familie ist aus dem Kosovo geflohen, um sich hier ein neues Leben aufzubauen, und nicht, um das alte mitzunehmen. Ich hätte das alles aufs Spiel gesetzt. Was ich in meinen Traum investiert hatte, war verloren. Aber immerhin habe ich meine Selbstachtung nicht eingebüßt.«

»War Ihre Schule in Frankfurt?«

»In der Schlossstraße«, sagte Tahiri lächelnd.

Gideon sah ihn verblüfft an. »Verbittert Sie das nicht? Als bezahlter Trainer in einer Kampfschule zu arbeiten, die Ihnen einmal gehört hat?«

»Wir Kosovaren sind an Verluste gewöhnt. Was man im Herzen bewahrt, ist nicht verloren.« Tahiri trank abermals von seinem Tee.

»Außerdem hat diese Kampfsportschule den besten Dojo in ganz Frankfurt. Ich weiß es, weil ich sie aufgebaut habe.«

Gideon musste zugeben, dass Tahiri entweder ein begabter Schauspieler oder ein Mensch war, der Wert darauf legte, sich mit gutem Gewissen jeden Morgen im Spiegel zu betrachten.

»Sie wissen, dass Vanessas Mutter tot ist?«

»Natürlich.«

»Kannten Sie sie?«

»Nein.«

»Wussten Sie, dass Jennifer Baur ein wertvolles Gemälde von Gerhard Richter besaß?«

»Ebenfalls nein. Aber mir wird langsam klar, worauf Sie hinauswollen.«

»Und worauf will ich hinaus?«

»Sie denken, Vanessa und ich hätten eine Liebesbeziehung. Sie denken, wir hätten ihre Mutter gemeinsam umgebracht, um an das Bild heranzukommen. Oder Sie halten mich für den Täter. Oder Vanessa.«

»Nicht so abwegig, oder?«

»Aber falsch.«

»Welches der Szenarien ist falsch?«

»Alle.«

»Dann fangen wir doch mit der Liebesbeziehung an. Wenn es das nicht ist, was verbindet Sie mit dem Mädchen?«

»Ich trainiere sie. Sie ist sehr talentiert.«

»Ich bin sicher, es gibt noch einen anderen Grund für diese heimlichen Treffen.«

»Ach ja, und der wäre?«

»Sagen *Sie* es mir.«

»Sie hat den Ikkyū, den Braungurt. Ungewöhnlich für jemanden in ihrem Alter.«

Gideon vergrub das Gesicht in den Händen und seufzte. Sie drehten sich im Kreis. Ihm war heiß und er wollte längst zu Hause sein. Er stand auf und deutete auf die Tür. Tahiri fischte den Schlüssel aus der Jackentasche und schloss auf. »Sie waren in der Wohnung. Heimlich. Danach war das Bild verschwunden«, sagte Tahiri plötzlich.

»Wer erzählt solche Märchen? Ihre …?« Er brach den Satz ab, bevor er etwas Dummes sagte.

Tahiri schwieg. Er begleitete Gideon zur Tür, wo sie sich wortlos trennten. Dann verschwand er hinter einem Sichtschutz, der den Duschbereich abschirmte. Bevor er um die Ecke bog, sah er ein letztes Mal zu Gideon hinüber. Sein Blick war unruhig – der Blick eines Mannes, der Angst hatte, dass sein Geheimnis gelüftet wurde.

Gideon eilte in den Umkleideraum zurück. Auf der Bank stand noch Tahiris Teebecher. Er fischte eine Plastiktüte aus seiner Tasche und ließ ihn hineingleiten.

57

21. März, 18:30 Uhr
Auf dem Weg von der Schlossstraße in den Mauerweg

Gideon hatte vor, Nora mit einem Strauß Rosen zu überraschen. Aber als sein Handy im Auto einen Anruf von Kühnast vermeldete, schwand die Hoffnung, noch vor Ladenschluss einen geöffneten Blumenladen zu erreichen.

»In der Einsatzzentrale ist ein kurioser Anruf aus dem Jugendamt eingegangen. Das Gespräch wurde fälschlicherweise zu mir statt zu Falkner durchgestellt, weil man dachte, es sei unser Fall. Die Mitarbeiterin des Jugendamtes rief wegen des Rundschreibens an, das Falkner mit der Bitte um sachdienliche Informationen an alle sozialen Einrichtungen der Stadt geschickt hat.«

»Jemand wusste von der Schwangerschaft«, mutmaßte Gideon.

»Ein paar Tage vor Jennifer Baurs Tod hat ein Mann beim sozialen Dienst des Jugendamtes angerufen und sich nach Adoptionsmöglichkeiten erkundigt. Anonym. Das Ganze habe sich irgendwie merkwürdig angehört, meinte die Mitarbeiterin. Außerdem habe er ständig mit Bibelsprüchen um sich geworfen.«

»Woher stammte der Anruf?«

»Aus einer Telefonzelle in Bonames. 15:52 Uhr.«

Gideon ließ sich die Adresse geben. »Ich bin auf dem Heimweg und fahre kurz vorbei.«

Die Telefonzelle lag an der Homburger Landstraße und war, wie so viele andere, Vandalen zum Opfer gefallen. Gideon öffnete widerwillig die Tür und nahm den Hörer ab – Freizeichen. Es stank nach Urin, von den Telefonbüchern hingen nur noch verkohlte Reste in der Halterung. Das Handy war der Jugend von heute heilig, aber öffentliche Fernsprecheinrichtungen, die Leben retten konnten, wurden wie der letzte Dreck behandelt.

Gideon sah sich um: ein türkischer Lebensmittelladen, ein Getränkemarkt, ein Handyladen und ein Sanitätshaus. In der Auslage des Sanitätshauses Gesundheitsschuhe, der Aufsteller einer Firma, die für Inkontinenzwindeln warb und eine kleine schwarze Tragetasche. Auf einem Schild neben der Tasche eine knappe Produktbeschreibung. *Oxypack. 199 Euro – ohne Befüllung.*

Gideon starrte die Tasche an. *Oxygen* war das englische Wort für Sauerstoff und ein *Oxypack* vermutlich ein tragbares System, das die Sauerstoffversorgung regelte. Köhlers Tasche hatte genauso ausgesehen.

Gideon überquerte die Straße und spähte durch die Eingangstür. Hinter dem Tresen tippte eine Frau bei geöffneter Kasse auf einer Rechenmaschine.

Er klopfte an die Scheibe. Die Frau sah auf und schüttelte den Kopf. Sie deutete auf ihre Armbanduhr.

Gideon zog seinen Ausweis hervor und hielt ihn an die Scheibe. Die Frau kam schließlich zur Tür.

»Kripo Frankfurt. Ich wüsste gerne, ob eine bestimmte Person zu Ihrem Kundenkreis gehört.«

»Der Rechner ist bereits ausgeschaltet. Kommen Sie doch morgen wieder.«

»Ich muss es aber jetzt wissen«, erwiderte Gideon in einem Ton, der keinen Widerspruch duldete.

»Kann ich noch einmal Ihren Ausweis sehen?«

Nach einem langen Blick darauf, ließ die Frau ihn ein. Sie nahm hinter dem Tresen Platz, gleich darauf begann die Lüftung des Computers, lautstark zu rattern. Gideon hoffte, der Rechner hielt noch lange genug durch, um die gewünschte Auskunft zu erteilen.

»Wie war der Name?«

»Gustav Köhler. Ben-Gurion-Ring.«

Die Tastatur klapperte. »Ja, Herr Köhler ist Kunde bei uns.«

»Darf ich fragen, wann er das letzte Mal hier war?«

»Am 12. März.«

»Haben Sie auch eine genaue Uhrzeit?«

»Der Kassenbon wurde um 15:45 Uhr ausdruckt. Möchten Sie wissen, was er gekauft hat?«

»Nein danke, das war's auch schon.«

»Hat er etwas verbrochen?«

»Nein, wir prüfen nur eine Aussage nach.«

Die Frau wirkte erleichtert. »Ein angenehmer Mensch, dieser Herr Köhler.«

58

22. März, 8:30 Uhr
Liebfrauenkirche Frankfurt, Schärfengässchen

Köhler ging nicht ans Telefon. Also beschloss Gideon, aufs Geratewohl einen Abstecher in die Innenstadt zu machen. Nicht ausgeschlossen, dass der alte Betbruder gerade auf einer Holzbank kniete und Zwiesprache mit Gott hielt.

Gideon betrat die gotische Kirche in der nördlichen Altstadt, nahm in der vorletzten Reihe Platz und lauschte der Orgelmusik, die von der Empore erklang. Die Läufe brachen immer wieder an derselben Stelle ab und setzten neu an. Gideon hatte nie darüber nachgedacht, dass auch Organisten üben mussten. Die wenigen Besucher, die sich eingefunden hatten, schienen die Fehler nicht zu stören.

Köhler gehörte zu ihnen. Er saß vor Gideon, mit gebeugtem Rücken, ins Gebet vertieft. Neben ihm auf der Sitzbank lag die schwarze Tragetasche. Als er sich wieder aufrichtete, hatte der Organist die offensichtlich schwierige Stelle gemeistert und fuhr mit der Partitur fort.

»Obwohl ich schon über zehn Jahre in Frankfurt lebe, war ich noch nie hier«, sagte Gideon mit gedämpfter Stimme.

Der Alte drehte sich um. Er schien nicht überrascht, den Kommissar zu sehen. »Würde Ihnen nicht schaden, öfter in die Kirche zu gehen. Bei dem Sündenpfuhl, in dem Sie Ihren Beruf ausüben.«

»Apropos Sünde – Sie kennen doch sicher das achte Gebot: Du sollst nicht lügen.«

Köhler lächelte schwach und schwieg.

»Sie haben von einer Telefonzelle in Bonames das Jugendamt angerufen. Jennifer Baurs Schwangerschaft scheinen Sie also doch bemerkt zu haben.«

»Lassen Sie uns rausgehen, ich fühle mich nicht wohl«, sagte Köhler und stand auf.

»Ich finde es hier sehr anheimelnd«, entgegnete Gideon. Offenbar fiel es Köhler schwer, im Hause des Herrn die Unwahrheit zu sagen.

Köhler nahm widerwillig Platz. Er sah tatsächlich etwas bleich aus, aber das mochte am Licht in der Kirche liegen.

Gideon stützte seine Unterarme auf die Rückenlehne der vorderen Bank. So konnte er Köhlers Reaktionen besser beobachten.

»Das Sanitätshaus, in dem Sie Ihr Beatmungsgerät befüllen lassen, befindet sich direkt gegenüber der Telefonzelle an der Homburger Landstraße.«

Köhler fixierte den gekreuzigten Jesus über dem Altar und schwieg.

»Außerdem haben wir die Videobänder vom Holzgraben ausgewertet. Sie haben am 13. März die Kirche um 18:30 Uhr verlassen.«

»Ich war eine Kleinigkeit essen. Um viertel nach sieben war ich wieder zurück.«

»Davon ist auf den Überwachungsvideos nichts zu sehen.«

»Weil ich nicht das Hauptportal, sondern die Ostpforte benutzt habe.«

Der Punkt ging an Köhler. Gideon fragte sich, ob der Alte augenblicklich vom Blitz erschlagen würde, falls er auf geweihtem Boden log. Hoffentlich erst dann, wenn er alle Fragen beantwortet hatte.

»Der Mann, mit dem Sie gemeinsam die Kirche verlassen haben – Gürtel mit Totenkopfschnalle, Schnauzbart, schulterlanges Haar –, ist Zuhälter im *Love Center* im Allerheiligenviertel.«

»Arno Teck«, sagte Köhler. »Ich kenne ihn von früher. Wir besuchen gelegentlich gemeinsam den Gottesdienst.«

Gideon fragte sich, in welcher Gaunerkomödie er gelandet war. Zuhälter, die gemeinsam den Gottesdienst besuchten? Klang nach Mafiaschnulze mit Happy End.

»Und der Anruf im Jugendamt?«

Köhlers Kiefermuskeln mahlten. Er schloss die Augen. »Ich ahnte, dass Jenni guter Hoffnung war. Ich habe sie darauf angesprochen und an ihrer statt beim Jugendamt angerufen, wegen der Adoption. Sie wollte es nicht hören. Sie ist auf den Balkon raus, hat sich eine angezündet, ließ nicht mehr mit sich reden. Ihr nackter Bauch schaute unter dem T-Shirt raus. Sie durfte das Kind nicht behalten, sie war völlig unverantwortlich.«

»War Ihr Freund Arno Teck irgendwann einmal in Ihrer Wohnung?«

Köhler fuhr sich mit der Hand über den Schädel. »Kann sein.«

»Kannten Teck und Jennifer sich?«

Köhler lockerte den Krawattenknoten und klopfte auf sein Sauerstoffgerät. »Mir ist schlecht, ich muss an die frische Luft.«

Schwankend stand er auf und taumelte in Richtung Ausgang. Gideon folgte ihm mit dem starken Gefühl, in ein Wespennest gestochen zu haben.

Neben dem Weihwasserbecken am Ausgang stolperte Köhler, dann brach er zusammen. Gideon tastete nach dem Puls an der Halsschlagader, der kaum zu spüren war. Der glasige Blick des Alten verlor sich in der Kuppel des Mittelschiffs. Der herbeigeeilte Küster wechselte sich mit Gideon bei der Herzdruckmassage und Mund-zu-Nase-Beatmung ab, bis acht Minuten später endlich der Notarzt eintraf.

Als Gideon wieder in seinem Wagen saß, war er trotz der beinahe winterlichen Temperaturen völlig durchgeschwitzt. Seine Schultern und Handgelenke schmerzten. Falls Köhler den Anfall überlebte, käme das einem Wunder gleich.

59

22. März, 9:55 Uhr
Bordell Love Center, *Albusstraße*

Im *Love Center* herrschte Weltuntergangsstimmung. Um neun Uhr war der Betreiber eines konkurrierenden Etablissements aufgetaucht. Er hatte das Gerücht verbreitet, Frank Zanders Zwillingsbruder, der ehrenwerte Herr Teck, habe am frühen Morgen seiner Hausbank einen Besuch abgestattet, die Konten leer geräumt und sich mit der Kohle aus dem Staub gemacht. Mit ihm war auch die Hoffnung dahin, dass er jemals die Kleinkredite zurückzahlen würde, die ihm seine Damen gewährt hatten, um das *Love Center* während der Sommermonate, in denen Flaute herrschte, von Grund auf zu renovieren.

Die Vergabe von Mikrokrediten in Dritte-Welt-Ländern, davon hatte Gideon schon gehört. Aber dass Prostituierte in Immobilienprojekte ihres Luden investierten, war ihm neu.

Gideon hielt sich nicht lange in dem Laden auf, sondern ließ sich von Kühnast Tecks Meldeadresse durchgeben und drückte aufs Gas.

Doch die Jalousien des biederen Reihenhauses im Niemandsfeld in Preungesheim – mehr oder weniger im Schatten der Gefängnismauern, hinter denen Jennifer Baur zehn Jahre lang ihre Hofrunden gedreht hatte – waren heruntergelassen. Gideon klingelte, niemand reagierte. Er umrundete das Haus, doch auch hier waren Fenster und Türen verrammelt, als hätten die Bewohner eine längere Urlaubsreise angetreten.

Oder das Weite gesucht.

60

22. März, 14:05 Uhr
Polizeipräsidium Frankfurt, Büro von Franz Demant

Die Mittagszeit hatte Gideon damit verbracht, zwei neue Mitglieder der BAO, die ihm als Ersatz für Annette Nick zugeteilt worden waren, in den Fall einzuarbeiten. Kühnast hatte derweil seinen Wagen in die Autowerkstatt gebracht.

Um kurz vor zwei, als Gideon endlich Zeit gefunden hatte, einen Happen zu essen, rief Demant an und zitierte ihn in sein Büro.

Auch Rommel war wieder anwesend. Diesmal ging es um Köhlers Zusammenbruch. Demant verlangte, darüber aufgeklärt zu werden, was sich in der Kirche zugetragen hatte. Ihm war sichtlich unwohl dabei. Gideon wusste, worauf das Ganze hinauslief: Sie suchten nach Hinweisen, dass er den Alten unter Druck gesetzt hatte. Er beantwortete die Fragen nach bestem Wissen und so ausführlich wie möglich, obwohl ihm der Magen in den Kniekehlen hing. Ihm war klar, dass der Kampf um die Zuständigkeiten in diesem Fall weiterging.

Demant winkte ab, als Gideon anbot, die Leitung der BAO abzugeben. Einstweilen laufe alles weiter wie bisher. Er werde ihn zu gegebener Zeit wissen lassen, wie er entschieden habe.

Und natürlich drückte Rommel Gideon zum Abschluss einen weiteren Stapel Formulare in die Hand.

61

22. März, 16:35 Uhr
Polizeipräsidium Frankfurt, Büro von Oliver Deissen

Deissen blinzelte ihn misstrauisch über den Rand seines Monitors hinweg an. »*Was* willst du dir ausleihen?«

»Ihr habt doch DNA-Spuren von Vanessa Baur am Tatort gefunden und auch eine Vergleichsprobe von ihrem Haar. Darauf möchte ich gerne mal einen Blick werfen.«

»Und was genau hast du damit vor, wenn man fragen darf?«

»Vielleicht fällt mir etwas auf, das dir entgangen ist?«

Deissen schnaubte verächtlich. Er rollte mit seinem Bürostuhl um den Schreibtisch herum. »Als Leiter der BAO ist es natürlich dein gutes Recht, Einsicht in das gesamte Material zu nehmen, das uns vorliegt. Aber dein Verhalten ist ziemlich ungewöhnlich, finde ich.«

Gideon verzog keine Miene.

»Was auch deinem Chef nicht entgehen dürfte«, legte Deissen vielsagend nach.

»Außer, du behandelst meine Anfrage streng vertraulich.«

»Tut mir leid, so weit geht meine Liebe nicht. Im Gegensatz zu dir habe ich nämlich keine Connections zur Internen.«

Wenn du wüsstest, dachte Gideon.

»Demant hat dich bereits auf dem Kieker.«

Gideon zuckte die Achseln.

»Du hast doch irgendetwas Illegales vor«, mutmaßte Deissen.

»Nein.«

»Oder etwas, das außerhalb der Zuständigkeiten der Polizei liegt.«

»Stell keine Fragen, Oliver. Manches will man gar nicht wissen.«

»Mach dich nicht unglücklich, Gideon. Halt dich da raus und überlass uns die Arbeit, für die wir bezahlt werden. Die Ergebnisse kannst du ohne Einwilligung des DNA-Trägers ohnehin nicht verwenden.«

»Tahiri wird nie einwilligen.«

»Es gibt Regeln, an die wir gebunden sind. Und diese Regeln wurden aus gutem Grund aufgestellt.«

»Hier geht es um die Wahrheit. Wohin soll es führen, wenn sich jeder stur an die Regeln hält, wider besseren Wissens?«

»In den wohlverdienten Ruhestand.«

Aber Gideon war nicht in der Stimmung für Witze.

»Der größte Teil des Materials ist bereits in der Asservatenkammer gelandet«, fuhr Deissen fort.

»Komm schon, Oliver, erspar mir das Betteln.«

Deissen seufzte kopfschüttelnd. Schließlich ging er in den Nebenraum, in dem die Asservaten der aktuellen Fälle aufbewahrt wurden. Er kehrte mit einem Karton zurück, dem er eine Papiertüte entnahm. Die Tüte hatte einen Asservatenanhänger, auf dem handschriftlich die Zuordnungsnummer vermerkt war.

»Die kriege ich im exakt gleichen Zustand zurück, verstanden?«

Er drückte Gideon die Tüte in die Hand. Dann kritzelte er etwas auf einen Zettel, den er Gideon reichte.

»Hier, die können dir weiterhelfen, sie sind gut und einigermaßen günstig. Und das Wichtigste: Sie arbeiten nicht mit uns zusammen.«

Gideon las: *diagenetix-frankfurt.de – Labor für diagnostische Genetik.*

Deissen schaltete den Computer aus und nahm seinen Parka vom Kleiderständer. »Ich mach mich heute früher vom Acker. In der Altstadt ist heute Abend eine Großdemo.

In einer halben Stunde riegeln die Kollegen alles ab und dann muss ich einen Riesenumweg machen.«

Eine Dreiviertelstunde später gab Gideon an der Rezeption des Labors, die an ein Fünf-Sterne-Hotel erinnerte, eine Papiertüte mit einem Haar und einen Plastikbecher mit angetrockneten Teeresten ab. Die Frau am Empfang, die mit ihrem makellosen Teint und dem weißen Kittel einem auf Medizinstudentin getrimmten Model glich, teilte ihm mit, er könne die Ergebnisse nach drei Werktagen abholen. Man könne ihn auch vorab per Handy benachrichtigen, falls erwünscht.

62

22. März, 18:10 Uhr
Parkhaus Konstabler, Frankfurt

Gideon stand im Aufzug des Parkhauses an der Konstablerwache und starrte ratlos auf das Bedienpaneel. In welchem Stockwerk hatte er den Wagen geparkt? Früher hatte er sich solche Dinge mühelos merken können. Nora, die nach eigener Aussage seit der Schwangerschaft furchtbar vergesslich geworden war, pflegte mit ihrem Smartphone die Nummer des Parkplatzes und der Parkebene zu fotografieren, was er übertrieben fand. Bis heute.

Er steuerte probeweise die dritte Ebene an. Auf dem Platz, auf dem er den Zafira vermutete, stand ein dunkelgrauer Panamera mit Wiesbadener Kennzeichen. Wie schön wäre es gewesen, wenn sich seine verrostete Familienkutsche innerhalb der letzten Stunde wie durch ein Wunder in eine Luxuskarosse verwandelt hätte – doch das Logo auf seinem Autoschlüssel war nach wie vor der gelbe Blitz.

Gideon lehnte die Stirn an einen Stützpfeiler. Die Kälte

des Betons war schmerzhaft, die Erinnerung an den Standort seines Autos brachte sie jedoch nicht zurück. Wütend schlug er mit der Faust gegen die Säule. Schon letzte Woche hatte Nora seinetwegen auf die Rückbildungsgymnastik verzichten müssen und heute hatte er sich fest vorgenommen, pünktlich Feierabend zu machen. Jetzt würde er wieder zu spät kommen und zu allem Überfluss auch noch wie ein Trottel durch das Parkhaus irren. Er versuchte, sich zu erinnern, wie viele Ebenen er umrundet hatte, bis er einen Parkplatz entdeckt hatte, doch es war sinnlos – in seinem Kopf herrschte gähnende Leere.

Eine weitere Ebene im Laufschritt zu durchkämmen, war gerade noch drin, doch um zwanzig nach sechs gab er die Suche auf.

Schwer atmend zückte er sein Handy.

Nora meldete sich nicht. Vielleicht stillte sie Janni. Dabei ging sie grundsätzlich nicht ans Telefon, sie genoss die Zweisamkeit mit ihrem Kind auf dem Sofa oder im Schaukelstuhl. Dummerweise war der Anrufbeantworter nicht eingeschaltet, sodass Gideon keine Nachricht hinterlassen konnte.

Kaum hatte er aufgelegt, klingelte sein Handy.

Thea Wessely.

Gideon eilte in Richtung Ausfahrt, während er den Anruf entgegennahm. Er hatte beschlossen, sich ein Taxi zu leisten: Nach den Ausgaben im Labor kam es darauf nun auch nicht mehr an.

»Gideon, wir müssen uns noch einmal unterhalten.«

»Thea, tut mir leid«, schnaufte Gideon, »aber im Moment passt es gar nicht. Kann ich dich morgen früh zurückrufen?«

»Stör ich dich beim Joggen?«

»Nein, ich habe ein Problem mit meinem Auto und muss mich beeilen. Nora wartet auf mich.«

»Kann ich dich irgendwo hinbringen?«

»Kaum, es sei denn, du kurvst zufällig in der Nähe der Konstabler herum«, sagte Gideon scherzhaft.

»Ich stehe an der Eschenheimer Anlage.«

Gideon blieb abrupt stehen. Das war nur einen Katzensprung vom Parkhaus entfernt. Doch wie würde Nora reagieren, wenn sie ihn in der Mauerstraße aus Theas Wagen steigen sah? Dennoch, es musste sein. Das war seine einzige Chance, noch einigermaßen pünktlich nach Hause zu kommen.

Wenige Augenblicke später stieg er vor der Einfahrt zum Parkhaus in Theas dunkelgrünen Mini. Das gleiche Modell hatte Nora vor der Geburt von Jan-Hendrik gefahren, bevor sie sich eine Familienkutsche zugelegt hatten. Auch Noras Wagen hatte eine Delle in der Motorhaube gehabt, verursacht in einer Sturmnacht im Spessart von einem herabfallenden Ast.

Thea hielt ihm die Wange hin und diesmal fühlte es sich völlig normal an, sie mit einem Kuss zu begrüßen, ihren Duft wahrzunehmen, die Wärme ihrer Haut zu spüren.

»Wie findest du meinen fahrbaren Untersatz?«, wollte Thea wissen, der nicht entgangen war, wie gründlich sich Gideon umgesehen hatte.

»Chic«, antwortete er. »Hast du ihn schon lange?«

»Vor einem halben Jahr von einem Gebrauchtwagenhändler in Sachsenhausen gekauft.«

Vermutlich gab es mehr als nur einen Gebrauchtwagenhändler in Sachsenhausen, der dunkelgrüne Minis mit Delle in der Motorhaube im Angebot hatte.

»Ich wohne im Mauerweg, Nordend-Ost, ganz in der Nähe der Berger Straße«, erklärte Gideon ihr den Weg.

Thea kommentierte seine Beschreibung mit einem wissenden Lächeln.

63

22. März, 18:35 Uhr
Platz hinter der Alten Oper, Frankfurt

Spätestens als hinter der Alten Oper ein Streifenpolizist mit einer roten Kelle auftauchte und Theas Wagen an den Randstein winkte, wurde Gideon klar, dass ihm jetzt nur noch ein Wunder helfen konnte. Thea kurbelte das Fenster herunter. Ab hier sei Schluss, erklärte der Kollege, man möge die Altstadt wegen der Demonstration bitte großräumig umfahren.

Gideon ärgerte sich, denn Deissen hatte die Straßensperre erwähnt und er hatte nur mit einem Ohr zugehört. Er zückte sein Handy und versuchte abermals, Nora zu erreichen – besetzt. Es war zum Verzweifeln. Ob er ihr eine SMS schicken sollte? Wie auch immer, sie würde ihn zur Schnecke machen. Und das völlig zu Recht.

So schnell es ging, verfasste er eine Nachricht an sie: *Probleme mit dem Auto, bin aber gleich da.*

Thea wendete inzwischen. Aus allen Himmelsrichtungen strömten Menschen auf den Opernplatz, viele von ihnen Punks mit grell gefärbten Stachelfrisuren, Lederjacken und Springerstiefeln, einige Vermummte, aber auch solche im piekfeinen Zweireiher. Ein lautes Krachen auf dem Autodach ließ beide zusammenfahren. Hinter ihnen brach eine Gruppe Männer in schallendes Gelächter aus.

Thea atmete durch. »Ich fahre am besten über den Ring, einmal um die Stadt herum, das ist jetzt der kürzeste Weg.«

Gideon gab sich geschlagen. Er konnte hier natürlich in die U-Bahn steigen, die bis zum Merianplatz fuhr; von dort aus war es nicht mehr weit bis nach Hause. Aber Thea abzuservieren, nachdem sie sich die Mühe gemacht hatte, ihn am

Parkhaus aufzugabeln, brachte er nicht übers Herz. Und wenn sie sich beeilten und nichts mehr dazwischenkam, würde sich die Verspätung in Grenzen halten.

Sie bogen auf die Niederräder Landstraße ein; zwei Wagen vor ihnen, an der Baustelle, wurde die Ampel rot. Die beiden Fahrer vor ihnen scherten sich nicht darum und fuhren munter weiter. Thea traute sich nicht und hielt an.

»Stört's dich, wenn ich eine rauche?«

Gideon schüttelte den Kopf. Die Ampel zeigte eine gefühlte Ewigkeit Rot an, bis der erste Wagen des Gegenverkehrs nahte. Thea kurbelte das Fenster hinunter und blies den Rauch ins Freie.

Gideon nahm die Schachtel John Player Special Black Edition in die Hand, begutachtete sie von allen Seiten.

»Gibt's die immer noch?«

»Nimm dir eine, wenn du möchtest.«

»Ich hab nie geraucht.«

»Ach ja, stimmt. Du warst ganz anders als Simon. Der hat nichts ausgelassen.«

Es klang ein bisschen herablassend. Sie nahm einen tiefen Zug und ließ den Rauch durch die Nase entweichen.

»Du hattest wirklich Glück, ich war schon halb auf dem Weg nach Hetzbach.«

»Habt ihr euer Ferienhaus immer noch? Deine Eltern wollten es doch verkaufen.«

»Zuerst haben sie keinen Käufer gefunden, weil sie völlig utopische Preisvorstellungen hatten, und als sich nach Jahren endlich jemand fand, brachten sie es nicht mehr übers Herz. Im Moment kümmere ich mich um das Haus des Nachbarn. Rattenfallen kontrollieren und so weiter. Ich genieße die Einsamkeit da draußen.«

Ein riesiges Insekt knallte mit voller Wucht gegen die Frontscheibe und taumelte davon. Gideon sah ihm nach. Er meinte sich zu erinnern, dass Simon und Thea einmal ein

Wochenende im Ferienhaus ihrer Eltern in Hetzbach verbracht hatten. Das musste wenige Wochen vor dem Unfall gewesen sein. Die Dusche im Haus war defekt gewesen, hatte Simon bei seiner Rückkehr am Sonntag berichtet. Gideon hatte an ihm einen ziemlich speziellen Geruch festgestellt. Erst ein Jahr später, nachdem er zum ersten Mal mit einem Mädchen geschlafen hatte, hatte er den unbekannten Duft zuordnen können: Es war der Geruch von Sex. Aber die Erinnerung mochte ihn trügen und der Wochenendausflug war zu einem viel früheren Zeitpunkt erfolgt. Oder auch nur ein Produkt seiner Fantasie.

»Gideon?«

Theas Stimme riss ihn aus seinen Gedanken. Sie musterte ihn neugierig von der Seite.

»Entschuldige, was hast du gesagt?«

»Was war denn mit deinem Auto?«

Gideon hatte gehofft, sie würde ihm diese Peinlichkeit ersparen. Doch nun überrumpelte sie ihn mit der Frage. Ihm fiel so schnell keine Ausrede ein, deshalb blieb er bei der Wahrheit.

»Ich habe meinen Wagen nicht mehr gefunden.«

»Du meinst, er ist gestohlen worden?«

Gideon tippte die hölzerne Eule an, die vom Spiegel herabhing, sodass sie hin und her schaukelte. Er nahm sich vor, Thea nach dem silbernen Eulenanhänger zu fragen, den Jennifer Baur getragen hatte.

»Nein, ich hatte ihn im Parkhaus abgestellt, aber vergessen, wo genau.«

Thea sah ihn mit großen Augen an. Dann prustete sie los: »Nicht dein Ernst?«

»Doch, leider.« Er stimmte in ihr Lachen ein. Hinter ihnen hupte jemand ungeduldig, die Ampel hatte inzwischen auf Grün umgeschaltet. Hektisch fuhr sie an, doch in der Eile würgte sie den Motor ab. Hilflos mussten sie zusehen, wie die Ampel auf Gelb und wieder auf Rot wechselte. Hinter ihnen begann ein ohrenbetäubendes Hupkonzert.

Gideon schloss die Augen und schüttelte den Kopf. »Nora bringt mich um.« Seine Frau hatte noch nicht auf die SMS geantwortet.

Thea startete erneut und dieses Mal mit mehr Gefühl.

»Wir werden alle nicht jünger«, erwiderte sie seufzend, auf Gideons Gedächtnisverlust gemünzt. Sie schaltete das Radio ein. Im Hintergrund ertönte leise *Don't You Forget About Me* von den Simple Minds.

»Hast du dich eigentlich seit dem Unfall deines Bruders mal durchchecken lassen?«

»Durchchecken?«

»Deinen Kopf, meine ich. Eine Computertomografie oder dergleichen machen lassen?«

»Nein, ich wüsste auch nicht warum.« Es klang gekränkt, was nicht in seiner Absicht lag.

Thea schwieg.

Nach einem halben Kilometer begann der Wagen plötzlich, nach rechts auszuscheren. Thea umfasste krampfhaft das Steuer. Gideon griff ins Lenkrad und bedeutete ihr zu bremsen, während er den Wagen auf den Seitenstreifen lenkte. Als sie zum Stehen gekommen waren, stieg er aus und begutachtete den Vorderreifen. Er war platt. Ein zehn Zentimeter langer Nagel steckte darin.

»Wo ist dein Ersatzrad?«, fragte er resigniert.

Thea stieg aus, ging, auf ihren Gehstock gestützt, um den Wagen herum und öffnete den Kofferraum. Gideon hob die Abdeckung des Kofferraumbodens hoch. Der Ersatzreifen lag an seinem Platz, genau wie die Kurbel. Doch die Werkzeughalterung war leer.

Gideon löste den Riemen und wuchtete den Ersatzreifen hoch, auf der Suche nach dem Werkzeug. Dabei riss er sich den Ringfinger auf. Blut lief über seine Hand.

Thea holte den Erste-Hilfe-Kasten und entnahm ihm eine Kompresse. »Du solltest den Ring abnehmen, bevor der Finger anschwillt.«

Mit schmerzverzerrtem Gesicht zog Gideon den Ehering ab. Thea holte ein Brillenetui aus dem Handschuhfach. »Leg ihn hinein, damit er nicht verloren geht.« Der blutverschmierte Ring fiel auf den dunkelblauen Samt, mit einem lauten Schnappen klappte sie das Etui zu.

Nachdem Thea Gideons Finger verarztet hatte, fragte er nach dem Wagenheber.

Thea sah ihn ratlos an. »Keine Ahnung. Ich habe ihn noch nie benutzt. Wie auch.« Sie klopfte auf ihr künstliches Bein.

Das war's also, sofern nicht zufällig Superman des Weges kam. Als er den Kofferraum schließen wollte, stieß Gideon sich zu allem Überfluss auch noch den Kopf an der Klappe an.

Mit schmerzverzerrter Miene stöhnte er: »Eine rein rhetorische Frage – du bist sicher nicht ADAC-Mitglied, oder?«

Wie befürchtet, schüttelte sie den Kopf.

64

22. März, 19:15 Uhr
Niederräder Landstraße

Der Mann vom Abschleppdienst hatte sie vorgewarnt: Es könne eine Weile dauern, bis jemand frei sei.

Gideon und Thea warteten im Wagen. Nach Sonnenuntergang war es merklich kälter geworden und Gideons Winterjacke lag im Zafira, auf weiß Gott welchem Stockwerk des verfluchten Konstabler-Parkhauses. Einmal hatte eine Mutter mit zwei Kindern angehalten, um zu fragen, ob sie helfen könne oder jemanden mitnehmen solle. Thea hatte ihn gedrängt, mitzufahren, aber ritterlich wie er war, wollte er sie nicht alleine zurücklassen.

Gideon warf einen Blick auf sein Smartphone, dann steckte er es genervt in die Jackentasche. Nichts. »Ein Gehirntumor ist nicht genetisch bedingt«, sagte er in die Stille hinein.

Thea wirkte erleichtert, dass er das Thema noch einmal anschnitt. »Ich dachte, dein Onkel wäre auch an einem Gehirntumor gestorben.«

»Mein Uronkel.«

»Und Simon.«

»Simon ist nicht an einem Gehirntumor gestorben, sondern an den Folgen eines Autounfalls.«

»Natürlich«, lenkte Thea ein.

»Aber ich gebe zu, dass ich kurz nach dem Unfall mit dem Gedanken gespielt habe, eine MRT machen zu lassen. Mein Vater hat mich nach Simons Beerdigung dazu gedrängt. Er hatte Angst, noch einen Sohn an den Krebs zu verlieren.«

»Aber du bist nicht zum Arzt gegangen.«

»Doch. Der hätte mich auch in die Röhre geschickt, wenn ich darauf bestanden hätte. Er hat mich darauf hingewiesen, dass ein Hirntumor nicht erblich ist, zumindest nach dem derzeitigen Wissensstand. Deshalb habe ich mich nicht weiter untersuchen lassen. Ich wollte das Schicksal nicht herausfordern.«

»Hattest du Angst?«

Sollte er Thea von seinen Albträumen erzählen? Es gab so vieles, was er ihr in der kurzen Zeit seit ihrem Wiedersehen anvertraut, seiner Frau jedoch seit Jahren verschwiegen hatte. Ausgerechnet Thea davon zu erzählen, wäre ihm wie Verrat vorgekommen. Außerdem müsste er ihr dann den *ganzen* Traum erzählen, nicht nur den Teil mit dem Blackout. Damit fühlte er sich überfordert.

»Man macht sich so seine Gedanken. Aber Angst – nein.«

»Was sagt deine Frau dazu?«

»Nora weiß, dass Simon mit seiner Freundin im Wagen verunglückt ist. Das reicht. Im Moment macht sie sich sowieso schon viel zu viele Sorgen.«

»Solange du keine Symptome bei dir feststellst, gibt es keinen Grund, sich Sorgen zu machen.«

Gideon starrte in die Dunkelheit.

»Du hast doch keine Symptome, oder?«

Gideon strich sich über die Bartstoppeln, die seit heute Morgen auf seinem Kinn sprossen. Ein orangefarbenes Auto tauchte im Rückspiegel auf und hielt mit quietschenden Bremsen hinter ihnen. Der Abschleppdienst war da.

65

23. März, 10:30 Uhr
Mauerweg, Frankfurt Nordend

Nora hatte die Exfreundin von Gideons verstorbenem Bruder Simon weder persönlich kennengelernt noch jemals ein Foto von ihr gesehen. Doch als Thea Wessely vor ihrer Wohnungstür stand, wusste sie sofort, wen sie vor sich hatte.

Obwohl sie sich auf einen Gehstock stützte, wirkte Thea Wessely nicht im Mindesten gebrechlich. Ihre Haltung und die Energie, die sie versprühte, ließen einen Augenblick lang sogar den Verdacht aufkeimen, der Gehstock könne eine Masche sein. Doch dann rief sich Nora den Unfall ins Gedächtnis zurück.

»Frau Richter?«

»Ich heiße Nora Winter. Sie sind Thea Wessely?«

Thea reichte ihr lächelnd einen Briefumschlag. Der Duft von Sandelholz stieg Nora in die Nase.

»Den hat Gideon gestern in meinem Auto vergessen. Ich dachte, ich bringe ihn besser persönlich vorbei.«

Gideons Ehering glitt aus dem Umschlag. Noras Magen verkrampfte sich. Gideon war erst spät nach Hause gekommen, aber nicht mit seinem eigenen Wagen. Nora hatte vom Fenster aus beobachtet, wie er aus einem Mini stieg. Sie hatte sich schlafend gestellt, als er zu Bett kam, und Gideon hatte die Wohnung morgens in aller Frühe verlassen. Sie hatten keine Gelegenheit gehabt, miteinander zu reden. Das war auch besser so, denn sie hatte eine Stinkwut auf ihn, weil er sie ohne Vorankündigung versetzt hatte. Keine gute Ausgangsbasis für ein klärendes Gespräch.

Selbstredend war sie davon ausgegangen, dass er wieder mal Überstunden machen musste. Und nun stellte sich heraus, dass er die Zeit mit dieser Frau verbracht hatte. Mit Nora war er seit Wochen nicht mehr ausgegangen. Und nun brachte Thea Wessely ihr seinen Ehering zurück, den er in ihrem Auto vergessen hatte.

Wie auf Bestellung quäkte Janni durch die offene Terrassentür. Sie hatte ihn, warm eingepackt, nach draußen geschoben, damit er ein wenig frische Luft bekam.

Das Telefon klingelte.

Nora entschuldigte sich und eilte in den Garten. Sie versuchte, Janni den Schnuller in den Mund zu stecken, den er verloren hatte, doch er wehrte sich.

Das Telefon läutete beharrlich, während sich Nora bemühte, den Kleinen zu beruhigen. Schließlich trat bei beiden Ruhe ein.

Als Nora zur Wohnungstür zurückkehrte, stand Thea Wessely im Flur und streckte ihr den Hörer entgegen: »Ich dachte, vielleicht ein wichtiger Anruf.«

Nora sah Thea konsterniert an. Was fiel dieser Frau ein, unaufgefordert ihre Wohnung zu betreten und ans Telefon zu gehen? Doch bevor sie reagieren konnte, sagte Thea: »Gideon ist dran.«

Nora nahm wie betäubt den Hörer entgegen. Sie zog sich

in die Küche zurück und schloss die Tür hinter sich. Sie hätte Thea Wessely am liebsten hinausgeworfen.

Gideon klang alarmiert: »Was macht Thea Wessely in unserer Wohnung?«

»Das frage ich dich! Sie kommt vorbei, um deinen Ehering abzugeben, und während ich Jan versorge, schleicht sie in den Flur und geht ungefragt an unser Telefon!«

»Thea hatte eine Autopanne und als ich ihren Reifen wechseln wollte, habe ich mich an der Hand verletzt und musste den Ring abnehmen.«

»Du hättest wenigstens Bescheid geben können, dass du nicht kommst.«

»Habe ich gemacht Nora, ich schwör's.«

»Bei mir ist keine Nachricht angekommen.«

»Das habe ich inzwischen auch bemerkt. Dein Vater hat mich vorhin angerufen und gefragt, was die kryptische SMS auf seinem Handy sollte. Ich hab die falsche Nummer gewählt.«

Nora verdrehte die Augen. »Manchmal denke ich, *du* bist es, der unter Gedächtnisschwund leidet.«

Nora erwartete ein Lachen von Gideon, das jedoch ausblieb.

»Sie hat es bestimmt nicht böse gemeint«, versuchte Gideon, seine Frau zu beschwichtigen.

»Wer? Was?«

»Thea. Als sie den Anruf entgegengenommen hat.«

»Ist mir egal, Gitte. Man geht nicht einfach bei Wildfremden ans Telefon. Außerdem möchte ich wissen, was du bei ihr im Auto zu suchen hattest.«

»Sie hat angeboten, mich nach der Arbeit nach Hause zu fahren.«

»Sag jetzt nicht, der Wagen ist schon wieder kaputt?«

»Das ist eine längere Geschichte. Ich erzähl sie dir heute Abend.«

Nora verabschiedete sich mit einem unguten Gefühl. Erst jetzt wurde ihr bewusst, dass Gideon ihr den Grund für seinen Anruf nicht mitgeteilt hatte. Sie öffnete leise die Tür und spähte in den Flur. Er war leer, Thea Wessely verschwunden. Die Wohnungstür war geschlossen. Nur die aufdringliche Sandelholznote schwebte noch in der Luft. Der Briefumschlag mit Gideons Ehering lag auf der Kommode.

Nora drehte sich um und spähte durch die offene Wohnzimmertür in den Garten. Der Kinderwagen war nirgends zu sehen.

Noras Herz drohte auszusetzen. Sie rannte auf die Terrasse hinaus. Der Kinderwagen stand eine Handbreit neben der Tür, Jan-Hendrik schlummerte friedlich. Nora fiel siedend heiß ein, dass sie ihn aus dem Schatten heraus in die Vormittagssonne geschoben hatte.

Sie ließ sich auf den Korbstuhl sinken und barg das Gesicht in den Händen. Sie war so erleichtert, dass sie in Tränen ausbrach.

66

23. März, 11:45 Uhr
Redaktion des **Frankfurter Tagblatts** *im Tagblatt-Turm am Eschersheimer Tor*

Nora sah sich irritiert um. Bei ihrem letzten Besuch vor acht Wochen war das Büro im dritten Stock auf der Nordseite des Tagblatt-Turms noch vom Lärm einer Horde überarbeiteter Redakteure erfüllt gewesen. Jetzt herrschte hier gähnende Leere und eine unheimliche Stille. Sie nahm Jan-Hendrik die Mütze ab und öffnete seine Jacke, denn seine Wangen glühten. Der Kleine sah sich mit großen Augen um.

Die Tür stand offen und draußen auf dem Gang eilte jemand vorbei. Nora erkannte Sami Baran, den drei Jahre jüngeren Bruder ihrer Freundin Ceyda. Sami, der in Frankfurt studierte, absolvierte bei der Tageszeitung von Wilfried Winter ein Volontariat, nicht zuletzt auf Ceydas und Noras Vermittlung hin.

Sami tauchte abermals im Türrahmen auf. Er hatte die Haare mit Gel geglättet und trug eine modische Brille mit Holzgestell. Genau wie seine Schwester war er ein ausgesprochen attraktives Exemplar seiner Gattung.

Sami eilte durch die Reihen leerer Schreibtische auf sie zu. Er küsste sie auf die Wange und kitzelte Jan-Hendrik unter dem Kinn. Der Kleine strahlte ihn an.

»Hey, Nora. Wenn du deinen Vater suchst, der ist heute in Hamburg, wie ich gehört habe.«

»Eigentlich suche ich Martin Kanther.«

»Martin ist mit dem kläglichen Rest, der noch von der Lokalredaktion übrig ist, in den Südflügel umgezogen.« Sami hob vielsagend die Augenbrauen. »Komm, ich bring dich hin.«

Nora bedankte sich und begleitete ihn. Am Fenster des weitläufigen Raumes, hinter einem riesigen Flachbildschirm, Büchern, Zeitschriftenstapeln und einer Zimmerpalme verborgen, saß Martin Kanther. Er betätigte gedankenverloren die Tastatur seines Computers, während aus seinen Kopfhörern Opernmusik in voller Lautstärke dröhnte.

Kanther, ein ehemaliger Bestsellerautor, war vor ein paar Jahren der Hauptverdächtige in einer Reihe von Mordfällen gewesen, die das Frankfurter Rotlichtmilieu erschüttert hatten.

Nachdem er dazu beigetragen hatte, Nora aus der Gewalt des echten Täters zu befreien, hatte sich ihr Vater mit einer Anstellung als Redakteur bei seiner Zeitung bedankt und ihn vor einem weiteren sozialen Abstieg bewahrt.

Kanther hatte sich seitdem kaum verändert: Er trug nach wie vor die klobige schwarze Brille, die sein Gesicht beherrschte.

Doch da er, wie Nora wusste, seit ein paar Monaten mit dem Fahrrad in die Redaktion fuhr, sah er wesentlich gesünder aus als bei ihrer letzten Begegnung. Und hatte aufgrund der sportlichen Betätigung abgenommen. Nur das Rauchen hatte er noch nicht aufgegeben, wovon das Tabakpäckchen neben der Tastatur zeugte.

Über Noras Schulter hinweg musterte er Sami Baran und legte die Kopfhörer beiseite. »Nora, nett dich zu sehen. Da kannst du deinem türkischen Freund hier gleich klarmachen, dass eine Autorenkarriere nicht besonders erstrebenswert ist. Bücher zu schreiben, ist eine brotlose Kunst.«

»Du konntest doch ganz gut davon leben«, warf Sami ein.

»Das ist fünfundzwanzig Jahre her, mein Junge. Heute sieht die Welt anders aus. Wenn du unbedingt Romane schreiben willst, dann wenigstens Schnulzen. Die gehen weg wie warme Semmeln.«

Sami verzog das Gesicht und ließ die beiden allein.

»Ihr seid umgezogen?«, erkundigte sich Nora.

»Ende Februar mussten wieder zehn Leute gehen. Die Zeitungskrise geht auch an uns nicht spurlos vorüber. Sie haben jetzt alle Redaktionen zusammengelegt.«

»Hat der neue Geschäftsführer kein Konzept?«

»Den neuen Geschäftsführer, liebe Nora, hat dein Vater vorgestern gefeuert. Er war erst einen Monat auf seinem Posten. Damit hält er den Rekord. Ich habe Wilfried geraten, es zur Abwechslung mal mit einer Frau zu probieren. Eine ehemalige Polizistin vielleicht …«

»Danke, aber das hätte ich schon vor Jahren haben können«, sagte Nora und setzte Jan-Hendrik auf Kanthers Schoß, um sich einen Stuhl vom Besprechungstisch zu holen.

»Wenn ich den Kleinen fallen lasse, war das die erste und letzte Festanstellung meines Lebens.«

»Keine Bange, du lässt ihn schon nicht fallen. Ich möchte dich um einen Gefallen bitten.«

»Ich bin ganz Ohr«, sagte Kanther und reichte ihr Jan-Hendrik zurück, der das Hin und Her verwundert zur Kenntnis nahm.

»Thea Wessely, geborene Silber. Circa Mitte dreißig. Arbeitet beim Bartholomaeuswerk. Ich möchte alles über die Frau wissen.«

»Hast du ein Foto?«

Nora kramte ihr Handy aus der Tragetasche hervor, die mit allem möglichen Krimskrams, von der Wickelunterlage bis zum Parfumflakon, vollgestopft war. Sie hatte das Selfie, das Thea Gideon geschickt hatte, an ihre eigene E-Mail-Adresse weitergeleitet.

Kanther verzog das Gesicht. »Wenn du jemanden suchst, der dir Beweise für die Untreue deines Ehemanns liefert, wendest du dich besser an einen Privatdetektiv. Das ist nicht mein Ding.«

»Es geht nicht um Ehebruch«, sagte Nora, obwohl sie insgeheim daran zweifelte. »Irgendetwas stimmt nicht mit ihr.«

»Sie macht lauschige Bilder mit einem verheirateten Mann und frischgebackenen Vater, *das* stimmt nicht mit ihr.«

»Statt Gideon diskret den Ehering zurückzugeben, den er bei ihr im Wagen … verloren hat, bringt sie ihn bei mir vorbei. Und dann beantwortet sie unaufgefordert einen Anruf auf meinem Telefon, während ich gerade anderweitig beschäftigt bin. Diese Frau will mich provozieren.«

Kanther nahm die Brille ab und rieb sich die Schläfen. »Leuten hinterherspionieren kann ich nicht besonders gut.«

»Ich möchte nicht einen Wildfremden damit betrauen, Martin. Außerdem zahle ich gut.«

»Lad mich lieber mal in die *Villa Merton* ein. Im Gegensatz zu uns Normalsterblichen bekommt dein Vater da vielleicht einen Tisch.«

Schließlich gab er sich einen Ruck und ließ die Finger über die Tastatur gleiten. Eine Google-Suche nach Fotos von Thea Wessely leitete ihn auf die Website *bartholomaeuswerk-frankfurt.de*, auf der alle Mitarbeiter mit Bild und einem kurzen Lebenslauf vorgestellt wurden.

Nora stand auf und klopfte Kanther auf die Schulter. »Melde dich, wenn deine Recherche abgeschlossen ist.«

Sie stellte den Stuhl zurück, packte Jan-Hendrik warm ein und schickte sich zum Gehen an. An der Tür des Redaktionsbüros rief Kanther ihr nach: »Wilfried ist über siebzig, Nora. Wenn er nicht bald einen Nachfolger findet, geht die Zeitung den Bach runter.«

Seufzend dachte Nora an all die unerledigten Aufgaben, die noch vor ihr lagen.

67

23. März, 14:15 Uhr
Polizeipräsidium Frankfurt, Adickesallee

Von: *guenther.kuehnast@mk5.polizei.hessen.de*
An: *gideon.richter@mk5.polizei.hessen.de*
Betr: *Diverses*

Hallo Gideon,

Timo Peukert, der Junge, den du auf der Zeil verfolgt hast, wurde letztes Jahr bei einer nicht genehmigten Blockupy-Demonstration vor der EZB in Polizeigewahrsam genommen. Seitdem haben ihn die vom Staatsschutz auf der Liste.

Köhler liegt noch auf der Intensivstation. Sein Zustand ist kritisch.

Arno Teck ist gestern Nachmittag nach Bangkok geflogen. Wir haben die Kollegen der thailändischen Polizei um Amtshilfe ersucht. Ich würde mir keine allzu großen Hoffnungen machen.

Gruß, Günther

P.S.: Hat jemand die Sozialarbeiterin, diese Frau Wessely befragt? Ich konnte kein Protokoll finden.

68

23. März, 21:10 Uhr
Mauerweg, Frankfurt Nordend

Zum hundertsten Mal nahm Gideon die Notiz vom Küchentisch und überflog den Inhalt, obwohl er ihn bereits auswendig kannte.

Bin mit Janni für ein paar Tage in die Villa Winter gezogen. So hast du Muße zum Arbeiten. Und zum Nachdenken.

Die Villa Winter war das Haus von Noras Vater Wilfried im noblen Nordend. Dort war sie aufgewachsen. Jetzt stand Gideon ohne Familie da. Kein Zweifel, dass Noras Entscheidung mit Theas fragwürdigem Verhalten zusammenhing. Er konnte allerdings immer noch nicht glauben, dass Thea böse Absichten hegte. Vermutlich beruhte ihr Verhalten auf reiner Gedankenlosigkeit.

Auf dem Tisch standen zwei leere Flaschen *Nordend Lager* aus einer neu eröffneten Kleinstbrauerei am Oeder Weg, direkt neben dem Briefumschlag, in dem Thea seinen Ehering überbracht hatte. Den er – der Gipfel der Dummheit –

an der Niederräder Landstraße abgenommen und im Auto vergessen hatte. Gideon öffnete den Kühlschrank, um eine dritte Flasche Bier zu öffnen, ließ es dann aber bleiben. Sich zu betrinken, war keine Lösung. Vor allem, wenn er morgen früh im Präsidium wieder fit sein musste.

Er griff zum Handy und wählte Noras Nummer. Anrufbeantworter. Vielleicht war es besser so: Nora hatte sich zudem ausgebeten, erst in ein paar Tagen zu telefonieren. Sie suchte die Distanz.

Seine Frau und sein Sohn fehlten ihm jetzt schon.

69

24. März, 8:55 Uhr
Polizeipräsidium Frankfurt,
Besprechungsraum im 4. Obergeschoss

Die SMS von *Diagenetix Frankfurt* traf ein, während Gideon den Ausführungen des Kollegen Wiedemann von der Fahndungsgruppe der Direktion Verkehrssicherheit lauschte, der über das Aufgabenspektrum und die speziellen Anforderungen an seine Truppe referierte. Die Führung erhoffte sich von diesem bereichsübergreifenden Informationsaustausch eine bessere Vernetzung der Kollegen untereinander. Realität war jedoch, dass der Großteil der Kollegen aus der KD die Gelegenheit für einen ausgiebigen Büroschlaf mit offenen Augen nutzte, während der Rest in immer kürzer werdenden Intervallen den Raum verließ, um sich anderweitig zu beschäftigen.

Auch Gideon packte nach Erhalt der Nachricht seine Sachen. Ein Anruf bei *Diagenetix* brachte ihn nicht weiter: Nein, telefonisch könne man ihm die Ergebnisse nicht mitteilen, er müsse schon persönlich erscheinen. Ausweis nicht vergessen! Also stieg Gideon kurzerhand in sein Auto, das nach eineinhalbstündiger Suche gestern wieder aufgetaucht war, und fuhr zur Konstablerwache, wo er es im selben Parkhaus abstellte.

Dieses Mal fotografierte er jedoch mit seinem Handy unter den belustigten Blicken von zwei jungen Frauen Parkebene und Parkplatznummer. Bald darauf hielt er einen verschlossenen roten Umschlag mit der Aufschrift *Untersuchungsergebnisse* in den Händen.

Die Aussage war eindeutig: Enver Tahiri war Vanessa Baurs leiblicher Vater.

Was bedeutete das für seinen Fall? Wenn Vanessa die Tochter von Enver Tahiri und Jennifer war, ergab sich daraus ein völlig neues Bild. Mit Envers Aufrichtigkeit schien es nicht weit her zu sein. Er hatte gelogen wie die meisten anderen Personen, die in den Fall verwickelt waren.

Zwar waren die Untersuchungsergebnisse nicht gerichtsrelevant, doch damit hatte er bei der Vernehmung einen Trumpf in der Hand. Es sei denn, die beiden hatten keine Ahnung, dass sie Vater und Tochter waren. Oder Enver hatte nichts geahnt, während Vanessa seine Nähe suchte, weil sie es wusste.

Plötzlich fiel es Gideon wie Schuppen von den Augen. Die Vaterfigur im weißen Outfit auf Vanessas Manga-Zeichnung trug kein Jedi-Ritter-Kostüm, sondern einen Kampfsportanzug. Sie wusste also, dass Enver ihr Vater war. Blieb die Frage, ob er es auch wusste.

Er musste unbedingt mehr über die Beziehung zwischen Jennifer Baur und Enver Tahiri herausfinden. Seine Überlegungen zum Thema Familie bewirkten, dass seine Gedanken wieder zu Nora und Jan-Hendrik zurückkehrten. Was sie wohl gerade machten? Es versetzte ihm einen Stich, dass der Großvater seines Sohnes diese Frage im Moment besser zu beantworten vermochte als er.

Noras Vater, Vanessas Vater – er bewegte sich im Kreis, aber irgendwie schien es immer auf die Väter hinauszulaufen. Auch Jennifer Baur hatte einen Vater gehabt. Gideon wurde mit einem Mal schlagartig klar, was sie bisher sträflich vernachlässigt hatten: Sie hatten versäumt, nachzuforschen, ob die Eltern von Jennifer Baur noch lebten. Wenn ja, war es höchste Zeit, ihnen auf den Zahn zu fühlen.

70

24. März, 13:30 Uhr
Amtsgericht Frankfurt, Gebäude E, Zimmer 2118

Die zuständige Ermittlungsrichterin, eine attraktive Langhaarige, die Gideon auf Mitte vierzig schätzte, kaute auf ihrer Unterlippe, während sie Dr. Keitels Ausführungen lauschte. Gideon und Günther Kühnast hielten sich kleinlaut im Hintergrund. Die beiden waren kurz vor der Mittagspause heftig aneinandergeraten.

Keitel ließ sich von Gideon das DNA-Gutachten der *Diagenetix* aushändigen. Er wusste nicht, dass es ohne Genehmigung von Enver Tahiri erstellt und von Gideon privat in Auftrag gegeben worden war. Er ging natürlich davon aus, dass alles seine Ordnung hatte. Und genau das war der Grund für die Auseinandersetzung zwischen Gideon und Kühnast gewesen.

Der Vaterschaftstest lag auf dem Schreibtisch der Richterin. Sie überflog die Zeilen und nickte bedächtig. Gideon rückte nervös seine Krawatte zurecht. In dem vier Meter hohen Raum hallte jedes noch so leise Geräusch wider.

»Herr Tahiri und seine Tochter haben also kein wasserdichtes Alibi, aber ein stichhaltiges Motiv?«

»So ist es.«

Die Richterin ließ sich Zeit mit ihrer Antwort. »Letzte Woche kam ein Rundschreiben vom Ministerium, das Ihnen bekannt sein dürfte, Dr. Keitel. Die Anzahl der FZAs ist im vergangenen Jahr auf mehr als tausend gestiegen. Die Datenschützer laufen Sturm, die Presse streut Salz in die Wunden und die Ministerin wird nervös. Wir sind gehalten, alle Anfragen doppelt und dreifach zu prüfen«, gab sie zu bedenken.

»Die Funkzellenabfrage ist ein probates Mittel im Rahmen der Strafverfolgung. Sie erinnern sich an den *Fall Leonie* vor eineinhalb Jahren«, führte Keitel an.

Gideon lächelte. Anträge auf die politisch brisante Funkzellenabfrage, bei der die Telekommunikationsprovider alle sich zu einem bestimmten Zeitpunkt in einer definierten Funkzelle aufhaltenden Handynummern lieferten, verknüpfte Keitel gerne mit dem *Fall Leonie*: Für den Mord an der Zwölfjährigen am belebten Mainufer in Höhe Niederrad musste es Zeugen gegeben haben. Doch die Bitte um sachdienliche Hinweise der Frankfurter Polizei in Tageszeitungen, Rundfunk und Lokalfernsehen fand nur wenig Resonanz in der Bevölkerung. Per Funkzellenabfrage waren Handynummern und Identitäten von knapp dreihundert Personen ermittelt worden, die sich zur fraglichen Zeit in der Nähe des Tatorts aufgehalten hatten. Die Befragung hatte ergeben, dass es sich weitgehend um Autofahrer handelte, die am Niederräder Ufer entlanggefahren waren und nichts Außergewöhnliches beobachtet hatten. Doch fünf Personen hatten den lauen Sommerabend zu einem Spaziergang genutzt. Zwei konnten sich an einen Mann erinnern, der ihnen an der dicht bewachsenen Böschung unweit des Motorbootklubs begegnet war. Ihre Aussagen trugen wesentlich dazu bei, Leonies Mörder dingfest zu machen, nachdem die Polizei bereits ein halbes Jahr erfolglos ermittelt hatte.

»Natürlich erinnere ich mich, Dr. Keitel. Den Fall führen

Sie jedes Mal an, wenn Sie mit Ihren Beamten im Schlepptau mein Büro heimsuchen, um mir die Genehmigung für die Überwachungsmaßnahmen aus dem Kreuz zu leiern. Aber Sie wissen besser als ich, was für ein Aufruhr entstand, als die Polizei den Aufenthaltsort von annähernd dreihundert unbescholtenen Frankfurter Bürgern ermitteln konnte.« Sie lächelte. Einer der dreihundert ›unbescholtenen‹ Bürger war ein rechtslastiger Stadtrat gewesen, dessen Frau ihn auf einer mehrtägigen Dienstreise im Ausland wähnte, statt im Bett einer Studentin der Politikwissenschaften mit Körbchengröße R. Als die betrogene Ehefrau begann, die Schlammschlacht in der *BILD*-Zeitung auszutragen, wurde die Funkzellenabfrage mit ihren Risiken und Nebenwirkungen zum Politikum.

Keitel verzichtete auf einen Schlagabtausch mit der Ermittlungsrichterin und wartete ab.

Mit einem resignierten Seufzer tat sie ihre Entscheidung kund. »Sie erhalten den schriftlichen Bescheid per E-Mail. Hängen Sie es nicht an die große Glocke, sonst darf ich dem Amtsgerichtspräsidenten stundenlang Rede und Antwort stehen.«

Keitel bedankte sich formvollendet. Die drei Besucher beeilten sich, das Amtszimmer der Richterin und den Protzbau aus der Wilhelminischen Ära, in dem es sich befand, zu verlassen. Auf der Straße angekommen, steckte sich Keitel als Erstes eine Zigarette an. Er inhalierte tief. Staatsanwälte waren immer in Dienst und noch häufiger in Eile.

»Sonst noch was?«

Gideon sah nervös zu Günther Kühnast hinüber. Doch der hielt dicht.

Jetzt war es ohnehin zu spät, auszupacken.

71

25. März, 9:35 Uhr
Johanniter-Stift, An der Loh, Klein-Karben

Das Senioren- und Pflegeheim in Klein-Karben entsprach nicht im Geringsten dem Bild, das sich Günther Kühnast von Altersheimen gemacht hatte.

Vor fünfundzwanzig Jahren war seine Schwiegermutter in einem muffigen dunklen Kasten in München-Germering dahinvegetiert. Trotz der Beschwerden von Angehörigen hatte sich jahrelang nichts an den katastrophalen Zuständen geändert. Erst nachdem ein Heimbewohner und seine Frau im Abstand von wenigen Tagen unter mysteriösen Umständen gestorben waren, wurde die Presse aufmerksam, die zuständige Aufsichtsbehörde tätig und die Staatsanwaltschaft auf den Plan gerufen. Die ermittelnden Beamten mussten Dolmetscher hinzuziehen, da drei Viertel der Belegschaft kein Wort Deutsch sprach. Kühnast erinnerte sich noch heute an den Geruch nach Urin und Desinfektionsmitteln, der Besuchern beim Betreten der überheizten Empfangshalle entgegenschlug.

In entsprechender Stimmung hatte er sich heute Morgen auf den Weg nach Klein-Karben gemacht, zu Jennifer Baurs Großmutter. Doch das Pflegeheim der Johanniter hatte sich als positive Überraschung entpuppt: ein schmucker Neubau und helle freundliche Räume mit Linoleum-Fußböden in leuchtenden Farben.

Und statt nach Kohl und medizinischem Alkohol roch es nach frisch gebrühtem Kaffee. Aus der Cafeteria neben dem Foyer drangen Gesprächsfetzen, Gelächter und das Fauchen einer Espressomaschine herüber.

»Edith Baur, sagen Sie?«

Die füllige Blonde an der Rezeption, die ihn entfernt an seine Frau erinnerte, schürzte die Lippen. »Frau Baur ist am zweiten Weihnachtsfeiertag verstorben.«

Kühnast seufzte. Warum hatte er nicht angerufen, bevor er hergefahren war? Und Gideon hatte es offenbar ebenfalls versäumt.

»So ein Mist.«

»Warum haben Sie denn nicht angerufen, bevor Sie hergefahren sind?«

»*Die* Frage habe ich mir auch gerade gestellt.«

Die Blonde lachte und Kühnast konnte nicht umhin, einzustimmen.

»Wissen Sie, an wen der Nachlass gegangen ist?«

Die Rezeptionistin wählte die Nummer des Archivs. Das Wenige, was Edith Baur besessen hatte, sei von ihrer Enkelin Jennifer Baur abgeholt worden, erklärte sie.

»Ich kann mich noch gut an die Enkelin erinnern. Sie kam in Begleitung eines Mannes und die beiden brauchten Ewigkeiten, bis sie die Sachen in seinem Auto verstaut hatten.«

»Sagten Sie nicht, Frau Baur habe nur wenig hinterlassen?«

»Ja, aber da war ein großes Bild dabei. Sie mussten die Sitze ganz nach vorne schieben, um es reinzubekommen«, kicherte sie.

»Wissen Sie, was für ein Bild das war?«

Die Rezeptionistin bedauerte. Es sei verpackt gewesen. Kühnast bedankte sich und ging zu seinem Wagen. Er setzte sich auf die noch warme Motorhaube und zückte sein Handy. Während er Gideon von seinem Fehlschlag berichtete und zwei Männer beobachtete, die aus einem Transporter Kisten mit Medikamenten in die Eingangshalle schleppten, kam die Rezeptionistin durch die Drehtür und hielt direkt auf ihn zu.

»Kommen Sie doch mal kurz mit!«

Kühnast sah sie verdutzt an.

»Los doch, mir ist noch etwas eingefallen, was Ihnen weiterhelfen könnte.«

Einen Moment später saßen sie in einem winzigen Büro. Aus einem Regal zog sie einen Schuhkarton. Sie öffnete ihn und breitete den Inhalt auf dem Tisch aus: aus dem *Neuen Deutschland* ausgeschnittene Zeitungsartikel, eine Ansichtskarte aus Vietnam, eine Geburtsurkunde und die Kopie eines Totenscheins, ein laminiertes Abschlusszeugnis der Polytechnischen Oberschule *W. I. Lenin* Schkopau. Zwei in den gleichen bunten Stoffeinband eingeschlagene Büchlein, eines mit der Aufschrift *EPF Merseburg* und einer Bleistiftzeichnung von Elvis Presley, das andere beschriftet mit *Tagebuch Edith I. Pannicke.* Drei Schwarz-Weiß-Fotos, ein Tagebuch und ein kariertes Schulheft mit der Aufschrift *Erinnerungen* auf dem Etikett.

»Bei Demenz-Patienten legen wir eine sogenannte *Memorybox* an. Sie suchen sich einige Gegenstände aus ihrem persönlichen Besitz aus, die für sie besonders wichtig sind. Die werden in der Schachtel aufbewahrt, zusammen mit dem Heft, in dem sie beschreiben, was die Gegenstände für sie bedeuten. Von Zeit zu Zeit sehen wir sie gemeinsam durch.«

»Wie kommt es, dass die *Memorybox* von Frau Baur noch hier ist?«

»Die Tochter hatte kein Interesse daran. Dinge, für die Angehörige keine Verwendung haben, werden zwei Mal im Jahr bei uns abgeholt und ordnungsgemäß entsorgt. Der nächste Termin ist Ende März. Sie haben also Glück.«

Kühnast nahm auf einem Bürostuhl Platz.

»Sie sind also bei der Polizei?«, wollte die Rezeptionistin wissen. Sie hatte ihre Stimmlage eine Oktave heruntergeschraubt.

»Frankfurter Kripo. Mordkommission.«

»Das stelle ich mir ziemlich spannend vor.«

Kühnast lächelte verlegen. »Es geht so«, sagte er und räusperte sich.

»Ich brauche einen Kaffee. Möchten Sie auch einen?«

Kühnast lehnte dankend ab. Nachdem sich die Tür hinter ihm geschlossen hatte, machte er sich an die Arbeit.

72

Zwei Einträge in Edith Baurs Tagebuch

15. Oktober 1993: Jenni völlig aufgelöst. Sie ist nachts aufgewacht, Hermann hat an ihrem Bett gesessen und sie angestarrt. Hab ihr gesagt, Opa ist Künstler, hat die Kunstakademie in Dresden besucht, zusammen mit einem berühmten Maler. Künstler sind manchmal ein bisschen komisch. Opa Hermann macht ihr Angst. War nicht das erste Mal. Hab ihr eingeschärft, das ja keiner Menschenseele zu erzählen. Sonst kommt sie ins Heim.

August 1998: Die alte Zigeunerin war wieder da. Stand eine geschlagene Stunde auf der Straße und starrte zu unserem Fenster hinauf. Als ich runter bin, um sie zur Rede zu stellen, wurde sie fuchsteufelswild. Ihr Junge heiratet nur ein Mädchen aus der Sippe. Wenn meine Jenni ihn nicht in Ruhe lässt, hat ihr letztes Stündlein geschlagen. Ich hab sie angezeigt. Aber ich glaube nicht, dass die Polizei etwas unternimmt.

73

25. März, 13:05 Uhr
Bundesstraße B 3 zwischen Klein-Karben und Berkersheim

»Hallo Gideon, das muss Gedankenübertragung sein. Ich wollte dich auch gerade anrufen.«

»Komm so schnell wie möglich ins Büro zurück. Es gibt neue Aspekte in unserem Fall. Bist du bei der alten Baur vorangekommen?«

»Ich konnte ein paar interessante Unterlagen einsehen. Lebt Enver Tahiris Mutter noch? – Gideon, bist du noch dran? Die Verbindung ist schlecht, ich fahre gerade durch einen Tunnel.«

»Ich habe dich schon verstanden. Seine Mutter lebt noch. Was hast du rausgefunden?«

»Wenn ich das Tagebuch der alten Frau richtig interpretiere, hat Envers Mutter gedroht, Jennifer umzubringen. Sie war gegen die Beziehung der beiden. Vermutlich war sie nicht gerade begeistert über die Schwangerschaft. Wir sollten uns die Frau mal vornehmen.«

»Machen wir, sobald du da bist.«

»Wenn du mir ihre Adresse durchgibst, fahre ich direkt hin.«

»Nicht nötig. Frau Tahiri sitzt in meinem Büro.«

»Wie bitte?«

»Enver Tahiris Mutter ist hier im Präsidium. Sie möchte eine Aussage machen.«

»Aha.«

»Um zwölf ist sie unten in der Wache aufgetaucht. Sie hat gestanden, Jennifer Baur umgebracht zu haben.«

74

25. März, 13:55 Uhr
Polizeipräsidium Frankfurt, Büro von Gideon Richter

Bis Kühnast und die Dolmetscherin, die beide im Stau standen, in Gideons Büro eintrafen, verging fast eine Stunde. In der Zwischenzeit hatte Gideon einiges in Erfahrung gebracht.

Im Krankenhaus hatte man ihm mitgeteilt, dass Gustav Köhlers Zustand unverändert war: Er lag noch immer im Koma. Das Ergebnis der Dopplersonografie war entmutigend. Köhler hatte infolge des Sauerstoffmangels bei seinem Zusammenbruch Hirnschäden erlitten und würde vermutlich nicht aussagen können.

Gideon strich eine neuerliche Befragung Köhlers von seiner To-do-Liste. Seine einzige Hoffnung war nun Arno Teck – Zuhälter im *Love Center* und nach wie vor flüchtig.

Den Anruf bei Annette Nick, seit ein paar Tagen ebenfalls auf seiner Liste, verschob er ein weiteres Mal. Er dachte an sein Gespräch mit Edwin Rosenthal zurück. An seine Vorbehalte, eine Frau in sein Team aufzunehmen, die psychisch labil und nicht voll einsatzfähig war. Deswegen plagte ihn inzwischen ein schlechtes Gewissen.

Um kurz nach halb zwei steckte Rommel den Kopf durch die Tür. Wann er mit den ausgefüllten Fragebögen rechnen könne? Gideon versprach, sich zu beeilen. Lustlos überflog er den Papierstapel. Doch seine Gedanken schweiften immer wieder zu seiner kleinen Familie in der Villa Winter ab.

Das Eintreffen von Kühnast und der Dolmetscherin riss ihn aus seinen Grübeleien. Günther setzte seinen fürsorglichen Blick auf – vermutlich war Gideons Gemütszustand offenkundig. Wenige Augenblicke später saßen die beiden

Polizisten und die Dolmetscherin gemeinsam mit Enver Tahiris Mutter und einer Protokollführerin an einem Tisch im Vernehmungsraum.

Die Miene der alten Frau war genauso hochmütig, als säße sie zu Hause auf ihrem Thron. Ihr weißes Haar war unter einem Kopftuch verborgen, die Beule am rechten Ohr verriet, dass sie ihr Hörgerät eingesetzt hatte. Sie trug einen fadenscheinigen schwarzen Wollmantel, den abzulegen sie sich trotz der Wärme im Büro weigerte. Die knotigen Fingerknöchel zeugten von einer fortgeschrittenen Arthrose. Sie roch nach Pfefferminztee.

Gideon schob ihren albanischen Pass über den Tisch. Das Dokument, das mit seinem goldenen Doppelkopfadler eine entfernte Ähnlichkeit mit einem deutschen Reisepass aufwies, ließ sie unbeachtet liegen. Mergime Tahiris Blick war unergründlich.

Gideon wandte sich an die Dolmetscherin: »Ein Wort zum Ablauf: Da Frau Tahiri eine Hörhilfe trägt, möchte ich sie bitten, die von mir gestellten Fragen zu wiederholen.«

Die Dolmetscherin nickte. Er gab der Protokollführerin ein Zeichen.

»Frau Tahiri, Sie sagten, Sie hätten Jennifer Baur getötet.«

Die Dolmetscherin übersetzte leise und in kurzen Sätzen.

Tahiri nickte.

»Beschreiben Sie uns bitte genau, was passiert ist.«

Mergime Tahiri antwortete mit einer überraschend klaren, kräftigen Stimme. Sie wartete, bis die Dolmetscherin fertig war, bevor sie fortfuhr. Die Aussage klang dadurch abgehackt, wie aus Bruchstücken aneinandergefügt.

»Ich bin dorthin gefahren.«

»Wir haben gestritten.«

»Ich habe sie getötet.«

Gideon unterbrach sie: »Wie genau haben Sie Jennifer Baur getötet?«

»Ich habe sie verletzt und getötet.«

Gideon sah die Dolmetscherin fragend an, die hilflos mit den Schultern zuckte.

»Wie? Erschlagen? Erstochen? Aus dem Fenster geworfen?«

Mergime Tahiri griff in die Innentasche ihres Mantels, zog ihre lange schwarze Pfeife heraus und legte sie auf den Tisch.

Gideon Richter und Günther Kühnast sahen sich verwundert an.

»Ich habe Sie damit geschlagen – auf den Kopf.«

Gideon streifte einen Schutzhandschuh über, den er einer Spenderbox auf dem Sideboard an der Wand entnahm, hob die Pfeife unterhalb des Mundstücks hoch und betrachtete sie genauer. Sie war ungewöhnlich groß, der Pfeifenkopf kunstvoll geschnitzt und das zerkaute Mundstück zeugte von häufigem Gebrauch. Falls es sich tatsächlich um die Tatwaffe handelte, war sie ziemlich ungewöhnlich.

»Aus welchem Material besteht sie?«

»Ebenholz. Enver hat sie für mich geschnitzt, als er noch ein Junge war.«

Gideon ließ die Pfeife in einen Kunststoffbeutel gleiten. »Wie genau ist die Tat abgelaufen, Frau Tahiri?«

»Ich kann mich nicht an alles erinnern.«

»Um welche Uhrzeit sind Sie am Ben-Gurion-Ring eingetroffen?«

»Spät. Es war schon dunkel.«

»War Frau Baur alleine zu Hause?«

Tahiri zögerte. »Ja, alleine«, antworte sie schließlich.

»Und wie ging es weiter?«

»Wir hatten Streit.«

Rita Kempfer und die Nachbarin hatten ausgesagt, dass sie eine lautstarke Auseinandersetzung zwischen zwei Frauen gehört hatten. Möglicherweise war eine der beiden Envers Mutter gewesen.

»Worum ging es bei dem Streit?«

»Sie sollte Enver in Ruhe lassen.«

»Hat sie das nicht getan?«

»Nein. Sie wollte ihn unbedingt zurückhaben. Und sie wollte Geld.«

Gideon und Kühnast sahen sich irritiert an. Jennifer wollte Geld? Ausgerechnet von Tahiri, der bis über beide Ohren verschuldet war?

»Und dann?«

»Sie wollte es nicht einsehen. Ich war wütend und habe sie geschlagen.«

»Auf den Kopf.«

»Ja. Mehrmals. Da war viel Blut. Sie hat nicht mehr geatmet. Dann bin ich nach Hause gegangen.«

»Ist Ihnen irgendetwas Ungewöhnliches an Frau Baur oder in der Wohnung aufgefallen?«

Mergime Tahiri schüttelte den Kopf.

»Und im Anschluss sind Sie seelenruhig nach Hause gefahren?«

Sie nickte.

»Moment bitte.« Gideon packte Kühnast am Ärmel und zog ihn hinaus in den Gang. Der Brötchenmann schob mit quietschenden Reifen einen Servierwagen vorbei. Auf der zerkratzten Metalloberfläche wartete ein stark gealterter Salat einsam und mit hängenden Blättern auf seine Erlösung.

»Glaubst du ihr? Dass die Leiche vom Dach gestoßen wurde, hat sie nicht einmal erwähnt«, fragte Gideon.

»Denk daran, was Chiazza über die Tatwaffe gesagt hat: ähnlich wie ein Hammer geformt, aus Hartholz.«

»Das ist aber auch das Einzige, was passen würde. Kann ein Zufall sein.«

»Sie hat bereits vor Jahren gedroht, Jennifer Baur umzubringen.«

»Eine Drohung macht noch keinen Mörder. Und die Geschichte mit dem Geld? Hätte Jennifer Baur so dringend Geld gebraucht, hätte sie das Gemälde verkaufen können.«

»Und wenn es etwas mit der Schwangerschaft zu tun hatte? Vielleicht war Enver der Vater des Kindes. Die Alte wollte ihre Familie vor ihr schützen? Woher kennt sie Details, beispielsweise die Kopfverletzung?«

»Das kann sie aus der *BILD* haben. Wie alles andere, was sie uns auftischt. Es lebe die Pressefreiheit.«

»Und das sagt jemand, der in eine Verlegerdynastie eingeheiratet hat.«

Die Erinnerung an seine Frau und seinen Sohn versetzten Gideon einen Stich.

»Du glaubst, sie schützt ihren Sohn«, fuhr Kühnast fort.

»Sie hat Jennifer Baur nicht mit ihrer Pfeife erschlagen. Das ist lächerlich.«

Kühnast verzog das Gesicht – ganz so sicher wie Gideon war er sich dessen nicht.

»Aber sie weiß, dass *er* der Täter ist.«

»Oder sie vermutet es.«

»Aber warum rückt sie ausgerechnet jetzt mit ihrem Geständnis heraus? Wir nehmen ihren Sohn aufs Korn und prompt taucht sie bei uns auf.«

Kühnast war um eine Antwort verlegen. »Komm, lass uns weitermachen«, schlug er vor.

Die beiden kehrten in den Vernehmungsraum zurück. Gideon sah Mergime Tahiri lange an, bevor er die Befragung wieder aufnahm.

»Warum kommen Sie erst jetzt zu uns, Frau Tahiri? Der Tod von Jennifer Baur liegt zwei Wochen zurück.«

»Ich hatte Angst.«

»Wo ist Ihr Sohn im Augenblick?«

»Enver hat nichts damit zu tun.«

»Wo war er in der Nacht vom 13. auf den 14. März?«

»*Ich* habe diese Hure getötet, nicht mein Sohn.«

»Wollen Sie hören, was ich davon halte?«

Sie verschränkte die Arme vor der Brust und kniff die Augen zusammen.

»Sie kommen hierher und tischen uns eine hanebüchene Geschichte auf, weil Sie wissen, wer der wahre Täter ist. Sie wollen ihn schützen.«

»Enver hat sie nicht getötet«, sagte sie.

»Wie Sie bereits sagten: Es kam zum Streit, es ging um Geld. Jennifer Baur war im Besitz eines wertvollen Gemäldes, aber sie weigerte sich, es zu veräußern. Vielleicht war es ein Unfall.«

»Enver hat sie nicht getötet.«

»Sie aber auch nicht, Frau Tahiri. Hören Sie auf, uns für dumm zu verkaufen.«

Mergime Tahiri stand auf und streckte ihnen Hände entgegen. »Verhaften Sie mich.«

Gideon seufzte. Erneut zog er sich mit Kühnast zur Beratung vor die Tür zurück.

»Dieses verdammte Hin und Her!«

»Ich denke, wir sollten sie laufen lassen«, sagte Kühnast.

»Mitnichten. Sie soll ihren Willen haben. Steck sie in eine Verwahrzelle. Wollen doch mal sehen, ob sie dann immer noch bei ihrer Aussage bleibt. Falls Enver irgendjemandem anvertraut hat, dass er einen Mord begangen hat, dann seiner Mutter.«

75

25. März, 15:40 Uhr
Sensei Budokan Kampfsportschule, Schlossallee, Bockenheim

Während Günther Kühnast die Unterbringung von Tahiris Mutter in einer Verwahrzelle regelte, führte Gideons Weg in die Kampfsporthalle, um Enver noch einmal ins Gebet zu nehmen.

Doch in der Schlossallee fand er neben der Putzfrau nur eine künstlich gebräunte Blondine mit grellrosa Lippenstift und hautengem neongelben Oberteil vor, die sich hinter der Bar zu schaffen machte. Ihr Lächeln gab den Blick auf strahlend weiße Zähne frei, die unmöglich echt sein konnten. Die Musik dröhnte so laut durch die Halle, dass Gideon kein Wort verstand.

Auf Gideons Wink hin drehte die Blondine die Musik leiser. »Wir haben heute keinen Trainingsbetrieb. Ab Montag ist wieder geöffnet.«

Gideon hielt ihr seinen Ausweis unter die Nase. »Darf ich mich mal umsehen?«

Die junge Frau wirkte verunsichert. »Da muss ich erst den Chef fragen.«

»Es dauert nicht lange.«

Blondie zupfte nervös an einer Haarsträhne. »Na gut, fünf Minuten, höchstens. Möchten Sie was trinken? Kaffee vielleicht?«

»Ein Wasser wäre mir lieber.«

Erleichtert öffnete sie die Kühlschranktür und klimperte mit den Flaschen.

Gideon sah sich in der Halle um. In der gegenüberliegenden Ecke entdeckte er eine Tür, auf deren Milchglasscheibe das Wort *Büro* zu erkennen war.

Er durchquerte die Halle.

»Hallo, Sie!«, ertönte Blondies Stimme.

»Fünf Minuten«, antwortete er, ohne sich umzudrehen. Er öffnete die Tür.

Der Raum, kaum größer als eine Abstellkammer, war bis zur Decke mit Ordnern und Büromaterial vollgestopft. Auf dem Schreibtisch Kabelanschlüsse für einen Laptop. An der Wand dahinter hingen Gruppenfotos von Männern und

Frauen in weißer Judokluft, mit Gürteln in allen erdenklichen Farben, die meisten gelb, grün oder blau.

Auf einer Aufnahme erkannte er Enver Tahiri mit einer Gruppe Jugendlicher. Vermutlich ein Team, das er trainierte.

Gideon trat näher heran. Direkt neben Tahiri in der hintersten Reihe stand Vanessa Baur. Und gleich neben Vanessa Timo Peukert, unverwechselbar mit seinen Locken und der Gaumenspalte. Mit Schwarzgurt. Vanessa und er hielten sich an den Händen.

Hinter ihm in der offenen Tür hörte er die Blondine keuchen. »Sind Sie fertig?«

Gideon fotografierte das Gruppenbild und verließ das Büro. Die Blondine sperrte die Tür zu.

»Ihr Wasser steht auf dem Tresen.«

Sie stakste in ihren Sportleggins voraus. Angesichts ihres prallen Hinterteils ertappte sich Gideon bei dem Gedanken, ob es irgendetwas an dieser Frau gab, was *nicht* unter den Händen eines kosmetischen Chirurgen optimiert worden war.

76

25. März, 22:15 Uhr
Sindlinger Straße, Gallusviertel

Julia Peukert stand in der Tür und bedachte Gideon mit einem verärgerten Blick. »Wissen Sie, wie spät es ist?«

»Müssen Sie nie Überstunden machen?«

»Doch, aber um die Uhrzeit mache ich keine unangemeldeten Hausbesuche.«

»Wäre Ihr Sohn unserer Vorladung nachgekommen, hätte ich auf den Hausbesuch verzichten können.«

»Ich habe ihm gesagt, dass er sich bei Ihnen melden soll – nicht nur einmal. Aber Timo hat beschlossen, meinen mütterlichen Rat in den Wind zu schreiben. Er sagt, man könne ihn nicht zu einer Aussage zwingen. Was den Umgang mit staatlichen Organen angeht, kennt er sich besser aus als ich.«

Gideon gähnte hinter vorgehaltener Hand. »Ist er jetzt da?«

»Warten Sie«, sagte Peukert und verschwand im Flur. Gideon spähte die Treppe hinunter ins Erdgeschoss: Im Hauseingang stand ein Kinderwagen. Ein Anblick, der seine Wehmut schürte. Gestern war er vor lauter Arbeit wieder nicht dazu gekommen, Nora anzurufen; um elf war sie nicht mehr an ihr Handy gegangen.

Aus Peukerts Wohnung drangen laute Stimmen. Offenbar weigerte sich Timo nach wie vor, mit der Polizei zu kooperieren, während seine Mutter versuchte, ihn eines Besseren zu belehren. Schließlich trat Stille ein. Eine gefühlte Ewigkeit später näherten sich Schritte. Der Junge tauchte auf der Türschwelle auf. Seine Locken standen wirr vom Kopf ab. Er lehnte sich an den Türstock und verschränkte abwehrend die Arme vor der Brust.

»Dass du Vanessas Exfreund bist, habe ich mir schon selbst zusammengereimt. Ihr wart Klassenkameraden, bis du die Schule geschmissen hast. Und ihr wart in derselben Judogruppe.«

Falls Timos fieberhaft nachdachte, ließ er es sich nicht anmerken.

»Hast du mit ihr Schluss gemacht oder sie mit dir?«

»Was geht Sie das an?«

»Warum bist du vor mir weggelaufen?«

»Ich hab 'ne Allergie gegen die Handlanger des Systems.«

»Sah mir eher nach Angst aus als nach einer Allergie.«

Timo lächelte gequält. »Waren Sie schon mal bei 'ner Demo eingekesselt? Acht Stunden ohne Wasser und ohne Pinkeln? Davon kriegt man eine Bullenallergie.«

»Kanntest du Vanessas Mutter?«

»Kein Kommentar.«

»Du warst doch öfter mal im Allerheiligenviertel unterwegs.«

Timos Mutter näherte sich auf leisen Sohlen, um mitzuhören.

»Ich bin überall in der Stadt unterwegs. Ich arbeite als Fahrradkurier.«

»Muss ziemlich nervenaufreibend sein, tagsüber als Kurier erzkapitalistische Dokumente auszutragen und sich abends mit den Kameraden von *Blockupy* über das miese System zu ereifern.«

»Mich provozieren Sie nicht.«

»Was passiert eigentlich, wenn ich deiner Firma einen kleinen Hinweis gebe, dass du bei der Polizei kein Unbekannter bist?«

»Und Sie wundern sich, dass ich ein Problem mit Ihrem Verein habe?«

»Warst du ein Kunde von Frau Baur?«

»Kein Kommentar.«

»Hast du eine Idee, wer Jessica umgebracht haben könnte?«

»Jennifer.«

Gideon lächelte.

Timos Kiefer mahlten. »Vanessa hat ihren Namen mal erwähnt.«

»Ich möchte, dass du morgen früh um neun im Präsidium erscheinst.«

»Da hab ich schon was anderes vor.«

»Vergiss es«, sagte Gideon. »Punkt neun – sonst lasse ich dich in Handschellen vorführen.« Gideon schickte sich zu gehen an.

»Bevor ich es vergesse, was machst du eigentlich mit dem ganzen Müll in deinem Zimmer?«

Verärgert blickte sich Timo zu seiner Mutter um. Die zuckte die Schultern.

»Ich mache Menschen.«

»Menschen aus Müll?«

»Wir produzieren Müll, sind aus Müll geboren und werden wieder zu Müll.«

»Du bist ja ein richtiger Philosoph.«

»Das stammt nicht von mir, sondern von HA Schult, einem Berliner Aktionskünstler.«

»Wir werden zu Staub, wenn du es genau wissen willst.«

»Wie auch immer, entsorgt ist entsorgt. Das betrifft jeden, auch Polizisten. Die landen auf dem Sondermüll.« Timo grinste ihn frech an.

Gideon machte kehrt und eilte ins Erdgeschoss.

»Auch Sie gehören irgendwann zum Ausschuss. Schneller als Sie denken. Warten Sie's nur ab«, rief ihm Timo Peukert von oben nach.

Gideon öffnete die Haustür und trat hinaus. Draußen goss es in Strömen. Ihn fröstelte.

Er beschloss, trotz Sendepause ins Nordend zu fahren. Vielleicht war Nora um diese Zeit noch wach. Per Telefon traf er die letzten Vorbereitungen für den morgigen Tag. Er wollte sichergehen, dass alles nach Plan verlief.

Bei Mergime Tahiri bestand kein Grund, daran zu zweifeln.

Köhler fiel aus.

Timo und Vanessa, kein Problem.

Nur bei Enver Tahiri war er sich dessen nicht ganz sicher.

Als Gideon den Wagen zwanzig Minuten später an der Friedberger Landstraße parkte, hatte er völlig vergessen, dass er noch in der Villa Winter vorbeifahren wollte. Todmüde fiel er in sein kaltes Bett.

Und wälzte sich eineinhalb Stunden hin und her, bis er endlich Schlaf fand.

77

26. März, 9:15 Uhr
Polizeipräsidium Frankfurt, Vernehmungsräume 423–426 im 4. Obergeschoss

Die vier Vernehmungszimmer waren so angeordnet, dass sich jeweils zwei Räume direkt gegenüberlagen. Durch ein Bullauge konnte man in das Zimmer vis-à-vis blicken. Im größten Raum hatte Gideon seine Unterlagen ausgebreitet. Alle paar Augenblicke stand er auf, ging zur Tür und spähte in den Gang hinaus.

Timo Peukert wartete mit verschlossener Miene auf einem Hartschalenstuhl. Misstrauisch folgten seine Augen allem, was sich in seiner Nähe bewegte. Nur das rhythmische Öffnen und Schließen der Hand verriet seine Nervosität.

Zwei Plätze weiter saß Mergime Tahiri. Hin und wieder drehte sie den Kopf und starrte auf Timos Narbe, als wäre er aussätzig. Ihr Kopftuch war nach einer Nacht in der Verwahrzelle ziemlich zerknittert. Neben ihr die Dolmetscherin.

Gegenüber hatten Vanessa und ihre Betreuerin Frau Rohfleisch Platz genommen. Vanessa hatte den Kopf in den Nacken gelegt und starrte an die Decke. Ab und an zog sie geräuschvoll die Nase hoch, woraufhin die Betreuerin ihr demonstrativ eine Packung Taschentücher reichte.

Um kurz vor halb zehn traf Enver Tahiri mit zwei Beamten in Uniform ein. Er sah wütend aus. Er trug einen anthrazitfarbenen Anzug und ein weißes Hemd – maßgeschneidert, allem Anschein nach. In dieser Montur wirkte er beinahe noch furchteinflößender als in seiner Trainingskluft.

Er steuerte auf seine Mutter zu und umarmte sie; die kleine Frau reichte ihm kaum bis zur Brust. Mergime Tahiris

Rücken bebte. Er wollte sich neben seine Mutter setzen, aber die Uniformierten wiesen ihm den gegenüberliegenden Platz zu, wie Gideon angeordnet hatte. Er hatte auch verfügt, dass alle vier bis Punkt zehn Uhr im Gang warten sollten, obwohl nichts Dringliches anlag. Einer Unterhaltung während der Wartezeit sei Einhalt zu gebieten. Solche Maßnahmen gehörten nicht zum Katalog der laut §136a verbotenen Vernehmungsmethoden. Aber sie verfehlten selten ihre Wirkung, die Anspannung zu steigern.

»Dauert es noch lange?«, fragte Timo Peukert um viertel vor zehn genervt.

Punkt zehn Uhr öffnete Gideon die Tür und trat in den Gang hinaus. Günther Kühnast und die Kollegen in den anderen Vernehmungsräumen taten es ihm gleich.

Timo Peukert, Vanessa Baur und ihre Betreuerin, Enver Tahiri und Mergime Tahiri wurden hereingebeten.

»Zwei Stunden noch, dann haben wir unseren Täter überführt«, sagte Gideon zu Kühnast.

Kühnast schwieg.

Die Türen der Vernehmungszimmer fielen ins Schloss.

78

Raum 424

– Ich war an dem Abend auf dem Wertstoffhof in Bornheim.
– Der Wertstoffhof schließt mittags.
– Ich weiß.
– Du hast dir unbefugt Zutritt verschafft?
– Hmm.
– Wozu?
– Ich hole mir Material.

– Du klaust Müll?
– Na und?
– Du weißt, dass Vanessa gerade vernommen wird?
– Ja.
– Du warst nicht gemeinsam mit ihr auf den Golanhöhen?
– Nein.
– In Jennifer Baurs Wohnung?
– Nein.
– Und wenn sie das Gegenteil behauptet?
– Dann lügt sie.
– Wusstest du, dass Jennifer Baur zu einer zehnjährigen Haftstrafe verurteilt wurde, wegen Kindstötung?
– Ja.
– Wusstest du auch, dass Jennifer Baur wieder schwanger war?
– Ja.
– Du wusstest es?
– Ja.
– Woher?
– Sie hat es mir gesagt.
– Warum sollte sie es ausgerechnet dir und niemandem sonst erzählt haben, nicht mal ihrer eigenen Tochter?
– Keine Ahnung.
– Du kanntest sie also doch, und das ziemlich gut.
– Ich habe nie gesagt, dass ich Jennifer nicht kenne.
– Gestern hast du etwas anderes behauptet.
– Ich lüge nicht. Ich sage die Wahrheit, auch wenn es weh tut. Wenn jemand die Wahrheit nicht hören will, soll er es bleiben lassen. Ist nicht mein Problem.

79

Raum 423

– Du warst nicht mit Celine im Kino.
– Nein.
– Wo warst du dann an dem Abend, als deine Mutter starb?
– Mit Enver zusammen.
– Was habt ihr gemacht?
– Wir sind herumgefahren.
– Wo genau seid ihr ›herumgefahren‹?
– Überall.
– Auch auf den Golanhöhen?
– Nein.
– Woher stammt die Narbe auf deiner Stirn?
– Ich habe mich bei einem epileptischen Anfall verletzt.
– Stammt sie nicht eher aus der handgreiflichen Auseinandersetzung, die du am 13. März mit deiner Mutter hattest?
– Fragen Sie Ihre Kollegin, die Blonde, die kann das bezeugen.
– Du bist also nicht mit Enver Tahiri zu deiner Mutter auf die Golanhöhen gefahren?
– Nein.
– Du warst auch nicht in der Wohnung, als sie getötet wurde?
– Nein.
– Und du hast nicht den Notruf angerufen und wieder aufgelegt?
– Nein.
– Der Hund hat deine Spur in der Wohnung ausgemacht.

Du warst dort und bist anschließend zur Bushaltestelle gegangen.
– Nicht an diesem Abend.

80

Raum 426

– Lassen Sie meine Mutter gehen. Sie meint, sie müsste sich für mich opfern.
– Ihre Mutter hat Jennifer Baur bedroht, als sie beide ein Paar waren.
– Das ist lange her. Sehr lange.
– Ist doch ein komischer Zufall, dass Ihre Mutter ausgerechnet jetzt ein Geständnis ablegt.
– Sie haben ihr Angst gemacht, als Sie in unserer Wohnung aufgetaucht sind und mich unter Druck gesetzt haben.
– Es geht hier um Sie, nicht um Ihre Mutter. Vanessa hat ausgesagt, sie wäre am Abend des 13. März mit Ihnen im Auto unterwegs gewesen.
– Das stimmt nicht.
– Sie bleiben bei Ihrer Aussage, dass Sie an diesem Abend erst zu Hause waren und danach in den Klub gefahren sind?
– Ja.
– Wir haben Ihre Nachbarn, Ihre Tochter, Ihre Frau und Ihre Mutter befragt. Uns liegen die Bewegungsdaten aus Ihrem Smartphone vor.
– Kann ich etwas zu trinken bekommen?
– Bitte beantworten Sie meine Frage.
– Vielleicht war ich noch unterwegs.
– Wo?

– Keine Ahnung, rumgefahren eben. Bekomme ich jetzt etwas zu trinken? Und lassen Sie meine Mutter gehen.

81

Raum 425

– Ich habe sie getötet.
– Sie wissen, dass Ihr Sohn im gegenüberliegenden Zimmer vernommen wird?
– Ja.
– Wir haben auch mit Ihrer Schwiegertochter, mit den Nachbarn und mit Lodja gesprochen. Sie waren an dem Abend, als Jennifer Baur getötet wurde, zu Hause.
– Diese Frau hat den Tod verdient. Sie wollte unsere Familie zerstören.
– War Enver an dem Abend mit Vanessa zusammen?
– Sie ist eine Schlampe, genau wie ihre Mutter. Sie lügt wie gedruckt.
– Sie versuchen, Ihren Sohn zu decken. Aber das ist sinnlos. Er war zur Tatzeit mit Vanessa zusammen.
– Ich habe sie getötet. Sie hat es herausgefordert.
– Sie wissen, in welcher Beziehung Vanessa zu Ihrem Sohn steht?
– Nichts als Lügen!

82

Raum 424

– Du hast regelmäßig die Golanhöhen und das dortige Jugendzentrum besucht. Weshalb?

– Ich war neugierig.
– Neugierig worauf?
– Auf die Leute. Für die Gesellschaft sind sie Müll. Ausschuss.
– Viele sind ganz normal. Gehen zur Arbeit, ziehen Kinder groß. Andere verkaufen Drogen, sind gewalttätig und schlagen Menschen in U-Bahnhöfen tot, aus keinem ersichtlichen Grund.
– Aus Langeweile. Hab ich mal im *SPIEGEL* gelesen.
– Du hast die Schule vorzeitig abgebrochen, aber deine Mutter weiß nichts davon.
– Das hat nichts mit Vanessa zu tun.
– Hast du dich dort versteckt, auf den Golanhöhen?
– Auch.
– Weil es weit genug weg von deinem Zuhause in der Sindlinger Straße ist?
– Weil es weit weg ist, ja.
– Weil deine Mutter dich dort nicht suchen würde?
– Meine Mutter lebt in einer anderen Welt.
– Wie hast du Vanessas Mutter kennengelernt?
– Die Sozialarbeiterin wollte, dass ich mitkomme, wenn Vanessa sie besucht.
– Hast du sie regelmäßig getroffen?
– Nein. Nicht regelmäßig.

83

Raum 425

– Ich wusste, dass das Mädchen Kontakt zu meinem Sohn hat.
– Und Ihre Schwiegertochter?
– Die weiß nichts. Sie braucht auch nichts zu wissen.

Enver kann tun und lassen, was er will, er ist ein Mann. Er ist niemandem Rechenschaft schuldig.

– Vanessa ist seine Tochter. Und Ihre Enkelin.

– Sie ist die Tochter einer Hure. Wir haben nichts mit ihr zu schaffen.

– Was hatten Sie damals gegen die Verbindung Ihres Sohnes mit Jennifer Baur einzuwenden?

– Er war seit Langem einem anderen Mädchen versprochen.

– Lodjas Mutter?

– Nein. Das Mädchen ist im Krieg – verschwunden.

– Sie sind zu Jennifer Baurs Großeltern gefahren und haben ihr gedroht.

– Sie sollte sich von ihm fernhalten. Sie hat ihm den Kopf verdreht.

– Frau Baur saß im Gefängnis, weil sie ihre Kinder gleich nach der Geburt getötet hat.

– Sie war vom Teufel besessen.

– Wissen Sie, wer der Vater des Kindes war?

– Nein.

– Frau Bauer hat kurz vor ihrer Ermordung ein weiteres Kind zur Welt gebracht.

– Sage ich doch: einmal Hure, immer Hure.

– Könnte es sein, dass Ihr Sohn der Kindsvater ist?

– Sind Sie verrückt geworden?

84

Raum 426

– In welcher Beziehung stehen Sie zu Vanessa?

– Ich trainiere sie.

– Ist das alles?

– Sie ist … meine Tochter.

– Seit wann wissen Sie es?
– Seit ihre Mutter aus dem Gefängnis entlassen wurde.
– Wie kam es dazu?
– Vanessa hat mich ausfindig gemacht. Eines Tages stand sie im Dojo und zeigte mir ein Foto ihrer Mutter.
– Wie haben Sie reagiert?
– Ich habe sie weggeschickt.
– Aber sie hat sich nicht abwimmeln lassen?
– Nein. Sie kam immer wieder.
– Wollte sie Geld von Ihnen?
– Nein. Sie wollte ihren Vater kennenlernen.
– Haben Sie sich darauf eingelassen?
– Ich hatte keine andere Wahl. Sie hat gedroht, meiner Familie reinen Wein einzuschenken. Sie wissen, dass meine Mutter Jenni bedroht hat, als wir liiert waren? Meine Mutter ist sehr … impulsiv.
– Warum war Vanessa der Kontakt zu Ihnen so wichtig?
– Sie hoffte wohl, Jennifer und mich wieder zusammenzubringen. Dass ich meine Familie verlasse.
– Aber das kam für Sie nicht infrage.
– Natürlich nicht. Vanessa ist verrückt.

85

Raum 423

– Die Besuche bei deiner Mutter – hast du die als angenehm empfunden?
– Diese Frau hat mich zur Welt gebracht, aber deshalb ist sie nicht meine Mutter.
– Hast du sie auch außerhalb der von Frau Wessely organisierten Treffen besucht?
– Nein.

– Aber du warst gelegentlich im Jugendhaus am Bügel.
– Ich habe sie beobachtet.
– Du hast deine Mutter beobachtet?
– Ja.
– Aber nicht mit ihr gesprochen.
– Nein.
– Deine Spuren sind in der Wohnung.
– *Ihre* Spuren sind auch in der Wohnung.
– Natürlich. Wir haben dort ermittelt.
– Ich meine *Ihre persönlichen* Spuren.
– Du hast also Zugang zur Wohnung deiner Mutter.
– Sie können mir ausweichen, aber das ändert nichts daran: Ich weiß, dass Sie dort waren.
– Warum hast du deine Mutter beobachtet?
– Ich weiß nicht. Es ist wie ein Unfall auf der Autobahn. Einem wird schlecht davon, aber man kann nicht weggucken.

86

Raum 424

– Du behauptest, die Wahrheit zu sagen, aber dein ganzes Leben ist eine einzige Lüge, Timo.
– Wie kommen Sie darauf?
– Du versteckst dich auf den Golanhöhen, damit deine Mutter nicht merkt, dass du von der Schule geflogen bist.
– Sie hat nie danach gefragt.
– Wir haben auf deinem Handy Fotos von Unterlagen gefunden, die du als Kurier transportiert hast.
– Sie haben kein Recht, in meinem Handy herumzuschnüffeln. Ich bin freiwillig gekommen.

– Was machst du mit den Fotos?
– Kein Kommentar.
– Verkaufst du sie an die Konkurrenz?
– So ein Quatsch.
– Sondern?
– Wir – wollen sie der Öffentlichkeit zugänglich machen.
– Du meinst so ähnlich wie *Wikileaks?*
– Sie glauben gar nicht, was da für dubiose Geschäfte bei den Banken und Unternehmensberatungen abgewickelt werden. Wenn die Leute das wüssten, würden sie ihnen ihr Erspartes nicht anvertrauen.
– Dir ist doch klar, dass du dich strafbar gemacht hast, oder? Darauf steht Gefängnis. Verletzung des Postgeheimnisses, Verrat von Geschäftsgeheimnissen nach UWG – dafür landest du ein paar Jahre im Knast.

87

Raum 426

– Vanessa hat Sie unter Druck gesetzt, Ihren Vaterpflichten nachzukommen. Und Sie sind darauf eingegangen.
– Ja.
– Waren Sie an dem Abend, als Vanessas Mutter starb, ebenfalls mit ihr zusammen?
– Ja.
– Wohin sind Sie gefahren, nachdem Sie das Mädchen vom Monikahaus abgeholt hatten?
– Hierhin und dorthin.
– Auch nach Nieder-Eschbach?
– Kann sein. Wir sind herumgefahren und haben uns unterhalten. So genau kann ich mich nicht erinnern.
– Waren Sie auch am Ben-Gurion-Ring?

– …
– Herr Tahiri, würden Sie bitte die Frage beantworten? Waren Sie am Ben-Gurion-Ring?
– Hören Sie, ich habe Jennifer nicht umgebracht.

88

Raum 425

– Ich habe sie umgebracht. Sie hat es verdient.

89

Raum 423

– Frau Rohfleisch, würden Sie bitte kurz den Raum verlassen, ich möchte mit Vanessa unter vier Augen sprechen.
– Wenn ich davon ausgehen kann, dass Sie sich Vanessa gegenüber korrekt verhalten.
– Vertrauen Sie mir.
– Warum beruhigt mich das nicht?
– Nur fünf Minuten.

– Ich weiß, dass du zwei Tage nach dem Mord an deiner Mutter in Köhlers Wohnung warst, um das Bild zu holen. Das hier sind deine Handschuhe.
– Ich habe einen Schlüssel. Aber Sie sind in die Wohnung eingebrochen.
– Hat dein Vater am Abend des 13. von dir verlangt, ihn in die Wohnung zu lassen?
– Enver hat nichts damit zu tun. Wenn Sie nicht damit aufhören, meine Familie und meine Freunde zu verdäch-

tigen, erzähle ich Ihrem Chef, was Sie in der Wohnung gemacht haben.
– Bildest du dir ein, der glaubt dir?

– Woher hast du dieses Foto?
– Sie standen auf dem Balkon. Das hätte jeder machen können.
– Das beweist gar nichts.
– Lassen wir es darauf ankommen.
– Gib mir das Handy.
– Nein.
– Gib mir *sofort* das Handy.
– Holen Sie sich es doch.
– Gideon, darf ich kurz stören: Die Daten vom Telefonprovider sind da.
– Du rührst dich nicht vom Fleck, Fräulein.

90

26. März, 11:20 Uhr
Polizeipräsidium Frankfurt, Gang vor den Vernehmungszimmern im 4. Obergeschoss

Günther Kühnast strahlte, als hätte er im Lotto gewonnen.

»Volltreffer.«

»Tahiri?«

»*Und* Vanessa.«

Gideon studierte die Zahlenreihen auf dem Computerausdruck. Zwei Telefonnummern hatte Kühnast neongelb markiert und die Initialen *ET* und *VB* danebengekritzelt.

»Noch andere Bekannte?«, wollte Gideon wissen.

»Köhler besitzt kein Handy. Timo Peukert hat zwar eins an der Pforte abgegeben, aber es war keine SIM-Karte drin.«

»Der Junge gehört zu der Sorte, die sich anonymisierte SIM-Karten mit einem Prepaidhandy besorgen, damit man ihn nicht orten kann. Und sie nur benutzen, wenn sie telefonieren wollen. Oft nur ein einziges Mal, bevor es im Müll landet.«

»Ausgekochtes Bürschchen.«

»Nicht wirklich: Er mag clever genug sein, um seine Spuren auf dem Handy zu verwischen, aber dann nimmt er es mit ins Präsidium, mitsamt dem belastenden Material und Code *9999* als Passwort. Was lernen die eigentlich in ihren *Blockupy*-Camps?«

»Sagtest du nicht, dass er eine philosophische Ader hat? Die sind doch alle ein bisschen verpeilt. Es gibt zwei Telefonnummern auf der Liste, bei denen Name und Adresse falsch sind. Eine davon könnte Peukerts sein.«

»Hast du dort angerufen?«

»Bei einer kommt die Ansage ›Kein Anschluss unter dieser Nummer‹, bei der anderen ist ein anonymer Anrufbeantworter dran. Wie gehen wir jetzt weiter vor?«

»Die Vernehmung von Envers Mutter beenden wir.«

»Gut. Die gibt ohnehin nichts anderes von sich als die alte Leier ›Ich habe sie getötet‹.«

»Wart's ab. Die knacken wir noch. Was Peukert angeht: Schreib die Nummer mit dem Anrufbeantworter auf ein Blatt Papier und leg sie vor ihm auf den Tisch. Wortlos, aber beobachte seine Reaktion. Denk dir irgendwas aus, was ihn belastet, beispielsweise den Ort, an dem die Nummer aktiviert wurde. Was Vanessa und ihren Vater betrifft: Sie könnte Enver angestiftet haben. Die beiden knöpfe ich mir jetzt noch einmal vor.«

91

Raum 424

– Was ist das für eine Nummer?
– Das möchte ich von dir wissen, Timo.
– Keine Ahnung.
– Sie ist auf einer Liste mit den Nummern der Handys aufgetaucht, die zur Tatzeit in der Nähe des Tatorts lokalisiert wurden.
– Und was hab ich damit zu tun?
– Wir haben die IP-Adresse des Rechners ausfindig gemacht, mit dem die Nummer aktiviert wurde.
– Ich will einen Anwalt.
– Kein Problem. Aber jetzt beantwortest du erst einmal meine Frage. Ist das deine Nummer? Früher oder später finden wir es sowieso heraus.
– Okay … ja! Aber mit dem Mord habe ich nichts zu tun.
– Sondern?
– Ich war im Jugendzentrum.
– Das Jugendzentrum schließt um neun. Dein Handy war bis halb elf an der Funkzelle angemeldet.
– Ich bin rumgelaufen. Hab mir die Beine vertreten.
– Junge, du sitzt ziemlich tief in der Scheiße. Vielleicht rückst du zur Abwechslung mal mit der Wahrheit heraus.
– Die Wahrheit kann auch eine Keule sein, mit der man andere erschlägt.
– Oha, Philosophie. Von wem stammt der Spruch?
– Anatole France.
– Dann schlag mal zu mit deiner Keule, ich werd’s überleben.
– Vanessa und ich waren fast sechs Monate zusammen.

Aber unsere Beziehung war rein platonisch. Sie wollte nicht mit mir schlafen. Anfangs habe ich das akzeptiert. Ich kann warten. Aber jeden Monat wurden ihre Ausflüchte abenteuerlicher. Ich wollte keine Freundin nur zum Reden. Ich wollte auch Sex.

– Weiter.

– Wir hatten einen heftigen Streit und da hat sie mit mir Schluss gemacht. Sie hat mich eiskalt abserviert, als wäre ich ihr völlig egal. Zufällig, oder auch nicht, habe ich auf ihrem Handy ein Bild von diesem Kosovo-Albaner gesehen. Ich dachte natürlich sofort: Aha, so ist das. Dass sie einen anderen hat, meine ich.

– Verständlich.

– Sparen Sie sich Ihre Psychotricks. Ich erzähle Ihnen auch so, was Sie wissen wollen.

– Also gut. Was hat Vanessas Mutter mit alldem zu tun?

– Ich habe Jenni kennengelernt, weil die Sozialarbeiterin das wichtig fand, da waren Vanessa und ich noch zusammen. Keine Ahnung warum, aber ich mochte sie. Sie wirkte so verhuscht. Als wir im Jugendzentrum am Bügel waren, hat mir Vanessa erzählt, dass ihre Mutter früher im Allerheiligenviertel auf den Strich gegangen ist. Als Fahrradkurier hatte ich öfter mal dort zu tun.

– Dort bist du Vanessas Mutter über den Weg gelaufen.

– Ja. Was für ein Zufall, oder?

– Und dann hast du eine Riesendummheit begangen.

– Woher wissen Sie das?

– Ich bin Polizist. Ich sitze ständig Leuten gegenüber, die Dummheiten machen.

– Ich habe sie gefragt, was es kostet. Für fünfundzwanzig Euro war sie bereit, mit mir zu schlafen. Mit dem Ex ihrer Tochter.

– Du hast ihre Dienste also in Anspruch genommen.

– Ja.

– Um dich an Vanessa zu rächen.
– Ja.
– Du wolltest sie demütigen.
– Stimmt.
– Und weiter?
– Es war furchtbar.
– Und was hat das jetzt mit Jennifer Baurs Tod zu tun?
– Sie hat es Vanessa gesagt. Sie fand das wohl witzig.
– Vanessa aber nicht.
– Richtig. Sie hat mir mitten auf der Sindlinger Straße eine Szene gemacht.
– Und?
– Sie hat gesagt, dass sie die Schlampe umbringt.
– Ich dachte, *sie* hat mit dir Schluss gemacht.
– Sie war wohl in ihrem Stolz gekränkt.
– Das wolltest du doch.
– Ja. Und nein.
– Und was hast du an diesem Abend am Ben-Gurion-Ring gemacht?
– Ich habe das Haus beobachtet. Ich wollte Vanessa daran hindern, eine Dummheit zu begehen. Ich war doch dafür verantwortlich, dass es so weit gekommen ist. Nachdem das JuZe geschlossen hatte, habe ich mich auf die Lauer gelegt, sodass ich die Bushaltestelle im Blick behalten konnte, und gewartet.

92

Raum 426

– Also gut: Ich habe Vanessa am Kino abgeholt und sie zum Ben-Gurion-Ring gefahren.
– Um was zu tun?

– Sie wollte das Bild holen.
– Um es zu verkaufen?
– Weiß ich nicht. *Mir* hat sie gesagt, sie wolle es an einem sicheren Ort aufbewahren. Das Mädchen ist nicht ganz richtig im Kopf, auch wenn sie meine Tochter ist.
– Sie sind beide raufgegangen?
– Nein. Nur Vanessa. Ich bin im Auto geblieben.
– Haben Sie denn gedacht, dass ihre Mutter das Bild ohne Weiteres rausrücken würde?
– Das war mir, ehrlich gesagt, egal. Ihre Mutter, ihr verdammtes Gemälde, ihre Probleme. Vanessa hat mir versprochen, danach wären wir beide quitt. Sie würde mich in Ruhe lassen.
– Haben Sie ihr das geglaubt?
– Ich wollte es glauben.
– Und dann?
– Ich saß über eine Stunde im Auto und hab auf sie gewartet. Ich hab mich nicht getraut, raufzugehen. Sie ist auch nicht ans Handy gegangen.
– Wann kam Vanessa zurück?
– Nach neun.
– Aber das Gemälde hatte sie nicht dabei.
– Nein. Und sie war ziemlich durcheinander.
– Ist Ihnen etwas Verdächtiges an ihr aufgefallen? Blutspuren vielleicht?
– Es war zu dunkel. Ich konnte nichts erkennen.
– Wie ging es dann weiter?
– Ich habe sie ins Monikahaus gefahren.
– Können Sie sich erinnern, worüber Sie während der Rückfahrt gesprochen haben?
– Sie hat kein Wort gesagt. Die ganze Fahrt über.

93

Raum 423

– Ihr beide, deine Freundin und du, habt die Kinokarten gekauft, um dir ein Alibi zu verschaffen. Dein Vater hat dich in der Nähe des Kinos abgeholt und zu deiner Mutter gefahren. Du bist zu ihr gegangen, um das Bild an dich zu nehmen. Es gab Streit. Du hast auf deine Mutter eingeschlagen. Dann bist du völlig aufgelöst zum Auto zurück. Eine gute Stunde später ist deine Mutter ihren schweren Kopfverletzungen erlegen.

– Das ist nur die halbe Wahrheit. Und die verdrehen Sie noch.

– Dann sag mir, was wirklich passiert ist.

– Ich glaube, das wollen Sie lieber nicht hören.

– Das musst du schon mir überlassen.

– Mein Vater hat mich hingebracht. Ich wollte das Gemälde holen. Aber nicht, um es zu verkaufen.

– Sondern?

– Um es vor ihr in Sicherheit zu bringen. *Sie* war diejenige, die es verkaufen wollte.

– Aber du warst dagegen.

– Was glauben Sie wohl, warum der Titel des Bildes *Familie Baur* lautet?

– Es ist ein Familienporträt.

– Es stellt die Familie meiner Großeltern dar. Es war ein persönliches Geschenk von Gerhard Richter, der dieselbe Kunstakademie wie mein Urgroßvater besucht hat. Das ist ein Meistwerk. So etwas verkauft man nicht.

– Das Gemälde ist ziemlich viel wert, schätze ich.

– Schätzen Sie richtig.

– Wo ist es jetzt?
– In Sicherheit.
– Und deine Mutter?
– Lag schon am Boden, als ich kam. Alles war voller Blut.
– Hast du ihr nicht geholfen?
– Ich habe mich nicht getraut, sie anzufassen.
– Aber du wusstest, dass sie noch lebt.
– Sie hat noch geatmet. Und ihre Augen waren offen. Ich hab den Notruf angerufen.
– Und wieder aufgelegt. Warum?
– Während es klingelte, bin ich raus auf den Balkon. Ich konnte sie nicht ansehen, mir war schlecht und ich wollte meinem Vater ein Zeichen geben.
– Du hättest ihn doch auch anrufen können.
– Der Akku von meinem Handy war leer. Und ich war total durcheinander.
– Und weiter?
– Auf dem Balkon habe ich sie gesehen.
– Wen?
– Da lag eine Plastiktüte, halb offen, sodass man oben reinschauen konnte.
– Was war darin? Was war in der Plastiktüte, Vanessa?
– Handtücher, voller Blut. Da hab ich lieber nichts gesagt.
– Warum?
– Weil diese Frau es verdient hatte, zu sterben. Sie hatte ihr Kind umgebracht, wieder. Ich wollte, dass sie verreckt.
– Soll ich dir sagen, was ich von der Geschichte halte, Vanessa? Ich glaube dir kein Wort. Du hast sie umgebracht. Weil du das Bild in deinen Besitz bringen wolltest oder weil sie mit deinem Exfreund ins Bett gegangen ist. Oder beides.
– Ich sag's ja, die Wahrheit interessiert Sie einen Dreck.
– Gib mir dein Handy.

– Sonst was?
– Sonst hole ich es mir.
– Dann kriege ich einen Anfall.
– Ein letztes Mal: Gib mir das Handy!
– Ich warne Sie: Ich schreie.

94

26. März, 11:40 Uhr
Polizeipräsidium Frankfurt, Raum 423

Die Tür zum Vernehmungszimmer flog auf und Frau Rohfleisch stürmte herein – mit einer Beamtin, Franz Demant, Torben Schumann und Staatsanwalt Dr. Keitel im Schlepptau.

Vanessa hatte einen Schrei ausgestoßen, als Gideon nach dem Handy greifen wollte. Dann hatte sie die Augen verdreht, war vom Stuhl gerutscht und lag nun auf dem Boden, während ihr Körper von krampfartigen Zuckungen geschüttelt wurde.

Gideon saß reglos auf seinem Stuhl.

Die Betreuerin rollte ihre Jacke zusammen und schob sie unter Vanessas Kopf, dann wischte sie ihr mit einem Taschentuch über die Lippen.

»Sie simuliert«, sagte Gideon.

»Raus mit dir«, fuhr Demant ihn an. »Wir sprechen uns noch. In fünf Minuten bist du in der Rechtsabteilung.«

Wie in Trance stand Gideon auf, klappte die Ordner zu und schickte sich zum Gehen an. An der Tür drehte er sich noch einmal um.

Frau Rohfleisch funkelte ihn wütend an. »Sie haben mir versprochen, dass alles korrekt abläuft.«

In dem Moment wandte Vanessa den Kopf und zwinkerte ihm zu.

Gideon öffnete den Mund, aber Dr. Keitels eisiger Blick erstickte jede Reaktion im Keim. Er drehte sich um und verließ das Vernehmungszimmer. Während er auf den Fahrstuhl wartete, hörte er hinter seinem Rücken, wie Demant, Keitel und Schumann die Vernehmungen beendeten.

Gideon hätte es wissen müssen.

95

26. März, 11:45 Uhr
Polizeipräsidium Frankfurt, Rechtsabteilung

Sie ließen ihn warten. Offensichtlich war Gideon nicht der Einzige, der die Finessen psychologischer Kriegsführung beherrschte. Um kurz vor zwölf trafen Schumann, Demant und Keitel gemeinsam im Büro des Leiters der Rechtsabteilung ein, kurz darauf gesellte sich auch Rommel von der Revision dazu. Sie nahmen nebeneinander Platz – Gideon saß ihnen gegenüber. Die Fronten waren deutlich abgesteckt.

Demant verschränkte die Hände auf der Tischplatte. »Du bist ab jetzt beurlaubt, unter Aussetzung deiner Bezüge. Außerdem wird ein Disziplinarverfahren gegen dich eingeleitet.«

»Mit welcher Begründung?«, erwiderte Gideon betäubt.

»Eigenmächtige Durchführung einer DNA-Analyse ohne Zustimmung des Betroffenen«, erklärte Keitel. »Anfordern einer Funkzellenauswertung auf der Grundlage besagter DNA-Analyse.«

»Anzeige wegen Nötigung und Körperverletzung«, fuhr Demant fort. »Private Beziehungen zu einer wichtigen Zeugin in einem Mordfall. Unrechtmäßiges Öffnen der Dienstpost einer anderen Abteilung. Dass du das Vertrauensverhältnis zu deinen Mitarbeitern untergräbst, indem du ihre privaten Sachen durchwühlst, nur am Rande. Nichtbefolgung von Dienstanweisungen. Vernehmung einer minderjährigen Zeugin ohne Erziehungsberechtigte. Köhlers unverhältnismäßige Befragung in der Kirche, die zu seinem Zusammenbruch geführt hat. Hausfriedensbruch. Reicht das?«

»Hausfriedensbruch?«

»Du bist ohne dienstliche Erlaubnis in Köhlers Wohnung eingedrungen.« In Demants Miene fand sich keine Regung.

»Was empfindest du eigentlich, wenn du morgens in den Spiegel schaust?«, knurrte Gideon.

»Diese Frage solltest du dir besser selbst stellen.«

»Kann ich den Teil mit der Nichtbefolgung von Dienstanweisungen noch mal hören?«

»Auf die ausgefüllten Formulare warte ich trotz mehrfacher Erinnerung noch heute«, sagte Rommel mühelos in astreinem Hochdeutsch.

»Und wer übernimmt meinen Fall?«

»Der geht mitsamt der kompletten BAO an Falkner. Es ist ohnehin nicht nachvollziehbar, warum man die beiden Fälle getrennt hat.«

Gideon lachte verbittert. Diese Entscheidung war auf dem Mist von Demant und Schumann gewachsen. Doch was kümmerte sie ihr Geschwätz von gestern.

»Ihr habt doch nur einen Grund gesucht, um mich auszubooten.«

»Danke, das war's, Herr Richter«, erklärte der Leiter der Rechtsabteilung, ein hagerer rotgesichtiger Mann mit Kinnbart. »Ihr Vorgesetzter wird sich über das weitere Vorgehen mit Ihnen in Verbindung setzen.«

Gideon starrte Schumann an, der sich noch nicht geäußert hatte, aber sein Blick sprach Bände. Gideon hatte ihn noch nie ausstehen können und ihn das deutlich spüren lassen.

Vielleicht war das ein Fehler gewesen. Aber Diplomatie zählte nun mal nicht zu seinen Stärken.

Keitel war bereits mit seinem Handy beschäftigt. Er würdigte ihn keines Blickes.

Gideon löste seine Dienstmarke von der Brusttasche und warf sie auf den Tisch. Als er sein Jackett ablegen wollte, um Holster und Dienstwaffe abzugeben, wehrte Demant ab. »Im Waffenwesen, wenn ich bitten darf.«

Gideon warf einen letzten Blick in die Runde, aber alle außer Demant wichen ihm geflissentlich aus.

»Kühnast wird dich zur Pforte bringen. Hast du noch persönliche Dinge im Büro, die du mitnehmen möchtest?«

Benommen schüttelte er den Kopf.

Die Tür zum Büro der Rechtsabteilung fiel hinter ihm ins Schloss. Kühnast, der im Gang gewartet hatte, begleitete Gideon wortlos zum Fahrstuhl, in die Abteilung Zentrale Dienste / Waffenwesen, wo er seine Heckler & Koch P30 abgab, und danach zum Ausgang.

Erst dort fand Kühnast seine Stimme wieder: »Tut mir leid. Ich hätte das mit der DNA-Analyse und der Handyabfrage verhindern müssen.«

Gideon hob lediglich kurz die Hand, winkte ab. Er fühlte sich nicht in der Lage, zu antworten. In der Drehtür spiegelte sich der Himmel über Frankfurt. Das Grau mutete wie die Schaumkrone eines Tsunamis an, der über ihm zusammenschlug. Mehr als zehn Jahre war er in der Adickesallee tätig gewesen und heute verließ er die Festung zum ersten Mal in dem Wissen, dass er morgen nicht zurückkommen würde.

Er machte sich auf den Weg zur U-Bahn-Station Miquelallee und stieg gedankenverloren in den nächsten einfahrenden Zug. Auf dem gegenüberliegenden Bahnsteig begutachtete ein Obdachloser einen Abfalleimer.

Auch Sie gehören irgendwann einmal zum Ausschuss. Schneller als Sie denken. Timo Peukert schien hellsichtig zu sein.

Von der Fahrt und seiner Umgebung nahm er kaum etwas wahr. Bilder von toten Säuglingen, erschlagenen Müttern, verräterischen Kollegen und epileptischen Anfällen zogen an seinem inneren Auge vorüber.

Erst die krächzende Stimme aus dem Lautsprecher riss ihn aus seinen Gedanken. »Nieder-Eschbach. Der Zug endet hier außerplanmäßig. Bitte alle aussteigen.«

Verwundert sah Gideon auf. Die Sonne brach durch die Wolkendecke und ließ die Regentropfen an der Fensterscheibe glitzern. In der Ferne ragten die Hochhäuser am Ben-Gurion-Ring vor dem dunkelgrauen Wolkenvorhang empor wie antike Tempelruinen in einer Theaterkulisse.

Ausgerechnet die Golanhöhen.

Selbst nach seiner Demission ließen sie ihn nicht los.

Teil IV

WAHRHEIT

96

27. März, 10:35 Uhr
Ben-Gurion-Ring, Frankfurt Nieder-Eschbach

Die Klingel gab ein dumpfes Schnarren von sich, weil Hartmut seit einem halben Jahr den Arsch nicht hochkriegte, um sie zu reparieren. Rita Kempfer ließ *Familien im Brennpunkt* auf RTL, Hartmut und das letzte Stück Bienenstich im Wohnzimmer zurück und ging zur Tür, um zu öffnen.

Im Treppenhaus stand ein Polizist. Höchstens zwanzig, die Uniformmütze sah aus wie die Verkleidung eines Schuljungen. Er trug Gummihandschuhe und hielt ihr einen Tablet-PC vor die Nase.

»Kommt Ihnen das hier bekannt vor?«

Rita beugte sich über das Display und sah darauf eine Sackkarre.

»Das ist meine«, sagte sie überrascht.

»Würden Sie mich bitte begleiten?«

»Auf die Wache?«

»Nein, in den Keller. Wir wollen das mögliche Beweisstück schließlich nicht durchs ganze Haus schleppen und dabei Spuren vernichten.«

»Beweisstück? Spuren vernichten? Meinen Sie …«

»Was is denn, Rita?«, rief Hartmut aus dem Wohnzimmer.

»Nix, ich komm gleich wieder.«

»Dauert nicht lange«, sagte der junge Polizist.

Rita Kempfer streifte eine Fleecejacke über, schnappte sich die Schlüssel und zog die Tür hinter sich zu.

Die Sackkarre stand in einer Mauernische des Kellers, der sich links vom Treppenabgang befand, Kempfers Keller lag rechter Hand.

Davor hockte ein Mann im Overall und betupfte die Ladefläche mit einem langen Wattestäbchen; ein mobiler Scheinwerfer beleuchtete die Szenerie, warf harte Schatten an die Mauersteine.

»Warum wurde die Sackkarre bei der Hausdurchsuchung vor zwei Wochen übersehen?«, vernahm Rita eine Frauenstimme hinter sich. Eine dralle Blondine mit Kurzhaarfrisur, ein wenig zu viel Schminke und knallig rotem Lippenstift näherte sich.

»Hier waren Umzugskartons gestapelt. Wahrscheinlich dachten die Kollegen, die stünden direkt an der Wand«, meinte der junge Polizist. Er schlug mit der flachen Hand gegen die feuchten Ziegel.

»Und wieso habt ihr sie jetzt entdeckt?«

»Der Kollege ist versehentlich gegen den Stapel gestoßen und der ist umgekippt. Die Sackkarre stand dahinter.«

»Sind Sie Frau Kempfer?« Die Blondine reichte ihr die Hand. »Annette Nick von der Kripo. Ist das Ihre?«

»Ich glaub schon. Wüsste jedenfalls nicht, dass noch jemand im Haus eine hat.« Sie unterzog das Transportmittel einer genaueren Betrachtung. Auf der Ladefläche war ein dunkler Fleck, eingetrocknet, der eher nicht von einem Bierkasten herrührte. »Ist das etwa …«

»Blut?«, ergänzte die blonde Polizistin. »Möglich. Haben Sie sie nicht vermisst?«

»Schon eine ganze Weile«, sagte Rita Kempfer. »Ich dachte, jemand aus dem Haus hat sie geklaut.«

»War sie schon verschwunden, als Frau Baur starb?«

»Ich glaub schon.«

»Davon haben Sie nichts erwähnt.«

Die Angst stieg in ihr hoch und schnürte ihr die Kehle zu. Verdächtigte die Polizei etwa sie? »Ich konnte ja nicht wissen, dass es wichtig ist.«

»Wo bewahren Sie die Transportkarre üblicherweise auf?«

»Bei uns vor der Tür.«

»Und eines Tages war sie weg.«

»Ganz plötzlich – ja.« Kempfer verfolgte neugierig die Aktivitäten des Mannes von der Spurensicherung. »Warum stellt die Polizei das Haus schon wieder auf den Kopf? Sie waren doch erst vor zwei Wochen da.«

Die Blonde seufzte. »Neues Team. Wir fangen noch mal ganz von vorne an. Sie sind verheiratet?« Es sollte beiläufig klingen.

Rita nickte. Ihr missfiel der Verlauf, den das Gespräch nahm.

»Könnte Ihr Mann sie hier unten deponiert haben?«

»Mein Mann?« Rita wäre nie auf die Idee gekommen, Hartmut zu fragen, ob er wusste, wo sich die Sackkarre befand. Er wusste nicht mal, dass sie eine besaßen. Die Blonde warf dem Mann im Overall einen Blick zu, als teilten sie ein Geheimnis.

»Ich weiß nicht. Warum sollte er?«

Die Blonde seufzte. »Frau Kempfer, wie gut kannte Ihr Mann Jennifer Baur? Ich meine, über das reine Nachbarschaftsverhältnis hinaus?«

Rita Kempfer starrte sie an.

Ihr Hartmut?

97

Hamburger Morgenpost, 13. Juli 2010

DREIJÄHRIGER TOT AUFGEFUNDEN – ELTERN FESTGENOMMEN

Ein drei Jahre alter Junge aus Billbrook wurde am Freitagmorgen möglicherweise Opfer eines Gewaltverbrechens. Die Mutter setzte gegen 5:30 Uhr einen Notruf ab, doch für den kleinen Yagiz kam jede Hilfe zu spät. Laut Obduktionsbericht erlitt er einen Milzriss.

Die Leiche wies zudem Hämatome und Spuren langfristiger Misshandlungen auf. Die Eltern, 23 und 27 Jahre alt, wurden vorläufig festgenommen; die Ermittlungen wurden einer zwanzigköpfigen Sonderkommission der Kriminalpolizei übertragen.

Hamburger Abendblatt, 4. September 2010

JUGENDAMTSMITARBEITERIN MUSS MÖGLICHERWEISE VOR GERICHT

Die mit dem *Fall Yagiz* betraute Sozialarbeiterin des Billbrooker Jugendamtes muss sich möglicherweise vor Gericht verantworten. Die Staatsanwaltschaft ermittelt wegen Verletzung der Fürsorgepflicht. Sie hatte Yagiz trotz deutlicher Anzeichen einer möglichen Gefährdung des Kindswohls in der Familie belassen und auf die Kontrollen verzichtet, die den Mitarbeitern der Hamburger Jugendämter vorgeschrieben sind. Der Leiter des Jugendamtes erklärte auf Anfrage, die Behörde sei mit über hundert Fällen pro Sachbearbeiter hoffnungslos überlastet.

Die Welt, 7. Januar 2011

EKLAT BEI GERICHTSVERHANDLUNG

Während der Gerichtsverhandlung im *Fall Yagiz* im Saal 237 des Strafjustizgebäudes am Sievekingplatz kam es gestern Morgen gegen 10:30 Uhr zu einem Tumult: Die für den Fall zuständige Sachbearbeiterin des Jugendamtes, die wegen Verletzung ihrer Fürsorgepflicht vom Dienst suspendiert wurde, prügelte nach der Beweisaufnahme mit einem Stock auf Mehmet K., den Hauptangeklagten und Vater des toten Kindes, ein. Die Zeugin wurde umgehend aus dem Saal entfernt und muss nun mit einer Anzeige wegen Körperverletzung rechnen. Die Sitzung wurde vertagt.

Hamburger Morgenpost, 18. März 2011

ÖZLEM K.: ANZEIGE GEGEN SOZIALARBEITERIN ZURÜCKGEZOGEN

Özlem K., die Mutter des kleinen Yagiz, hat ihre Anzeige gegen eine ehemalige Billbrooker Sozialarbeiterin, die für die Betreuung der Familie zuständig war und von der sie sich bedroht fühlte, überraschend zurückgezogen. Özlem K. war aus der Untersuchungshaft entlassen worden, nachdem der Vater des getöteten Yagiz K. in einem umfassenden Geständnis die Hauptschuld auf sich genommen hatte. Weder Özlem K. noch die ehemalige Mitarbeiterin des Jugendamtes waren zu einer Stellungnahme bereit.

98

27. März, 12:25 Uhr
Günthersburgpark, Frankfurt Nordend

Die Temperaturen waren seit gestern um beinahe zehn Grad gestiegen. Die laue Frühlingsluft wehte durch das Geäst der Kastanien und lockte die Bewohner der Mainmetropole ins Freie.

Vor Giannis' Kiosk hatte sich eine lange Schlange gebildet. Das Wort *Kaffee* war durch den Zusatz *Eis-* ergänzt worden, als stünde der Sommer vor der Tür. Über der Preisliste mit dem hausgemachten Kuchen hing seit elf Uhr ein Schild mit dem Hinweis *Ausverkauft*.

Martin Kanther beschäftigte sich mit Jan-Hendrik, während Nora die Unterlagen las, die der Reporter ihr an diesem Morgen in die Villa Winter gebracht hatte. Den Vorschlag, im Günthersburgpark einen Kaffee zu trinken, hatte er dankend angenommen. In der Redaktion fiel ihm sowieso die Decke auf den Kopf.

Nora studierte die Fotos und richtete dann den Blick auf

die Menschen, die sich lachend an den Nebentischen unterhielten oder sich in eine Zeitschrift vertieft hatten. Die Papiere in ihrer Hand zitterten.

»Kannst du mir das erklären, Martin? Warum ein Kind so etwas durchmachen muss? Wie kann es sein, dass in einer Großstadt – mitten in Deutschland – so etwas passiert?«

»Manche Menschen kämen besser nie auf die Welt.«

»Redest du von den Eltern oder dem Kind?«

»Das darfst du dir aussuchen. Dieser Thea Wessely sollte dein Mann noch einmal auf den Zahn fühlen. Das kannst du ihm ausrichten.«

»Auf mich hört er ja nicht!«

»Zeig ihm die Zeitungsausschnitte. Dann kommt er ganz von selbst zur Räson.«

Nora wählte Gideons Handynummer. Er ging nicht ran. Die Mailbox war ausgeschaltet. Nora sah Kanther ratlos an.

Zehn Minuten später rief Gideon zurück. Es war das erste Mal, dass Nora und Gideon miteinander sprachen, seit Nora vor vier Tagen in die Villa Winter gezogen war. Gideon war ungewöhnlich einsilbig. Als Nora das Gespräch beendete, wirkte sie noch verwirrter als zuvor.

»Was ist?«

»Gideon kommt her.«

»Jetzt gleich?«

Nora zuckte mit den Schultern. Sie hatte keine Ahnung, was sie davon halten sollte.

99

27. März, 12:55 Uhr
Günthersburgpark, Frankfurt Nordend

Gideon musterte die Computerausdrucke, Fotografien und Zeitungsausschnitte, die Kanther zusammengetragen hatte. Er seufzte. Jan-Hendrik saß auf seinem Schoß und blinzelte in die Sonne.

Er war vor zehn Minuten eingetroffen und sah vermutlich genauso fertig aus, wie er sich fühlte. Kanther, der trockene Alkoholiker, wusste vermutlich genau, was Sache war. Nora hatte taktvoll auf jeden Kommentar verzichtet. Sie hatte ihn mit einem Kuss begrüßt, während sich Kanther in die Schlange vor dem Kiosk einreihte, um eine zweite Runde Kaffee einzuläuten.

Gideon war sprachlos. Noras hatte es tatsächlich fertiggebracht, Thea nachzuspionieren. Ihr Verhalten passte in das Bild der eifersüchtigen Ehefrau, die eine wieder aufflammende Jugendfreundschaft sabotierte.

Doch nun dämmerte es ihm allmählich. In den Gesprächen mit Thea hatte er viel über sich preisgegeben, während er von ihr kaum etwas wusste. Wie sie die Jahre nach dem Unfall verbracht hatte, hatte er völlig ausgeblendet. Ein schwerwiegendes Versäumnis, wie ihm jetzt klar wurde.

»Das könnte eure Ermittlungen in eine völlig neue Richtung lenken«, ließ sich Nora vernehmen.

Gideon schloss die Augen und spürte den warmen Sonnenstrahlen auf seinem Gesicht nach.

»Sie haben mich suspendiert.«

»Wie bitte?«, riefen Nora und Martin Kanther wie aus einem Munde.

Gideon schilderte ihnen den Hergang von Anfang an: die ungenehmigte Durchsuchung von Köhlers Wohnung, die von Vanessa beobachtet worden war, das DNA-Gutachten und die Folgen seiner Eigenmächtigkeit, die Gespräche mit Thea, die Befragungen von Vanessa und Köhler, die kein Ruhmesblatt darstellten. Das Misstrauen den Kollegen gegenüber.

Und was sich am Morgen des Unfalls, bei dem sein Bruder ums Leben kam, zwischen Thea und ihm zugetragen hatte.

Am Ende seines Vortrags herrschte Schweigen.

Nora stand auf, umrundete den Tisch und umarmte ihn. »Ach Gitte, du bist ein Idiot.« Sie bedeckte sein Gesicht mit Küssen.

»Aua, Vorsicht!«, stöhnte Gideon. »Mir brummt der Schädel. Nachdem Demant mich beurlaubt hat, bin ich in die nächstbeste U-Bahn gestiegen und zufällig in Nieder-Eschbach gelandet.«

»Lass dir das von einer Psychologin sagen: Das war kein Zufall, sondern dein Unterbewusstsein.«

»Wie auch immer, ich habe die nächste Kneipe angesteuert und mich volllaufen lassen. Zum ersten Mal seit Hartmanns Verabschiedung.«

»Hör auf, sonst werde ich noch rückfällig«, jammerte Kanther.

»Und was ist mit deinem Fall?«, fragte Nora.

»Den hat Falkner übernommen.«

»Ich hätte nicht gedacht, dass ich das noch mal erlebe, aber ich empfinde tatsächlich Mitleid mit einem Polizisten«, sagte Kanther.

Gideon strich über den Umschlag. »Heißt das jetzt, dass Thea in den *Fall Yagiz* verwickelt war?«

»Keine Ahnung, Gitte. Aber in ihr steckt offenbar mehr, als man auf den ersten Blick vermutet. Sie ist auf den Vater des getöteten Jungen losgegangen und hat die Mutter bedroht, als diese aus der U-Haft entlassen wurde.«

»Sie war vermutlich ziemlich durch den Wind, kein Wunder nach allem, was passiert war. Ihr wurde immerhin vorgeworfen, eine Mitschuld am Tod des Jungen zu tragen.«

Nora sah ihm tief in die Augen. »Verteidigst du sie etwa?«

»Kennst du die Einzelheiten? Die Hintergründe? Ich finde es ein bisschen voreilig, Thea durch den Wolf zu drehen, nur weil sie die zuständige Sozialarbeiterin war.«

Nora sah Hilfe suchend zu Kanther. »Martin, sag du was!«

»Es wäre sicher kein Fehler, sie noch einmal gründlich zu durchleuchten«, versuchte dieser zu vermitteln. »Wahrscheinlich kommt dabei sowieso heraus, dass sie mit deinem Fall nichts zu tun hat.«

»Das steht fest. Sie war zur Tatzeit auf Juist.«

»Habt ihr das Alibi überprüft?«, hakte Nora nach.

Gideon stand auf und reichte ihr Jan-Hendrik. »Fängst du schon wieder an, dich in meinen Job einzumischen?«

Erschrocken wich sie einen Schritt zurück.

»Deinen Exjob«, gab Kanther zu bedenken.

»Wollt ihr mich gegen Thea aufhetzen? War das euer Plan?«

»Gitte …«

»Schluss mit ›Gitte‹. Jetzt gehst du zu weit, Nora. Thea als Mörderin zu bezichtigen, nur weil du eifersüchtig bist! Grundlos eifersüchtig!«

»Geh der Sache wenigstens nach«, sagte Kanther.

»Du hältst dich da raus«, fuhr Gideon ihn an. »Du kennst sie ja nicht einmal. Deine Informationen stammen aus Zeitungsartikeln und irgendwelchen dubiosen Quellen im Internet. Ich lasse euch jetzt alleine und mache dort weiter, wo ich gestern Abend aufgehört habe«, sagte Gideon verbittert und marschierte ohne ein weiteres Wort davon.

Nora sah ihm verdutzt nach. Als er um die Ecke bog,

drückte sie Kanther ihren Sohn in die Arme, schnappte sich den Umschlag vom Tisch und rannte los. Wenige Sekunden später holte sie Gideon auf dem Fußweg ein. Sie hielt ihm den Umschlag entgegen.

»Bitte, Gideon! Niemand will Thea am Zeug flicken. Schau dir einfach in Ruhe an, was Martin rausgefunden hat.«

Gideon steckte demonstrativ die Hände in die Hosentaschen.

»Ich möchte wieder nach Hause zurück, Gideon. Janni und ich haben dich vermisst. Und vielleicht ist es besser, wenn du jetzt nicht allein bist, nach allem, was seit gestern passiert ist.«

»Nicht nötig. Ich finde, uns beiden tut ein bisschen Abstand ganz gut.«

Nora brach in Tränen aus. Passanten sahen sich nach ihnen um. Erschrocken nahm Gideon seine Frau in die Arme und drückte sie an sich. »Tut mir leid, Nora. Keine Ahnung, was mit mir los ist. Ich bin gar nicht mehr ich selbst.«

Sie standen eine Weile eng umschlungen da. Gideon sah Martin Kanther mit Jan-Hendrik auf dem Arm um die Ecke des Kiosks spähen. Nach einer Ewigkeit lösten sie sich voneinander.

»Natürlich freue ich mich, wenn ihr zurückkommt. Lass mir nur noch einen oder zwei Tage Zeit.«

Er holte ein Taschentuch aus seinem Jackett und trocknete ihre Tränen, bevor er sich zum Gehen wandte.

»Gideon?« Sie hielt ihm den Umschlag hin.

Gideon zögerte, doch dann nahm er die Unterlagen, gab seiner Frau einen flüchtigen Kuss und eilte in Richtung Günthersburgallee.

Zu Hause angekommen, entfernte er das Pflaster vom Ringfinger und versuchte, den Ehering wieder überzustreifen. Doch der Finger war noch immer geschwollen.

100

27. März, 16:10 Uhr
Polizeipräsidium Frankfurt,
Büro von Günther Kühnast und Annette Nick

Rita Kempfer nahm ein weiteres Taschentuch aus der Box und putzte sich geräuschvoll die Nase. Aus dem Nebenzimmer, in dem Hartmut mit dem anderen Polizisten saß, drangen zeitweilig laute Stimmen herüber. Hoffentlich verlor ihr Mann nicht wieder die Beherrschung. Es wäre ihr ganz recht gewesen, mal eine Nacht ohne ihn zu verbringen, aber Hartmut litt sowohl unter Rückenproblemen als auch unter Bluthochdruck. Und immer, wenn er sich aufregte, stand zu befürchten, dass er eines Tages umkippte und den Löffel abgab.

»Sie waren am 13. März zur fraglichen Zeit im Bett und haben gelesen, während Ihr Mann vor dem Fernseher saß?«, fragte die blonde Polizistin, deren Lippenstift inzwischen weitgehend verblasst war.

»Hab ich Ihnen doch schon hundert Mal gesagt.«

»Haben Sie mit ihm geredet, während er sich im Wohnzimmer aufhielt?«

»Wenn er fernsieht, darf man ihn nicht stören.«

»Wäre es möglich, dass der Fernseher lief, während Ihr Mann die Wohnung verlassen hat?«

»Warum sollte er?«

»Weil er so erbost über den Lärm in der Wohnung darüber war, dass er raufgegangen ist, um ›der Schlampe Feuer unterm Arsch zu machen‹. Ihre Worte.«

»Na ja, sinngemäß. Genau so hat er es nicht ausgedrückt. Glaube ich.«

»Ihr Mann ist bereits wegen Körperverletzung vorbestraft.«

»Na und? Das ist kein Beweis. Sonst könnten Sie gleich alle Kerle aus unserem Haus einbuchten.«

101

27. März, 19:00 Uhr
Alt-Niederursel

Gideon spähte durch die Windschutzscheibe hinaus in die Dunkelheit. Die Instrumente am Armaturenbrett spiegelten sich im Glas, blaue Ringe und Ziffern schienen wie Geistererscheinungen über dem Kopfsteinpflaster zu schweben. Bei Nacht glichen sich die Fachwerkhöfe des Anthroposophendorfs wie ein Ei dem anderen. Nur wenige Bewohner hatten gut sichtbare Hausnummern angebracht. Gideon stellte den Wagen vor einem Tor ab, das mit einer rostigen Kette gesichert war. In den Spalten zwischen den Pflastersteinen der Zufahrt sah er verkümmerte Reste von Ackerwinde und Knöterich. Die wenigen Parkplätze waren ausnahmslos besetzt.

Nummer 47 hatte ein Emailschild mit blauem Rand; ein Haus weiter, in Nummer 45, befand sich Theas Wohnung.

Gideon stieg aus und eilte die ausgetretenen Steinstufen zur Eingangstür hinauf. Im Vorgarten eine bepflanzte Zinkwanne nebst Gießkanne, an denen Erdbrocken hafteten. In einigen Wochen würden die ersten Knospen erscheinen. Gideon warf einen kurzen Blick auf das Namensschild und läutete. Er stellte den Kragen auf, denn trotz der frühlingshaften Temperaturen während des Tages wurde es am Abend kalt.

Nach einer Weile ertönte Theas Stimme aus der Sprechanlage. »Ja bitte?«

»Ich bin's, Gideon.«

»Was für eine Überraschung. Komm rein.«

Der Summer ertönte. Gideon musste sich mit seinem ganzen Gewicht gegen die verklemmte Tür stemmen, um sie zu öffnen.

»Oberster Stock!«

Es stieg zwei knarzende Stiegen hinauf, an einer dunkelgrün lackierten Tür vorbei, vor der Gummistiefel in allen Größen aufgereiht waren. Der oberste Treppenabsatz rückte in sein Sichtfeld.

Thea stand vor der angelehnten Wohnungstür. Ihre Haare waren unter einem Handtuchturban verborgen und sie trug einen grünen Bademantel. Der Gürtel war locker gebunden und der Ausschnitt ließ viel Haut erkennen. Die Luft war von Dampf erfüllt, es roch nach Zitrone und Mandel. Offensichtlich hatte sie gebadet.

»Tut mir leid, dass ich dich störe, aber ich hätte da noch ein paar Fragen.«

Thea blickte über ihre Schulter.

»Hast du Besuch?«

»Nein, nein, ich – telefoniere gerade mit einer Freundin.«

Mit einem lauten Knarzen öffnete sich die Haustür im Erdgeschoss. Ein Luftzug – und ehe sie sich versahen, fiel Theas Wohnungstür ins Schloss. Erschrocken rüttelte sie am Griff.

»Mist.«

»Soll ich mal?«, schlug Gideon vor.

»Ich habe einen Ersatzschlüssel. Warte kurz.«

Es bereitete ihr offensichtlich Mühe, Treppen zu steigen, doch auch ohne Stock wirkte sie erstaunlich agil. Kurz darauf kehrte sie mit dem Ersatzschlüssel zurück und öffnete die Wohnungstür. Sie hielt Gideon den Schlüsselbund hin. »Würde es dir etwas ausmachen, ihn zurückzubringen? Noch einmal schaffe ich es heute nicht die Treppen hoch.«

»Ganz schön vertrauensselig.«

»Du bist Polizist, kein Einbrecher. Er liegt immer unter der Gießkanne im Vorgarten.«

Nachdem er den Ersatzschlüssel an Ort und Stelle deponiert hatte, lief er abermals die Treppe hinauf. Die Tür zu Theas Wohnung stand offen und er trat ein. Sie war klein, bestand nur aus zwei Zimmern, wirkte aber gemütlich mit den hellen Holzmöbeln und bunten Farbakzenten. Der Gehstock lehnte an der Garderobe.

»Möchtest du ein Glas Wein?«, rief sie aus der Küche.

»Wenn du Rotwein hast.«

Er hörte Gläser klirren, das Klappern einer Schublade, das Ploppen eines Flaschenkorkens. Er ging hinüber. Thea schenkte ein, an die Arbeitsplatte gelehnt.

Der rosige Schimmer auf ihrem Gesicht brachte die feinen Linien, die sich in ihre Haut eingegraben hatten, noch deutlicher zur Geltung. Doch ihr Körper unter dem Bademantel war noch genauso verheißungsvoll wie vor zwanzig Jahren. Gideon musste sich zwingen, den Blick abzuwenden.

Sie reichte ihm ein volles Glas. Der Wein schimmerte violett. »Ein Brunello. Sollen wir rübergehen?«

»Muss nicht sein.«

»Also dann: Prost!«

Der Brunello war stark; Gideon spürte, wie sein Magen einen Moment lang rebellierte – so ganz hatte er die gestrige Nacht im *Deutschen Eck*, sofern er den Namen richtig erinnerte, noch nicht verdaut. »Schöne Wohnung. Geschmackvoll eingerichtet. Wohnst du schon lange hier?«

»Seit eineinhalb Jahren. Es geht hier zu wie bei *Deutschland sucht den Superstar*. Die Wohnungen sind sehr begehrt. Du musst eine Art Casting durchlaufen. Für die Rudolf-Steiner-Show.«

»Und du hast es in den Recall geschafft«, versuchte Gideon, die Atmosphäre mit einem Scherz aufzulockern.

Thea lächelte. »Also, was wolltest du mich fragen?«

Er trank einen weiteren Schluck Wein, aber die Anspannung, die von ihm Besitz ergriffen hatte, seit er das Haus betreten hatte, ließ nicht nach.

»Hast du einen großen Bekanntenkreis hier in Frankfurt?«

»Nicht mehr. Zwei Freundinnen haben geheiratet und sind in den Taunus gezogen. Meine beste Freundin ist vor einem halben Jahr mit ihrem Mann nach Bolivien ausgewandert. Mit der habe ich gerade telefoniert, als du geläutet hast.«

»Ganz schön teuer, ein Anruf nach Südamerika.«

»Wir skypen. Aber du bist sicher nicht hier, um Small Talk zu machen.«

Es war an der Zeit, Klartext zu reden. »Was hast du vor deiner Anstellung im Bartholomaeuswerk beruflich gemacht?«

Theas Blick veränderte sich schlagartig. Sie stellte das Glas ab und nickte bedächtig. »Darum geht es also.«

Gideon umklammerte sein Glas.

»Du weißt doch, was in Hamburg passiert ist. Das kann jeder bei Google nachlesen, der meinen Namen eingibt. Das Netz vergisst nicht.«

»Was in den Zeitungen oder im Internet steht, ist eine Sache. Ich möchte es von dir hören.«

»Und was hat meine Zeit in Billbrook mit Jennis Tod zu tun?«

»Sag du es mir. Besteht da ein Zusammenhang?«

»Natürlich nicht.« Thea knotete den Gürtel fester und entzog ihr aufreizendes Dekolleté seinem Blick.

»Lass uns rübergehen, meinem Bein tut das lange Stehen nicht gut.«

An den Wohnzimmerwänden hingen zahlreiche Bilder, die meisten davon Skizzen und Kohlezeichnungen, aber auch ein kleines Gemälde in Acryl befand sich darunter.

Über der Couch zeichneten sich die Umrisse eines größeren Rahmens ab, doch das dazugehörige Bild fehlte.

Gideon starrte auf die leere Stelle.

»Das Bild, das dort hing, war mir irgendwann verleidet. Und das neue, das als Ersatz dienen sollte, war plötzlich unverkäuflich.«

Thea setzte sich auf die Couch und klopfte neben sich auf das Polster. Gideon nahm Platz, achtete dabei aber auf ausreichenden Abstand. Er stellte sein Glas auf dem Couchtisch ab.

»Hamburg also«, fuhr sie fort. »Ja, ich war als Betreuerin für den kleinen Yagiz Koçoğlu zuständig. Aber unsere Arbeit ist viel komplexer, als die Leute denken, die sich sofort ereifern, wenn etwas passiert. Die Jugendämter, besonders in Hamburg, sind total überlastet. Wir hätten häufiger kontrollieren müssen, vor allem, wenn die Kinder in den Familien verblieben. Doch das war aufgrund des akuten Personalmangels unmöglich. Ich hatte einhundertacht Fälle zu betreuen. Als sie mir nahegelegt haben, das Feld zu räumen, hatte ich fast fünfhundert Überstunden auf meinem Konto. Doch statt mehr Leute einzustellen, vergeudet die Stadt die Steuergelder für ein Konzerthaus in Toplage, bei dem die Baukosten zehnmal höher ausfallen als veranschlagt und die Eintrittspreise nur für die oberen Zehntausend erschwinglich sind. Erschwerend kommt die Frage der Zuständigkeit hinzu. In diesem Milieu, in dem wir tätig sind, wechseln die Leute häufig den Wohnort, oft sogar bewusst, um der Gängelei durch die Behörden zu entgehen. Die Koçoğlus hatten in zwei Jahren mit vier Jugendämtern zu tun. Sobald wir anrückten, sind sie umgezogen. Die Ämter sind kommunal organisiert und schlecht vernetzt, weil es an Zeit und Personal mangelt. Und zusätzlich hatten wir noch mit einem neuen Computersystem zu kämpfen, das trotz horrender Kosten nicht in der Lage war, die Daten mit anderen Jugendämtern auszutauschen. Bei uns hat jede Abteilung einen anderen Aufgabenbereich: Begutachtung der Wohnsituation, Besuche beim Sozialamt in Begleitung der Eltern, wenn sie damit überfordert sind, und so weiter. Aber jede arbeitet für sich, fühlt sich nur für den eigenen Bereich zuständig. Beamtenmentalität eben. Eine erfolgreiche Strategie, Mehrarbeit abzublocken. Und dann wären da noch die Pflegeeltern. Es gibt viele, die sich nur wegen des Geldes zur Verfügung stellen, aber mit der Erziehung von Kindern genauso überfordert sind wie die leiblichen Eltern. Die ihre Schutzbefohlenen schlagen. Wenn wir davon Wind bekamen, sind wir der Sache nachgegangen. Aber wir konnten wenig ausrichten. Viele nutzten die gleichen Tricks, um die Kontrollen des Jugendamts auszuhebeln. Und Pflegeplätze sind Mangelware, da schauen viele nicht so genau hin. Manchmal fragt man sich, bei wem diese armen Kinder weniger gefährdet sind.«

»Ist das dein Ernst?«

»Bei Yagiz konnten sich die Pflegemutter und die leibliche Mutter nicht einigen, wer von den beiden für die Hämatome verantwortlich war. Das sagt doch alles, oder?«

Gideon brachte vor Erschütterung nur den Ansatz eines Nickens zustande.

»Outsourcing, das nächste Problem: Die Stadt sparte auf dem Papier Geld, indem sie Aufgaben an freie Träger auslagerte. Daraus war eine ganze Industrie entstanden, mit höchst dubiosen Geschäftspraktiken. Gemeinnützige und profitorientierte Organisationen waren eng miteinander verflochten. Wir verwalteten im Grunde nur noch unsere Dienstleister, statt uns um soziale Belange zu kümmern. Und der Verwaltungsaufwand war riesig. Die Leidtragenden waren die Kinder.«

»Jetzt bist du selbst bei einem freien Träger gelandet.«

»Ja, aber das Bartholomaeuswerk ist anders.«

»Du hast Hamburg den Rücken gekehrt.«

»Das Verfahren wegen Verletzung der Fürsorgepflicht wurde eingestellt. Aber die Regenbogenpresse hatte sich auf mich eingeschossen. In Hamburg war ich bekannt wie ein bunter Hund, als ›die Frau, die den kleinen Yagiz auf dem Gewissen hat‹.«

»Und der Angriff auf den Vater des Jungen?«

»Im Gericht wurde ein Handyvideo gezeigt. Wie sie dem Jungen vor meinem Besuch einen Rollkragenpulli anzogen, damit ich die Würgemale am Hals nicht sehe. Sie haben sich in dem Video über die ›Fotze vom Jugendamt‹ lustig gemacht. Sie haben wirklich ›Fotze‹ gesagt – vor dem Kind. Da sind mir die Sicherungen durchgebrannt. Und was meine Drohung gegenüber der Mutter angeht: Ich bin ihr zufällig auf dem Sozialamt begegnet. Sie hat mich beschimpft. *Ich* sei am Tod von Yagiz schuld. *Ich!* Dabei hat *sie* keinen Finger gerührt, als ihr Mann den Jungen totgetreten hat. Ich habe sie gewarnt, wenn sie mir noch einmal blöd kommt, kann sie sich auf etwas gefasst machen.«

»Hört sich nicht gerade durchdacht an.«

Thea stürzte den Inhalt ihres vollen Glases in einem Zug herunter. Ihre Hand zitterte. »Die Leute glauben, die Betreuer im Jugendamt wären kalt und emotionslos. Weil sie inzwischen abgestumpft oder Bürokraten sind, für die ein Kind nur noch eine Nummer ist. Und meine Chefin, die damals vor laufender Kamera beteuerte, dass uns keinerlei Schuld trifft, trug auch nicht gerade zu einem positiven Image bei. An dem Tag, als ich Hamburg verließ, habe ich mir geschworen, nie wieder zuzulassen, dass ein Kind zu Schaden kommt, weil ich nicht genau hingeschaut habe, aus welchen Gründen auch immer. Nie wieder.«

Thea stand auf und holte die halb volle Rotweinflasche aus der Küche. Sie legte eine Medikamentenschachtel auf den Couchtisch. »Bis heute kann ich ohne die nicht einschlafen.«

Sie deutete auf Gideons Glas. »Trink aus, wir gehen in die zweite Runde.«

Gideon, der noch fahren musste, wehrte ab. Doch sie schenkte trotzdem nach. Gideon spürte, wie die Wirkung des Alkohols einsetzte.

»Warum hast du deinen Beruf nach dieser Geschichte nicht an den Nagel gehängt?«

»Habe ich zeitweilig. In Frankfurt kam ich bei einem Callcenter unter. Finanzprodukte. ›Ich rufe im Auftrag des Blabla-Institutes an. Haben Sie Interesse, an einer Umfrage teilzunehmen?‹«

Gideon lachte.

»Die reinsten Sklaventreiber. Nach acht Wochen bin ich gegangen. Dann habe ich in einem kleinen Malerbetrieb Büroarbeiten übernommen, aber ich kam nicht mit der Software klar. Wieder stand ich auf der Straße. Seit meinem dreizehnten Lebensjahr habe ich mich sozial engagiert; das ist eben meine Berufung, wenn man so will.«

»Weiß das Bartholomaeuswerk um deine Vergangenheit?«

»Keine Ahnung. Ich selbst habe das Thema nicht angesprochen. Aber aus meinem Lebenslauf geht klar hervor, wo ich früher gearbeitet habe. Den Rest hätten sie recherchieren können.«

Gideon beugte sich vor und verschränkte die Finger. »Warum hast du mir das alles bei unseren letzten beiden Begegnungen verschwiegen?«

»Warum hast *du* mir verschwiegen, dass du nicht mehr mit dem Fall Jennifer Baur betraut bist?«

Gideons Nackenhaare sträubten sich. »Woher weißt du das?«

»Heute Vormittag kam ein Kollege von dir in mein Büro und hat mich befragt. Das volle Programm. Der Fall würde neu aufgerollt. Als ich wissen wollte, wo denn der Kollege Richter sei, hieß es: vom Fall abgezogen.«

Immerhin hatten sie nicht hinausposaunt, dass er vom Dienst suspendiert war.

Thea hatte es geschafft, ihr Glas zu leeren, während Gideon an seinem nur nippte. Ihre Augen waren getrübt, ein Zeichen dafür, dass der Alkoholpegel schon ziemlich hoch war. Sie lockerte den Gürtel ihres Bademantels. Der rechte Oberschenkel wurde sichtbar.

»Das bedeutet, deine Anwesenheit ist rein privater Natur, oder? Übrigens, wo hast du deinen Ehering gelassen?«

Bevor er antworten konnte, stand Thea auf und stürzte ein weiteres Glas Wein hinunter. Inzwischen war die Flasche leer. Als sie versuchte, das Glas auf dem Couchtisch abzustellen, kippte es um und zerbrach.

Thea lachte. Sie löste mit einem schmatzenden Geräusch die Prothese und streifte den Bademantel ab, ließ den Turban fallen. Dann setzte sie sich auf Gideons Schoß. Ihre Brüste besaßen genau die richtige Größe. Im Bauchnabel glitzerte ein Piercing. Der Schambereich war bis auf einen schmalen Streifen rasiert.

Thea nestelte an seinem Gürtel. »Schlaf mit mir, Gideon.«

Gideon kam sich wie ein unbeteiligter Beobachter vor. Geräusche, Gerüche und selbst den Geschmack des Weins nahm er nur noch gedämpft wahr. Es war, als führte sein Körper ein Eigenleben.

Ihm schwanden die Sinne.

Er stürzte in die Dunkelheit.

102

28. März, 6:45 Uhr
Alt-Niederursel

Gideons Schädel hämmerte. Draußen war es dunkel. Mit schmerzverzerrter Miene hob er den Kopf und stellte fest, dass er auf einer Couch lag. Er versuchte, sich aufzurichten. Übelkeit übermannte ihn. Durch die geöffnete Balkontür wehte Zigarettenqualm herüber. Thea stand draußen, vollständig angekleidet, rauchte und beobachtete ihn. Sie drückte die Zigarette in einer Konservendose aus und kam herein.

»Ich muss los, ins Büro.«

»Haben wir … ich meine …« Seine Stimme war nicht mehr als ein Krächzen.

»Ich war richtig schön in Fahrt. Aber dann bist du einfach umgekippt.«

Ihr Blick spiegelte eine Mischung aus Sorge und Enttäuschung wider. Ihr Parfum schaffte es kaum, den Geruch nach abgestandenem Rauch zu überdecken, der ihr anhaftete.

»Du solltest zum Arzt gehen, Gideon.«

»Es ist alles in Ordnung. Ich habe nur zwei Nächte hintereinander zu viel getrunken.«

»Bleib, solange du möchtest. Bedien dich einfach aus dem Kühlschrank. Ich bin gegen halb fünf zurück. Wir können … den Versuch ja noch einmal widerholen.« Sie grinste anzüglich.

Gideon erstarrte.

Sie schickte sich zum Gehen an. An der Wohnzimmertür hielt sie inne. »Erinnerst du dich, was ich bei unserem ersten Wiedersehen gesagt habe? Ich sei dir nicht böse gewesen, dass du mich nie im Krankenhaus besucht hast? Das war gelogen. Ich habe dich deswegen gehasst, zehn Jahre lang. Und dann tauchst du plötzlich auf und ich werfe alle meine Vorsätze über den Haufen.«

Gideon wollte den Rest nicht hören. Er hatte auch so schon ein schlechtes Gewissen.

»Ich habe mir seither nichts sehnlicher gewünscht, als dich hier bei mir zu haben. Jetzt bist du da. Das ist wie ein Wunder. Vielleicht gibt das Leben uns eine zweite Chance.«

»Ich …«

»Mach es nicht kaputt, Gideon. Bitte! Wenn sich herausstellt, dass alles nur ein Traum war – ich habe es einmal getan, ich würde es wieder tun.« Nach einem tiefgründigen Blick eilte sie davon.

»Thea?«

Lächelnd tauchte sie wieder im Türrahmen auf.

»Jennifer Baur hatte eine Halskette mit einem kleinen Anhänger, einer silbernen Eule. War das ein Geschenk von dir?«

Ihr Lächeln erstarb. »Ja. Wir – standen uns sehr nahe.« Sie verschwand wieder im Flur. Die Wohnungstür fiel ins Schloss. Wenige Minuten später wurde ein Motor angelassen und ein Auto brauste davon.

Gideon starrte an die Decke. Thea hatte ihm indirekt damit gedroht, sich das Leben zu nehmen, es war nicht ihr erster Versuch. Sie hatte sich keinen Deut verändert.

103

28. März, 8:10 Uhr
Alt-Niederursel

Gideon hielt es nicht lange auf der Couch. Nachdem Thea gegangen war, duschte er und brachte mit einem starken

Espresso seinen Kreislauf in Schwung. Nun stand er unschlüssig im Flur.

Er hatte nicht vor, auf Theas Rückkehr zu warten. Er war nur hergekommen, um etwas über ihre Vergangenheit zu erfahren. Das war ihm auch gelungen. Der Mord an Jennifer Baur war jedoch nicht zur Sprache gekommen und genau *der* interessierte ihn, auch wenn er nicht mehr mit dem Fall betraut war.

Natürlich konnte er nicht einfach ihre Wohnung filzen. Schränke und Schubladen durchsuchen, ihre private Korrespondenz lesen. Wäre Thea offiziell tatverdächtig und er im Besitz eines Durchsuchungsbeschlusses, hätte er keine Skrupel gehabt. Aber er war aus eigenem Antrieb hier und sie vertraute ihm. Sie hatte ihm sogar gezeigt, wo sie ihren Wohnungsschlüssel versteckt hatte. Dieses Vertrauen zu missbrauchen, indem er ihr nachspionierte, kam ihm schäbig vor.

Der Gedanke, dass sie genau das beabsichtigt haben könnte, kam ihm erst viel später.

Ein letztes Mal ließ Gideon seinen Blick durch den Flur schweifen. Nein, Thea hatte mit Jennifer Baurs Tod nichts zu tun. Sie hatte ihm erklärt, was sich im Fall Yagiz Koçoğlu zugetragen hatte. Eine unglückliche Verkettung von Umständen, mehr nicht. Er würde Martin und Nora den Umschlag zurückgeben und den Fall denjenigen überlassen, die jetzt damit betraut waren.

Gideon schlüpfte in sein Jackett und zog die Tür hinter sich zu. Er trat aus dem Haus mit dem dunkelbraunen Fachwerk und den windschiefen Fensterläden. Nebenan befand sich eine Garage, in deren Tor ein Fenster eingelassen war. Neugierig spähte er hindurch. Offenbar gehörte sie Thea, denn er entdeckte an der Rückwand eine Beinprothese, vermutlich nicht mehr benutzbar. Daneben stand ein Kanister mit Frostschutzmittel. In der Ecke lehnte ein Gehstock aus Holz.

Gideon eilte zu seinem Wagen, die Windschutzscheibe war zugefroren. Unter den Scheibenwischer hatte ein Nachbar einen Zettel geklemmt – die Anschuldigungen mit orthografischen Fehlern gespickt, sofern er das Gekritzel überhaupt richtig entzifferte. Er knüllte das Papier zusammen und warf es auf den Beifahrersitz. Er wollte sich gerade auf die Suche nach einem Kratzer für die Frontscheibe machen, als ihm ein Gedanke kam.

Die Garage. Der Gehstock in der Ecke. Irgendetwas irritierte ihn daran.

Gideon kehrte noch einmal zurück. Er rüttelte am Türgriff – verschlossen. Er spähte durch das Fenster. Der Handgriff des Gehstocks fehlte. Wo mochte er sein? Warum benutzte Thea den Gehstock nicht mehr?

Ein alter Mann mit zerschlissener Jacke kam des Weges, zog eine Schubkarre hinter sich her. Er summte eine Melodie, während das schwere Gefährt über das Kopfsteinpflaster rumpelte. Auf dem Karren lagen zwei Kartoffelsäcke, schmutzverkrustet und voller Risse. Ein paar Kartoffeln waren herausgefallen; sie hatten bereits ausgetrieben. Eine Kartoffel sah aus wie das Gesicht eines Säuglings mit einem geöffneten und einem geschlossenen Auge.

Wir sind aus Müll geboren und werden wieder zu Müll.

Gideons Nackenhaare sträubten sich. Er kehrte zum Haus zurück, holte den Ersatzschlüssel unter der Gießkanne hervor und schloss Theas Wohnung auf.

Systematisch durchsuchte er Schränke und Schubladen, hob Kissen und Matratzen an, überflog die Post, die auf ihrem Schreibtisch lag.

In einem Stapel Rechnungsbelege stieß er auf die Quittung eines großen Babyfachmarktes an der Hanauer Landstraße. Da er selbst gerade erst Vater geworden war, kannte er die Produkte – eine komplette Neugeborenen-Erstausstattung: Bodys und Strampler, Jacken, Mützen, Spucktücher. Angeheftet eine handschriftliche Einkaufsliste. Gideon steckte sie in seine Jackentasche.

Daneben entdeckte er den Werbebrief eines Reisebüros an der Neuen Kräme mit der Aufschrift *Wir sind Südamerika.* Er sah davon ab, ihn zu öffnen.

Eine Dreiviertelstunde später tauchte der Handgriff des ausgemusterten Gehstocks auf, in einem Schuhkarton auf dem Kleiderschrank, eingewickelt in einen Seidenschal.

Eine geschnitzte Eule aus dunklem Holz mit Augen aus Zirkoniasteinen. An einer Seite war das Holz gesplittert.

104

28. März, 12:15 Uhr
Polizeipräsidium Frankfurt, Cafeteria

Die Nummer auf dem Display seines Handys ließ Kühnast zusammenfahren. Was wollte Gideon von ihm? Er schob das Telefon entschlossen beiseite. Nach dem zehnten Läuten gab es endlich Ruhe.

Kühnast atmete auf. Er hatte genug mit seinen eigenen Problemen zu kämpfen.

Annette Nick, die seit gestern wieder im Dienst war, musterte ihn neugierig. Lustlos tunkte er eine Bratkartoffel in die Grüne Soße.

Wieder klingelte es. Rufnummer unbekannt. Kühnast kaute hastig und nahm ab.

»Du entkommst mir nicht, Günther.«

»Gideon! Ich hab das Handy nicht gehört.«

»Erzähl keinen Quatsch. Schmeckt die *Grie Soß?*«

Kühnast sprang auf. Durch die gläserne Fensterfront erspähte er Gideon im Innenhof, lässig an einen Streifenwagen gelehnt.

»Wie bist du ohne Ausweis reingekommen?«

»Lass das meine Sorge sein. Kann ich dich sprechen, unter vier Augen?«

»Wozu? Ich kann dir nicht helfen. Du hast dir deine Lage selbst zuzuschreiben.«

»Günther, komm schon.«

Die beiden Männer starrten sich durch die Glasscheibe an. Schließlich gab Kühnast nach. Er legte auf und knallte das Besteck auf den Teller, sodass Annette Nick zusammenzuckte und die Kollegen erschrocken zu ihm herübersahen.

»Warum muss ich nur so verdammt gutmütig sein!« Schimpfend machte er sich auf den Weg nach draußen. Annette Nick sah ihm kopfschüttelnd nach.

Im hellen Licht der Mittagssonne sah Gideon aus, als hätte er zwei Nächte durchgesoffen.

»Komm, gehen wir ein Stück«, schlug er vor, nachdem sie sich begrüßt hatten.

Sie überquerten die Adickesallee und bogen in die Eysseneckstraße ein. Die mächtigen Buchen, die sie säumten, spendeten im Sommer wohltuenden Schatten, doch nun erinnerten sie mit ihrem kahlen Geäst daran, dass die warme Jahreszeit noch weit entfernt war.

»Habt ihr Thea Wesselys Alibi überprüft?«

»Das ist nicht mehr dein Fall, Gideon.«

Gideon holte eine Plastiktüte aus der Tasche, die er über der Schulter trug, und hielt sie Kühnast hin.

»Was ist das?«

»Thea Wessely trägt eine Beinprothese, sie ist auf einen Gehstock angewiesen. Der Stock hat einen auswechselbaren Handgriff. Den hier hat sie abgeschraubt und versteckt.«

»Hast du dir wieder unbefugt Zutritt verschafft und Beweismittel mitgehen lassen? Die sind vor Gericht genauso wenig brauchbar wie deine DNA-Analyse.«

»Sie hat mich freiwillig in ihre Wohnung gelassen.«

»Und das soll ich dir glauben?«

»Sie war mal mit meinem Bruder zusammen, wie du weißt.«

»Na gut – und?«

»Der Handgriff ist zersplittert, Günther, als wäre damit ein harter Schlag ausgeführt worden. Wenn ich damit zu Deissen gehe, hört er mir nicht zu, also bist du meine letzte Hoffnung.«

Kühnast riss ihm die Plastiktüte aus der Hand. »Wenn das wirklich die Tatwaffe sein sollte, wieso hat sie den Gehstock dann nicht weggeschafft oder vernichtet?«

»Der Handgriff hat die Form einer Eule.«

Kühnast sah Gideon an, als sei er völlig verrückt geworden. »Eine Eule?«

»Die Eule ist ein Glücksbringer. So etwas wirft Thea nicht weg.«

Kühnast stöhnte auf. »Also gut, ich mach es, weil du es bist. Sonst noch was?«

Gideon zog die Quittung aus der Jackentasche, die er auf Theas Schreibtisch gefunden hatte, und deutete auf die handschriftlichen Notizen, die sich auf der Rückseite befanden.

»Eine Schriftprobe, zum Abgleich mit dem Abschiedsbrief von Jennifer Baur.«

Kühnast ließ die Quittung seufzend in die Tüte gleiten. »Eule, Abschiedsbrief, alles klar.«

»Wurde Theas Alibi überprüft?«

»Die Kollegen sind dran. In dem Hotel auf Juist hat sie am Sechsten ein- und am Sechzehnten ausgecheckt, vorzeitig.«

»Das Personal auf der Fähre habt ihr befragt?«

»Gideon …«, Kühnast wand sich wie ein Fisch am Haken.

»Komm schon«, sagte Gideon, »Falkner ist ein Loser. Wenn wir dem nicht ein bisschen unter die Arme greifen, klärt er den Fall nie auf.«

»Die Ermittlungen laufen. Es geht um diese Jahreszeit nur eine Fähre pro Tag, aber dass man sich dort an ein einzelnes Auto erinnert, ist ziemlich unwahrscheinlich.«

»An einen dunkelgrünen Mini vielleicht nicht, aber an eine junge Frau mit Beinprothese. Was ist mit Tankbelegen? Videoüberwachung an den Tankstellen? Radarfallen?«

»So weit sind wir noch nicht.«

Gideon überlegte. Die Entfernung von Norddeich, wo die Fähre nach Juist ablegte, bis Frankfurt schätzte er auf rund fünfhundert Kilometer. Die Strecke war ohne größere Pausen in etwa sechs Stunden zu schaffen, wenn nicht zu viel Verkehr herrschte. Eine Tankfüllung würde vermutlich nicht ausreichen.

Kühnast grinste.

»Was?«

»Keine zwei Wochen her, da hast du mich verdächtigt, Interna aus dem Büro auszuplaudern.«

»Was du ja gerade tust. Ich lag doch gar nicht so falsch.«

Kühnast schluckte »Moment mal, so haben wir nicht gewettet!«

»Weiß ich doch, Günther. Danke, dass du mir die Stange hältst.«

Sie gingen eine Weile lang schweigend nebeneinanderher.

»Wie läuft es zu Hause? Ist Nora wieder zurück?«

»Sie kommt bald. Wenn die Sache vorbei ist.«

»Das kann aber noch eine Weile dauern.«

»Wenn du dich da mal nicht täuschst«, entgegnete Gideon.

105

28. März, 21:50 Uhr
Diskothek Cooky's Club, *Am Salzhaus*

Die Schlange vor dem *Cooky's* war um diese Zeit überschaubar. Eine kleine Gruppe Frauen, mit schulterfreien Tops und Gänsehaut an den Armen, reihte sich auf dem Gehweg hinter einer Horde Halbwüchsiger ein, die sich mit ihren karierten Hemden und übergroßen Basecaps wie ein Ei dem anderen glichen. Einer von ihnen hatte, kaum zu glauben, eine Zahnbürste und eine Mohrrübe in der Brusttasche.

Aus reiner Gewohnheit war Gideon an der Schlange vorbei zur Tür gegangen, was mit einer Schimpfkanonade geahndet wurde. Als er seinen Dienstausweis zücken wollte, wurde ihm bewusst, dass er keinen mehr besaß. Seufzend stellte er sich an das Ende der Schlange. Wenige Minuten später stand er im Eingangsbereich der Diskothek.

Man konnte nicht umhin zu bemerken, dass Enver Tahiri ein Profi darin war, die Besucher mit einem Blick zu taxieren.

»Aha, der Herr Kommissar. Was verschafft uns die Ehre? Sind Sie dienstlich oder zu Ihrem Privatvergnügen hier?«

»Haben Sie einen Moment Zeit?«

»Einen ungünstigeren Zeitpunkt hätten Sie sich nicht aussuchen können? Sie sehen doch, was hier los ist.«

Gideon drehte sich um. Die Schlange hatte sich mehr als verdoppelt. »Es dauert nur einen Augenblick. Ich möchte, dass Sie sich ein Foto ansehen.«

Tahiri tippte einem Jungen auf die Schulter, der neben ihm an der Tür stand und Getränkegutscheine an die Neuankömmlinge verteilte, die Einlass erhielten. »Hol mal Antonio.«

Als Antonio seinen Platz eingenommen hatte, zog Tahiri Gideon am Ärmel in eine ruhige Ecke neben der Garderobe. »Sie haben vorgestern wohl mächtig Ärger bekommen.«

Offenbar hatte Tahiri keine Ahnung, dass er suspendiert worden war, sonst hätte er sich sicher geweigert, mit ihm zu sprechen. Gideon empfand Dankbarkeit für die Diskretion der Kollegen.

»Manche Dinge kann man einfach nicht erzwingen.«

»Erzwungenes wächst eine Weile, doch dann welkt es dahin. Laotse«, sagte Tahiri salbungsvoll.

»Langsam fange ich an zu glauben, dass ganz Frankfurt ein Philosophendorf ist.« Gideon hielt Tahiri sein Handy unter die Nase. Das Foto zeigte ihn und Thea in der *Margarete.*

»Ihre Frau?«

Gideon schüttelte den Kopf.

»Aua.«

Gideon überging die Bemerkung. »An dem Abend, als Jennifer ermordet wurde, haben Sie im Auto vor ihrem Haus gesessen und auf Vanessa gewartet.«

»Über eineinhalb Stunden.«

»Und Sie sagten, in der Zeit wären ständig irgendwelche Leute aus und ein gegangen. Diese Frau auch?«

Tahiri nahm das Handy und betrachtete eingehend das Foto. Langsam schüttelte er den Kopf. »Das Gesicht sagt mir nichts.«

»Sie hat rote Haare.«

Tahiri starrte über Gideons Schulter hinweg ins Leere. Schließlich schüttelte er erneut den Kopf. »Es war zu dunkel, um die Haarfarbe zu erkennen.«

Gideon musterte den Mann. Kannte er Thea? Deckte er sie? Nein, er sah Gespenster. Gleich wie er auch vorging, der Weg führte jedes Mal in eine Sackgasse. Wütend schlug er mit der flachen Hand auf den Tresen der Garderobe.

»War's das?«, wollte Tahiri wissen.

Gideon nickte düster.

»Dann noch viel Spaß. Bis elf ist Happy Hour«, sagte Tahiri und kehrte auf seinen Posten an der Eingangstür zurück. Er flüsterte dem Jungen, der die Prospekte verteilte, etwas ins Ohr. Der Junge riskierte einen Blick in Gideons Richtung und grinste.

Resigniert steckte Gideon sein Handy ein und trat ins Freie.

Ein Taxi fuhr vor, dem zwei Pärchen entstiegen. Kaum hatte eine der Frauen die hintere Wagentür geschlossen, knickte sie auf dem Kopfsteinpflaster um. Der Absatz ihrer High Heels brach ab. Ihr Begleiter stützte sie, als sie davonhumpelte, wie ein Bierkutscher fluchend. Es dauerte einen Moment, bis Gideon ein Licht aufging. Warum war ihm das Naheliegendste entgangen?

Er drängte sich abermals an der Warteschlange vorbei und hämmerte gegen die Eingangstür. Dieses Mal öffnete sich nicht die Tür, sondern nur das kleine quadratische Spiegelfenster.

Tahiris Gesicht war wutentbrannt. »Hör mal, Arschloch – ach Sie schon wieder! Was ist denn noch?«

»Die Frau hinkt. Sie hat eine Beinprothese und benutzt einen Gehstock.«

Tahiri runzelte die Stirn.

Dann öffnete er lächelnd die Tür.

106

28. März, 21:50 Uhr
Diskothek Cooky's Club, *Am Salzhaus*

Tahiri hatte Gideon an den Wartenden vorbeigeschleust. Nun lehnten sie zum zweiten Mal an diesem Abend an der Garderobe.

»Warum haben Sie das mit dem Gehstock nicht gleich erzählt?«

»Sie *war* an diesem Abend also am Tatort?«

»Ob es genau diese Frau war, weiß ich nicht. Wie bereits gesagt, ihr Gesicht würde ich nicht wiedererkennen. Aber da war eine Frau, die ein Bein nachgezogen hat. Das ist mir aufgefallen. Weil sie noch jung war.«

»Wie kommen Sie darauf, dass sie jung war?«

»Das sieht man an der Haltung, an der Figur, an der Kleidung. Es ist mein Job, auf diese Dinge zu achten, schließlich kommt hier nicht jeder rein. Ich bin nicht erst seit gestern Türsteher.«

»Um welche Uhrzeit kam sie?«

»Nageln Sie mich nicht fest. Kurz nachdem Vanessa raufgegangen war. Höchstens zwanzig Minuten später. Und sie ist vor Vanessa wieder herausgekommen.«

»Ist sie mit dem Bus gekommen oder per Auto?«

»Sie kam nicht aus Richtung Bushaltestelle. Ein Auto habe ich aber auch nicht gesehen.«

»Ist sie später noch einmal zurückgekommen?«

»Keine Ahnung. Ich habe Vanessa gleich nach Hause gefahren.«

Gideons Handy vibrierte in der Jackentasche. Ein Blick auf das Display bestätigte seine Befürchtung: Thea. Gideon ging nicht ran, es fühlte sich wie eine Ewigkeit an, bis sich der Anrufbeantworter einschaltete.

»Hat *sie* Jenni umgebracht?«

»Das kann ich Ihnen nicht sagen.«

»Sie *wollen* nicht.«

»Oder so.«

107

28. März, 22:55 Uhr
Villa Winter, Justinianstraße, Frankfurt Nordend

Noras Stimme klang überrascht – wie Gideon selbst über die Sprechanlage bemerkte. Er hatte darauf verzichtet, sich telefonisch anzukündigen. Das Tor glitt lautlos zur Seite, Gideon steuerte den Wagen im Dunkeln die bekieste Auffahrt hinauf. Die Buchsbaumfiguren zu beiden Seiten des Weges waren nur als gruselige Schatten auszumachen.

Nora stand auf dem Treppenabsatz vor dem Haupteingang. Sie wirkte müde, aber erleichtert, ihn zu sehen. Er parkte neben Wilfrieds Porsche und eilte die Treppe hinauf. Sie umarmten sich lange, bevor sie gemeinsam ins Haus gingen, in die Küche, wo Nora ein *Nordend Lager* für Gideon und Wasser für sich selbst einschenkte.

Gideon trank das erste Glas in einem Zug aus und wischte sich den Schaum von den Lippen.

»Sie war nicht auf Juist an dem Abend, als Jennifer Baur umgebracht wurde, sondern am Tatort. Wir haben einen Zeugen: Tahiri. Keine Ahnung, wie sie das geschafft hat. Vermutlich ist sie noch in derselben Nacht zurückgefahren und hat in den frühen Morgenstunden die erste Fähre zur Insel genommen. Im Hotel hat sie ganz regulär ausgecheckt.«

»Danke, dass du über deinen Schatten gesprungen bist.«

»Ich ... ich habe die letzte Nacht in ihrer Wohnung verbracht.«

Nora runzelte die Stirn.

»Ich hatte noch Fragen, die ihre Vergangenheit betreffen. Ich wollte ein paar Dinge überprüfen, die Martin herausgefunden hat. Sie hat mich abgefüllt, ich konnte nicht mehr Auto fahren. Und dann hat sie versucht, mich zu verführen.«

Noras Augen begannen zu funkeln.

»Es ist nichts passiert.« Die Sache mit dem Blackout behielt Gideon lieber für sich. Er hatte seiner Frau für heute schon genug zugemutet. »Ich wollte nicht, dass es zwischen uns beiden wieder zu Missverständnissen kommt. Darum bin ich ganz offen. Außerdem habe ich in ihrer Wohnung möglicherweise die Tatwaffe gefunden.«

»Und sie Deissen zur Untersuchung überlassen.«

Nora hat also doch einen Informanten im Präsidium, dachte Gideon. Er war frustriert, doch dann fiel ihm ein, dass ihn das nicht mehr betraf. Außerdem konnte sich der Maulwurf jetzt für ihn, da er keinen direkten Draht mehr zur Adickesallee besaß, als nützlich erweisen.

»Wer ist es, Nora?«

Sie fuhr mit der Kuppe ihres Zeigefingers am Glasrand entlang.

»Sag schon, von wem stammen deine Informationen? Von Günther?«

Nora schwieg.

»Ich war ehrlich mit dir bezüglich Thea, jetzt bist du an der Reihe.«

»Ich bin an die Schweigepflicht gebunden, Gitte.«

»Also ein Patient von dir?«

Sie seufzte.

Gideon schlug sich mit der Hand gegen die Stirn. »Natürlich, Annette Nick.«

»Sie war während ihrer Burn-out-Phase zeitweilig bei mir in Behandlung. Seit sie der MK 5 zugeteilt wurde, haben wir ein paar Mal telefoniert. Sie hat keine Geheimnisse verraten. Sie war einfach unglücklich und suchte Rat, wie sie am besten mit dir und den Kollegen umgehen soll. Außerdem hat sie Probleme mit ihrer pubertierenden Tochter.«

»Ach du liebe Zeit.«

»Ich wollte mich da raushalten, Gitte, Beruf und Privatleben zu vermischen, ist mir zuwider. Aber du kennst ja mein Helfersyndrom. Sie brauchte jemanden, dem sie sich anvertrauen konnte.«

Annette Nick also. Er hätte es sich eigentlich denken können.

»Sind wir jetzt quitt?«, fragte er.

Nora schürzte die Lippen. »Hast du vor, mich ihretwegen zu verlassen, Gitte?«

Gideon ging um den Tisch herum, schloss seine Frau in die Arme und küsste sie. »Nora, ich will nichts von dieser Frau – ich liebe dich! Und ich liebe unsere Familie, ihr seid mir das Wichtigste auf der Welt.«

»Dann wird es Zeit, dass du das auch mal zeigst.«

»Alles, was du verlangst.«

Nora nahm sein Gesicht in ihre Hände. »Geh mit Janni und mir zur Schreiambulanz.«

Gideon stimmte ohne Zögern zu.

Nora küsste ihn. »Ist sie schöner als ich?«, flüsterte sie in sein Ohr.

»Wer? Die einbeinige Verrückte?«

»Sicher hat sie keine Schwangerschaftsstreifen«, sinnierte seine Frau.

»Aber eine fünfzehn Zentimeter lange Narbe am Bauch.«

»Hat sie die?«

»Ich kann nichts dafür, sie saß nackt auf meinem Schoß«, grinste Gideon.

Nora hieb ihm schmerzhaft ihre Faust in den Oberarm. Der Schmerz klang nur langsam ab.

»Wo ist eigentlich Janni?«

»Maningning hat ihn unter ihre Fittiche genommen.«

Maningning war die philippinische Haushälterin von Noras Vater Wilfried. Die quirlige kleine Frau mit dem Spitznamen ›Ma‹ war für die heranwachsende Nora die wichtigste weibliche Bezugsperson gewesen, da ihre Mutter früh an Krebs gestorben war.

»Ich weiß nicht, ob es an ihrer beruhigenden Art oder an dem philippinischen Gebräu liegt, das sie ihm einflößt: Seit wir hier sind, schläft Janni viel besser.«

»Können wir sie nicht abwerben?«

»Ich glaube nicht, dass sie bereit ist, ihre Einliegerwohnung bei meinem Vater aufzugeben, um bei uns auf der Schlafcouch zu übernachten.«

Beide lachten.

»Zwei Dinge an diesem Fall sind mir immer noch ein Rätsel. Erstens: Angenommen, Thea hat Jennifer Baur mit dem Gehstock erschlagen. Wie hat sie es mit ihrer Gehbehinderung geschafft, die Leiche aufs Dach zu hieven?«

»Im Keller wurde eine Sackkarre gefunden, mit der eine Nachbarin Getränke transportiert hat.«

»Sprichst du von Frau Kempfer? Die habe ich doch befragt.«

»Sie untersuchen noch, ob sich DNA von Baur daran befindet. Möglicherweise war nicht deine Thea, sondern der Ehemann von dieser Kempfer der Täter.«

»Hast du das mit der Sackkarre auch von Annette Nick erfahren?«

Nora nickte. Gideon war beeindruckt. Doch an der Täterschaft von Kempfers Mann hegte er ernsthafte Zweifel.

»Warum sollte Thea ihren Urlaub unterbrechen und nach Frankfurt fahren, wenn es nicht um Jennifer Baur ging?«

»Keine Ahnung. Du hast doch ihre Wohnung durchsucht. Hast du außer der möglichen Tatwaffe nichts Verdächtiges entdeckt? Im Keller oder in der Garage?«

»Der Keller war leer. Und in der Garage gab es außer dem Gehstock mit dem fehlenden Handgriff nichts von Bedeutung.«

»Was ist mit den anderen Räumlichkeiten, zu denen sie Zugang hatte? Zum Beispiel ihrem Büro?«

Gideon dachte scharf nach. Das Büro in der Alten Mainzer Gasse. Was gab es dort außer einem Schreibtisch, Broschüren in Hülle und Fülle, Regale mit Aktenordnern und einem zerschlissenen Rollstuhl?

Der Rollstuhl.

108

29. März, 10:30 Uhr
Polizeipräsidium Frankfurt, Eingangshalle

Es war grotesk: Wie ein Besucher stand Gideon in der Eingangshalle der Festung, in der er während der letzten zehn Jahre ein und aus gegangen war, und musste warten, bis Demant ihn abholte.

Zum ersten Mal hatte er Muße, sich die Leute genauer zu besehen, die sich hier die Klinke in die Hand gaben: Zeugen, die zur Befragung einbestellt waren, Handwerker, Paketausträger – ein fortwährendes Kommen und Gehen.

Demant ließ ihn schmoren. Gideon gegenüber saß eine Frau in Burka, die ein Mädchen an ihrer mit Henna bemalten Hand hielt. Sie wurde von einem jungen Mann begleitet, der sie vermutlich im Auge behalten sollte, sich aber mehr für sein Handy interessierte. Gelegentlich hielt er ihr das Display hin und die Augen im Sehschlitz schienen zu lächeln.

Demant kam durch das Drehkreuz und streckte die Hand zur Begrüßung aus. »Danke, dass du gekommen bist. Wir gehen direkt rauf zu Oliver.«

Gideon ignorierte die versöhnliche Geste. Er hatte Demants Verrat nicht vergessen. Sie betraten den Besprechungsraum in der Nähe von Deissens Büro. Alle Stühle bis auf zwei waren besetzt: Außer Deissen hatten sich Kühnast, Annette Nick, Falkner und drei weitere Kollegen eingefunden, die Gideon vom Sehen her kannte; vermutlich hatte Falkner sie in sein Team aufgenommen. Demants Vorgesetzter Torben Schumann glänzte durch Abwesenheit. Auf dem Tisch vor Deissen lagen eine transparente Kunststofftüte mit dem hölzernen Handgriff in Eulenform, ein weiterer Asservatenbeutel mit Jennifer Baurs Abschiedsbrief und Theas Quittung mit der Einkaufsliste auf der Rückseite. Dazu noch ein brauner Umschlag, der nach Rechtsmedizin aussah.

Demant und Gideon nahmen nebeneinander Platz. Falkner musterte ihn wie einen Eindringling.

Deissen eröffnete die Sitzung. »Wir haben es hier tatsächlich mit der Tatwaffe zu tun. Der Handgriff von Thea Wesselys Gehstock ist aus Kamerun-Ebenholz geschnitzt, eine weithin verbreitete, nicht ganz so harte Ebenholzart. Deshalb splitterte er bei dem Schlag und hinterließ Spuren an Jennifer Baurs Schädel. Chiazza hat das bestätigt.«

Falkner bat Gideon, sich zum Fundort der Tatwaffe zu äußern.

»Ich habe den Handgriff auf dem Kleiderschrank im Schlafzimmer von Thea Wessely entdeckt. Zu dem ich mir, nebenbei bemerkt, *nicht* eigenmächtig Zutritt verschafft habe.«

»Die Tatwaffe haben wir also«, fasste Falkner zusammen. »Gideons Aussage zufolge wohnt Frau Wessely allein. Die Handschriften auf Jennifer Baurs Abschiedsbrief und auf der Quittung aus Wesselys Wohnung stammen laut Gutachten des Grafologen vom HLKA mit an Sicherheit grenzender Wahrscheinlichkeit von ein und derselben Person. Wie weit sind wir mit der Überprüfung des Alibis?«

Kühnast schüttelte den Kopf. »Kein Mitarbeiter der Fährgesellschaft *Norden Frisia* kann sich an sie erinnern. Sie ist wohl einfach im Auto sitzen geblieben, um möglichst wenig aufzufallen. An ihre Gehbehinderung hätte sich vielleicht doch jemand erinnert. Falls sie getankt hat, war sie clever genug, bar zu zahlen. Die Autobahnraststätten mit Videoüberwachung, an denen sie angehalten haben könnte, wurden kontaktiert. Bis jetzt noch keine Rückmeldung.«

»Es gibt also keinen Zeugen, der bestätigen könnte, dass sie in der Tatnacht in Frankfurt war«, sagte Falkner.

»O doch«, entgegnete Gideon und ließ die Bombe platzen. »Sie wurde sogar dabei beobachtet, wie sie zur Tatzeit das Haus betreten und nach geraumer Zeit wieder verlassen hat.«

Alle starrten ihn entgeistert an.

»Das ist nicht dein Ernst, oder?«, fragte Annette Nick.

»Von wem?«, wollte Falkner wissen.

»Können wir beide kurz rausgehen?«, forderte Gideon Demant auf.

Die Anwesenden warfen sich argwöhnische Blicke zu. Falkners Kiefer mahlten. Seufzend stand Demant auf und begab sich mit Gideon vor die Tür.

»Was soll das?«

»Bevor ich weiterrede, hebst du meine Suspendierung auf.«

»Machst du Witze? Das kann ich nicht alleine entscheiden.«

»Du findest sicher einen Weg. Außerdem verlange ich eine Entschuldigung von dir.«

»Wir *mussten* dich von dem Fall abziehen. Du hast dermaßen viel Bockmist gebaut, dass uns gar nichts anderes übrig blieb.«

»Du kennst meine Forderung. Also: Ja oder Nein?«

»Ich will den Namen des Zeugen, Gideon, auf der Stelle.«

Gideon machte auf dem Absatz kehrt und ging zum Aufzug. »Danke, ich finde alleine hinaus.«

»Das ist Strafvereitelung«, rief Demant, der ihm folgte.

»Das gilt nur für Richter, Staatsanwälte und Polizisten. Und ich bin ja keiner mehr, schon vergessen?«

Die Aufzugtüren öffneten sich und Gideon stieg ein. Demant kochte vor Wut. Bevor die Türen sich endgültig schlossen, sagte Gideon: »Übrigens weiß ich auch, womit sie die Leiche aufs Dach transportiert hat.«

Demants verdutztes Gesicht verschwand in dem schmaler werdenden Spalt.

Gideon schaffte es bis zum Drehkreuz am Ausgang, bevor Demant ihn einholte. Er hatte die Treppe genommen und war völlig außer Atem.

»Also gut«, keuchte er. »Ich entschuldige mich. Ich rede mit Rommel, dass die Suspendierung aufgehoben wird. Aber das Disziplinarverfahren kann ich nicht aufhalten.«

Gideon nickte.

»Also?«

Gideon erzählte Demant von Enver Tahiris Beobachtung und von seiner eigenen Schlussfolgerung bezüglich des Rollstuhls im Bartholomaeuswerk.

»Das reicht, um sie festzunehmen.«

»Und wer leitet ab jetzt die Ermittlungen?«, sagte Gideon.

»Na wer wohl!« Demant hielt ihm den braunen Umschlag hin, der vorhin auf dem Tisch gelegen und seine Aufmerksamkeit geweckt hatte. »Lies das.«

Gideon nahm das Papier heraus und überflog Chiazzas Zusammenfassung. Obwohl die neue Faktenlage keinen Einfluss auf den Mordfall Jennifer Baur hatte, war klar, dass sie einen Wendepunkt im Fall darstellte.

Sie fuhren wieder nach oben. Deissen stand auf der Türschwelle und hielt nach ihnen Ausschau. Demant entschuldigte sich zähneknirschend vor versammelter Mannschaft. Als er ankündigte, dass die Suspendierung aufgehoben und Gideon wieder mit dem Fall betraut war, raffte Falkner seine Unterlagen zusammen und stürmte wutschnaubend aus dem Raum.

Eine Stunde später machte sich eine Gruppe von sieben Beamten auf den Weg. Fünf begaben sich unter Gideons Führung in die Alte Mainzer Gasse, um Thea festzunehmen und den Rollstuhl sicherzustellen. Zwei weitere Beamte hatten den Auftrag, Thea für den Fall, dass sie heute nicht im Büro war, in ihrer Wohnung in Niederursel zu verhaften.

Als Gideon und seine Kollegen im Caritas-Quartier eintrafen, saß eine andere Mitarbeiterin hinter Theas Schreibtisch. Frau Wessely habe sich heute Morgen krankgemeldet, teilte sie den Beamten erschrocken mit.

Ein Anruf bei den Kollegen in Niederursel bestätigte Gideons Verdacht. Auch dort war sie nicht. Der Schlüssel unter der Zinkgießkanne war verschwunden. Thea Wessely hatte ganz offensichtlich die Flucht ergriffen.

Er wählte ihre Handynummer. Keine Reaktion. Der Anrufbeantworter war ausgeschaltet. Gideon rief Keitel an, um Thea zur Fahndung ausschreiben zu lassen und beim Amtsgericht einen Durchsuchungsbeschluss für ihre Wohnung zu erwirken.

Dann machte er sich auf den Weg nach Alt-Niederursel.

109

29. März, 11:25 Uhr
Alt-Niederursel

In Theas Dachgeschosswohnung herrschte Hochbetrieb. Mehrere Polizisten aus der BAO *Golanhöhen* kehrten das Unterste zuoberst, Staatsanwalt Dr. Keitel telefonierte auf dem Balkon, und Gideon, Annette Nick sowie Günther Kühnast standen in der Küche und besprachen das weitere Vorgehen.

Offenbar hatten sie Thea knapp verpasst: Die heutige Ausgabe des *Frankfurter Tagblatts* lag auf dem Esstisch ausgebreitet, ein Artikel von Martin Kanther über den Rechtsstreit beim Bau einer Kindertagesstätte im Gutleutviertel aufgeschlagen. Bei ihrem Eintreffen war der Elektrokocher, mit dem Thea Wasser für ihren Tee zubereitet hatte, noch warm gewesen.

Dass nicht mit einer baldigen Rückkehr der Bewohnerin zu rechnen war, wurde mehr und mehr zur Gewissheit, als sie den leeren Kühlschrank entdeckten, sowie die in der Mülltonne entsorgten Lebensmittel, und Kollege Lanig mit der Information hereinplatzte, Thea Wessely habe heute Morgen einen fünfstelligen Geldbetrag von ihrem Konto bei der Deutschen Bank abgehoben.

»Gibt es Verwandte, bei denen sie Unterschlupf finden würde?«, wollte Annette Nick wissen.

Gideon schüttelte den Kopf. »Der Vater ist tot, ihre Mutter lebt in einem Pflegeheim in Darmstadt, die scheidet aus. Keine Geschwister.«

»Freunde?«

Gideon dachte nach. Thea hatte gesagt, dass sich ihr

Freundeskreis mehr oder weniger aufgelöst hatte. »Eine Freundin, aber die ist ausgewandert.«

»Weißt du wohin?«

Er erinnerte sich nicht. Er rief Demant an, um zu erfahren, ob die Fahndung bereits lief. Noch nicht, aber spätestens am Mittag sollten alle Dienststellen informiert sein. Gideon bat, die Kollegen am Flughafen zu alarmieren. Es bestünde der Verdacht, dass Thea sich ins Ausland absetzen wolle.

Günther Kühnast forderte mit Staatsanwalt Keitels Zustimmung eine Verbindungsübersicht von Theas Festanschluss und ihrem Handy an. »Falls sie vorhat, sich bei besagter Freundin einzuquartieren, hat sie ihren Besuch mit Sicherheit angekündigt.«

»Die Kontakte fanden via Skype statt«, fiel Gideon ein.

»Dann fragen wir in der Firmenzentrale an.« Annette Nick suchte mithilfe ihres Smartphones die Kontaktdaten der Deutschlandzentrale von Skype heraus.

»Oder wir loggen uns in ihren Computer ein«, schlug Gideon vor.

»Kennst du das Passwort?«, sagte Kühnast.

Gideon verneinte.

»Elizabeta muss her«, sagte Kühnast schließlich und zückte sein Telefon.

110

29. März, 11:55 Uhr
Alt-Niederursel

Elizabeta Radvanyi war Anfang dreißig, wirkte aber zehn Jahre jünger, weil sie weit geschnittene schwarze Hosen und eng anliegende Fan-Shirts der norwegischen Band *Redrum* liebte, auf denen ein grinsender Totenschädel prangte. Die

Computerexpertin mit den mädchenhaften Zügen saß fluchend vor Theas Rechner und packte ihr Sammelsurium aus Kabeln und Gerätschaften wieder ein, die sie mit dem Computer verbunden hatte, um das Passwort zu knacken.

»Wäre es ein Windows-Rechner gewesen – mit *Rainbow-Tables* kein Problem. Aber das hier ist eine Linux-Maschine. Es dauert mindestens vier Tage, an das Passwort heranzukommen.«

»Und was jetzt?«

»Warten oder raten.«

»Das sagt sich so leicht«, schimpfte Gideon. »Es kann ja alles Mögliche sein.«

»Richtig. Oder etwas ganz Bestimmtes.«

Das half Gideon auch nicht weiter.

»Am besten fangt ihr mit den persönlichen Daten an: Geburtsdatum, Geburtsdaten der Eltern, Geschwister, Lebenspartner. Spitznamen, Namen von Haustieren. Und dann das übliche Zeug: 1234, 9999, 0000.«

Die Suche würde Stunden in Anspruch nehmen. Inzwischen setzte sich Thea ins Ausland ab, möglicherweise in ein Land, das kein Auslieferungsabkommen mit Deutschland hatte. Es musste eine einfachere Möglichkeit geben.

Gideon übernahm Elizabetas Platz und tippte Theas Geburtsdatum ein. Falsch. Gideon probierte es mit *Arche Noah, Eule* und dem Vornamen von Theas Mutter. Keine Chance.

Nachdem Elizabeta ihre Siebensachen verstaut hatte, drehte sie sich zu Gideon um. »Ach ja, die Anzahl der Versuche ist begrenzt.«

»Na toll, das sagst du mir erst jetzt? Und wie viele Fehlversuche sind erlaubt?«

»In dieser Distribution sind es fünf, falls sie bei der Installation die Werkseinstellung nicht verändert hat. Danach führt der Rechner automatisch einen Hardreset durch, bei dem alle Daten unwiderruflich gelöscht werden.«

Gideon saß mit offenem Mund da. »Ist das dein Ernst? Das heißt, ich habe nur noch einen Versuch?«

»Wir können die Festplatte ausbauen und die Daten extern einlesen. Aber das dauert Tage. Dagegen musst du nur *ein* Mal richtig raten.«

Gideon vergrub den Kopf in den Händen.

»Vielleicht gibt es jemanden, für den sie schwärmt?« Sie blickte Gideon so durchdringend an, als könnte sie Gedanken lesen, bevor sie sich verabschiedete.

Gideon starrte auf die Tastatur. Manche Buchstaben waren fast völlig verblasst, andere wirkten wie neu. Seine Augen fügten die Buchstaben zusammen, doch er wagte nicht, sie einzugeben. Hatte Thea tatsächlich dieses Passwort gewählt? Er würde es erst wissen, wenn er es ausprobierte. Der letzte Versuch.

»Könnt ihr mich einen Moment alleine lassen?«

Kühnast und Nick sahen sich fragend an, dann verließen sie den Raum.

Gideon legte die Hände auf die Tastatur. Also los, jetzt oder nie!

Gideon

Das Wartesymbol erschien. Eine gefühlte Ewigkeit später verschwand der Anmeldebildschirm.

Willkommen, thea_und_gideon

Mit belegter Stimme rief er die Kollegen wieder herein. Er erwähnte mit keinem Wort, welches Passwort Thea Wessely für ihren Computer gewählt hatte. Und die beiden waren taktvoll genug, nicht nachzufragen.

Zehn Minuten später blickten Gideon und seine Kollegen in das verschlafene Gesicht von Theas Freundin in Bolivien. In La Paz war es 5:30 Uhr und sie hatten es ihrem nur wenige Wochen alten Sohn zu verdanken, dass der Computer überhaupt eingeschaltet war. Ja, Thea habe sich angekündigt. Sandra würde sie morgen Nachmittag am Flughafen von La

Paz abholen. Als Gideon ihr erklärte, dass sie sich den Weg sparen könne, war sie untröstlich, weil sie fest mit Thea und den versprochenen Babysachen aus Deutschland gerechnet hatte.

Fünfundvierzig Minuten später klingelte Gideons Handy. Es war Carola Rohfleisch, Vanessas Betreuerin aus dem Monikahaus. Das Mädchen war nach dem Unterricht, der um zwölf beendet war, nicht in ihre Wohngruppe zurückgekehrt.

111

29. März, 13:00 Uhr
B 45, zwischen Dieburg und Groß-Umstadt

Leichter Regen hatte eingesetzt und die Wolken hingen so tief, dass die Wipfel der Tannen darin verschwanden. Wegen der schlechten Sicht musste sie das Licht einschalten.

Im Wagen war es still, bis auf das Motorengeräusch und das Quietschen der Scheibenwischer. Vanessa war im Gallusviertel zugestiegen, hatte gefragt, ob Thea bereit sei. Danach waren beide verstummt.

Sie passierte einen Kombi, der mit eingeschalteter Warnblinkanlage und offener Seitentür am Straßenrand stand.

Vanessa gähnte.

»Was willst du mit dem Geld anfangen?«, fragte Thea.

»Ich gebe es jemandem, der Schulden hat. Und der holt mich dann raus.«

»Raus aus dem Heim? Glaubst du das wirklich?«

»Das geht Sie einen Scheiß an. Besorgen Sie einfach die Kohle, dann erfährt niemand was.«

Thea starrte grimmig hinaus in den Regen.

»Ist es noch weit?«, fragte Vanessa.

»Eine halbe Stunde. Bei dem Wetter vielleicht etwas mehr.«

»Warum besorgen Sie sich das Geld nicht aus am Bankautomaten?«

»So viel kann man nicht auf einen Schlag abheben.«

»Geld unter der Matratze verstecken ist aber auch irgendwie *uncool.*«

Thea umklammerte das Lenkrad. »Kann ich mal bitte dein Handy haben?«

»Warum?«

»Bei meinem ist der Akku leer.«

Vanessa holte ihr Mobiltelefon hervor. Nach einem prüfenden Blick auf das Display reichte sie es ihr. Thea trat aufs Gaspedal, bis der Tacho 110 anzeigte. Sie öffnete das Fenster und warf das Handy hinaus.

Vanessa erschrak. Durch die Heckscheibe sah sie, wie das Gerät auf der Straße zerschellte und schrie: »Sind Sie verrückt geworden?«

»Bist du schon mal auf die Idee gekommen, dass die Polizei dein Handy orten kann?«

»Dafür legen Sie fünfhundert Euro drauf«, sagte Vanessa wutentbrannt.

Thea schaltete das Radio ein. Ihre Haut wirkte so fahl, dass die feinen weißen Narben, die über Stirn, Wangen und Kinn verliefen, kaum mehr sichtbar waren. Im Hintergrund sangen die Everly Brothers *Crying In The Rain*.

Ein Streifenwagen mit eingeschaltetem Blaulicht kam ihnen entgegen. Thea schirmte ihre Augen mit der Hand ab. Der Regen wurde stärker.

112

29. März, 13:05 Uhr
Außenwohngruppe des Monikahauses, Flörsheimer Straße

Celine saß Gideon Richter und Annette Nick gegenüber. Ihre Augen waren verquollen. Auf dem Tisch vor ihr ein Berg benutzter Taschentücher. An der Wand hingen Gruppenfotos: pubertierende Mädchen in Posen, die besonders cool wirken sollten. Es hatte sie keine Mühe gekostet, Celine ein Geständnis zu entlocken. Das Mädchen schien nur auf eine Gelegenheit gewartet zu haben, sich die Last von der Seele zu reden.

»Sie hat gesagt, sie weiß, wer ihre Mutter umgebracht hat. Und dass sie den Mund hält, hätte seinen Preis.«

»Aha. Und heute war Zahltag?«

»Ja.«

Gideon legte ihr ein Foto von dem dunkelgrünen Mini vor, den Nora früher besessen hatte.

»Genau so sah das Auto aus!«, rief Celine.

»Wann haben sich die beiden getroffen?«

»Der Wagen stand direkt nach dem Unterricht vor der Schule. Ich hab nicht gesehen, wer drin saß.«

Gideon sah auf seine Uhr: Thea hatte eine gute Stunde Vorsprung. Dummerweise ließ sich nicht feststellen, in welche Richtung sie fuhr.

Da Celine keine weiteren Informationen liefern konnte, wurde sie von Frau Rohfleisch hinausbegleitet. Die Polizisten kehrten ins Präsidium zurück, nicht ohne sich auf dem Weg mit einem verspäteten Mittagsimbiss einzudecken.

»Könnte es sein, dass Wessely und Vanessa den Mord gemeinsam begangen haben?«, sinnierte Annette Nick kauend, als sie in Kühnasts und ihrem Büro gemeinsam am Besprechungstisch aßen.

Gideon schüttelte den Kopf. »Vanessa war Zeugin, als ihre Mutter umgebracht wurde, und jetzt will sie Kapital aus ihrem Wissen schlagen.«

»Was hat Wessely vor?«

»Sie wird mit Sicherheit nicht zahlen.«

»Warum hat sie dann ihr Konto geplündert?«

»Weil sie sich nach Südamerika absetzen will«

»Und das Mädchen räumt sie aus dem Weg?«

»Sie ist keine Soziopathin. Hoffe ich zumindest.«

»Vanessa muss regelmäßig Medikamente nehmen«, gab Annette Nick zu bedenken, die sich noch gut an den epileptischen Anfall des Mädchens im Monikahaus erinnerte.

»Vielleicht hat sie Vanessa gekidnappt und irgendwo versteckt?«

Gideon hatte keinen blassen Schimmer. Sein Telefon läutete. Er ging ran und hörte aufmerksam zu, dann legte er auf.

»Bei einem Notfalleinsatz wurde Thea Wesselys Wagen auf der B 45 hinter Dieburg von einer Streife gesichtet. Die Kollegen konnten nicht anhalten, haben die Meldung aber gleich weitergegeben.« Gideon ärgerte sich. Hätte der Fahndungsaufruf den Hinweis auf eine mögliche Entführung enthalten, wäre das nicht passiert.

»Irgendeine Idee, wohin sie unterwegs sein könnte? Du kennst Frau Wessely von uns allen am besten, Gideon«, sagte Annette Nick.

Gideon trat an die Pinnwand mit der Karte von Frankfurt und Umgebung und überflog die Ortsnamen rund um Dieburg: Höchst, Bad König, Michelstadt, Erbach, Hetzbach.

Hetzbach.

»Das Ferienhaus ihrer Eltern liegt in Hetzbach.«

In Windeseile rafften sie ihre Sachen zusammen und machten sich auf den Weg in Richtung Odenwald. Sie fuhren mit zwei Wagen – für den Fall, dass sie sich trennen mussten.

Während Gideon und Günther Kühnast am Offenbacher Klinikum vorbeirasten, stellte Gideon sich die eine letzte Frage, die unbeantwortet geblieben war:

Warum?

113

29. März, 13:40 Uhr
Hetzbach im Odenwald

Thea parkte vor einem winzigen Häuschen mit Schindeldach und roten Fensterläden. Der Jägerzaun hätte dringend einen neuen Anstrich gebraucht und einer der Fensterläden hing schief in den Angeln. Neben der Eingangstür lehnte ein verrostetes Bettgestell an der Wand, Seite an Seite mit einem ausrangierten Kühlschrank.

Die umliegenden Häuser wirkten verschlossen und abweisend. Die Besitzer pflegten sich nur an den Wochenenden einzufinden, um die Idylle zu genießen.

Thea stellte den Motor ab. Vanessa wischte die beschlagene Seitenscheibe frei und starrte hinaus. »Das da?«

»Steig schon mal aus«, sagte Thea. Als das Mädchen ein Stück weit entfernt war, holte sie ihren Gehstock hinter dem Fahrersitz hervor, schraubte den silbernen Handgriff ab und ersetzte ihn durch einen Holzknauf.

Als sie die Eingangstür des Ferienhauses aufschloss, schlug ihr ein muffiger Geruch entgegen. Vanessa hielt sich die Nase zu. Thea deutete auf eine weiße Tür am Ende des Ganges. »Da hinten geht es runter.«

Vanessa sah sie skeptisch an. Thea nahm einen Schlüssel vom Brett und ging voraus. Die Tür klemmte, doch schließlich schwang sie mit einem ohrenbetäubenden Quietschen auf. Thea hielt Vanessa eine Taschenlampe hin, die sie in ihrer Jacke verwahrt hatte.

»Hier gibt es keinen Strom. Gleich links siehst du ein Regal mit Konserven. Im obersten Fach liegt ein Koffer. Er enthält das Geld.«

»Sie glauben doch nicht im Ernst, dass ich alleine da runtergehe? *Sie* holen das Geld.«

Thea hob ihren Rock an, sodass ihr künstliches Bein sichtbar wurde. »Wie denn? Ich komme ja kaum die Treppe zu meiner Wohnung hoch.«

Vanessa, die offensichtlich noch nie eine Beinprothese gesehen hatte, zögerte.

»Willst du das Geld nun oder nicht?«

Vanessa seufzte und riss Thea die Taschenlampe aus der Hand. Sie knipste probehalber das Licht ein und aus.

»Geben Sie mir den Schlüssel zu Ihrem Wagen.«

»Wozu?«

»Falls Sie auf die Idee kommen sollten, mich im Keller einzusperren und abzuhauen.«

Thea sah sie amüsiert an und reichte Vanessa dann widerspruchslos den Wagenschlüssel. Das Mädchen drehte sich um und streckte die Hand nach dem Treppengeländer aus, um sich festzuhalten. Noch bevor sie den Fuß auf die erste Stufe setzen konnte, nahm sie eine blitzschnelle Bewegung hinter sich wahr. Der Schlag traf sie mit voller Wucht am Hinterkopf und sie fiel. Augenblicke später schlug sie am Fuß der Treppe auf. Der Schmerz in ihrem Unterschenkel war messerscharf. Benommen sah sie, wie sich Thea Wessely näherte und ihr den Autoschlüssel abnahm.

»Ich glaube, mein Bein ist gebrochen«, stöhnte das Mädchen, den Tränen nahe.

»Das hast du dir selbst zuzuschreiben.«

»Ich brauche meine Tabletten.«

»Und ich brauche Zeit. Sobald ich in Sicherheit bin, rufe ich die Polizei an, damit sie dich hier rausholt.«

Thea packte sie unter den Achseln und lehnte Vanessa ächzend mit dem Rücken an die Mauer. Sie deckte sie mit einem Bettlaken zu und drückte ihr die Taschenlampe in die Hand, die sie beim Sturz verloren hatte.

Vanessa hörte das Knarren der Holzstufen. Thea Wessely schien eine Ewigkeit zu brauchen, um nach oben zu gelangen. Dann fiel die Kellertür ins Schloss. Als das Motorengeräusch des Mini erklang und sich entfernte, war nur mehr der Regen zu hören, der auf das Dach trommelte.

Vanessa biss die Zähne zusammen und schaltete die Taschenlampe ein. Wenigstens musste sie die Wartezeit nicht im Finstern verbringen. Doch das Licht ging nicht an, offenbar hatte die Lampe den Sturz nicht heil überstanden.

Vanessa wurde von Schmerz, Angst und Verzweiflung überwältigt, die sich in einem gellenden Schrei Luft machten und ungehört verhallten.

114

29. März, 14:20 Uhr
B 45 bei Höchst im Odenwald

Die Scheibenwischer liefen auf Hochtouren. Der Regen war so stark geworden, dass Kühnasts Tacho knapp unter sechzig blieb – schneller traute er sich bei dieser Sicht nicht zu fahren. Feuchtigkeit drang durch die brüchigen Gummidichtungen des altersschwachen Passats, sie mussten fortwährend über die beschlagenen Scheiben wischen.

Gideon hatte ein flaues Gefühl im Magen. Er betete, dass sie nicht zu spät kamen, um Vanessa vor einem epileptischen Anfall zu bewahren und Theas Flucht zu vereiteln.

Kühnast schien Gideons Gedanken lesen zu können. »Selbst wenn sie es bis zum Flughafen schafft, wird sie den Kollegen an der Passkontrolle ins Netz gehen.«

»Falls sie einen Direktflug gebucht hat! Sie könnte aber auch auf Umwegen über ein Schengenland fliegen, dann besteht durchaus die Möglichkeit, dass sie uns entwischt.«

Kühnast kniff die Augen zusammen. »Wenn wir schneller sind als die Kollegen … nimmst du sie dann fest?«

»Natürlich, warum?«

»Na ja, sie war doch mal deine Freundin.«

»Nein, Günther, war sie nicht.«

»Aber sie muss dir viel bedeuten. Sonst hättest du nicht krampfhaft versucht, sie aus den Ermittlungen rauszuhalten.«

Gideon glaubte, sich verhört zu haben. *»Was?* Wie kommst du denn auf die Idee?«

»Findest du es nicht eigenartig, dass du der Einzige warst, der sie ins Kreuzverhör genommen hat? Privat, ohne Vorladung aufs Präsidium? Obwohl sie als Betreuerin von Jennifer Baur eine wichtige Zeugin war?«

»Das hat sich einfach so ergeben.«

»Ich kenne dich. Bei Ermittlungen hast du den Dingen noch nie einfach ihren Lauf gelassen.«

»Ich habe sie nicht vorsätzlich rausgehalten. Aber es kann sein, dass ich unbewusst bestimmte … Fakten ausgeblendet habe, die mich normalerweise stutzig gemacht hätten.«

»Zum Beispiel, dass sie wegen Körperverletzung vorbestraft ist?«

»Ist sie nicht, das Verfahren wurde eingestellt.«

»Hat sie das behauptet? Wenn ja, hat sie dich angelogen.«

Stammte die Information, das Verfahren wegen des tätlichen Angriffs auf Yagiz' Vater sei eingestellt worden, wirklich von Thea? Allmählich begann Gideon, die Übersicht zu verlieren, was Thea tatsächlich gesagt hatte und was Mutmaßungen seinerseits waren.

»Du hättest den Fall von Anfang an abgeben sollen, wegen Befangenheit.«

»Im Nachhinein ist man immer klüger.«

Die abgeblendeten Scheinwerfer eines Autos tauchten wie von Geisterhand im Sprühnebel auf und kamen rasch näher. Als der Fahrer an ihnen vorbeiraste, landete eine Wasserfontäne auf Kühnasts Windschutzscheibe, die ihnen jede Sicht nahm. Es dauerte ein paar Sekunden, bis Gideon reagierte. »Halt an, Günther! Das war sie! Kehr um!«

Kühnast legte eine Vollbremsung hin. Der Wagen schlitterte über die regennasse Fahrbahn und machte eine Kehrtwende. Zum Glück kam ihnen kein anderes Auto entgegen.

»Drück auf die Tube!«, rief Gideon.

»Ich sehe kaum etwas, willst du riskieren, dass wir im Straßengraben landen?«

»Ich will Thea erwischen.«

Gideon informierte Annette Nick und die Kollegen via Funk über ihren Standort.

In halsbrecherischem Tempo raste Kühnasts Passat die Bundesstraße entlang. Im Inneren herrschte angespannte Stille. Kurz darauf entdeckten sie die roten Schlusslichter von Theas Mini. Sie folgte einem riesigen Lkw, der beinahe die gesamte Straßenbreite einnahm. Gideon öffnete das Fenster und setzte das Blaulicht aufs Dach. Ohne Vorwarnung scherte Thea aus und schlingerte an dem Laster vorbei, obwohl die Sicht weniger als fünfzig Meter betrug.

»Ist die völlig verrückt geworden?«, wetterte Kühnast.

»Hinterher! Lass sie nicht entkommen«, sagte Gideon.

Kühnast wechselte auf die Überholspur. Als sie das hintere Ende der Zugmaschine erreicht hatten, hupte der Lkw-Fahrer. Von vorne näherte sich Gegenverkehr, die Scheinwerfer kamen unerbittlich auf sie zu.

Jetzt sterbe ich im Auto, genau wie mein Bruder, dachte Gideon, den plötzlich eisige Kälte durchströmte. Kühnast trat voll auf die Bremse. Der Passat rutschte hinten weg, doch im letzten Moment reihte er sich wieder hinter dem Laster ein. Das Hupen des entgegenkommenden Fahrzeugs hallte in ihren Ohren.

»Scheiße, war das knapp«, stöhnte Kühnast.

Einen Kilometer weiter bog der Lkw in einen provisorischen Rastplatz ein und ließ sie überholen. Kühnast kitzelte die letzten Reserven aus seinem alten Passat. Als sie den Ortseingang von Bad König erreichten, fuhren sie rechts ran. Weit und breit kein Mini in Sicht. Sie hatten die Spur verloren.

»Wir hätten sie längst einholen müssen.«

»Vielleicht ist sie vorher irgendwo abgebogen.«

»Da gab's keine Abzweigung.«

»Fahr noch mal zurück, vielleicht haben wir eine übersehen.«

»Und wenn sie weitergefahren ist?«

»Dann nehmen die Kollegen am Flughafen sie in Empfang.«

Kühnast wendete. Gideon spähte angestrengt in die Düsternis, obwohl er bei dem Regen und der hügeligen Landschaft kaum etwas erkennen konnte. Einige Kilometer weiter südlich, unweit der Ortschaft Langen-Brombach, entdeckte Gideon plötzlich auf der linken Seite zwei rote Lichter, kaum sichtbar zwischen den Tannen. Kühnast setzte zurück und bog in den schmalen Forstweg ein, der von der Straße abzweigte. Hier war es nahezu stockdunkel. Wasserlachen sammelten sich in der Spur. Mehr als einmal drehten die Reifen im Schlamm durch. Schließlich hatten sie den grünen Mini erreicht.

Gideon atmete tief durch, riss die Tür auf und sprang vom Beifahrersitz. In Sekundenschnelle durchweichte der Regen sein Jackett. Der Mini stand mit laufendem Motor auf dem Waldweg, die Scheiben waren von innen beschlagen. Instinktiv griff Gideon nach seiner Waffe, doch die P30 befand sich noch im Waffenwesen im Präsidium, wo er sie vor drei Tagen abgegeben hatte. Bisher hatte er noch keine Gelegenheit gehabt, sie auszulösen.

Er spähte durch die beschlagene Scheibe des Mini. Kühnast stieg nun ebenfalls aus, die Dienstwaffe im Anschlag.

Der Wagen war leer.

Bis auf die bunt bemalte, hölzerne Eule, die am Rückspiegel hing. Sie drehte sich um die eigene Achse, wieder und wieder. Ihre Holzperlen-Augen blickten ihn an, als wollten sie Gideon verhöhnen.

115

29. März, 16:25 Uhr
Waldstück bei Ebersberg im Odenwald

Der Einsatzleiter breitete die topologische Karte auf dem Klapptisch aus und markierte die derzeitige Position mit einem Kreuz. Draußen war eine halbe Hundertschaft der Polizei mit Pkws und Kleinbussen angerückt und wartete auf weitere Anweisungen.

Gideon sah auf die Uhr. Angesicht des Geländes, der Wetterverhältnisse und der Gehbehinderung der Tatverdächtigen wurde beschlossen, die Suche auf einen Radius von zehn Kilometern zu begrenzen.

Der Einsatzleiter erläuterte die Vorgehensweise. Wenige Minuten später waren die Männer ausgeschwärmt. Bis auf gelegentliche Rufe, ein Knacken im Unterholz und das sich entfernende Knistern der Funkgeräte war alles still.

Gideon kehrte in Kühnasts Wagen zurück, setzte sich mit Annette Nick in Verbindung und beauftragte sie mit der Suche nach Vanessa Baur, da er die genaue Adresse des Ferienhauses nicht kannte. Draußen prasselte der Regen unbarmherzig gegen die Scheibe.

»Hast du die Flugbereitschaft kontaktiert?«, wollte Nick wissen.

»Sie können bei dem Wetter keinen Hubschrauber mit Wärmebildkamera rausschicken. Sie melden sich aber bei mir, sobald es aufklart.«

»Mist, das wird knapp.«

»Wir finden sie, Annette, keine Sorge.«

Um viertel vor sechs kehrten die Männer zurück. Die Suche war ergebnislos verlaufen. Der Einsatzleiter schlug Gideon vor, sie am nächsten Morgen fortzusetzen, wenn es hell war und sich das Wetter besserte.

Schweren Herzens stimmte Gideon zu. Sein Blick folgte der Fahrzeugkolonne, die sich den Weg durch den Morast bahnte und schließlich in der Dunkelheit verschwand.

Kühnast und er waren wieder allein.

»Ihren Flieger wird sie jedenfalls verpassen«, murmelte Kühnast.

Gideon starrte den Mini an, als könne der ihm verraten, wo Thea steckte.

»Sollen wir«, fragte Kühnast, »oder willst du hier Wurzeln schlagen?«

Gideon seufzte. Er hasste es, sich eine Niederlage eingestehen zu müssen, obwohl Thea zu Fuß nicht weit kommen würde. Früher oder später musste sie der Polizei in die Arme laufen.

»Na gut, fahr los.«

Kühnasts Handy läutete. Er ging ran und hörte wortlos zu. »Ein Lokführer der privaten Eisenbahngesellschaft VIAS hat sich bei der Polizei gemeldet. Eine weibliche Person läuft auf den Gleisen zwischen Hetzbach und Schöllenbach herum. Die Beschreibung könnte auf Thea Wessely zutreffen.«

116

29. März, 18:30 Uhr
Himbächel-Viadukt

Auf halber Strecke zwischen Marbach und Hetzbach zweigte eine schmale Straße, kaum breiter als ein Feldweg, von der B 45 ab, die unter dem Himbächel-Viadukt hindurchführte. Die Eisenbahnbrücke, die sich über das Tal des Himbächel spannte, war im neunzehnten Jahrhundert errichtet worden, zur damaligen Zeit eine technische Meisterleistung. Im Zweiten Weltkrieg wäre sie beinahe von Pionieren der deutschen Wehrmacht gesprengt worden, heute galt sie im Sommer als beliebtes Ausflugsziel. An ihrer höchsten Stelle ragten die steinernen Bögen mehr als vierzig Meter über der Straße auf.

Gideon und Kühnast saßen im Wagen. Es regnete noch immer. Die Scheinwerfer strahlten die verwitterten Sandsteinblöcke an, eine Absperrkette schwang leise quietschend im Wind hin und her. Weiter südlich erhellten die orangefarbenen Lampen des Hetzbacher Bahnhofs die Nacht. Sobald die Ausflugsaison begann, wurde das Viadukt nachts illuminiert, doch jetzt war alles stockfinster. Das Rauschen der Bäume und das Prasseln der Regentropfen auf dem Wagendach vermischte sich zu einer eintönigen Geräuschkulisse, die ermüdete. Dagegen gab es nur ein Mittel: Gideon stieg aus und kämpfte sich durch das Gestrüpp der steilen Böschung, bis er die Gleise erreichte. Das blanke Metall zeichnete sich wie Quecksilber in der Finsternis ab. Von Thea weit und breit keine Spur.

Gideon kehrte zum Wagen zurück und bedeutete Kühnast, das Fenster herunterzukurbeln.

»Verkehren heute Abend noch Züge auf dieser Strecke?«

»Keine Ahnung. Wenn du willst, schaue ich mir am Bahnhof den Fahrplan an.«

Gideon nickte und bat ihn, sich bei Annette Nick zu erkundigen, wie weit die Suche nach Theas Ferienhaus gediehen war. Vanessa hätte schon vor Stunden ihre Medikamente einnehmen müssen. Nicht auszudenken, wenn sie jetzt einen schweren epileptischen Anfall erlitt, ganz auf sich gestellt. Dann hätte Thea möglicherweise einen weiteren Menschen auf dem Gewissen.

Er beschloss, sich auf die Lauer zu legen. Die Rücklichter von Kühnasts Passat entfernten sich in Richtung Bahnhof und er blieb alleine am Fuß der gewaltigen Bruchsteinblöcke zurück.

Er kletterte wieder die Böschung hinauf, kauerte sich neben die Gleise. Als er den Kopf wandte, erspähte er einen Schatten, der sich vom Scheitelpunkt des Viadukts auf ihn zubewegte. Er hielt den Atem an.

Der Schatten erhob sich flatternd in die Lüfte, entpuppte sich als Saatkrähe, die dem Unwetter trotzend unter der Oberleitung hindurchflog. Er atmete auf. Regen tropfte aus seinen Haaren, lief in den Hemdkragen, die Hosenbeine klebten an den Schenkeln und seine eiskalten Glieder waren schwer wie Blei. Er schloss die Augen, sehnte sich nach einer heißen Dusche und Schlaf. Er lächelte gequält.

Als er die Augen öffnete, entdeckte er eine dunkle Gestalt, die sich hinkend auf ihn zubewegte. Theas knöchellanger Rock und die Wolljacke trieften vor Nässe. Der silberne Knauf ihres Gehstocks blitzte zwischen ihren Fingern auf.

Sie näherte sich bis auf wenige Meter, bevor sie ihn in dem strömenden Regen und der Dunkelheit entdeckte. Langsam richtete sich Gideon zu voller Größe auf. Sie hob abwehrend die Hände, machte auf dem Absatz kehrt und lief, so schnell es ging, zurück auf das Viadukt.

Gideon schaltete sein Funksprechgerät ein. »Günther, fahr um die Eisenbahnbrücke herum und komm von der anderen Seite. Thea ist hier. Wir nehmen sie in die Zange«, ordnete er an. Dann nahm er die Verfolgung auf.

»Runter vom Gleis, Gideon! Es geht noch ein Zug, in ein paar Minuten fährt er von Hetzbach ab.«

»Die sollen den Zug aufhalten oder die Strecke sperren!«

»Der Bahnhof ist nicht mehr besetzt. Es gibt hier nur noch einen defekten Fahrkartenautomaten.«

»Dann ruf die Zentrale der VIAS an, dort haben sie mit Sicherheit rund um die Uhr einen Notruf.«

Thea hatte beinahe die Mitte des Viadukts erreicht. Plötzlich strauchelte sie und fiel mit einem Aufschrei zu Boden. Gideon legte Tempo zu. Er musste Thea erwischen, bevor der Zug sie überrollte. Thea rappelte sich wieder hoch. Sie war keine fünfzig Meter von ihm entfernt und humpelte auf einen Laternenpfahl zu, an dem ein Schild den Scheitelpunkt des Himbächel-Viadukts markierte. Als Gideon bis auf zwanzig Meter zu ihr aufgerückt war, warf sie ihren Gehstock nach ihm. Gideon duckte sich, das Geschoss verfehlte knapp sein Ziel und krachte auf die Holzbohlen.

Mit erstaunlicher Behändigkeit zog sie sich auf das steinerne Brückengeländer hoch. Der Wind wehte hier weit stärker als unten an den Gleisen, im Schutz der dicht bewachsenen Böschung. Er bauschte ihr Kleid auf und zerrte an ihrem Haar. Thea schwankte wie eine Betrunkene.

Gideon, noch etwa zehn Meter von ihr entfernt, riskierte einen Blick über die Brüstung: Dahinter ging es vierzig Meter senkrecht in die Tiefe.

Das Himbächel-Viadukt, seit mehr als hundert Jahren ein beliebtes Ansichtskartenmotiv, besaß eine nahezu genauso große Anziehungskraft auf Selbstmörder. Gideon erinnerte sich an mindestens ein Dutzend Fälle, in denen Menschen von hier oben in den Tod gesprungen waren.

»Bleib, wo du bist, Gideon!«, schrie Thea.

Eine erregte Stimme aus dem Funksprechgerät enthob ihn einer Antwort. »Komm sofort da runter – mit oder ohne die Verrückte. Wenn der Zug da durchrauscht, kann ich für nichts garantieren!«, schrie Kühnast.

»Wieso ist die Strecke nicht gesperrt?!«

»Scheißprivatisierung! Ich erreiche niemanden. Die schicken mich von Pontius zu Pilatus. Nimm die Beine in die Hand, aber dalli!«

»Halt den Zug in Hetzbach an.«

»Zu spät! Ich bin schon unten am Viadukt. So, wie du angeordnet hast, schon vergessen?«

Gideon spähte über das Geländer. Das Licht von Kühnasts Autoscheinwerfern fiel auf das Gleisbett. Er schaltete das Funkgerät aus. Alles schien sich gegen ihn verschworen zu haben, aber aufgeben kam nicht infrage.

»Komm runter, Thea. In wenigen Augenblicken fährt hier ein Zug durch!«, schrie er.

»Willst du wissen, was an jenem Abend in Köhlers Wohnung passiert ist, Gideon?« Theas Stimme klang triumphierend.

Obwohl er wusste, dass höchste Eile geboten war und er sein Leben aufs Spiel setzte, würde er Thea nicht die Genugtuung gönnen, ihr Wissen mit ins Grab zu nehmen. Denn dass sie diesen Ort nicht lebend verlassen würde, davon war Gideon inzwischen felsenfest überzeugt. Er hatte die Entschlossenheit und die Verzweiflung in ihrem Blick gesehen. Sie würde sich nicht von ihm festnehmen und abführen lassen. Entweder sprang sie freiwillig von der Brücke oder sie würde vom Sog des durchfahrenden Zuges in den Tod gerissen.

Er ging einen Schritt auf sie zu. »Also los, Thea. Sag mir, warum du sie umgebracht hast!«

117

29. März, 19:30 Uhr
Hetzbach im Odenwald

Die Stimme am anderen Ende der Leitung war kaum zu verstehen. In dieser Region war die Verbindung schon bei gutem Wetter grenzwertig und bei einem Unwetter, wie es jetzt herrschte, geradezu katastrophal. Annette Nick musste sich die Daten von dem Sachbearbeiter des Beerfelder Liegenschaftsamtes drei Mal bestätigen lassen, bis sie alles notiert hatte. Sie informierte Lanig und Aigner, dann fuhren sie im Konvoi los. Unterwegs forderte Nick per Funk einen Krankenwagen an.

Nach einer Weile tauchte der Rosenweg vor ihnen auf. Die Holzhäuser rechts und links lagen dunkel und abweisend da, die Gegend wirkte verlassen. Eine tropfnasse Deutschlandfahne flatterte an einem Fahnenmast vor einem Bretterverschlag.

Das Haus mit der Nummer 9 befand sich auf der rechten Seite. Nick brachte den roten Fiesta mitten auf der Straße zum Stehen, die Kollegen reihten sich hinter ihr ein. Sie rannte zur Eingangstür, gefolgt von Lanig und Aigner. Da sich an dem Haus keine Klingel befand, hämmerte sie mit der Faust gegen die Tür. Nichts regte sich. Dann gab sie dem Kollegen ein Zeichen. Erst beim dritten Versuch gab die Tür unter dem Ansturm nach. Nick trat in das Dunkel des Hauses, fand den Lichtschalter – nichts. Es roch nach Schimmel und Mäusekot. Der Kollege Aigner schaltete seine schwarze Maglite ein.

»Hallo? Ist da jemand? Vanessa?« In dem leeren Haus hallte Nicks Stimme wider.

Aigner bildete die Vorhut, ließ den Strahl der Taschenlampe über die Bodendielen und durch die Räume wandern, die vom Flur abgingen. Das Haus schien unbelebt, bis auf einen Schatten, der am Rand des Leuchtkegels über den Boden huschte. Ratten.

»Stimmt die Adresse?«, ließ sich Lanig vernehmen.

Annette Nick kramte noch einmal den Zettel hervor. Die Adresse stimmte.

»Gibt's hier einen Keller?«

Sie nahmen die Räume noch einmal unter die Lupe. Plötzlich entdeckte Nick eine Tür, in der mit Holzpaneelen verkleideten Wand kaum auszumachen. Sie rüttelte am Griff. »Vanessa?«

Keine Reaktion.

»Hing hier irgendwo ein Schlüssel?«

Lanig machte sich auf die Suche. Nichts.

»Also dann«, forderte Nick ihren jüngeren Kollegen abermals auf. Ein Tritt und die Tür sprang auf.

Nick lauschte. Hatte sie da unten etwas gehört? Sie zog die Waffe und ließ sich von Lanig die Taschenlampe geben.

»Vanessa?« Sie leuchtete die Treppe hinunter in die Dunkelheit.

Sie betätigte den Drehschalter für das Kellerlicht, doch es blieb dunkel. Vorsichtig stieg sie die Treppe hinunter, eine Stufe nach der anderen, bis sie auf dem steinernen Boden angekommen war, von dem bei jedem Schritt dicke Staubflocken aufwirbelten.

»Und? Was ist?«, rief Aigner ihr zu.

Annette Nick sah nach oben. Das spärliche Licht, das von außen durch die Fenster fiel, warf gespenstische Schatten an die Kellerwand.

Sie richtete die Taschenlampe in den Raum: In einem Regal standen Einmachgläser, die Deckel ebenfalls von einer dichten Staubschicht bedeckt. In einer Ecke eine Mausefalle, zugeschnappt, darin Knochensplitter, dünn wie Zahnstocher. Ansonsten war der Raum leer.

»Fehlanzeige!«, rief sie ihren Kollegen zu. »Hier scheint sich seit Jahren niemand mehr aufgehalten zu haben.« Sie musste Gideon Bescheid geben, aber im Keller gab es kein Netz. Annette Nick stieg die steile Holztreppe ächzend nach oben.

Sie ging nach draußen vor die Tür und zückte ihr Handy. Na endlich, ein Balken von fünf. Das sollte reichen.

»Vanessa ist nicht in dem Haus«, brüllte sie in voller Lautstärke.

»Scheiße«, lautete Gideons Antwort. Dann war die Verbindung unterbrochen.

118

29. März, 19:40 Uhr
Himbächel-Viadukt

Thea steht mit wirrem Blick auf der Brüstung, mit einer Hand krallt sie sich am Laternenpfahl fest. Sie sieht aus wie ein Gespenst. Mit brüchiger Stimme schildert sie Gideon, was sich zugetragen hat.

»Du erinnerst dich, dass ich gesagt habe, ich würde nie wieder zulassen, dass meinetwegen ein Kind zu Schaden kommt?«

»Am Tod von Jennifer Baurs Baby trifft dich keine Schuld, Thea. Komm runter, dann erkläre ich es dir.«

Weit entfernt hört Gideon, wie sich die Schranken am Bahnübergang senken. Der Zug kann jeden Moment eintreffen.

»Sie hat mich auf Juist angerufen. Ich müsse unbedingt kommen, es sei etwas Furchtbares geschehen. Ich wollte sie an die diensthabende Kollegin verweisen, aber Jenni weigerte sich.«

»Also bist du nach Frankfurt gefahren.«

»Hals über Kopf. Ich habe nicht mal im Hotel Bescheid gegeben. Kurz vor acht Uhr abends war ich am Ben-Gurion-Ring.«

»Das Neugeborene …«

»Das Baby hatte sie bereits entsorgt. Sie hat die Schuldgefühle nicht mehr ausgehalten, brauchte jemanden zum Reden.«

»Wieso hast du sie umgebracht?«

»Sie hat behauptet, das Kind sei tot zur Welt gekommen, eine dreiste Lüge! Ich war so wütend, dass ich …« Theas Stimme klingt erstickt. »Sie hat das Kind getötet, oder?«

Gideon sieht sie lange an, bevor er antwortet. »Richtig. Und jetzt komm runter, bevor noch mehr passiert.«

Sie fährt fort, als hätte sie ihn nicht gehört. »Ich habe den Rollstuhl aus dem Büro geholt, um sie wegzuschaffen.«

Ein starker Luftzug. Gideon dreht sich zur Seite. Die Scheinwerfer der Lok nähern sich, groß wie Medizinbälle. Er macht einen Schritt auf Thea zu. »Wo hast du das Mädchen hingebracht? Sie ist krank und braucht ärztliche Hilfe. Du willst doch nicht noch einen Menschen auf dem Gewissen haben, oder?«

»Ab wann ist man ein Massenmörder? Bei drei Opfern? Wenn das so ist, bin ich bereits eine Massenmörderin, Gideon.«

»Drei Opfer? Wovon redest du, Thea?«

Die Gleise summen. Gideon spürt die Vibration der Bahnschwellen unter seinen Füßen. Der Zug hat das Viadukt erreicht, einige Hundert Tonnen Stahl rasen unaufhaltsam auf sie zu.

Theas verzieht das Gesicht, ihre Tränen vermischen sich mit dem Regen.

»Ich habe dich in all den Jahren nie aus den Augen verloren. Ich habe mich im Hintergrund gehalten, dir nie gesagt, dass ich dich liebe. Weil die Wahrheit zwischen uns stand.«

»Welche Wahrheit?«

»Du hättest sie auf der Kassette in dem Päckchen gefunden, das ich dir damals geschickt habe.«

Was ist tatsächlich in dem Päckchen im Keller?

Gideon kann bereits die Konturen des Lokführers erkennen, der angespannt in die Regennacht starrt und sie offenbar noch nicht gesichtet hat.

Gideon stürzt auf Thea zu. Sie schreit ihm etwas zu. Vor der Lärmkulisse versteht er nicht, was sie ihm sagen will.

Simon?

Liebster?

Gideon schnappt mit einer Hand den Haltegriff in der Brüstung, während er mit der anderen Theas Beinprothese umklammert. Er wird nicht loslassen, komme was da wolle.

Sie blicken sich an. Wasser tropft von ihrem Gesicht auf seines. Mit grimmigem Lächeln löst sie den Mechanismus ihrer Prothese, bevor er reagieren kann.

Der Zug prescht an ihnen vorbei, der Sog zerrt an seinen Kleidern, seine Finger krallen sich an den einzigen Halt, der ihn davor bewahrt, unter die Räder zu geraten.

Thea lässt den Laternenpfahl los und verliert das Gleichgewicht. Einen Moment lang sieht es aus, als würde sie schweben, dann fällt sie rücklings über die Brüstung. Mit einem gellenden Schrei stürzt sie ins Bodenlose. Das metallische Kreischen der Bremsen schmerzt in seinen Ohren. Er lehnt sich über die Brüstung und blickt in den Abgrund. Die Dunkelheit hat Thea verschluckt.

Taschenlampen flammen auf, halten auf die Stelle zu, an dem Theas Körper aufgeschlagen sein muss. Schließlich fällt der Strahl auf eine zerbrochene Gestalt, ein totenbleiches Gesicht mit weit aufgerissenen Augen und verzerrtem Mund, aus dem Blut sickert.

Der Zug ist zum Stillstand gekommen, weit hinter dem Viadukt. Jemand packt ihn an der Schulter. Kühnast. Er starrt auf die Beinprothese; Gideons lässt sie fallen und sinkt auf die Knie, wie ein gefällter Baum.

»Wo ist Vanessa?«, schreit Kühnast ihm zu. »Wo hat sie das Mädchen versteckt?«

»Ich weiß es nicht.« Gideons Stimme klingt fremd.

Kühnast schüttelt Gideon. »Reiß dich zusammen! Wir müssen sie finden, und zwar schnell.«

Gideon rappelt sich mit zitternden Knien hoch und taumelt, auf Kühnast gestützt, zum Wagen. Sein Kollege bugsiert ihn auf den Beifahrersitz. Er öffnet das Handschuhfach, holt einen Flachmann heraus, schraubt den Deckel ab und flößt ihm Brandy ein. Der Alkohol brennt in seiner Kehle, holt ihn schlagartig in die Realität zurück.

»Sie ist nicht im Ferienhaus der Wesselys, so viel steht fest.«

Gideon versucht, einen klaren Gedanken zu fassen. Was hat Thea ihm über Hetzbach erzählt?

Thea ist tot -

Besaß die Familie dort noch ein weiteres Haus?

Thea ist -

Nein, das hätte man im Liegenschaftsamt gewusst. Er musste etwas übersehen haben.

Thea -

Da war was, irgendetwas, das sie gesagt hat …

»Fahren wir zum Haus. Vielleicht fällt es mir dort eher wieder ein.«

119

29. März, 20:15 Uhr
Hetzbach, Rosenweg

Gideon, Annette Nick und Günther Kühnast liefen im Vorgarten von Thea Wesselys Ferienhaus nervös auf und ab. Gideon hatte sich drinnen gründlich umgesehen, doch der Geistesblitz, auf den er gehofft hatte, war ausgeblieben. Eine Wagenkolonne fuhr vor, an der Spitze Demant. Gideons Chef spannte einen Regenschirm auf und eilte auf die Mitglieder der MK 5 zu. Gideon schüttelte wortlos den Kopf. Sie hatten das Mädchen nicht gefunden.

Immer noch versuchte er, sich zu erinnern, was Thea gesagt hatte. Sie hatte sich auf dem Weg nach Hetzbach befunden, als sie ihn am Parkhaus abholte. Um Urlaub zu machen, im März? Nein, es war etwas anderes gewesen, aber was? Sein Gedächtnis ließ ihn im Stich, wie so oft in den letzten Wochen.

Gideon marschierte an Demant vorbei, stellte sich in die Mitte der Straße und drehte sich einmal um die eigene Achse. Er sah Theas Ferienhaus, dunkel und abweisend, und die Häuser der Nachbarn.

Nachbarn. Hatte Thea nicht gesagt, sie müsse sich um das Haus des Nachbarn kümmern? Dann besaß sie vermutlich einen Schlüssel.

Gideon lief zum Nachbarhaus. Die Eingangstür war verrammelt. Vermutlich stand es schon seit Langem leer. Er überquerte die Straße, sah dort über die Gartentür. Gideon war kein Experte, aber der Rasen wirkte vernachlässigt, ungemäht. Es gab keine Fußspuren, niedergetretene Halme oder dergleichen. Schließlich landete er gegenüber von

Theas Haus. An der Mauer neben der Tür lehnte ein Bettgestell, daneben ein alter Kühlschrank. Das Gartentor quietschte. Gideon ging den schmalen Trampelpfad entlang, den Blick auf den Boden gerichtet.

Plötzlich entdeckte er mehrere kreisrunde Vertiefungen in dem wuchernden Rasen, den Abdruck eines Stocks in der aufgeweichten Erde. Sie führten zur Tür. »Hierher«, schrie er. Er warf sich mit voller Wucht gegen die Tür, die unter seinem Gewicht nachgab. Von oben rieselte Staub herab. Hinter ihm vernahm er Stimmengewirr und Schritte.

»Vanessa?« Seine Stimme war heiser vom Schreien. Demant und die Kollegen näherten sich im Laufschritt.

Ein leises Wimmern drang zu ihnen herauf. Unter der Treppe erspähte er eine Tür, die offenbar in den Keller führte.

Keine Minute später entdeckten sie Vanessa. Sie war entkräftet, dehydriert, unterkühlt und verletzt.

Aber sie lebte.

120

30. März, 9:05 Uhr
Universitätsklinik Frankfurt, Fachklinik für Unfall-, Hand- und Wiederherstellungschirurgie

Vanessa Baur wirkte immer noch erschöpft, aber immerhin schien ihr Appetit zurückgekehrt zu sein, zumindest dem leeren Teller nach zu urteilen, der neben dem Bett stand.

Vanessas Freundin Celine und Frau Rohfleisch verließen das Krankenzimmer, als Gideon und Annette Nick eintrafen. Das Mädchen hatte zwei ältere Damen als Zimmergenossinnen, von denen die eine laut schnarchte, während die andere gespannt einen Fernsehbericht über die Ereignisse am Ben-Gurion-Ring verfolgte.

Gideon sprach mit der Stationsschwester. Es dauerte eine geschlagene halbe Stunde, bis ein Pfleger kam und Vanessas Bett in das Arztzimmer schob, wo sich die beiden Polizisten ungestört mit ihr unterhalten konnten.

Gideon bedeutete Annette Nick, zu beginnen. Sie hatten vereinbart, dass sie das Gespräch führte.

»Wie geht es deinem Bein?«

»Tut immer noch ziemlich weh.«

Auf dem Gips hatten sich bereits einige Klassenkameradinnen mit Unterschrift und Genesungswünschen verewigt.

»Was hältst du davon, wenn wir einen Deal machen, Vanessa? Du erzählst uns, was geschehen ist, und wir erzählen dir etwas, was du vermutlich noch nicht weißt.«

Das Mädchen sah mit matten Augen vom einen zum anderen. Schließlich nickte sie.

»Ich bin in die Wohnung gegangen, um das Bild zu holen. Meine Mutter wollte es verkaufen, aber das musste ich verhindern. Mein Urgroßvater und Gerhard Richter kannten sich persönlich. Richter hat das Bild nach unserer Familie benannt, *Familie Baur,* und es meinen Urgroßeltern geschenkt. Es hat eine persönliche Bedeutung für mich. Ich male selbst, ich weiß, wie viel Herzblut da drin steckt. Meine Mutter durfte es einfach nicht weggeben, das hätten meine Urgroßeltern niemals gewollt.«

»Aber Jennifer wollte es dir nicht überlassen.«

»Nein. Ich hatte vor, wieder runter zu meinem Vater zu gehen. In dem Moment kam die Sozialarbeiterin hoch. Ich habe mich gewundert, was sie um diese Zeit dort wollte. Ich habe mich im Treppenhaus versteckt, weil sie mich kannte und niemand wissen durfte, dass ich um diese Zeit mit Enver dort war und nicht im Kino.«

»Hast du gesehen, wie Thea deine Mutter umgebracht hat?«

Vanessa schüttelte den Kopf. »Ich hab gehört, wie die Sozialarbeiterin meine Mutter angebrüllt hat, dass sie ihr Baby umgebracht hat. Ich konnte nicht glauben, was sie da gesagt hat. Dann gab es einen dumpfen Schlag, ein Poltern. Niemand aus dem Haus ist gekommen, um zu helfen. Ich hab mich nicht getraut, reinzugehen, weil sie mir vielleicht auch etwas angetan hätte. Aber ich hab mich auch nicht getraut, wegzulaufen.«

»Auf die Idee, mit deinem Handy die Polizei zu rufen, bist du nicht gekommen?«

»Ich … ich hatte Angst, ich würde Ärger bekommen, wenn rauskommt, dass ich mit Enver …«

»Und dann verließ Thea Wessely die Wohnung.«

»Und ich bin rein. Meine Mutter lag da, sie hat noch geatmet. Ich hab mich nicht getraut, sie anzufassen. Hab die Notrufnummer gewählt, dann bin ich raus auf den Balkon, eine rauchen, ich war völlig fertig. Da lagen die Handtücher und eine Tupperbox. Sie passte irgendwie nicht dahin. Ich hab sie aufgemacht.«

»Was war darin?«

»Eine blutverschmierte Schere. Da wusste ich, dass sie es wirklich getan hatte.«

»Und hast aufgelegt.«

»Sie war zehn Jahre im Gefängnis, weil sie schon zwei Kinder getötet hatte. Und jetzt das dritte. Dem Baby hatte niemand geholfen, deshalb hatte sie auch nicht verdient, dass man ihr half.«

»Und was war mit Enver?«

»Ich wollte eine Familie. Mehr nicht. Eltern. Oder wenigstens einen Vater. So wie alle anderen auch. Ich wollte ihm helfen, seine Schulden abzubezahlen, damit er mich mochte und zu sich holte.«

»Darum hast du versucht, Thea zu erpressen.«

Vanessa wich Nicks Blick aus.

»Das Ultraschallbild in deinem Schreibtisch …«

»Ist von mir, als ich drei Monate alt war. Bei meiner Mutter im Bauch. Da war alles noch ganz einfach.«

Annette Nick blickte zu Gideon hinüber, der aufmunternd nickte. »Also gut, jetzt sind wir an der Reihe. Deine Mutter hat ihr Kind nicht getötet.«

Vanessa sah die Polizisten verständnislos an.

»Das Baby litt am sogenannten Edwards-Syndrom, der medizinische Begriff lautet *Trisomie 18*. Eine angeborene schwere Fehlbildung, bei der das Herz massiv geschädigt ist. Weil deine Mutter nie bei einer Vorsorgeuntersuchung war, wusste sie das nicht, niemand wusste es. Das Kind ist während der Geburt an einem Herzstillstand gestorben. Das hat die Leichenschau ergeben. Als Jennifer der Sozialarbeiterin erklärt hat, das Baby sei tot zur Welt gekommen, war das die Wahrheit. Aber Thea Wessely schenkte ihr keinen Glauben. Verständlich, wenn jemand schon zwei Kinder auf dem Gewissen hat«, fügte Annette Nick hinzu.

»Wer dreimal lügt …«, flüsterte Vanessa. »Glauben Sie, wenn das Baby bei der Geburt noch gelebt hätte, hätte meine Mutter es getötet? Wie die anderen?«

Es wäre in dieser Situation leicht gewesen, das Mädchen zu belügen. Doch Gideon zog es vor, die Schultern zu zucken.

Das Gesicht in den Kissen verbergend, schluchzte sie leise.

Die Tür ging auf und die resolute Schwester rief: »Visite. Wenn Sie bitte draußen warten wollen.«

Gideon und Annette Nick verabschiedeten sich von Vanessa. Dass das Mädchen mit einer Jugendstrafe wegen versuchter Erpressung rechnen musste, behielten die Polizisten für sich.

Als der Fahrstuhl nach unten glitt, beschloss Gideon, Köhler noch einen Besuch abzustatten, der ebenfalls im Uniklinikum lag. Annette Nick und er trennten sich, Gideon wollte mit der Straßenbahn zurückfahren.

Doch als Gideon in der Neurologie nachfragte, teilte man ihm mit, dass Gustav Köhler gestern Nacht verstorben war. Er hatte das Bewusstsein nicht wiedererlangt.

Seine Trauer um den alten Mann, der Jennifer Baur wie eine Sklavin in seiner Wohnung gehalten hatte, hielt sich in Grenzen.

121

30. März, 12:10 Uhr
Polizeipräsidium Frankfurt, Adickesallee

Gideon fuhr seinen PC herunter, schlüpfte in sein Jackett und schob den Stuhl vor den Schreibtisch. Im Nachbarbüro tippten Günther Kühnast und Annette Nick an ihren Berichten.

»Wolltest du nicht um zwölf gehen?«

Annette Nick stöhnte auf: »Dein Chef will den Bericht heute Abend vorliegen haben und er schreibt sich nicht von selbst.«

Gideon schaltete ihren Monitor aus. Der Bildschirm wurde schwarz.

»Halt!«

»Ich sage ihm, dass er den Bericht erst übermorgen bekommt.«

Nick und Kühnast sahen sich über ihre Bildschirme hinweg erstaunt an. Offensichtlich herrschten plötzlich völlig neue Regeln in der MK 5.

»So schaffen wir es aber nicht, uns wieder an die Spitze der Statistik vorzukämpfen.«

»Manchmal reicht es, Zweiter zu sein. Kann ich dich mitnehmen?«

»Machst du heute etwa früher Schluss?«, sagte Nick.

»Ich muss nach Hause, hab noch etwas zu erledigen. Und danach haben Nora und ich einen Termin.«

»Hoffentlich nicht beim Scheidungsanwalt«, bemerkte Kühnast scherzhaft.

»Nein, bei der Schreiambulanz im Clementinenhospital.«

Kühnast pfiff anerkennend.

»Ist ja schließlich keine Schande, professionelle Hilfe in Anspruch zu nehmen«, sagte Gideon und beeilte sich, das Büro zu verlassen.

Annette Nick war mit ihrem eigenen Auto da, sodass Gideon direkt nach Hause fuhr. Nora war noch in der Villa Winter, aber Jan-Hendrik und sie wollten nach dem Termin in der ›Clementine‹ in den Mauerweg zurückkehren.

Unschlüssig stand er in der leeren Wohnung. Seine Gedanken wanderten zu dem ungeöffneten Päckchen im Keller. *Gideon altes Zeug.*

Bevor er es sich anders überlegen konnte, eilte er die Kellertreppe hinunter, holte den Karton aus dem Regal und riss den Luftpolsterumschlag auf. Eine Audiokassette fiel heraus und landete klappernd auf dem Boden.

Sie war nicht beschriftet. Gideon lief wieder nach oben, ohne das Kellerlicht auszuschalten. Er schnappte sich den Autoschlüssel und stürmte hinaus. Er setzte sich in seinen Wagen und schob die Kassette in den Rekorder. Draußen schien die Sonne, Kinder auf Rollschuhen, Rentner mit Hunden und eine Frau mit einem Einkaufswagen voller Pfandflaschen liefen an ihm vorbei. Er ließ den Motor an.

Die Fahrt dauerte eine knappe Dreiviertelstunde. Das Handy hatte er ausgeschaltet. Einen halben Kilometer vor dem Ortsschild mit der Aufschrift *Usingen i. T. / Stadtteil Eschbach* machte die Straße eine weite Rechtskurve. Er gelangte zu dem behelfsmäßigen Parkstreifen neben dem kleinen Waldstück, der schlammige Boden war von Reifenspuren zerfurcht. Direkt dahinter ragte das verwitterte Holzkreuz empor. Simons Porträt war nach zwanzig Jahren verblichen und kaum noch erkennbar, aber jemand hatte ein Grablicht aufgestellt, in dem sich noch ein wenig Wachs befand. Gideon zündete es an. Das Flackern hauchte den blassen Zügen seines Bruders Leben ein.

Gideon setzte sich ins Auto, den Blick starr auf das Kreuz gerichtet, und schaltete den Rekorder ein. Es war Theas Mädchenstimme, die wie ein Echo aus längst vergangener Zeit zu ihm sprach, unterbrochen von Weinkrämpfen.

»Gideon. Ich konnte nicht zu Simons Beerdigung gehen, ich lag ja noch im Krankenhaus. Die Polizei hatte recht: Dein Bruder hatte einen Gehirntumor, aber es war kein Blackout, der zum Unfall geführt hat, sondern ein Streit zwischen Simon und mir. Ich habe ihm das mit uns gebeichtet. Er ist wütend geworden und hat wie ein Verrückter Gas gegeben. Er wollte mir Angst einjagen. Das ist ihm gelungen. In meiner Panik habe ich ins Lenkrad gegriffen. Dadurch habe ich den Unfall verursacht. Ich hätte diejenige sein sollen, die stirbt, nicht Simon. Ich weiß, dass du mich dafür hassen wirst. Leb wohl Gideon. Ich liebe dich.«

122

16. April, 10:05 Uhr
Radiologische Praxis, Adickesallee

Nora fand einen Parkplatz direkt vor dem Ärztehaus. Der Motor des Zafira röchelte ein letztes Mal und verstummte. Auf der Rückbank schlummerte Jan-Hendrik. Gideon sah durch das Seitenfenster an der Fassade hoch. Mit seinen braunen Granitplatten und den dunkelroten Fensterrahmen hatte sich das Gebäude aus den Siebzigerjahren irgendwie ins neue Jahrtausend gerettet.

»Soll ich mitkommen?«

Noras Stimme riss ihn aus seinen Gedanken, in der ein Chirurg mit Mundschutz und blutiger Knochensäge eine tragende Rolle spielte.

»Danke, ich komme zurecht. Wenn ich in fünf Minuten nicht zurück bin …«

»… schicke ich das SEK rein.«

Sie lachten, verstummten aber gleich wieder, als sich Jan-Hendrik unruhig in seinem Kindersitz bewegte.

»Keine Sorge, Gitte. Diese Tumorart ist nicht erblich. Deine Aussetzer waren bestimmt eine Folge von Stress und Arbeitsüberlastung.« Nora küsste ihren Mann zärtlich auf den Mund. Ein Schweißtropfen rann von seiner Schläfe.

»Andernfalls werden wir auch damit fertig. Bei einem Hirntumor bestehen gute Heilungschancen.«

Gideon atmete tief durch, drehte sich ein letztes Mal zu Jan-Hendrik um und streichelte seine winzige Hand. Dann öffnete er die Beifahrertür und stieg aus.

»Ich treffe Martin und dich nachher im Günthersburgpark.«

Nora lächelte ihm ermutigend zu. Die Tür fiel leise ins Schloss. Sie sah Gideon nach, der die Stufen zur Praxis hinaufging und im Eingang verschwand. Mit seinen breiten Schultern bot er ein Bild unerschütterlicher Stärke.

Nora ließ den Motor an und fädelte sich in den morgendlichen Verkehr auf der Adickesallee ein. Sie traute sich nicht, das Radio einzuschalten, um den Kleinen nicht zu wecken, der immer noch fest schlief.

An der Kreuzung Friedberger Landstraße musste sie vor der roten Ampel halten. Nora sah in den Rückspiegel. Jan-Hendriks Mund stand leicht offen. Ein Sonnenstrahl fiel auf den Ankerherz-Anhänger an seinem Handgelenk.

Das Handy, das in der Halterung am Lüftungsauslass steckte, vibrierte und zeigte den Namen des Anrufers: *Gideon.*

Epilog

Vanessa Baur wurde von der Jugendstrafkammer des Landgerichts Frankfurt II wegen versuchter Erpressung zu einer Jugendstrafe von einhundertfünfzig Sozialstunden verurteilt. Sie leistete diese im Johanniter Stift in Klein-Karben ab.

Annette Nick kehrte ein Jahr nach dem Fall Thea Wessely als Vollzeitmitarbeiterin in den Polizeidienst zurück. Teilzeitstellen bei der Frankfurter Kripo sind möglich, aber eher eine Seltenheit.

Nachwort

»Was man nicht aufgibt, hat man nie verloren.« – Enver Tahiris Zitat stammt von Friedrich Schiller.

›Mergime‹, der Vorname von Enver Tahiris Mutter, bedeutet Ausländerin, Einwanderin

Es existiert kein Gemälde mit dem Titel *Familie Baur* von Gerhard Richter, jedoch eine Reihe von Bildern, die nach der Vorlage von Familienporträts in den Neunzehnhundertsechzigerjahren entstanden sind, zum Beispiel *Familie Schmidt.*

»Richters Anspruch ist es, seine Bilder wie Fotografien aussehen zu lassen, und doch verwischt er die feuchte Farbe und legt so eine Art Schleier über das eigentliche Motiv. Er verschleiert die Wahrheit des Bildes und möchte so den Blick des Betrachters schärfen. Denn dieser muss zweimal, dreimal hinschauen, um den Gegenstand des Bildes unter Umständen genau zu identifizieren. Das Medium der Fotografie gilt als eines der Objektivität. Auch wenn Richters Bilder Fotografien gleichen, die Objektivität wird ihnen durch das Verschleiern entzogen.«

Marthe Lisson, *SCHIRN MAGAZIN*, 15.9.2014

Danke!

Den folgenden Personen danke ich für ihre Unterstützung während der Arbeit an diesem Roman:

Bärbel Arendt
Ursula Bischoff
Markus Bräuer
Cayly und Ecki
Jens Dittmar
Guntram Hinse
Alexander Kiessling
Maren Kofler
Dr. Paula Krüger
Julie Leuze
Gaby Mayer
Jana Puppala
Ulrike Rodi
Holger Karsten Schmidt
Christian Setzepfand
Stephan Waldscheidt
Dirgis Wansor
Rainer Wittkamp

und natürlich meiner Frau Claudia

Mehr von Marc-Oliver Bischoff

Tödliche Fortsetzung

ISBN 978-3-89425-398-1
Auch als E-Book erhältlich

Ausgezeichnet mit dem ›Friedrich-Glauser-Preis‹ in der Sparte ›Bestes Krimidebüt‹

Zwanzig Jahre ist es her, dass Martin Kanther ein gefeierter Bestsellerautor war. Doch die in seinem Roman beschriebenen Morde glichen den Taten eines realen Serienmörders bis ins Detail. Als Kanther in Verdacht geriet, folgte der soziale Absturz. Nun erhält er eine ungewöhnliche Anfrage. Per E-Mail erreicht ihn die Bitte, ein Manuskript gegenzulesen. Kanther staunt nicht schlecht, denn er erhält die Fortsetzung seines eigenen Romans.

Als plötzlich auch in der Realität das Morden von Neuem beginnt, steht schon bald Polizeipsychologin Nora Winter mit ihren Kollegen von der Frankfurter Kripo vor Kanthers Tür …

»Ein Buch, durch das sich der Leser wie Säure frisst.«
Mitteldeutsche Zeitung

Die Voliere

ISBN 978-3-89425-420-9
Auch als E-Book erhältlich

Nachdem die Rechtmäßigkeit der ›lebenslänglichen Sicherungsverwahrung‹ vom Europäischen Gerichtshof infrage gestellt wurde, soll Psychologin Nora Winter die Entlassungsfähigkeit von drei verurteilten Gewaltverbrechern begutachten.

Doch bei diesem Thema kochen die Emotionen hoch: Während die Politik die Männer unabhängig von Noras Einschätzung freilassen will, sehen selbst die Täter dem Leben in Freiheit mit Angst entgegen. Auch das Dorf, in dessen Nähe die drei einquartiert werden, hat sein Urteil schon gefällt. Als die Situation eskaliert, befindet sich Nora mittendrin …

»Bei diesem Buch liegen die Lobredner hundertprozentig richtig. Es ist richtig gut.« Westfälische Nachrichten

grafit

Quercher-Krimis von Martin Calsow

Quercher und die Thomasnacht

ISBN 978-3-89425-423-0
Auch als E-Book erhältlich

Ein harmloser Auftrag führt LKA-Ermittler Max Quercher zurück in seine alte Heimat am Tegernsee. Doch die örtliche Politprominenz formiert sich und für Quercher beginnt ein Kampf ums nackte Überleben.

»Ein Krimidebüt der Extraklasse.« Recklinghäuser Zeitung

»Ein Kriminalroman, der jede Zeile wert ist. Fantastisch geschrieben, sehr spannend umgesetzt.« www.buchtips.net

Quercher und der Volkszorn

ISBN 978-3-89425-441-4
Auch als E-Book erhältlich

Bei einem Ausflug werden vier Kinder entführt, ihre Erzieherin brutal getötet. Aufgrund unterschiedlicher Indizien keimt in Max Quercher der Verdacht, dass jemand Rache nimmt wie einst der Rattenfänger von Hameln. Aber niemand schenkt dieser ›spinnerten‹ Idee Gehör. Quercher sieht nur einen Weg, die Kinder zu retten – und der führt weit an den offiziellen Wegen vorbei …

»Kräftig menschelnd, absolut spannend!«
Angelika Bohn, Ostthüringer Zeitung

Quercher und der Totwald

ISBN 978-3-89425-452-0
Auch als E-Book erhältlich

Max Quercher soll die Hintergründe des Todes des Vermögensverwalters der zerstrittenen Adelsfamilie von Valepp klären. Der LKA-Ermittler findet heraus, dass der tote Prokurist zu einem konservativ-katholischen Machtzirkel gehörte, dessen undurchsichtige Strukturen weit in die höchsten Zentren der bayerischen Elite hineinreichen. Und einige dieser einflussreichen Kreise tun alles, um Quercher möglichst schnell zu stoppen ...